BETHANY TURNER

COLE e LAILA são APENAS AMIGOS

Tradução de Elis Regina Emerencio

Copyright © 2024, por Bethany Turner. Todos os direitos reservados.
Copyright da tradução © 2024, por Vida Melhor Editora LTDA. Todos os direitos reservados.

Título original: *Cole and Laila are just friends*

Todos os direitos desta publicação são reservados à Vida Melhor Editora Ltda. Nenhuma parte desta obra pode ser apropriada e estocada em sistema de banco de dados ou processo similar, em qualquer forma ou meio, seja eletrônico, de fotocópia, gravação etc., sem a permissão dos detentores do copyright.

COPIDESQUE	Daniela Vilarinho
REVISÃO	Wladimir Oliveira e Auriana Malaquias
ADAPTAÇÃO DE CAPA	Luna Design
DIAGRAMAÇÃO	Sonia Peticov

Dados Internacionais de Catalogação na Publicação (CIP)
(Câmara Brasileira do Livro, SP, Brasil)

T849c   Turner, Bethany
1. ed.   Cole e Laila são apenas amigos / Bethany Turner; tradução Elis Regina Emerencio. – 1. ed. – Rio de Janeiro: Thomas Nelson Brasil, 2025.
336 p.; 15,5 × 23 cm.

Título original: *Cole and Laila are just friends*
ISBN: 978-65-5217-174-0

1. 1.Ficção cristã. I. Emerencio, Elis Regina. II. Título.

11-2024/207   CDD: B869.3

Índice para catálogo sistemático: Literatura brasileira B869.3
Bibliotecária responsável: Aline Graziele Benitez – CRB-1/3129

Os pontos de vista desta obra são de responsabilidade de seus autores e colaboradores diretos, não refletindo necessariamente a posição da Thomas Nelson Brasil, da HarperCollins Christian Publishing ou de suas equipes editoriais.

Thomas Nelson Brasil é uma marca licenciada à Vida Melhor Editora LTDA. Todos os direitos reservados à Vida Melhor Editora LTDA.

Rua da Quitanda, 86, sala 601A - Centro,
Rio de Janeiro/RJ - CEP 20091-005
Tel.: (21) 3175-1030
www.thomasnelson.com.br

Para a esposa de Milo Ventimiglia. Apenas para constar, vocês ainda não eram casados quando marquei o encontro às cegas de seu marido com Laila. Ainda assim, peço desculpas por isso. Está tudo bem entre a gente?

PRÓLOGO

LAILA

Minha avó Hazel sempre dizia que grandes eventos que mudam nossa vida vêm em trios. Como sempre acontecia com a maioria das coisas que ela falava, eu fiquei com o pé atrás. Afinal, esta era a mesma mulher que passou anos insistindo que a única coisa que a separou de Paul Newman foi a Segunda Guerra Mundial, essa pequena chateação. Por anos ouvimos falar sobre o romance proibido entre vovó Hazel e o jovem Newman, que trabalhava como garçom na pousada onde a família dela ficou hospedada em uma viagem para Yellowstone quando ela tinha 17 anos. Rolou um clima instantâneo quando ele anotou o pedido dela, um sanduíche de peru com salada de batata, e juras de amor foram sussurradas durante os passeios noturnos perto da cachoeira Crystal Falls. Ela saía escondido depois que a irmã mais nova, minha tia-avó Clara, dormia, então ela e Paul davam as mãos e roubavam beijos inocentes, e ela encarava aqueles olhos azuis deslumbrantes sob a claridade da lua cheia.

Quando ela e a família retornaram para casa em Adelaide Springs, Colorado, Paul prometeu que escreveria. E ele escreveu… até se alistar no exército. Ela nunca mais teve notícias dele e logo conheceu meu avô, que acabou virando o grande amor da vida dela por mais de sessenta anos.

Mas isso não nos impediu de fazer piada chamando Newman de vovô Paul toda vez que *Butch Cassidy* passava na TV. Meu avô sempre fingia ciúmes e dizia coisas como "Fique longe da minha esposa, Olhos Azuis".

Foi só nas semanas finais da vovó Hazel, quando já fazia muito tempo que o vovô Clarence tinha morrido, que ela tirou os olhos de suas palavras cruzadas um dia e disse:

— *Pete* Newman. Esse era o nome dele. Não era Paul.

Por isso, sim… O que saía da boca de minha avó sempre precisava ser verificado. Mas essa coisa de "eventos que mudam vidas vêm em trios" sempre se mostrou correta. Empregos foram perdidos no mesmo dia em que amigos faleceram e casas foram queimadas. Bebês nasceram horas antes de noivados serem anunciados e bolsas de estudos universitárias serem recebidas. É claro que essas coisas não aconteciam necessariamente com a mesma pessoa, mas no "círculo de influência" de uma pessoa, como vovó Hazel chamava. Em uma comunidade de amigos e família.

Portanto, talvez tenha sido uma superstição boba, mas… sim. Eu estava um pouco nervosa porque a vida de outra pessoa mudaria em 6 de setembro. Naquela manhã, minha madrasta, Melinda, recebeu a ligação que ela e meu pai estavam esperando, finalmente dando um nome para os sintomas que ela sentia há meses: Parkinson. O diagnóstico não foi uma surpresa. Na verdade, ter algumas respostas gerou um alívio considerável, mesmo que estivéssemos esperando em vão por uma resposta mais cheia de esperança.

E, em seguida, dois dos meus amigos mais próximos se casaram naquela tarde. Embora o casamento de Brynn e Sebastian já estivesse planejado há meses.

Ainda assim. Eram dois itens grandes na coluna de mudança de vida.

Mas no momento em que Brynn e Sebastian disseram "Aceito", todos estavam felizes e se divertindo, e eu estava tão focada no amor e no brilho no rosto dos meus amigos que me esqueci de procurar pelo número três.

CAPÍTULO UM

LAILA

— Tenho certeza de que essas são as últimas coisas!

Entrei no Cassidy's Bar & Grill e empurrei a porta de carvalho maciço atrás de mim com o pé para fechá-la assim que a rangente e oscilante porta de tela bateu e se fechou.

A cabeça de Cole apareceu no passa-pratos da cozinha.

— Como assim, essas são as últimas… — Os olhos dele se arregalaram ao me ver na frente da porta, olhando para ele por cima de uma montanha de utensílios precariamente empilhados nos meus braços. Metade do corpo dele desapareceu por um rápido segundo, até que ele inteiro apareceu passando em alta velocidade pela porta da cozinha. — O que você está fazendo? Eu disse que voltaria para pegar o resto.

Com alguns passos largos, ele chegou perto o bastante para pegar os conjuntos pesados de réchaud de inox das minhas mãos, mas em vez de me aliviar do peso, ele deu um passo para trás e suspirou.

— Que foi? — resmunguei de cara feia, com os lábios pressionados contra os galões de combustível que estavam escorregando e que eu tinha sido forçada a pegar.

Ele suspirou e riu ao mesmo tempo que pegava um galão de combustível em cada mão, então os colocou na mesa atrás dele e depois voltou para pegar mais coisas.

— Ah, nada. Eu só não sabia que brincar de jogo de empilhar estava na programação noturna.

— Eu teria planejado melhor — insisti, assim que os recipientes de óleo, pavios e afins restantes do bufê (junto com os três ou mais isqueiros de haste longa que eu havia colocado nos espaços entre todas as coisas altamente inflamáveis) não estavam mais sendo precariamente equilibrados pelo meu queixo. — Mas quando percebi que faltava pouca coisa para carregar...

— Você quer dizer, no momento em que o bom senso e um pouco de paciência deram lugar à boa e velha teimosia de Laila Olivet...

— Eu não tive espaço para empilhar melhor as coisas.

— Claramente não teve.

Cole tirou uma cafeteira profissional debaixo do meu braço enquanto ele equilibrava algumas travessas com a outra mão.

— Cuidado com isso — instruí enquanto ele se preparava para colocar a cafeteira no chão, no segundo antes de ouvirmos um tilintar suave reverberar de dentro dela.

Ele colocou as travessas na mesa, depois desparafusou a tampa selada a vácuo da cafeteira e olhou para dentro. Observei a progressão das emoções dançarem pelo rosto dele: desalento, irritação, frustração... Cada uma das emoções acompanhada por humor e, mais que tudo, nem mesmo o menor sinal de surpresa.

— Obrigado por proteger as taças de champanhe — disse ele, por fim, sorrindo enquanto olhava para mim.

Esperei pela perseguição, mas não teve nenhuma. Ele só continuou sorrindo.

— Ah, de nada. — Coloquei algumas travessas com bordas onduladas nas mãos dele e, em seguida, procurei dentro dos bolsos do meu casaco, puxando os utensílios de servir que eu tinha enfiado ali e coloquei-os nas travessas. — Pensei que você ia fazer alguma piada sobre eu ter tempo de abrir a cafeteira, tirar os filtros de café que você tinha lá... Ahhh! — Coloquei a mão na frente do meu vestido e tirei um pacote de filtros de café embrulhados em plástico que estavam no cós do meu vestido. Quase me esqueci deles. Cole balançou a cabeça lentamente enquanto lhe entregava os pacotes, mas permaneceu inabalável. — E, sabe, ter tempo de embrulhar as taças em panos de prato...

— Que foi? Achou que eu zoaria que se você teve tempo de fazer tudo isso, provavelmente teria tempo de esperar só 30 segundos a mais até eu voltar lá e te ajudar a trazer tudo?

— Isso mesmo. — Olhei para ele com vergonha.

— Eu jamais faria isso. — Ele viu a colher de servir que enfiei no meu penteado cada vez mais desfeito. — Posso pegar isso ou é a moda do momento entre as damas de honra?

Dei risada e tentei tirá-la do cabelo com a facilidade que coloquei lá. No entanto, não tive essa sorte. A pesada colher de aço acabou escorregando para o meu ombro, embaraçando ainda mais o meu cabelo e o enrolando no cabo revestido e estriado.

— Que bagunça — sussurrou Cole enquanto ia ao meu resgate. Ou ao resgate do seu utensílio de bufê, pelo qual ele pode ter se sentido um pouco mais protetor naquele instante.

— Foi um casamento lindo, não foi?

— Foi — respondeu ele, mas seu foco estava definitivamente na tentativa de organizar o caos na minha cabeça.

— E a recepção foi superdivertida.

Ele deu de ombros.

— Disso não tenho tanta certeza. — Ele colocou a palma da mão sobre a minha cabeça e pressionou um pouco enquanto me entregava, com a outra mão, a colher quase liberta. — Segura isso — instruiu ele. Assim que a segurei, a mão dele voltou para a minha cabeça e prontamente puxou alguns fios de cabelo.

—Ai! — exclamei, embora sinceramente a pressão que ele tinha aplicado no meu couro cabeludo tenha impedido que eu sentisse alguma coisa. — Você arrancou o meu cabelo!

— Arranquei. — Ele pegou o utensílio da minha mão e começou a tirar os fios enquanto voltava para a cozinha. — E eu nem sequer consideraria fazer piada sobre isso ser totalmente, incrivelmente, esmagadoramente culpa sua. Jamais desejaria tal coisa.

Dei um sorriso falso para ele e cocei minha cabeça no lugar do impacto.

— É muita bondade da sua parte.

— Fazer o que se sou um cara legal?

Revirei os meus olhos enquanto ele sorria abertamente para mim através do passa-pratos. Assim que ele virou de costas, dei uma risadinha suave. Nem um momento antes.

— Então, por que você não se divertiu? — gritei para ele enquanto eu levantava a cafeteira, a colocava em cima da mesa e começava a remover cuidadosamente as taças de champanhe.

— Humm?

— Na recepção. Por que você não se divertiu?

Ouvi o estrondo familiar da lava-louças industrial ganhando vida. A primeira das diversas vezes que ela trabalharia antes que o Cassidy's estivesse pronto para abrir para o público amanhã na hora do jantar.

Ele saiu da cozinha suspirando, com um pano de prato na mão.

— Ah, não sei. Na verdade, não é que não tenha me divertido. Só estava mais focado em ter certeza de que tudo seria perfeito para eles. Não era para ser divertido, eu estava trabalhando.

Virei e encostei meu quadril na mesa enquanto o encarava.

— E desde quando isso não é divertido para você?

Cole terminou de secar as mãos e jogou o pano de prato sobre o ombro.

— A diversão aconteceu na cozinha, com antecedência. Na recepção, eu estava apenas tentando cumprir meus deveres de padrinho enquanto fazia tudo que podia para manter quente a comida que deveria estar quente e gelada a comida que deveria estar gelada. Sem mencionar que nunca tirava os olhos do *open bar* para ter certeza de que as senhoras da Associação de Pais e Mestres não causariam problemas. Isso era trabalho.

Eu servi o grupo da Associação de Pais e Mestres nos encontros de quinta-feira à noite no Cassidy's por anos. Ele não estava errado.

— Você deveria deixar que eu ajudasse mais. — Comecei a tirar o casaco e ele se colocou atrás de mim para me auxiliar, segurando-o enquanto eu tirava um braço por vez.

— Você ajudou bastante. — Ele dobrou o meu casaco sobre o braço dele enquanto ficava na minha frente novamente. — Você ajudou tanto, na verdade, que não sei por que me incomodei em contratar aqueles garçons chiques e elegantes de Denver. *Achei* que seu objetivo era focar em ser dama de honra.

— Hum, oi?! Primeiro, se você tiver qualquer dúvida sobre se eu completei ou não os meus deveres de dama de honra, pode só me perguntar quantas vezes eu retoquei a maquiagem da Brynn por causa das lágrimas e/ou vento. Spoiler: a resposta é aproximadamente 72 mil vezes. E segundo, não me venha com essa. Você contratou garçons chiques e elegantes porque esse foi o seu primeiro casamento de celebridades e você não confiou em mim, achou que eu derramaria comida em Hoda e Jenna.

— Vou dizer mais uma vez: Brynn e Sebastian não convidaram Hoda Kotb e Jenna Bush Hager para o casamento deles, Laila.

— Mas *por que*, Cole? Isso não faz sentido para mim.

— Você sabe tão bem quanto eu que eles queriam apenas família e amigos próximos...

— Eu sei, mas os dois conhecem Hoda e Jenna. Acho que não entendo como alguém pode conhecer Hoda e Jenna e *não* considerar que elas sejam suas amigas próximas. Nunca encontrei nenhuma delas, mas gostaria que elas fossem as madrinhas dos meus futuros filhos. Sem objeções.

— Algumas coisas realmente desafiam o entendimento. Sem levar em consideração que você é a melhor garçonete que já vi e nunca derrama comida. — Ele virou para levar o meu casaco até a porta para pendurá-lo no cabideiro. Enquanto o ajeitava, ele olhou pela janela em direção aos nossos carros. — Quer dizer, olha isso. Você deu um jeito de fechar as portas e ainda carregar todas as coisas para dentro e tudo que você perdeu foi alguns fios de cabelo. Isso é muito impressionante.

— Obrigada. Agora você não se sente mal por todas essas coisas que você pensou e não disse?

Entrei na cozinha e abri a porta da geladeira. Verdade seja dita, por mais divertido que tenha sido, assistir duas das minhas pessoas favoritas tão felizes e apaixonadas e sendo celebradas por todas as pessoas que importavam para elas deu bastante trabalho. Estive muito ocupada para comer, um fato que não pensei de verdade até que me encontrei praticamente dentro da geladeira, procurando com afinco, o som do meu estômago reverberando enquanto eu observava com desejo um pacote fechado de bacon cru no fundo da prateleira de cima.

— Quando foi a última vez que você comeu? — perguntou Cole, a voz dele distante e metálica, como se estivesse me ligando do lado de fora da caverna onde eu estava perdida.

Humm... Quando... Boa pergunta...

— Acho que no caminho para a montanha.

Estava muito quente para colocar o meu casaco durante o dia, então eu coloquei um poncho sobre o meu vestido, como se estivesse na primeira fila do show de comédia do Gallagher, me preparando para toda aquela coisa de esmagar melancias com um martelo. Não derramei uma gota daquele sanduíche de manteiga de amendoim, muito obrigada.

Opa! Chantili!

Eu peguei e saí da minha posição encurvada, começando a remover o lacre de segurança da tampa plástica da lata enquanto fechava a porta da geladeira com o pé.

Cole riu e arrancou a lata das minhas mãos no momento em que a virei de cabeça para baixo e me preparava para jogar chantili direto na boca.

— Acho que podemos fazer melhor que isso. Toma.

Ele deixou o chantili de lado, depois me entregou uma marmita de comida. Comida de *verdade*. Tirei a tampa de plástico e fui atingida pelo cheiro delicioso de alecrim. E tomilho, talvez? Não sabia, não me importava, na verdade. Tudo que importava era que o cheiro estava incrível e Cole Kimball tinha cozinhado, por isso eu tinha certeza de que *estava* incrível.

— Você é o melhor! — Corri para fora da cozinha e coloquei a comida no balcão do bar antes de segurar meu vestido acima dos joelhos e sentar na banqueta. Em seguida, afundei meus dedos direto no peito de frango macio e aromático, que tinha um gosto melhor ainda do que o cheiro. Suspirei de satisfação. — Não percebi que tinha sobrado comida — murmurei com a boca cheia, enfiando uma cenoura baby cozida para deixá-la mais cheia ainda.

— Não sobrou muita coisa. — Ele pegou um copo no bar, encheu de Sprite da máquina de refrigerante e colocou na minha frente. — Dei uma bandeja de legumes para a Maxine levar para o Príncipe Carlos Magno.

— Sério, Cole, tem vegetarianos em Aspen que não comem tão bem quanto aquele dragão peludo.

— E Jo fez uma marmita com bolo, biscoitos e *éclairs* para entregar para o meu avô.

— Ah, bom. — Peguei o guardanapo e garfo que ele me entregou e limpei rapidamente minhas mãos antes de mergulhar no purê de batata.

COLE E LAILA SÃO APENAS AMIGOS   13

Com o garfo. Não sou uma bárbara. — Ele vai ter alguma coisa para o café da manhã além de torta para variar.

— Variedade é o tempero da vida. — Cole riu, mas o humor dele mudou rapidamente enquanto me estudava. — E fiz alguns pratos para Larry e Melinda. Entreguei para eles no caminho de volta para a cidade.

Não é como se meu pai e minha madrasta tivessem estado realmente fora dos meus pensamentos durante o dia, é claro. Ou mesmo no passar dos últimos meses conforme a voz de Melinda ficava mais grave e a energia nervosa dela da qual fizemos piadas por anos tenha se transformado em um tremor inconfundível, embora leve. Mas a menção de seus nomes os trouxeram à tona de novo.

— Obrigada por fazer isso.

— Imagina.

— Eles pareciam bem?

— Sim. O seu pai estava dormindo, então Melinda e eu conversamos um pouco. Você sabe como ela é, já está pronta para trabalhar. Ela já pediu um monte de livros e suplementos e está ansiosa para ir a Denver conhecer o neurologista no final do mês. Acho que ela está muito mais preocupada com Larry do que com ela mesma.

Fiz que sim com a cabeça enquanto a culpa tomava conta de mim. Não deveria ter passado o dia todo sem ver como eles estavam. Não, eu não tinha sinal de celular em Adelaide Gulch e, não, não tive tempo nem de ir à pista de dança com piso de madeira. Bem na hora em que Lucinda e Jake Morissey estavam tentando me puxar para dançar "Cupid Shuffle", eu tive que espantar um cervo que quase tirou a sorte grande com a tábua de queijos e frutas do Cole.

Ainda assim. Eu deveria ter ido direto ver como eles estavam quando voltei para a cidade.

Cole se inclinou no balcão do bar de frente para mim e abaixou a cabeça para tentar encontrar meus olhos baixos.

— Ela também está preocupada com você. Também estou, por falar nisso. Você está bem?

— Estou — respondi enquanto olhava para ele. E estava sendo sincera. — Estou feliz de verdade que o papai tem algo com que trabalhar agora. Você sabe como ele é, odeia se sentir impotente.

Engoli o argumento na minha mente de que ainda éramos espectadores impotentes mais do que parecia justo com Melinda.

— Deve ser hereditário. — Ele me estudou. — Quer conversar sobre isso?

Balancei minha cabeça negativamente.

— Agora não. — Abaixei meu garfo, meu apetite de repente saciado (ou esquecido). Não tenho certeza de qual dos dois. — Mas obrigada.

— Então você se importa se eu mudar de assunto por um minuto?

— Fique à vontade!

Ele se levantou e seu rosto assumiu um semblante completamente diferente. Ele mordeu o lábio superior e seus olhos percorreram o ambiente.

— Certo, quero sua opinião sobre uma coisa.

Tomei um gole do meu refrigerante e assenti.

— E quero que você seja completamente honesta.

Bufei em resposta a esse pedido desnecessário, fazendo com que algumas bolhas de gás queimassem na minha cavidade nasal, resultando em Cole jogando outro guardanapo na minha cara enquanto ria da minha dor.

— Eu sei, eu sei — continuou ele. — Mas sério, Lai. Sei que você vai ser honesta, mas não quero que suavize nada, nem tente considerar os meus sentimentos nem nada do tipo. Se for uma ideia idiota, estou contando com você para me dizer isso.

Levantei a mão para comunicar o meu juramento de contar a verdade, embora eu tenha pensado por um momento que talvez tenha apenas me voluntariado como um tributo de *Jogos Vorazes*. Quando estiver em dúvida, use palavras.

— Que tipo de amiga eu seria se não estivesse pronta para apontar sua estupidez sempre que necessário?

A ansiedade no rosto dele foi substituída por um sorriso afetuoso enquanto ele escorregava para o meu lado do balcão. Eu me virei na minha banqueta para que pudesse encarar seu rosto e me preparei para ouvir e responder honestamente, mas a confiança que tomou conta dos olhos dele me fez sentir confiante de que o que estava para sair de sua boca não seria nenhuma estupidez.

COLE E LAILA SÃO APENAS AMIGOS 15

— Certo, então estive pensando. Adelaide Springs está crescendo. Entre a atenção que Brynn e Seb trouxeram para ela e o sucesso do Festival da Cidade, mais e mais pessoas estão visitando e parece que mais pessoas estão começando a ficar. Realmente estão se mudando para cá.

Estavam mesmo. A combinação do casal do momento chamando Adelaide Springs de lar e o renascimento de um festival anual cafona que era estranho e maravilhoso o bastante para chamar a atenção dos influenciadores de redes sociais e YouTube (que obviamente não fizeram parte da primeira encarnação do Festival da Cidade, que começou em 1975) já resultou no maior boom da população da cidade desde que descobriram prata em Adelaide Canyon, em 1889.

Indicações antecipadas previam que a população iria ultrapassar 500 pessoas antes do final do ano.

— E obviamente ninguém pode culpar Andi por fechar o Bean Franklin. Bem, a irmã dela morreu. É claro que ela está passando por muita coisa e tendo que lidar com tudo isso. Mas Wray morreu há semanas e mal tivemos notícias de Andi. Não sabemos quando ela vai voltar. Ou até mesmo, nesse caso, *se* ela vai voltar. E, claro, se ela voltar, existem negócios mais que suficientes para todo mundo. Mas com o Bean fechado, não tem mais opções de restaurantes para café da manhã e almoço e tenho medo de que vamos perder turistas para Alamosa ou algo assim. Então eu estava pensando…

— Você deveria abrir o Cassidy's para o café da manhã e almoço!

Ele murchou.

— Uau. Nada como deixar um cara construir uma piada para acabar roubando a parte engraçada.

Abafei um grito cobrindo minha boca com as duas mãos, depois as abaixei e coloquei as mãos nos joelhos.

— Desculpa, só fiquei animada. Esqueça que falei alguma coisa, continue. Você estava pensando…

Mordi meu lábio inferior para evitar interrompê-lo de novo e senti que a energia contida começou a borbulhar nos meus pés, que de repente começaram a balançar para cima e para baixo sobre o apoio para pés do banco.

Ele deu risada e se inclinou para me dar um beijo na bochecha antes de levantar e voltar para trás do balcão.

— Só me diga que não é uma ideia idiota e eu te perdoo.

Ele jogou a lata de chantili para mim, que ele sabiamente trouxe com ele.

Eu a peguei e dei um pulo para descer da banqueta.

— Não é *tão* idiota, Cole. O Cassidy's está pronto para isso. *Você* está pronto para isso. *Eu* me sinto idiota por não pensar nisso e dizer o que fazer. — Joguei um pouco de chantili direto na boca enquanto as possibilidades flutuavam pela minha cabeça. — Você precisa de Wi-Fi — insisti, articulando tão bem quanto podia com tanto chantili na boca. — Principalmente para os clientes do café da manhã.

Ele fez um sinal para mim para que lhe desse um pouco e enchi a boca dele até transbordar enquanto pensava sobre a necessidade de mais funcionários e talvez ter uma noite de jogos de curiosidades e criar alguns cartões de fidelidade para os clientes frequentes. Ele encostou na parede e cruzou os braços, ouvindo cada palavra que eu dizia, até que finalmente parei por tempo suficiente para reabastecer a minha boca com um refil de chantili.

— Então você está comigo nessa?

Inclinei minha cabeça e dessa vez me dei ao trabalho de engolir antes de falar.

— É claro que estou com você nessa. Estou com você para tudo. Sempre. E esta ideia é incrível, então tenho certeza de que eu estaria nessa com o Príncipe Carlos Magno, se *ele* tivesse tido essa ideia antes.

O sorriso voltou ao rosto de Cole e eu sabia que tinha dito exatamente o que ele precisava ouvir.

— Quem disse que a ideia não é dele? Eu não distribuo bandejas de legumes por nada, sabe.

Encostei meu ombro no peito dele e escorreguei os meus braços em volta do seu tronco.

— Tenho tanto orgulho de você. Isso vai ser incrível, sério.

Ele suspirou e passou os braços em volta das minhas costas antes de encostar a bochecha na minha cabeça.

— Vai ser bem trabalhoso.

Fiz graça e me afastei para olhá-lo.

— Não, na verdade, não. Não comparado a todo o trabalho que você já teve. — Soltei o corpo dele e virei para encarar a porta da cozinha. — Lembra quando aquilo levava apenas a filas de prateleiras e caixas? E lembra quando tinha só uma única lâmpada pendurada do teto, com o bulbo que tínhamos que ligar com uma corrente, como se estivéssemos numa sala de interrogatório antiga ou algo do tipo? — Estremeci ao lembrar disso. Passei a primeira metade da minha vida amedrontada por aquele depósito escuro e sujo. Virei meu rosto para ele. — Seu sonho, visão e trabalho duro transformaram o Cassidy's *nisso*. E vai ficar ainda melhor.

Ele fez que sim com a cabeça.

— Valeu, Lai.

Dei de ombros.

— Que tipo de amiga eu seria se não destacasse o seu brilhantismo?

Ele voltou a sorrir.

— Bem, então... aqui vai o teste de amizade verdadeiro. Você vai destacar a minha idiotice e o meu brilhantismo, mas está disposta a me ajudar a desengordurar panelas manchadas enquanto usa... — Ele se abaixou e pegou o tecido da minha saia entre os dedos. — O que é isso? Tafetá?

— Sei lá, mas eu tenho um poncho para uma ocasião como essa.

Fui em direção à porta para pegar o poncho no meu carro, mas logo parei ao ver, pela janela, a sra. Stoddard subindo os degraus e entrando na varanda. Cole a notou no mesmo momento e se apressou para abrir a porta.

— Oi, Jo — cumprimentou enquanto ela entrava. — Tudo bem?

— Oi, crianças.

Crianças. Ela foi nossa professora durante a escola, do começo até a graduação no ensino médio. Não importava que tivéssemos saído do ensino médio há mais de vinte anos. Metade das pessoas em Adelaide Springs nos chamavam de crianças e acho que sempre chamariam.

— Desculpe por chegar assim tão tarde.

— Sem problemas — afirmou Cole com um sorriso que rapidamente sumiu. Tão familiar para nós quanto a sra. Stoddard, a educadora rígida, era a sra. Stoddard, a adulta atenciosa que investiu totalmente no nosso sucesso e se comprometeu com o nosso bem-estar. A ternura e preocupação nos olhos dela nos informaram que era *aquela* sra. Stoddard em pé diante de nós. — Está tudo bem?

Vovó Hazel sempre dizia que eventos grandes que mudam a vida surgem em trios. Eu queria, de verdade, que ela estivesse certa sobre Paul Newman.

CAPÍTULO DOIS

COLE

Por algumas horas, as pessoas tentaram inventar coisas boas para dizer sobre seu avô. Elas andavam até o caixão, passavam uma quantidade apropriada de tempo encarando a metade de cima do velho, que estava usando um terno pela primeira vez desde o dia do seu casamento, em seguida, andavam até Cole e diziam "Bill era um cara único" ou "Esse lugar não vai ser o mesmo sem ele". As duas declarações eram verdadeiras, mas Cole não tinha certeza do que deveria fazer com nenhuma delas.

Não é que Bill Kimball tenha sido um cara ruim. Ele só era mal-humorado. Um rabugento clássico. O filho do amor emocional do Oscar, o Rabugento, da *Vila Sésamo* e de quase todos os personagens de Ed Asner. Mas assim como Oscar, Lou Grant e Carl Fredricksen em *Up: Altas Aventuras*, você sempre soube que existia um coração lá no fundo, em algum lugar. Pelo menos Cole sempre soube. Provavelmente havia muitas pessoas em Adelaide Springs que não tinham tanta certeza disso. Muitas crianças tinham medo dele, incontáveis jovens tinham sido ofendidos pela falta de filtro verbal dele e até mesmo um punhado de companheiros da geração de Bill tinham desistido há muito tempo de fazer amizade com ele.

E essas tinham sido as pessoas passando pelo caixão. Elas fizeram uma aparição durante o velório — por respeito a Cole, talvez, ou pelo menos para que não se espalhasse pela pequena cidade a notícia de que não tinham aparecido — e depois davam uma desculpa sobre o motivo de não poderem ficar para a cerimônia memorial.

Isso não o incomodou nem um pouco. E com certeza não teria incomodado o seu avô. As pessoas que importavam nem tinham passado pelo caixão ainda, mas estavam lá. O dia todo. Sentadas nos bancos da pequena igreja, sempre verificando como Cole estava, para saber se ele queria café ou precisava de ajuda para se livrar de algum enlutado insensível e pegajoso. E enquanto as pessoas ficavam no seu espaço, tentando inventar coisas boas para dizer, ele mantinha seus olhos nas pessoas que importavam e percebeu que, por mais que estivessem engajadas na conversa que estavam ou parecessem focadas em outra coisa, elas sempre ficavam de olho nele.

E ainda tinha Laila. Sua melhor amiga desde sempre era uma eterna otimista e a pessoa mais alegre que ele já viu, mas hoje ela estava enfrentando dificuldades. Honestamente, ela estava assim desde que a sra. Stoddard deu a má notícia: quando foi deixar as sobremesas para Bill na Spruce House, a casa de repouso onde ele morava nos últimos seis meses, ela descobriu que ele não acordaria de sua soneca de fim de tarde. Era como se Laila estivesse absorvendo e carregando todo o luto que ela presumiu que Cole estava sentindo ou ao qual estava resistindo. Ou talvez ela estivesse apenas expressando o seu próprio luto do "jeito Laila de ser".

Cole tinha certeza de que *ele* estava fazendo isso. Expressando seu luto do jeito *Cole* de ser, o qual, ele admitia, não tinha se provado muito expressivo.

Hoje, o "jeito Laila de ser" significava que ela tinha mudado para o modo anfitriã e ele ficou muito grato por isso. Não apenas tirou um pouco da pressão sobre ele para encontrar, cumprimentar e ser hospitaleiro, mas também a manteve ocupada. Ele reconhecia e sabia que ela se importava de verdade, mas quantas vezes mais ele teria que lhe dizer que estava bem antes de ela acreditar nele?

Ele *estava* bem. Laila acreditando ou não.

— Como você está?

Cole suspirou e a encarou enquanto ela se aproximava para verificar se ele estava bem. De novo.

— Lai, o homem tinha 90 anos e teve dois derrames nos últimos seis meses. Ele comia torta e sorvete em cada refeição, com muita frequência em *toda* refeição, pelos últimos dez anos. Sim, ele era meu avô e, sim, eu o amava. Como era um velho miserável, vou sentir falta dele. Mas essa não é uma perda traumática. Eu sabia que esse momento estava chegando.

COLE E LAILA SÃO APENAS AMIGOS 21

Ela o estudou com atenção e ele sabia que estava avaliando o dano. Procurando por rachaduras na armadura, imperceptíveis para qualquer um além dela. Ele sorriu em resposta à sua preocupação, olhos cheios de solidariedade, esquecendo sua irritação momentânea com ela.

— Estou bem de verdade. Mas obrigado por se preocupar tanto. Obrigado por tudo que você está fazendo.

Ela passou os braços em volta dele e apoiou a cabeça no peito.

— Claro que me preocupo. E não estou fazendo nada que você não faria por mim.

Ele deu um sorriso forçado sobre o topo da cabeça dela.

— *Fiz* isso por você. Ou está esquecendo o bufê de primeira classe que preparei para o serviço fúnebre de Happy Gilmore?

Ela se afastou e olhou para ele, humor e leveza irradiando dos olhos cintilantes dela pela primeira vez em dias.

— Aquela salada de quinoa *estava* deliciosa... apesar de parecer areia de gato.

O fato era que Laila teve que se despedir mais vezes do que ele. E não apenas de gatos (embora tenham sido *tantos* gatos). Também tinha tido amados avós, tias e primos que morreram muito jovens e a mãe que não tinha morrido, mas cuja despedida depois do divórcio exigiu o seu próprio luto e período de tristeza. E todas as vezes, Cole foi seu ombro amigo. Sua rocha. Quando eles se sentiram abandonados pelos amigos, foi a perda *deles*, todas as vezes. E toda vez, Laila sentiu o luto do jeito Laila de ser e Cole sentiu o luto do jeito Cole de ser. Nessas situações, o jeito Cole de ser sempre foi fácil de definir: cuidar de Laila e encontrar a cura enquanto ajudava para que *ela* encontrasse a cura. Até agora, ele nunca esteve sozinho no centro da perda. Na verdade, ele achava que não era surpreendente. Laila sempre teve mais a perder.

— Como você está, garoto? — O dr. Atwater surgiu ao lado deles com uma xícara de café fresco nas mãos. Depois de anos enchendo sua corrente sanguínea com a substância (pura e "forte o bastante para pressionar a camiseta de um homem de dentro para fora"), ele cedeu à pressão crescente da sua filha Addie e de Jo Stoddard (a única pessoa na cidade que nunca hesitou em dar conselhos médicos ao médico da cidade) e trocou por café descafeinado há algum tempo já. Pelo aroma forte emanando da xícara, Cole poderia dizer que o doutor tinha determinado que hoje não era dia de brincar com o conteúdo descafeinado do pote com a tampa laranja.

— Estou bem. — Cole se virou para o doutor enquanto Laila focava sua atenção em endireitar as flores silvestres do final da estação arrumadas no caixão. — Estou bem, sério. Olha, se mais uma pessoa que não o conhecia de verdade me disser que meu avô era um amor de pessoa, talvez eu não consiga resistir a uma crise de riso *muito* inapropriada, mas fora isso…

O doutor deu uma risadinha.

— Com certeza Bill não era o homem sem sentimentos que queria que todo mundo acreditasse que era, mas um amor de pessoa já é demais. — Ele tomou um gole de café e fez uma pausa por tempo suficiente para saboreá-lo. — De qualquer forma, com certeza ele te amava.

Cole olhou para os cadarços das botas elegantes que ele teve que comprar como parte dos trajes de padrinho de Sebastian. As botas que ele achou que odiaria, mas acabou adorando. Havia subestimado Sebastian e esqueceu temporariamente que o homem tinha, de alguma forma, encontrado uma maneira de se encaixar na vida de alta classe de Brynn, cheia de estrelas e estilistas, sem nunca deixar que ele (nem Brynn) perdesse o contato com a simplicidade mais lenta e metódica de Adelaide Springs. As botas poderiam ter sido o mascote da vida conjunta deles.

Cole não estava ansioso para o funeral de seu avô, é claro, mas tinha que admitir que estava feliz por ter outra oportunidade de usar as botas. E mesmo agora, se provavam especialmente úteis como algo para focar a atenção.

— Eu sei que ele amava, doutor. Obrigado.

— E ele tinha orgulho de você, espero que saiba disso.

Ele tinha certeza de que sabia disso. Não que seu avô alguma vez tenha dito essas palavras. Não era o jeito dele. Mas as coisas escapavam de vez em quando. Um sorriso que parecia reservado apenas para o neto quando ninguém mais podia ver. Um "Sim, eu faria isso" em resposta à forma como Cole tinha lidado com uma situação com um fornecedor de comida ou um cliente bêbado no Cassidy's. Às vezes, Cole mostrava a Bill as demonstrações de resultado do restaurante e era saudado com nada mais do que um aceno de cabeça e um tapa firme no ombro. Podia não ser muito, mas Cole sabia o que estava sendo comunicado.

Bill foi dono do Cassidy's desde os anos 1970 e por mais de 30 anos o local foi apenas um bar. Uma espelunca rústica para os moradores. Mas desde a época em que Cole era adolescente, sempre sonhou que poderia ser mais que isso. O edifício em si era uma bela construção de madeira, casualmente cercado por alguns dos pinheiros e álamos mais bonitos do mundo, em um terreno isolado, mas de fácil acesso, próximo à estrada principal. Por muitos anos, o Cassidy's (bem como Adelaide Springs e, talvez, o próprio Bill Kimball) apenas existiu para si mesmo. Depois que a avó de Cole faleceu, quando ele tinha 16 anos, seu avô começou a passar o tempo todo lá. Não bebendo. Não, Cole não conseguia se lembrar de já ter visto seu avô beber mais do que um gole no brinde de Ano-Novo. O trabalho era como ele atenuava a dor.

Foi na época da graduação no Ensino Médio que Cole finalmente reuniu coragem para compartilhar com o avô os seus sonhos para o Cassidy's. E se ele fosse mais do que um bar? O depósito enorme poderia virar uma cozinha. Eles poderiam restaurar o piso, que tinha sido muito desgastado durante o auge da dança country, e acrescentar algumas mesas de quatro lugares. Talvez até de seis. Afinal de contas, não havia muitas opções de comida na cidade. Andi tinha acabado de abrir o Bean Franklin, mas era apenas para café da manhã e almoço. Maxine Brogan fazia os melhores tamales que ele já provou, mas não dava para contar o jeito que ela os vendia (enrolados em papel alumínio, de uma caixa térmica Igloo KoolTunes original debaixo de um guarda-chuva na varanda dela) como um negócio legítimo. O Cassidy's tinha uma oportunidade verdadeira de deixar uma marca.

É claro que as ideias de Cole foram recusadas. Uma vez após a outra. Por isso, no começo dos seus vinte anos, ele saiu de casa pela primeira vez na vida e foi para Boulder conseguir seu diploma em culinária. O pensamento dele era de que conseguiria mais conhecimento e melhoraria sua habilidade natural na cozinha e depois iria para outro lugar viver dos sonhos que tinha tido para o Cassidy's. Afinal de contas, seu avô teimoso nunca mudaria de ideia. Mas seus dois anos em Boulder, a apenas 278 km de distância em linha reta, embora a viagem levasse quase seis horas, esclareceu para ele que sua janela tinha se fechado. Não a janela de conseguir sair de Adelaide Springs, mas a janela para querer fazer isso.

Não que alguma vez ele tenha dito isso ao avô. Nem quando o homem que tinha ajudado a criá-lo de repente parecia disposto a considerar a implementação de algumas novas ideias se isso significasse que seu único neto (o último familiar que tinha em Adelaide Springs) não iria para longe de novo.

Ele esteve fitando silenciosamente suas botas-nada-que-custa-tão-caro-deveria-ser-tão-confortável-assim tempo o suficiente para que o doutor entendesse o recado e mudasse de assunto.

— Sua mãe vai conseguir chegar a tempo?

Cole se conteve e transformou uma careta de decepção em um sorriso indulgente antes de olhar para cima.

— Você sabe como ela é, doutor. "Funerais são só um tapa-buraco para o encerramento e as almas dos nossos entes queridos merecem ser liberadas do fardo da nossa tristeza" ou algo do tipo. — Ele deu de ombros. — Ela tem entrado em contato com frequência, mas não tem realmente aparecido… — Esse sorriso de escárnio estava determinado. — Não acho que esse seja exatamente o estilo dela.

As portas duplas de carvalho no final do corredor rangeram se abrindo pela primeira vez em algum tempo e Cole olhou com o seu bem ensaiado sorriso — aquele que dizia "Mal estou me aguentando, é claro, mas ver *você* tornou tudo um pouco melhor" — para ver quem havia aparecido para a tour de passar pelo caixão do bom e velho Kimball. Ele não conseguia imaginar que ainda faltasse muita gente na cidade.

Ele não esperava ver duas das suas pessoas favoritas, que supostamente deveriam estar em algum lugar na Costa Amalfitana. Laila abriu a boca de espanto atrás dele. Cole não fez isso, mas sentiu o mesmo tipo de surpresa ao ver Brynn e Sebastian andando na direção dele, vestidos de preto. Surpresa, sim. E gratidão. Amor, com certeza. Mas também um pouquinho de frustração.

— O que vocês estão fazendo aqui? — murmurou Cole.

Ele os encontrou na metade do corredor. Ele ainda não tinha formulado palavras na sua cabeça. Queria dizer algo a respeito de como não podia acreditar que eles estavam deixando a morte do seu avô arruinar a lua de mel. Mas antes de conseguir dizer alguma coisa, Brynn estava na ponta dos pés e os braços dela estavam em volta do seu pescoço.

— Ele era um velho miserável que parecia aproveitar cada oportunidade que tinha para me atormentar — sussurrou ela antes de se afastar e o olhar nos olhos. — Desde que eu tinha 6 anos, não lembro de ele dizer uma palavra gentil para mim e tenho certeza de que ele era horrível antes disso também. Eu só não consigo lembrar. Ele era rápido em apontar os meus erros e *nunca* me elogiava por um trabalho bem feito. E ainda... de algum jeito... eu sabia que ele estava cuidando de mim, sabe? Sabia que ele estava torcendo por mim. De algum jeito. Lá no fundo. — Ela pigarreou. — Vou sentir saudade dele.

Cole deu risada, colocou os braços em volta da cintura dela e a abraçou de novo.

— Eu sei, eu também.

CAPÍTULO TRÊS

LAILA

— Estou tão feliz que acabou — suspirou Cole quando se jogou numa cadeira de madeira em uma mesa no centro do Cassidy's, recostou a cabeça e fechou os olhos. Ele finalmente foi até a sala de jantar se juntar a mim e à Brynn. Sebastian cozinhava muito bem e poderia preparar alguns hambúrgueres para nós quatro, mas Cole nunca gostou de abrir mão de sua cozinha. Além disso, o alívio parecia permeá-lo enquanto ele se permitia relaxar pela primeira vez em dias.

— Quer uma bebida ou alguma coisa? Eu trago pra você. — ofereci.

Os olhos dele continuaram fechados enquanto ele balançava a cabeça negativamente.

— Valeu, estou tranquilo. Só é bom ter um momento para mim mesmo.

Brynn e eu olhamos uma para a outra e sorrimos, entendendo completamente que ele não estava nos mandando para casa de forma passivo-agressiva. Passar um pouco de tempo apenas comigo e com os Sudworth era um momento de relaxamento total. Não havia fingimento ou sorrisos-educados-pelo-bem-da-aparência entre nós quatro.

— Ei. — Começou Brynn, sentando mais ereta na cadeira. — Foi Lottie Carlson que vi saindo do estacionamento da igreja bem na hora que Seb e eu chegamos? Como ela está lidando com as coisas? Aposto que está de coração partido.

Cole deu uma risadinha, a cabeça ainda encostada e os olhos ainda fechados.

— Ela me disse para ligar se eu precisasse de um abraço de avó.

Brynn estourou na risada. Pensei que eu mesma tinha caído na risada o bastante depois de ouvir o que ela disse (e depois de ouvir Cole responder com a pergunta "Como o abraço de uma avó é diferente de uma abraço normal?"), mas eu caí na risada de novo.

Charlotte Carlson esteve alguns anos à nossa frente na escola, portanto, ela devia ter uns 45 anos, no máximo. Ela teve três casamentos curtos com homens cada vez mais exóticos, que sempre a levavam para longe de Adelaide Springs. Todas as vezes, as pessoas da cidade foram persuadidas a fazer grandes despedidas e chás de panela antes que ela se casasse em algum país distante. E todas as vezes ela se divorciava, reaparecia no fluxo do dia a dia de novo, como se nada tivesse acontecido. Depois do terceiro divórcio, ela mudou de tática e começou a ir atrás dos homens locais. Cole esteve na mira dela por um tempo e comunicou de forma gentil e eficaz que ele temia acabar sendo o assunto de um *podcast* de mistérios não resolvidos se sequer aceitasse jantar com ela.

Vamos dizer que a partir daí, Lottie começou a buscar uma demografia mais velha. E já que o avô de Cole era o homem solteiro mais velho e mais estável financeiramente na cidade, não demorou muito para ela mirar nele.

— Ela usou um véu, Brynn. — Eu ainda estava rindo enquanto lembrava. — Tipo, um véu preto de verdade daqueles que se vê nos filmes.

— Não!

Cole fez que sim com a cabeça e abriu os olhos.

— Sim, ela estava vestida igual a Diane Keaton no funeral do Vito Corleone em *O poderoso chefão*. Foi bem marcante.

— Quem? — perguntou Sebastian enquanto vinha da cozinha carregando uma bandeja de hambúrgueres. — Lottie?

— Acertou na mosca — respondeu Cole. Ele arrumou sua postura para se preparar para comer, afrouxando a gravata.

Seb colocou a bandeja no meio da mesa e sentou entre Brynn e Cole.

— Acho que o pobre doutor vai ser o próximo na mira da viúva.

— Bem... — Tínhamos o restaurante só para nós, mas isso não me impediu de olhar ao redor para ter certeza de que ninguém ouviria. — Suspeito que o doutor não vai ficar disponível no mercado por muito tempo.

Os olhos de Brynn se arregalaram e ela se inclinou para conseguir mais informações, mas Cole balançou a cabeça.

— Não a encoraje, Brynn. Ela está prestes a encher sua cabeça com teorias baseadas em *nenhuma* evidência e nenhuma aparência de fato...

— Jo? — perguntou Seb enquanto estendia a mão, pegava um hambúrguer, colocava no prato de Brynn e em seguida pegava um para si mesmo.

— Sim! — gritei e apontei para Cole. — É, nenhuma aparência de fato... Tanto faz! Você também vê, não é, Seb?

— É claro. — Ele deu um pulo quando percebeu que tinha deixado o pacote de batata frita no balcão. — Sempre vi.

Cole revirou os olhos.

— Eles são só amigos. Eles são amigos há, o que, sessenta e poucos anos?

— No mínimo — confirmou Seb.

— Então o que faz vocês pensarem que de repente...

— Com exceção de que não seria tão de repente assim, não é? — Interrompeu Brynn. — Seb sempre viu. Eu vejo. Laila vê. Tem alguma coisa se desenvolvendo há um tempo.

Cole pareceu considerar as possibilidades por um momento.

— Ainda assim — disse, por fim, entre as mordidas. — Quando você conhece alguém tão bem, o que faria virar a chave?

Sebastian levantou a mão.

— Sou o único que não gostaria de pensar no doutor e na Jo virando qualquer chave?

— Se você sabe do que estou falando... — falei no tom mais insinuante que poderia, causando um calafrio em Seb e fazendo Cole cobrir os ouvidos e cantarolar "La-la-la-la-la-la! Não estou ouvindo".

— Por mais divertido que pareça imaginar os cidadãos idosos das nossas vidas em flagrante delito...

— Que nojo — resmungou Cole ao mesmo tempo que Sebastian perguntou à esposa:

— Isso é mesmo necessário?

Em meio às risadinhas, Brynn ficou de pé e ergueu o copo.

— Ao bom e velho Kimball, que pode nem sempre ter sido divertido, mas teve um grande impacto na minha vida e na vida de muitas pessoas. Ele me ajudou mais de uma vez e sempre vou ser grata. Mais importante, ele ajudou a moldar uma das minhas pessoas favoritas no mundo.

COLE E LAILA SÃO APENAS AMIGOS   29

Qualquer homem que possa criar você para ser o homem que é, Cole, não pode ser ruim.

Cole riu e pigarreou antes de se levantar e erguer seu copo. Seb e eu nos juntamos a ele.

— Ao bom e velho Kimball! — dissemos todos em uníssono antes de tomar um gole.

Começamos a nos sentar, mas Brynn levantou o copo de novo.

— Ahh! Quase esqueci! — Ela procurou no bolso de sua saia lápis preta e retirou algumas notas amassadas e algumas moedas, colocando-as sobre a mesa.

— Para que isso? — perguntei enquanto Seb começava a rir.

— *Isso* — respondeu ela —, são os seis dólares e quarenta e dois centavos que eu devia para Bill por alguns copos de uísque que quebrei em 2001.

Cole riu ao cruzar a mesa e recolher o dinheiro com a mão.

— Sei que é um gesto simbólico, mas você é rica e eu não tenho nenhum pudor em aceitar o seu dinheiro.

Ficamos sentados rindo, comendo e compartilhando lembranças de Bill por mais alguns minutos até que o sino acima da porta da frente começou a tocar.

— Desculpe — gritou Cole ao virar o rosto para ver quem estava entrando. — Não estamos abertos hoje. Situação famili… — Um rosto familiar apareceu no batente. — Ah, oi, doutor.

— Desculpem por interromper.

— De jeito nenhum. — Cole levantou. — Por que não se junta a nós? Sebastian já estava a caminho da cozinha.

— Vai levar só um minuto para jogar outro hambúrguer na grelha.

— Não, obrigado, Seb. Eu agradeço, mas Jo já me alimentou.

Brynn e eu trocamos olhares conscientes, de forma travessa, fazendo Sebastian revirar os olhos antes de dizer:

— Que tal um café, então?

— Isso eu não vou negar.

Cole já tinha colocado uma quinta cadeira à mesa, entre nós dois, quando o doutor terminou sua caminhada cruzando o salão até nós.

Eu me inclinei e o abracei enquanto ele sentava e Brynn levantou da cadeira e fez o mesmo. Tínhamos nos visto há poucas horas, mas o doutor tinha sido como outro pai para todos nós. Tem algo sobre perder figuras paternas na vida que faz com que você se agarre um pouco mais àquelas que sobraram.

— Obrigado, Seb — disse ele com um aceno de cabeça quando Sebastian colocou uma xícara de café na frente dele e voltou para a cadeira ao lado de Cole. — Sinto muito por invadir seu momento juntos. Sei que está um pouco mais difícil conseguir isso hoje em dia.

Isso era verdade, embora Cole e eu tivéssemos todo o tempo do mundo juntos, é claro. Trabalhávamos juntos no Cassidy's pelo menos quatro dias por semana, toda semana, desde que ele convenceu o avô a investir no seu sonho de transformá-lo em um restaurante. E quanto tempo fazia isso? Dez anos? Quinze, talvez? Ao longo de tantos anos, houve muitas vezes em que ele se desculpou por não haver outras oportunidades para mim lá. Que não havia maneiras de eu "subir na vida". Bem, não... não haveria, não é mesmo? Subir na vida em Adelaide Springs não era algo realmente possível.

Algum dia, talvez, eu consiga convencê-lo de que estou tranquila quanto a isso. Adorava servir mesas no Cassidy's. Adorava ter a oportunidade de conversar com praticamente todos os turistas que passavam pela cidade. Até porque, sério, onde mais eles comeriam? Adorava o nosso carrossel constante de clientes regulares, seja Fenton Norris, que sempre assistia a qualquer jogo de beisebol que estivesse passando na televisão e conversava sobre o clima com qualquer um que entrasse, ou Neil Pinkton, com 20 anos de idade e indo em direção à sua própria definição de vida adulta, sentado no bar com os velhos, bebendo um refrigerante. Acima de tudo, adorava desempenhar meu pequeno papel no sucesso de Cole.

Durante alguns anos, a equipe se tornou ainda melhor. Eu nunca teria pensado que isso era possível, mas ter o Sebastian atrás do balcão do bar fez tudo se encaixar em um outro nível. Bom, ele ressuscitou a máquina de karaokê, pelo amor de Deus.

De vez em quando ainda o colocávamos atrás do balcão do bar ou em cima do palco, mas é claro, ele e Brynn moravam em Nova York a maior parte do tempo ultimamente. E agora que Sebastian era jornalista de novo, mesmo quando eles estavam na cidade, não nos víamos com a mesma frequência. Ele estava escrevendo ou trabalhando no seu *podcast*. Agora que eram recém-casados, parecia improvável que fossem ficar magicamente livres para os amigos. E quanto tempo levaria até eles terem filhos?

Eles *teriam* filhos? Eles ao menos queriam filhos? Honestamente, era algo difícil de imaginar. Os dois seriam ótimos pais (tenho certeza absoluta disso), mas com a vida ocupada deles, eu não esperava que tivessem tempo de acrescentar uma criança a essa combinação tão cedo. Eles já tinham o cachorro de Sebastian, Murrow, que viajava o globo com eles, ou pelo menos com *ele*, quando Seb e Brynn viajavam o globo em direções diferentes. Uma pequena criança Sudworth talvez não se desse tão bem com viagens. E se eles não expandissem a família *logo*... Bom, eles não estavam exatamente na flor da idade.

Bom, nenhum de nós estava, embora eu fosse alguns meses mais jovem que Brynn e Cole, e todos nós éramos alguns anos mais jovens que Sebastian. O que isso fazia de mim? Uma senhora? No máximo, uma *jovem* senhora. Mas, na verdade, quem eu estava enganando? A contagem regressiva para os 40 anos tinha começado. Eu faria 39 anos em uma semana e depois começaríamos a fazer 40. *Quarenta*. Cole, depois Brynn, depois eu. Não, não tinha mais ninguém na flor da idade neste grupo.

Embora... eu deveria pensar em mim mesma como uma velha em vez de uma jovem senhora? Não saberia dizer com absoluta certeza se entendi esses conceitos de juventude.

— Terra para Laila! — Provocou Cole melodicamente do outro lado da mesa. — Ainda está com a gente?

Olhei com surpresa ao ouvir o som do meu nome.

— Eu só... — Afastei o estupor. — Foi mal, o que perdi?

— O doutor estava nos contando o motivo de ele passar aqui.

— Como eu estava dizendo, depois do funeral, fui até o banco para pegar o testamento de Bill no meu cofre. — Ele enfiou a mão no bolso do casaco. — Não tenho certeza, mas você sabia que ele me pediu para ser o testamenteiro dele?

Cole riu.

— Eu nem sabia que ele tinha um testamento.

— Sim, ele sempre teve. Este é o novo, foi atualizado há alguns meses.

Cole olhou o envelope amarelo com curiosidade.

— Alguns meses atrás? Por quê? Nada mudou.

O doutor deu de ombros.

— A única coisa que mudou, imagino, é que, no final das contas, ele finalmente começou a acreditar que era um mero mortal. Depois dos derrames e tudo mais. Acho que o outro era muito antigo. Ele provavelmente só queria ter certeza de que tudo estava atualizado e em ordem.

— Você sabe o que tem nele? — perguntou Cole.

— Não. Podemos descobrir agora, se você quiser...

Levantei minha mão. Não sei direito o motivo. Talvez eu só não tivesse certeza se fazia parte do momento o bastante para falar livremente. Ainda assim, não esperei ninguém me dar permissão.

— Desculpe, mas não tem que ter um tipo de leitura do testamento ou algo do tipo? Sempre imaginei essas coisas acontecendo no escritório de um advogado.

— É só uma invenção dos filmes. — Sebastian sorriu. — Com certeza é mais dramático do que um envelope saído do bolso do doutor, mas a menos que haja mais beneficiários contestando o espólio ou coisas sendo retidas em inventário, normalmente não é uma coisa muito dramática.

— Eu liguei para sua mãe — disse o doutor para Cole. — Como parente mais próxima, imaginei que ela tinha o direito de saber tudo primeiro. Ela disse para eu só seguir em frente e contatar você...

— E posso só avisá-la quanto dinheiro ela ganhou? — Cole completou o resto do pensamento. Quando o doutor levantou as mãos de uma maneira que comunicava claramente "Nada tão grosseiro assim, mas para todos os efeitos, você acertou", Cole riu. — Bem, tudo bem, então. Vamos fazer isso. Vamos descobrir quantos órfãos mais podem ter as vidas mudadas por uma doação da Fundação Cassidy Dolan-Kimball para Salvar o Mundo.

CAPÍTULO QUATRO

COLE

O doutor olhou ao redor da mesa e depois de volta para Cole.

— Tenho certeza de que sei a resposta, mas só para garantir... Tudo bem para você todo mundo participar?

Todos os seus amigos se levantaram de repente, talvez estivessem um pouco horrorizados por não terem ao menos pensado em perguntar se eram bem-vindos para ficar para aquela parte esquisita de negócios e legalidade do dia, mas também, parecia, estivessem um pouco horrorizados com o pensamento de ir embora. Brynn e Sebastian começaram a tagarelar listas de coisas que eles precisavam fazer enquanto Laila se recusou a olhar nos olhos de Cole. A boca dela estava se mexendo, mas ele não tinha ideia do que estava falando. Provavelmente, ela estava apenas copiando as desculpas de Brynn e Seb.

Na verdade... sim. Era isso. Ele conseguia distinguir o eco fraco de "... lavanderia... arrumar as malas... Murrow... *Sunup*..." sendo murmurados por ela, embora nada daquilo tivesse alguma coisa a ver com a realidade da sua vida.

Todos eles odiavam o pensamento de não estarem ao lado dele e Cole os amava por isso.

Ele deu risada e apontou o dedo para as cadeiras.

— Sentem, seus imbecis.

Nenhuma outra explicação foi necessária e os três sentaram de volta em suas cadeiras sem dizer outra palavra.

— Certo, então. — Começou o doutor com um piscar de olhos carinhoso. Ele introduziu os dedos no selo do envelope e o abriu, em seguida, tirou o bloco de páginas brancas. Quatro folhas de papel. Talvez cinco.

Cole não esperava sentir nenhuma tristeza naquele momento, mas de repente, sua garganta se contraiu e ele mordeu o lado direito do lábio inferior, apenas para manter as coisas sob controle. Noventa anos de vida, família, investimentos, prudência e ser um mão de vaca, mas surpreendentemente generoso (não que Bill Kimball tenha permitido que a maioria das pessoas soubesse disso) e amar uma cidade de forma irracional, apesar de ser seu crítico mais inflexível... Isso era o que tinha sobrado para mostrar. O que quer que estivesse naquelas quatro páginas. Talvez cinco.

— Chega para lá. — Ele olhou para Laila à sua direita, instruindo Sebastian a dar espaço para ela. Sem outra palavra ser dita, Brynn se acomodou na cadeira de Laila, Sebastian se acomodou na antiga cadeira de sua esposa e Laila se sentou ao lado de Cole, segurando a mão direita dele com as suas pequenas e delicadas mãos.

— Estou bem, Lai — sussurrou para ela.

— Eu sei.

Como ela sempre conseguia fazer isso? Detectar seu humor, avaliá-lo corretamente e oferecer a quantidade perfeita de apoio em menos tempo do que a maioria das pessoas tira os sapatos quando passa pela porta da frente ao chegar em casa de noite?

No grupo deles, Cole era conhecido como o protetor, mas ao menos quando se referia a ele, Laila era uma unidade de triagem em forma de mulher.

Ele apertou a mão dela e olhou para o doutor.

— Quando você estiver pronto.

O doutor dobrou os papéis em suas dobras para endireitá-los e, em seguida, tirou os óculos de leitura de dentro do bolso externo do peito de sua jaqueta jeans resistente. Ele os colocou no rosto e pigarreou.

— Vamos ver. — Seus olhos escanearam as primeiras linhas antes de murmurar — Juridiquês. Ah, certo... vamos começar.

Colocando o pé no chão, ele sentou mais ereto na cadeira, correndo o dedo ao longo das palavras no final da primeira página e, em seguida, virando para a segunda.

— A casa localizada em 23394 County Road 14, Adelaide Springs, Colorado... — Ele olhou para cima e sorriu para Cole. — É sua, é claro. Junto com tudo que estiver dentro dela.

Cole soltou a respiração que não tinha percebido que estava segurando. Certamente não tinha certeza do *porquê*. Nunca tinha lhe ocorrido que havia uma chance de a casa não ser dele, mas ele nunca tinha pensado nela nesses termos. Pensar nela nesses termos teria sido reconhecer, de alguma maneira, que não era sua ainda. Não, seu nome poderia não constar na escritura, mas tirando os dois anos em Boulder, nunca tinha morado em nenhum outro lugar. Suas primeiras lembranças eram naquela casa com seus avós e sua mãe. Depois, sua avó morreu e sua mãe foi embora em busca do desejo incansável de salvar o mundo. E, em algum momento, seu avô precisou de mais cuidado do que ele conseguia dar, por isso o vovô foi para Spruce House e Cole morou naquela casa grande sozinho. Provavelmente, sabia que os dois nunca mais morariam juntos. Provavelmente, os dois sabiam disso, mas nunca discutiram o assunto. E Cole não tinha nem mesmo mudado de lugar a poltrona do seu avô bem na frente da lareira, onde ele gostava.

Cole assentiu.

— Isso é muito generoso.

Os olhos do doutor continuaram escaneando as páginas e, no momento em que virou para a terceira página, os olhos dele começaram a se arregalar. Arregalados e cheios de perplexidade.

— Que foi? — perguntou Sebastian.

O doutor tirou os olhos das páginas.

— Todos vocês estão aqui.

— Quê? — perguntaram Brynn e Sebastian em uníssono, chocados, enquanto Cole apenas balançava a cabeça e sorria.

Essa tinha sido a história da sua vida. Por quase quarenta anos, toda vez que ele pensava que tinha entendido o avô, o velho fazia algo que o surpreendia. O surpreendia de verdade. Talvez fosse encontrando um monte de presentes de Natal embrulhados no armário e percebendo que não eram para ele, e, sim, para os filhos de alguns dos mineiros que se agarravam à esperança desesperada de não terem que mudar suas famílias quando a última mineração de prata acabou no final dos anos 1980. Mais de uma vez, sua teimosia miserável tinha sido anulada pela sua humanidade solidária e ele usou seu voto como membro do conselho da cidade para realmente melhorar a vida das pessoas. E quantas vezes Cole entrou no carro dele depois da escola, reclamando e cheio de ressentimento que o seu tempo de vídeo game estava sendo roubado, apenas para ter as melhores tardes da sua adolescência dando uma fugida com seu avô, fingindo serem heróis invisíveis numa missão para recolher o lixo e retirar ervas daninhas sem serem vistos?

É claro que ele esperaria até que não estivesse mais aqui para mostrar seu coração e revelar os seus sentimentos verdadeiros pelas pessoas que ele gostava de fingir atormentar mais do que os outros. Cole não sabia por que estava surpreso.

O doutor riu e olhou para eles por cima dos aros dos óculos.

— Acho que vou ler esta parte em voz alta. Sem dúvidas, é a voz de Bill. — Ele olhou de volta para as páginas e pigarreou. — Para Sebastian Sudworth, deixo minha pistola Benjamin Homer Brass Barreled American Flintlock, fabricada em Boston, Massachusetts, aproximadamente em 1775, junto com o certificado de autenticidade. Crédito a quem merece. — O doutor olhou para Sebastian. — Isso é tudo que diz. Nenhum crédito é dado de verdade, parece, mas...

— Sim, eu entendo. — Sebastian assentiu e estudou as mãos apoiadas na mesa enquanto o esboço de um sorriso ameaçava tomar conta dos cantos de sua boca. — Significa muito.

Nos três anos ou mais que Bill Kimball e Sebastian Sudworth atuaram juntos no conselho municipal de Adelaide Springs, eles votaram da mesma forma apenas algumas vezes. A mais notável foi no apoio ao novo plano que Brynn e Sebastian promoveram para trazer de volta o Festival da Cidade de uma forma que fosse sustentável, a preço acessível e com visão de futuro. Ah, Bill ainda reclamava a cada chance que tinha, é claro, mas ao trazer de volta o Festival da Cidade, Sebastian finalmente ganhou o respeito do velho. Crédito a quem merece.

— Para Brynn Cornell — continuou o doutor e Brynn congelou na cadeira ao som de seu nome. — Eu perdoo a dívida no valor de US$ 6,42, avaliada em aproximadamente US$ 41,30 quando ajustada pela inflação e juros acumulados.

A mesa inteira explodiu em gargalhadas. Brynn levantou da cadeira e foi até o outro lado da mesa.

COLE E LAILA SÃO APENAS AMIGOS 37

— Me devolve, Kimball. Estou livre, querido. Livre, leve e solta.

Cole tirou o dinheiro do bolso e entregou de volta para ela enquanto Brynn continuava a rir.

— Para Laila Olivet — retomou o doutor, sendo o adulto do lugar, como sempre. Mas desta vez a risada continuou e o desconforto que originalmente tinha acompanhado a seriedade da ocasião parecia ter ido embora. Pelo menos até o doutor dizer: — Ah, bem… Humm.

Todos voltaram a prestar atenção, mas Laila ainda tentava manter as coisas leves.

— Tenho quase certeza que *eu* paguei tudo o que devia para ele, doutor. Tudo que ele sabia, de qualquer jeito.

O doutor sorriu para ela e segurou o documento com força à sua direita para que Cole, que estava esticando o pescoço, pudesse ver o que tinha causado a reação do doutor. Os olhos de Cole se arregalaram enquanto olhava rapidamente para o doutor e depois de volta para o papel.

— Tá bom, agora vocês estão me assustando. — Laila deu um suspiro trêmulo. — O que diz aí?

Cole a encarou, os olhos dele não estavam mais arregalados, mas seu sorriso se alargava a cada segundo.

— Meu avô deixou dez mil dólares para você.

A cor sumiu do rosto dela por um instante.

— O quê? Do que você está falando? Por que ele… *O quê?!* O que diz aí? Ele diz o *motivo*? Isso não faz sentido!

— Diz "Para Laila Olivet deixo dez mil dólares". — O doutor olhou por cima dos óculos e sorriu. — Você conhece o Bill, ele sempre teve jeito com as palavras.

— É muito, não posso aceitar…

— Claro que pode — argumentou Cole. — É o que ele queria. E quanto ao *motivo*… — Não tinha previsto isso, mas na verdade fazia todo sentido do mundo para ele. — Você sabe que era a favorita dele.

Ele estava cheio de afeto por ela (e por seu avô) enquanto a observava lidar com suas emoções. Bill Kimball tinha sido um homem que não gostava de muitas pessoas e não tinha problema em encontrar falhas em todas elas. Todas, com exceção da esposa que tinha amado e perdido.

Além da avó de Cole, Bill achava que Laila Olivet tinha menos falhas do que todo o resto das pessoas.

O doutor retomou a leitura.

— E então tem uma pequena quantia de dinheiro para sua mãe, Cole. E alguns pertences da sua avó, parece. Anel de noivado, algumas outras joias, um casaco de pele... esse tipo de coisa. Então parece que todo o resto... — A voz dele falhou. — Isso não pode estar certo — disse ele em voz baixa enquanto folheava da página três para a página quatro e vice-versa. Os olhos dele encontraram os de Cole. — Todo o resto vai para a cidade, com uma boa porção destinada para o Festival da Cidade.

Cole bufou.

— Parece correto para mim. Estou surpreso que não tinha nenhum tipo de estipulação aí que a dívida de US$ 6,42 da Brynn devesse ser acompanhada por um voto inquebrável de sempre apoiar o festival e fazer uma cobertura em tempo real no *Sunup*. — Ele começou a olhar por cima do ombro do doutor. — Quanto é "todo o resto", afinal? Sei que ele tinha alguns investimentos em ações e algum dinheiro no banco, mas...

— Um milhão e oitocentos mil.

O silêncio ecoou na mesa. Todos encararam primeiro o doutor, como se tentassem entender as palavras que tinha acabado de dizer, e depois Cole, como se estivesse escondendo algo deles. E escondendo bastante. Por toda a vida, em alguns casos.

É claro que não demorou muito para todos observarem a confusão boquiaberta que Cole sabia que seu rosto expressava e perceberem que se tinham escondido algo de alguém, era dele.

— Você não fazia ideia de que Bill tinha tanto dinheiro? — perguntou Sebastian.

Cole ergueu as sobrancelhas e balançou a cabeça em negativa.

— Se você me perguntasse qual tipo de liquidez ele tinha deixado, depois da casa e dos investimentos e tudo mais, eu teria imaginado uns cem mil dólares. Talvez duzentos mil se ele fosse mais entendido do que parecia.

E o fato é que ele *tinha* suspeitado que seu avô era mais entendido do que deixava transparecer. Nenhuma surpresa nisso. Apesar de lutar contra a tecnologia de todas as formas e reclamar dos avanços e mudanças no mundo

COLE E LAILA SÃO APENAS AMIGOS 39

e afins, ele também mencionava nomes como Steve Jobs e Bill Gates em conversas com frequência o bastante para que Cole às vezes o provocasse perguntando se ele tinha Rupert Murdoch na discagem rápida.

Bill respondia fingindo que não entendia o conceito de discagem rápida.

Mas um milhão e oitocentos? Como isso era possível?

— Uma quantia como essa vai mudar tudo para Adelaide Springs — sussurrou Brynn, com animação e medo, Cole adivinhou. Cole entendeu o tom porque entendia o sentimento.

— Tem algum tipo de instrução, doutor? — perguntou Cole. — Além da ajuda ao Festival da Cidade. Ele diz alguma coisa sobre um fundo ser criado ou como distribuir os pagamentos à cidade ou algo do tipo?

O doutor balançou a cabeça.

— Parece que não. Não aqui, pelo menos. Mas obviamente deve ter mais documentos em algum lugar. Acho que vou ter que falar com o advogado dele...

— Eu tenho o número dele. — Cole pegou seu celular. — Estou presumindo que seja a mesma firma que usamos em Grand Junction quando fizemos a procuração para cuidados de saúde.

O doutor colocou a mão dentro do bolso do casaco de novo, puxou uma caneta e entregou para Cole. Cole escreveu as informações no envelope do testamento e entregou ao doutor.

— Aqui está. Me avise se eu puder ajudar com alguma coisa.

— Eu também. — Sebastian entrou na conversa e Brynn balançou a cabeça em concordância. — Algo assim tem o potencial de fazer tudo muito grande muito rápido se a gente não tomar cuidado.

A voz calma e trêmula de Laila interrompeu a especulação em andamento.

— E o Cassidy's?

Hein? Cole não tinha pensado no Cassidy's. Sim, eles estavam sentados bem no centro dele, mas não tinha estado no seu radar tanto quanto o casaco de pele da sua avó (que sua mãe já tinha jurado que venderia, os proventos iriam para uma instituição de caridade pelos direitos dos animais). A casa do seu avô tinha sido só isso: a casa do seu avô. Não importava que Cole nunca tenha recebido sua correspondência em nenhum outro lugar ou que quase todos os contracheques que recebeu tenham contribuído para as contas da casa e para sua manutenção. Não importava que na estranha ocasião que tinha um dia de folga do Cassidy's, ele estaria numa escada no porão ou cortando a grama. Era a casa de seu avô.

Mas ele não conseguia lembrar da última vez que pensou no Cassidy's Bar & Grill como o negócio de seu avô. O Cassidy's era seu e suspeitava que o avô tinha visto dessa forma por mais tempo do que ele.

E agora tinha apenas que esperar que a visão compartilhada de longa data não fosse causar problemas desnecessários.

— Ele se esqueceu de incluir o Cassidy's no testamento? — perguntou Cole. O que acontece então? Vai ter que legitimar o testamento ou algo do tipo?

— Você vai conseguir seu drama no final das contas. — Brynn provocou Laila do outro lado da mesa.

Cole riu e anteviu como não seria dramático. *Prova do Tribunal A: O x-bacon de Cole com o molho do Cassidy's. No menu desde 2016. Alguém mais no mundo todo pode recriar a receita do molho do Cassidy's? Não? Sem mais perguntas. Caso encerrado e bon appétit!*

O doutor não estava rindo. Ele virou para a quinta e última página e ela estava prendendo toda a sua atenção. E dessa forma, a seriedade da expressão do doutor captou a atenção de todos na mesa.

— O que foi, doutor? — perguntou, por fim, Sebastian, depois de todos trocarem olhares várias vezes e o seu repousar em Cole. — O que tem de errado?

Foi nesse momento que ouviu a pergunta saída da boca de Sebastian que Cole percebeu que algo estava, de fato, errado. Sebastian era o melhor observador que ele conhecia e Cole de repente estava com medo de estar perdendo alguma coisa.

— Ele deixou o Cassidy's pra mim, não é? — O pensamento de qualquer outra alternativa era inconcebível, mas isso não tinha impedido o seu cérebro de entrar numa espiral. Não de preocupações, mas de possibilidades. Se ele tivesse que fazer isso, o compraria. De alguém, ele não fazia ideia (da cidade, talvez?) e com qual dinheiro ele sabia menos ainda. Mas a casa era sua e tinha estado livre de dívidas por 25 anos ou mais. O crédito dele era bom e a reputação impecável.

Quanto mais ele pensava nisso, não ficava tão preocupado assim. Estava se sentindo um pouco culpado por não ter ajudado seu avô a cuidar melhor das coisas, mas teria apenas que viver com isso. Ele teria insistido em mais do que apenas uma procuração para cuidados de saúde se soubesse que testamentos seriam reescritos nos últimos meses de vida do avô, mas ele parecia mais inteiro do que qualquer um na sua condição teria o direito de estar.

Era isso mesmo. Se "todo o resto" ia para Adelaide Springs, isso deveria incluir o Cassidy's. Ele encontraria uma maneira de pagar o que o restaurante valia. E, para ele, valia o que fosse necessário.

Além disso, ele pensou enquanto olhava para o outro lado da mesa e o sorriso retornava ao seu rosto, dois dos seus melhores amigos eram cheios da grana. Eles fariam uma doação considerável à sua conta do GoFundMe.

— Cole, não sei como explicar o que estou vendo aqui. — A voz do doutor era grave quando ele levantou os olhos das páginas que tinha nas mãos e encontrou os olhos de Cole. — Parece que foi vendido.

A diferença completa na terminologia do que tinha acabado de inundar o seu cérebro (a diferença entre deixar alguma coisa como herança e vendê-la) não foi registrada.

— Certo, então com quem eu tenho que falar? Eu faço uma oferta para o conselho da cidade ou…

— Não, me escuta, filho. — O doutor se virou, colocou a mão no ombro de Cole e transmitiu todo o peso da sua natureza atenciosa e compassiva enquanto seus olhos se fixavam nos de Cole. — Bill vendeu o Cassidy's Bar & Grill. Meses atrás, pelo que parece. Para um grupo de investimento de algum tipo.

Reações de susto escaparam de Laila e Brynn, enquanto Sebastian afastava sua cadeira da mesa, os pés raspando no piso de madeira e balançando para manter o equilíbrio, e murmurava suas frustrações em direção à parede de madeira.

Quanto a Cole, ele não sabia o que dizer. O que ele *deveria* dizer? No final das contas, enquanto Laila apertava a mão dele, o doutor mantinha seu olhar o mais calmo que podia, Sebastian vagava de um jeito que lembrava um animal enjaulado e Brynn segurava a língua e a respiração, ele disse a única coisa que fazia sentido para ele:

— Não. — Ele balançou a cabeça e uma risada confusa escapou. — Não, tem que ter algum erro. Por todas as coisas que ele... Sei que ele não era exatamente... — Cole respirou fundo. — Não, ele nunca faria uma coisa tão cruel. Sem nem mesmo me contar? De jeito nenhum. Sem chance. Desculpe, doutor, mas o senhor está errado.

O doutor abaixou os papéis na mesa à sua frente.

— Não consigo dizer o quanto eu gostaria de estar.

CAPÍTULO CINCO

LAILA

— Não acredito que Bill faria isso — disse Sebastian cerca de vinte e cinco minutos depois. O doutor e Cole tinham saído para procurar o resto da papelada para tentar entender o que quer que estivesse acontecendo e depois de vinte e cinco minutos, aquelas eram as primeiras palavras coerentes que saíram da boca de Sebastian. Eu nunca o tinha visto com tanta raiva.

Eu não tinha chegado na parte da raiva ainda. Ou da tristeza. Ou do entendimento. Não do entendimento, com certeza. Eu só estava preocupada com Cole e ansiosa para que ele voltasse com respostas.

— Vai ficar tudo bem. — Brynn mudou para o modo resolvedora de problemas. A parte da personalidade dela que tinha ganhado a reputação de Raio de Sol da América tinha sido ativada. Um dos seus melhores amigos tinha acabado de ter a vida revirada, outra estava se sentindo impotente e confusa, e seu marido estava exibindo um temperamento que ela dizia, em tom de brincadeira, que normalmente era reservado apenas para ela, quando acidentalmente deixava escapar a palavra do dia no *Wordle* antes que ele descobrisse por conta própria. Tudo na natureza dela a forçava a intervir e melhorar as coisas para as pessoas que ela amava. — Tenho certeza, deve ter acontecido algum tipo de mal-entendido.

— Mas e se não for um mal-entendido? — perguntei.

— Então ele vai comprar de volta. — Brynn deu de ombros como se fosse a sugestão mais óbvia do mundo.

Sebastian suspirou e revirou os olhos.

— Foi mal, eu te amo, mas isso é um absurdo. Tenho certeza de que cada centavo que Cole já ganhou foi direto para o Cassidy's. — Ele olhou para mim do outro lado da mesa para confirmar. — Certo?

— Provavelmente — sussurrei. — E sei que não foi barato levar o avô dele para Spruce House. Posso estar errada, mas tenho a impressão de que Cole estava pagando a maior parte.

— Sim. — Sebastian fez que sim com a cabeça. — Ele tinha falado que não queria liquidar os investimentos do Bill.... — A voz dele sumiu e ele começou a se enfurecer enquanto o calor voltava ao seu rosto. — E esse é o agradecimento que ele recebe. Ele se esforçou para cuidar do Bill para que o Cassidy's não tivesse que ser vendido. E ele acabou sendo arrancado dele de qualquer maneira.

Sebastian começou a levantar da cadeira, provavelmente para começar outra ronda furiosa de caminhada pelo lugar, mas Brynn levantou primeiro. Ela ficou atrás dele, colocou as mãos nos seus ombros e o manteve sentado.

— Tenho certeza de que ele consegue um empréstimo. — Sebastian abriu a boca para oferecer algum argumento, mas ela não o deixou vocalizar. — Ou vamos dar o dinheiro a ele.

— Sim, certo — respondi, rindo pela primeira vez em meia hora ou mais. — Você sabe que ele não vai aceitar dinheiro de vocês.

Brynn considerou isso, mas o Raio de Sol não poderia ser derrotado.

— Ele pode não aceitar o nosso, mas vai aceitar o seu.

Eu ri de novo.

— Você está brincando? Você se lembra daqueles picles de endro enormes no cinema em Alamosa? Ele adorava aquelas coisas e eu tentava comprar para ele todas as vezes que íamos ao cinema, desde o ensino fundamental, e nunca consegui. Nenhuma vez. Ele me pagava de volta ou insistia em pagar, pelo picles *e também* pela pipoca, vale ressaltar. — Meu riso se esvaiu quando considerei a realidade diante de nós. Diante *dele*. — Mas eu não sei, talvez você esteja certa. Talvez isso seja diferente.

É claro que, mesmo que meu amigo teimoso aceitasse minha ajuda dessa vez, ainda tínhamos um problema maior perante nós.

— Não sou nenhuma magnata do meio imobiliário, mas acredito que o Cassidy's custa mais do que aqueles picles de endro, não é?

Brynn deu um aperto final nos ombros do Sebastian e retornou ao seu lugar na mesa.

— É óbvio que vamos dar o dinheiro.

— E fingir que fui secretamente milionária todos esses anos? Como isso aconteceu? — Sim, eu tenho servido mesas fielmente tanto no Cassidy's quanto no Bean Franklin na maior parte da minha vida adulta, mas a maioria das pessoas em Adelaide Springs tende a mostrar seu apreço de maneiras que eram mais pessoais do que dinheiro. Magda Sorenson me dava gorjeta com uma dúzia de ovos frescos da fazenda toda terça-feira quando vinha para o jantar especial de bife à milanesa do Cole e, embora eu não cozinhasse, sabia ferver água. Ovos cozidos era minha escolha de lanche favorita na maioria dos dias. E não comprava sabonete para mãos há quase uma década, pois toda vez que acabava, tudo que eu precisava fazer era mencionar para Susan Singer quando estava lá pegando sua salada com um pouco de óleo de girassol. Uma das barras de sabão de leite de cabra feitas em casa estaria inevitavelmente esperando por mim, na minha porta da frente, quando eu chegasse em casa.

Sempre fui muito boa em guardar dinheiro, só porque não tinha muito com o que gastar em Adelaide Springs. Eu tinha um carro bom e minha casa própria em alguns acres ao norte da Elm Street. Sim, comprei a casa de meu pai e de Melinda (que moravam a menos de 2 km de distância ao sul da Elm), mas era minha. Ou seria minha daqui a quatro anos. Nada mal, hein? Eu teria a hipoteca da casa que eu amava completamente paga antes dos meus 45 anos. Quantas garçonetes solteiras e de cidade pequena poderiam dizer isso?

E desde que a internet em Adelaide Springs se tornou mais confiável, graças ao trabalho dos Sudworth com suas conexões para ter uma rede de fibra instalada, eu estava me presenteando com Netflix e me atualizando em todas as séries da última década que eu nunca me importei em sentar e assistir enquanto estavam sendo transmitidas (se tudo que você sabe sobre *House of Cards* é que Robin Wright está nela e você *ama* a Robin Wright, eu recomendo que você pule. Fiquei marcada para sempre por ter visto o lado obscuro da Princesa Prometida).

Além disso, no ano passado, esbanjei comprando a máquina de costura Singer Quantum Stylist 9985. Você me ouviu? A 9985! Aquela com o tela colorida sensível ao toque e treze estilos diferentes de casas de botão. *Treze!* Aquela belezinha vinha com 960 pontos embutidos e uma garantia de 25 anos, portanto, claramente eu estava me saindo bem.

Mas se o avô do Cole realmente tivesse feito o impensável e vendido o Cassidy's, minha capacidade de costura de alta velocidade de 850 pontos por minuto não faria muita diferença.

— Vamos ter que emprestar o dinheiro para ele — disse Sebastian enquanto coçava a mandíbula onde sua barba por fazer estava começando a aparecer. — Com juros.

— Ah, qual é — opôs-se Brynn. — Não vamos cobrar juros dele.

Eu não sabia exatamente o quanto os Sudworth eram ricos, mas era razoável presumir que eles poderiam comprar o Cassidy's Bar e & Grill muitas vezes. Além dos empregos lucrativos, ambos tinham autobiografias na lista de livros mais vendidos do *New York Times* pela maior parte do ano e eu sabia que Brynn tinha acabado de conquistar outro contrato enorme para publicação de um livro e era a nova garota-propaganda do suco de laranja. Não *todos* os sucos de laranja, obviamente, mas um das grandes marcas. Não conseguia lembrar qual. Se o Estado da Flórida, ou qualquer outro lugar, tivesse conseguido o apoio dela para as laranjas em geral, o mundo inteiro teria dito adeus às deficiências de vitamina C. Tudo o que ela tocava virava ouro.

Então não tem nada com o que se preocupar, lembrei a mim mesma. *Brynn e Seb vão dar um jeito nisso.*

— Não, ele está certo — falei para ela. — Cole não vai querer caridade de ninguém. Mesmo que seja para manter o Cassidy's. Tem que ser benéfico para vocês também ou tenho certeza de que ele não vai nem considerar a proposta.

Nos sentamos quietos, considerando as possibilidades, até que os olhos de Brynn se arregalaram e bateu com o pulso na mesa. Ela se virou para encarar Sebastian, que já estava lhe dando sua completa atenção em antecipação a qualquer coisa brilhante que ela estivesse prestes a dizer. Brynn pode ter tido a reputação de ser alegre, animada e tudo mais, mas Sebastian sabia, como eu também sabia, que ela era uma gênia semimaníaca e aberração da natureza por trás de todas as referências à cultura pop e obsessões por vídeos de TikTok.

— Vamos para o nível empresarial. — Ela levantou as mãos no ar e disse as palavras, em seguida, cruzou os braços e sentou na cadeira novamente como se não tivesse mais nada para dizer sobre o assunto.

COLE E LAILA SÃO APENAS AMIGOS 47

E acho que é por isso que os Sudworth formam uma equipe tão boa. Porque Sebastian estava acompanhando o pensamento.

— Sim. — Ele segurou o rosto dela com as mãos e deu um beijo rápido nos seus lábios. — Sim, é claro. É isso.

Eu e Brynn também sempre fomos muito boas em falar a mesma língua. No ensino médio, nós fazíamos planos para dar uma fugidinha de casa de noite debaixo dos narizes dos nossos pais (digo, nós escapávamos debaixo dos narizes deles, é claro, mas a maioria dos adolescentes podiam fazer isso. O *planejamento* que era feito debaixo dos narizes deles é que era realmente impressionante). E quando se tratava das músicas do John Mayer, era como se tivéssemos nossa linguagem própria que não fazia nenhum sentido para o resto do mundo.

— *Qual é a que sempre me deixa com fome?*

— *"Why Georgia?"*

— *Sim! Obrigada. Embora, pensando bem, acho que estou mais no clima de "Heartbreak Warfare".*

— *Então... bolinhos de batata?*

— *Perfeito.*

Mas isso? Eu não fazia ideia do que ela estava falando.

— O que isso significa? "Ir para o nível empresarial"?

Olhei para Sebastian, já que foi o último a falar, mas ele fez um gesto para Brynn assumir o palco e compartilhar a ideia dela.

Ela se inclinou para a frente, apoiando-se nos cotovelos.

— Se tirarmos os nossos sentimentos pelo Cole, ainda é fácil ver que comprar o Cassidy's nesse momento seria um investimento superinteligente. Não olhei os livros contábeis nem algo assim, mas é óbvio que o negócio cresceu ao longo dos últimos anos.

Sebastian assentiu.

— Certo, Adelaide Springs está crescendo. Logo vai ter novos restaurantes, vai ter que ter. Mas o Cassidy's é o porta-estandarte.

— Ele não vai poder contestar o fato de querermos investir e tornar as coisas tão boas quanto possível antes que o *boom* populacional realmente aconteça. — Ela sorriu para mim e depois colocou a mão no antebraço de Sebastian. — Na verdade, deveríamos pensar em comprar algumas das casas vazias nas estradas do condado.

— E as lojas do centro. — Sebastian pegou seu celular e começou a digitar. — Quem quer que tenha comprado o Cassidy's do Bill, isso provavelmente é só o começo. Nós temos que fazer tudo que pudermos para manter as propriedades locais. Não acredito que não pensamos nisso antes.

Beleza. Entendi. Eu estava muito envolvida e não podia negar que eles provavelmente tinham se deparado com a abordagem mais amigável ao Cole para resolver essa bagunça. Foi fácil o bastante preencher as lacunas. Eles, junto com Cole e quem mais que seja, deteriam ações do Cassidy's. Ou porcentagens. Ele não seria negociado na bolsa de valores ou algo do tipo, certo? Tudo bem... então várias pessoas teriam a propriedade e quando a porcentagem de Cole tivesse dinheiro o bastante, como Brynn e Sebastian estavam confiantes que teria, pela parecia, ele poderia comprar a parte dos outros. Sim, se ele fosse tentar alguma coisa, provavelmente seria isso.

Mas enquanto eu os observava conversarem com animação, procurando endereços no celular e jogando números um para o outro que faziam tanto sentido para mim quanto uma escala de fome não quantificável de John Mayer significaria para a maioria das pessoas, eu só me senti triste. Como se algo tivesse sido perdido e nunca mais pudesse ser recuperado. Claro, talvez Cole acabasse sendo o único dono do Cassidy's. Todo o trabalho duro que ele dedicou ao lugar — o sangue, o suor e as lágrimas literalmente que ele devotou ao que tenho certeza que é o amor da vida dele —, ainda assim, de algum jeito, valeria a pena. Com Brynn e Seb trabalhando com Cole, o Cassidy's alcançaria novos níveis de sucesso que ele nunca tinha sonhado. Não tenho nenhuma dificuldade em acreditar nisso. O Cassidy's ainda poderia ser seu legado, como ele sempre quis que fosse.

Mas ninguém e nenhuma quantia de dinheiro, sucesso ou legado seriam capazes de livrá-lo do momento em que, na sua mente, todos os seus medos mais profundos se confirmaram. Aqueles que ele tinha compartilhado apenas comigo, eu tinha quase certeza. Talvez Brynn e Sebastian poderiam consertar a situação, mas o que seria preciso para consertar Cole? Ele algum dia acreditaria de novo em alguma coisa que agora aparentava ser a verdade fria, dura e indiscutível? Eu não conseguia acreditar que era verdade, mas da perspectiva de Cole, é claro que ele

COLE E LAILA SÃO APENAS AMIGOS   49

acreditaria que, como o filho adotado da enteada de Bill Kimball, ele era um estranho. Nunca completamente conectado. Facilmente desconsiderado. No fim das contas, o avô cujas necessidades Cole sempre colocou antes das próprias nunca o tinha considerado sua família de verdade. Quem poderia convencê-lo de qualquer outra coisa depois disso?

— Quero investir. — Fiz a declaração com mais certeza do que qualquer coisa que já disse na minha vida, tenho convicção disso. Pelo menos desde 2010, quando levantei do cinema depois do final de *Decisões Extremas* e declarei confiante que Brendan Fraser ia ganhar o Oscar (meu *timing* pode ter sido um pouco errado, mas quem está rindo agora, otários?).

Não tenho certeza do que eles estavam conversando entre si (ou comigo, talvez?) naquele momento, mas ficaram em silêncio de repente quando eu pulei e corri para pegar minha bolsa atrás do balcão do bar. Peguei meu celular e entrei no aplicativo do banco, fiz alguns cálculos na minha cabeça e voltei correndo para lá.

— Qual a porcentagem que consigo comprar com 25 mil dólares?

Eles me encararam por um momento e Sebastian desviou o olhar, e de repente, fiquei envergonhada. Essas eram duas pessoas com quem sempre me senti confortável para ser eu mesma, para o melhor ou pior, mas naquele momento eu queria ser eu mesma, mas com uma carteira de investimentos mais impressionante.

— Sei que não é muito.

Olhei para baixo, para os meus sapatos de salto favoritos, os que escolhi em Denver três anos atrás quando Cole me levou para fazer compras no meu aniversário e me disse para escolher o par que mais tinha gostado, sem me importar com o preço. Eu sabia que ele estava falando sério, mas também sabia que preferia que ele gastasse seu dinheiro com aperitivos *e* sobremesas no Cheesecake Factory, por isso eu só procurei na seção de liquidação. E lá encontrei o meu par de sapatos favorito da vida, que eu usei enquanto servia mesas, no jantar de ensaio de Brynn e Seb, ali mesmo no Cassidy's uma semana atrás, e em mais de uma ocasião enquanto sentava no meu deque de madeira lendo um livro. Eles eram translúcidos, em um tom de rosa pastel, com um efeito cintilante. Eles me lembravam dos sapatos de plástico pelos quais eu era obcecada quando criança, só que eles tinham um salto gatinho que me fazia sentir como um cruzamento entre a Cinderela fugindo à meia-noite e a Peggy Olson em *Mad Men*, depois que ela se tornou conhecida e começou a escrever anúncios para a Heinz Baked Beans e coisas do gênero (mais uma vez, ter internet melhor abriu um mundo totalmente novo para mim).

Naquele momento, meus sapatos favoritos estavam fazendo me sentir como se não pertencesse àquela mesa de investidores poderosos. Eu os amava, mas quanto eles custaram? Acho que trinta e dois dólares. Não me entenda mal, valeu muito a pena poder sentar na frente de Cole uma hora depois, sentindo pena da Cinderela por ela não ter se aproveitado de um pouco de mágica Hocus Pocus para invocar alguns rolinhos-primavera à moda Tex-Mex e Very Cherry Ghirardelli Chocolate Cheesecake. Mas Brynn provavelmente usava sapatos Louboutin para ir até a entrada da garagem e verificar a correspondência. Eu nunca tinha sentido inveja dela até aquele momento, quando desejei ter um armário cheio de sapatos como aqueles para vender.

— Não sei quando eu vou conseguir os dez mil dólares que o Bill me deixou, tenho que pensar nisso. — Eu realmente queria conseguir parar de balançar os pés. Eu arranharia o piso com o meu salto barato e idiota se não tomasse cuidado. — Então agora tenho quinze mil.

Suspirei. *Cala a boca, Laila. Pare de* pensar. *Isso não está ficando melhor.*

— E a maioria num CDB, então vou precisar de alguns dias para fechar.

Quanto custaria a multa por encerramento antecipado?

Aqui, pessoal... Tenho cerca de 52 dólares para contribuir com a causa.

— Eu te amo tanto — sussurrou Brynn.

— Eu realmente queria fazer mais.

— Você está brincando? Isso é incrível. *Você é* incrível! — exclamou ela.

Sebastian encontrou os meus olhos, que finalmente se levantaram dos meus pés.

— Você sabe que Cole não vai querer que você faça isso. — Comecei a protestar, mas ele não me deu chance. — Mas não aceite não como resposta, ouviu?

Dei risada e fiz que sim com a cabeça.

— Ouvi.

Naquele momento, ouvimos o estrondo do Jeep Wrangler do Cole quando ele entrou no estacionamento de cascalho do Cassidy's. Corri para a porta para tentar dar uma olhada nele antes que ele soubesse que eu estava olhando. Antes que ele tivesse a chance de fazer uma expressão cuidadosamente construída para aliviar as preocupações dos seus amigos. Brynn e Sebastian pigarrearam e ficaram atrás de mim, preparando o palco para a apresentação, se necessário, e provavelmente esperando vender como um cálculo realizado perfeitamente e considerado com cuidado enquanto ainda faziam parecer, de algum jeito, que tinha saído da cabeça deles e não era grande coisa.

É claro que ele ia sacar na hora. Ele veria as intenções por trás disso tudo. Mas eu tinha confiança de que em algum momento ele aceitaria a ajuda.

Ou eu *estava* confiante até que o brilho do sol poente no para-brisa dele parou de bater nos meus olhos e pude vê-lo claramente pela primeira vez. Ele parecia despreocupado. Tranquilo. Feliz, até. Os lábios dele pareciam contraídos em um assobio e, embora seus olhos mostrassem a exaustão acumulada ao longo da semana, os vincos nos cantos deles pareciam estar inclinados para cima novamente. Ele estacionou o Wrangler entre o meu Subaru Outback e o Bronco Sport novinho em folha de Brynn e Sebastian — um presente de casamento da Brynn porque ela se recusava a continuar andando por aí num Bronco laranja e branco de 1974 que Seb tinha pegado emprestado de Andi Franklin desde que ele se mudou para Adelaide Springs — e desceu do carro com energia.

Meu corpo inteiro se liberou da tensão que eu não estava ciente que sentia enquanto soltava minha respiração.

— Está tudo bem. — Gritei virando para trás. — Deve ter sido um erro.

— Tem certeza? — perguntou Sebastian, se levantando para tentar espiar pela janela. — Acho que não deveríamos alimentar esperanças...

— Seb. — Virei e o encarei, um sorriso irradiando no meu rosto. — Confia em mim, está tudo bem.

Se tinha algo em que eu era mais especialista do que os talentos há muito ignorados de estrelas de cinema subestimadas dos anos 1990 e início dos anos 2000 era Cole Kimball. Tudo ia ficar bem agora. Eu apostaria dois *O Homem da Califórnia* e um *George, o Rei da Floresta* nisso.

CAPÍTULO SEIS

COLE

— Oi, Lai — cumprimentou Cole quando o sino da porta tocou. Ela correu até ele tão rápido que nem teve tempo de abrir os braços para ela. Seu braço direito estava para trás, fechando a porta, e seu braço esquerdo foi esmagado entre os corpos deles. Ele riu enquanto colocava cuidadosamente seu braço esquerdo para fora e envolvia os ombros dela. — O que foi? — sussurrou ele no cabelo dela. Ela se soltou dele, mas o braço dele permaneceu em volta de seus ombros enquanto ele olhava para o rosto dela, cheio de tanta emoção que ele não sabia como interpretar tudo aquilo. A risada foi embora em um instante. — Você está bem?

Ela assentiu e sorriu.

— Estou bem se você estiver bem.

Cole inclinou a cabeça para longe dela, enquanto suas sobrancelhas elevadas faziam com que sua testa se enrugasse um pouco.

— Sim, estou ótimo.

Ele passou o caminho inteiro de volta dirigindo da sua casa (*sua* casa... que estranho) tendo certeza de que ia se apresentar como ótimo para Laila. Ele sabia que ela estaria esperando, ansiosa para saber todas as informações que ele e o doutor tinham conseguido descobrir.

Ele olhou para onde todos estavam sentados quando saiu. É, com certeza, Brynn e Seb tinham ficado também. Imaginou que esse seria o caso, mas meio que esperava estar errado dessa vez. Pouca possibilidade disso. O tipo de amigos que acabam com a lua de mel deles mais cedo para aparecer no funeral de seu avô não era o tipo de amigos que se mandavam e esperavam você mandar uma mensagem de texto assim que sua vida voltasse ao controle.

COLE E LAILA SÃO APENAS AMIGOS 53

— Oi, pessoal. Vocês não precisavam ficar, devem estar cansados. Não é madrugada no horário italiano? Quando foi a última vez que vocês dormiram?

Ele sentiu que a oportunidade perfeita para um humor de lua de mel quase picante estava escapando, mas passou os poucos minutos na estrada de volta para o Cassidy's se preparando para o ótimo. Normal. Animado até. O humor imaturo ou qualquer nível perceptível de insinuação estava fora de alcance no momento.

Sebastian deu de ombros.

— Você nos conhece. Estamos bem familiarizados com a vida de cruzar fusos horários e dormir em pé.

— Como foi lá? — perguntou Brynn. Ela estava balançando a cabeça concordando com o que Seb estava dizendo, mas Cole poderia dizer que ela não estava ouvindo de verdade nenhuma palavra. Os olhos dela estavam se movendo rapidamente entre ele e Laila, tentando interpretar os humores, ele presumiu.

Cole apertou os ombros de Laila mais uma vez e a soltou em seguida. Ela se sentou de novo à mesa, provavelmente esperando que ele se juntasse a ela e começasse a contar uma história de loucura da terceira idade e intrigas de proprietários de pequenas empresas. Ele não tinha certeza de quanta loucura estava envolvida. Seu avô tinha feito escolhas com as quais Cole não concordava e nem mesmo entendia, mas não parecia ter nenhum indicativo de que ele tinha feito alguma coisa que não era exatamente o que pretendia fazer. Talvez o que ele *sempre* pretendeu fazer. E quanto à intriga... Bem, ele e o doutor não tinham tido nenhum problema em rastrear os documentos de que precisavam. Tudo estava empilhado ali mesmo, em uma mesa de um escritório onde seu avô não pisava há meses. Em uma casa para a qual ele certamente sabia que nunca mais voltaria.

Talvez se Cole tivesse se permitido ser tão lúcido, se tivesse deixado de lado o sentimentalismo e agido da maneira fria e insensível que seu avô claramente valorizava, não teria deixado o escritório intocado quando Bill se mudou para Spruce House. Ele poderia ter descoberto a toalha de mesa cuidadosamente dobrada que havia sido arrancada de baixo dele sem nem mesmo fazer com que os castiçais balançassem ou as peças de prata tilintassem umas contra as outras. Ele poderia ter visto a luz antes de ficar com nada além de ressentimento em relação a um homem morto.

— Foi tudo bem — disse ele por cima do ombro enquanto virava e se dirigia ao balcão do bar. Ele tirou sua jaqueta e jogou sobre uma banqueta quando se aproximava. — Alguém precisa de um refil? Não importa o quanto *você* seja forte, Seb... sua esposa sobrevive de café expresso e Red Bull.

Cole serviu uma xícara de café para si mesmo, mas então pensou melhor. Esta noite provavelmente já seria agitada o suficiente. Ele pegou uma lata de refrigerante e levou até a mesa com a xícara de café que colocou na frente de Brynn.

— Ele não está errado — murmurou ela para Sebastian antes de beber avidamente o líquido quente.

— E aí? — Laila virou para Cole enquanto ele sentava ao seu lado. Ela colocou os dedos no antebraço dele enquanto ele abria a tampa da lata. — Foi tudo um erro... não é?

Cole sentiu que eles se inclinaram para a frente e o ambiente ficou em silêncio, exceto pelo tique-taque do ponteiro do relógio acima da porta e o vento do lado de fora, que emitia um leve uivo.

— Hum... Na verdade, não. O Cassidy's Bar & Grill é de propriedade de algo chamado Weck Management Group, LLC e tem essa outra empresa chamada Alpine Ventures que serve de administradora dessa empresa.

As mãos de Laila caíram como peso morto e ele levou a lata até os lábios, bebeu o quanto sua respiração aguentou.

— Quando? — perguntou Sebastian. — Quando ele vendeu?

— Faz uns sete meses. Não muito antes do primeiro derrame. — O doutor tinha sido muito meticuloso na verificação da época e foi definitivamente antes dos derrames. Antes da procuração para cuidados de saúde. Antes de Spruce House. Eles nem poderiam reivindicar que seu avô não estava com a mente no lugar.

É claro que Cole sabia que até a manhã da sua morte, o homem tinha sido mentalmente afiado como sempre foi. Já era ruim o suficiente que ele nunca poderia saber o *motivo* de seu avô ter feito isso, mas ele também foi roubado do presente de questionar se ele tinha feito isso intencionalmente.

— Eu... eu... — Laila gaguejou ao seu lado e ele olhou para ela. A cor tinha sumido do rosto dela, além de seus lábios, que começaram a ficar muito rosa conforme ela os mordia. — Eu não entendo. Como ele pôde... Por que ele iria... Ele não pode... — Ela balançou a cabeça. — Não, isso não pode estar certo.

Cole suspirou.

— Bem, está. Parece que o controle será transferido no dia 1º de outubro.

Brynn olhou para o relógio no seu pulso e depois para Cole mais uma vez.

— Duas semanas? Então... Quê? Você está dizendo que tem que sair daqui em *duas semanas*?

Ele bebeu avidamente o resto do refrigerante deixado na lata e a colocou na mesa à sua frente.

— Sim.

Ele estava tendo dificuldade em acreditar em qualquer coisa que não fosse o pior sobre seu avô nesse momento — basicamente tudo que a maioria das pessoas que já conheceram Bill Kimball tinham acreditado o tempo todo —, mas acreditava que ele teria lhe contado. Se não tivesse morrido. Ele teria ao menos comunicado as duas semanas de aviso pessoalmente, certo? Teria pelo menos dado a oportunidade de Cole retirar seus pertences pessoais do prédio que tinha sido como uma segunda casa para ele — às vezes mais como a primeira casa — pela maior parte de sua vida adulta?

A Alpine Ventures tinha concordado em manter os funcionários? Talvez tenha existido tal acordo. Com certeza o seu avô não tinha sido tão descuidado com o bem-estar de Laila e o futuro do resto do pessoal que trabalhava lá meio período quanto ele tinha sido com o seu neto, certo?

Ele achou que Cole continuaria trabalhando lá? Será que pensou mesmo que ficaria quieto, compartilharia suas receitas e se tornaria o cozinheiro glorificado (ou talvez não tão glorificado assim) para os novos donos?

Ele presumiu que Cole faria isso porque não tinha outra opção?

— Vamos comprar de volta. — Brynn se catapultou da cadeira. — Isso não é justo, Cole. Vamos comprar de volta. E eu não quero ouvir nenhum dos seus motivos teimosos de por que não pode aceitar nosso dinheiro. Assim que você saiu, nós pensamos em dez diferentes formas de como poderíamos fazer isso acontecer e se você não gostar delas, vamos surgir com mais dez.

Sebastian se aproximou e colocou a mão na panturrilha dela, sem dúvida tentando oferecer alguma presença tranquilizadora e de apoio.

— Ela está certa, vamos te ajudar. E antes que diga alguma coisa, você deve saber que pensamos que isso tem que ir além do Cassidy's. Quem é esse Weck Management Group? E quem você disse que era a outra? Alpine Ventures? O que eles estão querendo nesse lugar? Este foi um dos debates que tivemos diversas vezes no começo, quando estávamos considerando trazer de volta o Festival da Cidade. Queremos que Adelaide Springs cresça, mas não às custas do que faz essa região especial.

— Exatamente! — exclamou Brynn, se a inquietação das suas mãos era algum indicativo, o café estava fazendo efeito. — Eles não vão mudar para cá e transformar o Cassidy's em um Applebee's. Não vou apoiar isso, Cole! Não vou!

Cole deu risada. Ele não conseguiu evitar. Não tinha nada de engraçado nisso, além da ativação absurda de seus amigos, enquanto ele se via cada vez mais distante. Mas ainda tinha algo engraçado sobre Brynn, uma garota que já tinha proclamado publicamente que odiava tudo na sua cidade natal, batendo os punhos cerrados no quadril e se posicionando contra a amada rede de restaurantes.

E tinha a amiga que parecia não ter sido ativada de jeito nenhum.

Ele virou a cabeça parar olhar Laila.

— Que foi? Não vai ficar na fila de piquete junto com Norma Rae ali?

O lábio inferior dela ainda estava entre os dentes, mas ela o soltou tempo o suficiente para falar:

— Não sei o que dizer.

Não tinha ninguém no mundo com quem ele era mais ele mesmo do que com Laila. Não tinha ninguém que já tinha visto ele no seu melhor e no seu pior, e tudo no meio disso, e nunca o julgou por nada. E claro que o contrário poderia ser dito. Mas dessa vez, ele tomou a decisão de parecer ótimo para ela exatamente por isso. Ela precisava acreditar que ele estava bem para que ela ficasse bem. Aparentemente, ela não estava acreditando, e se Laila não ia fingir com ele, ele não sabia por quanto tempo conseguiria reunir energia.

Cole passou as palmas da mão rudemente nos olhos e tentou eliminar o sentimento causado pela vulnerabilidade inconsolável de Laila.

— Bom, sugiro que a gente comece a pensar nisso tudo amanhã. — Ele deu um jeito de colocar um sorriso simpático no rosto no momento em que tirou as mãos dos olhos e começou a se levantar da cadeira. — Sudworth, vão para casa. Descansem um pouco.

Ele começou a andar em direção à porta e Sebastian foi o primeiro a obedecer a dica de bom grado.

— Temos que viajar amanhã, mas se você precisar de ajuda empacotando as coisas ou discutindo um plano…

— Ah, com certeza! — Os saltos de Brynn bateram no assoalho de madeira enquanto ela corria atrás de Sebastian. — Podemos ficar.

Não. Ainda estamos indo para o ótimo. Só mais alguns minutos e você vai poder sentir todas as coisas que essas pessoas horríveis, maravilhosas e malvadas que você ama estão fazendo você sentir.

— Sério, eu estou bem. Se tiverem tempo para um almoço ou algo do tipo antes de irem, seria legal. Talvez eu possa usar todos os bons ingredientes antes dos novos donos chegarem. — *Cedo demais.* — Às 10 horas da manhã?

— Estaremos aqui. — Sebastian apertou a mão de Cole e depois conduziu Brynn porta afora.

Cole não fechou a porta imediatamente porque esperava que Laila estivesse bem atrás deles. Mas lá estava ela, ainda sentada à mesa, não fazendo nenhum movimento para ir embora.

— Agora você pode falar comigo, por favor? — pediu ela, assim que ficaram sozinhos.

— O que você quer dizer? Eu estava falando com você.

— Sou eu, Cole.

— Sim, Laila, eu sei. Mas não sei o que você acha que eu deveria estar dizendo que eu já não tenha...

— Se você precisa de mais tempo para processar, tudo bem. Qualquer um entenderia isso. Se você não está pronto para falar, eu entendo. — Ela se virou na cadeira e cruzou os braços nas costas. — Mas você está fingindo desde que chegou aqui e isso não é algo que você já tenha feito. Isso não é algo que *nós* tenhamos feito alguma vez. Não um com o outro. Brynn e Seb já foram embora, você pode parar de fingir.

Ele inspirou profundamente e soltou o ar pelo nariz. Sua mandíbula estava um pouco apertada demais para que sua boca participasse da respiração.

— Você está certa. — Ele resistiu ao ímpeto de bater a porta e, em vez disso, a fechou gentilmente. Porque ela *estava* certa. Eles tinham uma vida inteira de completa autenticidade entre eles e ela merecia mais do que ele estava dando naquele momento. Estava na hora de parar de fingir. — Mas olha, o negócio é o seguinte, só estou tentando sobreviver até você ir embora. Preciso ficar sozinho e sozinho não significa eu e você. Às vezes, preciso ser eu mesmo. Separado de você. Você entende isso, não é? Você só pode se tocar como todo mundo e ir para casa agora?

Em qualquer outro momento, em qualquer outra circunstância, ele teria se odiado por ser o motivo de os olhos dela ficarem instantaneamente vermelhos e o lábio inferior começar a tremer, mas, naquele momento, ele sabia que realmente estava demonstrando o máximo de gentileza e amor que era capaz. Ele teria que pedir desculpas para ela e estava disposto a pedir depois. Ele faria todas as panquecas com gotas de chocolate que ela quisesse amanhã de manhã e logo ele recorreria a ela para ter todo o conforto que ele sabia que ela lhe daria de bom grado. Mas agora, ele precisava ficar sozinho. Porque, no final do dia, era assim que ele estava. Sozinho. Abandonado. Esquecido. E ele queria mergulhar na dor disso só um pouco antes de Laila tentar convencê-lo de que não era verdade.

— Desculpa — sussurrou a palavra, mas o som não ecoou pelo ambiente. Ela pigarreou e levantou da cadeira, sua postura ereta e confiante o lembrando o quanto ele estava sendo idiota, embora tivesse certeza de que não era a intenção dela e, em seguida, caminhou na direção

COLE E LAILA SÃO APENAS AMIGOS   59

dele, o lábio ainda tremendo, mas com a cabeça levantada. Ela pegou o casaco no cabideiro e evitou os olhos dele enquanto caminhava em direção à porta.

Ele abriu a porta mais uma vez e, ao contrário da sua melhor amiga, não conseguiu evitar desviar os olhos para o chão.

— Desculpa, Lai. — Ele precisava de algum tempo para sentir a dor e, inadvertidamente, tornou-a muito mais acessível. Mas não importa o quanto ele estivesse se permitindo ser idiota, não poderia deixar a desculpa desnecessária dela serem as palavras finais que eles trocariam no dia. — Juro que não é você.

Ele sabia que ainda devia uma desculpa de verdade para ela. E pelo menos uma lata inteira de chantili naquelas panquecas.

CAPÍTULO SETE

LAILA

— Já vai! Estou indo, estou indo...

Não tinha certeza de que horas eram, mas o sol ainda não havia nascido, então era definitivamente cedo demais para alguém bater na minha porta como se eu fosse uma suspeita me escondendo na biqueira em um episódio de *Law & Order*.

Achei que tinha pegado meu roupão no pé da cama, mas quando tropeçava para fora do quarto e tentava vesti-lo, percebi que tinha pegado a calça do meu pijama. *Espera aí.* Olhei para minhas pernas — minhas pernas *nuas*, infelizmente — e as coisas começaram a voltar à normalidade. Bem, certo, não tinha nenhuma pressa. Meu cérebro não se apressa de manhã cedo. Mas os detalhes da noite anterior começaram a se encaixar no lugar com a lentidão e firmeza de um velho caubói de uma época passada, atravessando o Velho Oeste com calças apertadas demais e botas com esporas que tilintavam.

Fiquei com muito calor durante a noite. Setembro era um daqueles meses estranhos no Colorado em que você tinha que ligar o aquecedor e o ventilador tudo no intervalo de um dia. O que quer que você começasse o dia ou à noite vestindo raramente seria suficiente para o período de tempo que os habitantes de outros climas consideravam normal. Beleza, fiquei com muito calor e tirei minha calça, o que significa... Sim. Estive a cinco segundos de abrir a porta apenas de regata e calcinha. Impressionante.

— Já estou indo! — gritei, mas é claro que eu estava apenas do outro lado da porta, por isso a demora (e o grito) estava começando a parecer um pouco idiota.

Coloquei uma perna dentro da calça do pijama e pulava tentando enfiar o outro pé nela ao mesmo tempo que me inclinava para olhar pelo olho mágico.

Óculos!

É claro que não conseguia ver nada, exceto pela sombra difusa na névoa alaranjada da madrugada que estava começando a refletir nas montanhas e nas nuvens.

Droga. Eu me virei e comecei a correr de volta para o quarto para pegar meus óculos que estavam na mesa de cabeceira e gritei em direção à porta:

— Quem é?

— Lai, sou eu. Abre.

Cole já tinha me visto de todos os jeitos. Com calças rasgadas depois de pular em um trampolim, em trajes de banho em todos os estágios pelos quais meu corpo já passou e no hospital, sob efeito de morfina depois de uma amigdalectomia, tentando sair de fininho do meu quarto porque achei que Noah Wyle, em um episódio de *Plantão Médico* na minha TV, estava me diagnosticando quando disse: "Receio que vamos ter que amputar". Normalmente, ouvir a voz dele do outro lado da porta teria acabado rapidamente com todas as pretensões de abrir a porta de forma apresentável. Mas entre os detalhes que se aproximaram de mim com um vagaroso "Olá, senhora" estavam as lembranças de ter chorado até dormir com maquiagem completa. As lentes de contato foram retiradas, o pijama foi colocado... e isso foi tudo no meu regime de beleza do fim do dia.

Não que isso importasse também. Depois que um cara fofo, solteiro e legal mais ou menos da minha idade chamado Michael Perry se mudou para Adelaide Springs em 2014 e me deu um fora depois de cinco meses porque ele precisava "voltar para a civilização", Cole começou a me chamar de srta. Zebra por causa do estado do meu rosto manchado de rímel por uma semana inteira. Mas estava tudo bem. Ser chamada de srta. Zebra me fez rir. *Cole* me fazia rir.

Não houve muitas vezes na minha vida em que Cole me fez chorar. Eu só não conseguia pensar em empilhar essa culpa no topo de tudo com o que ele estava lidando.

— Só um minuto! — Precisava pegar meus óculos, ter certeza de que estava completamente vestida e agora precisava lavar o rosto também.

É claro que nada disso era tão importante, na mente do meu gato Gilbert Grape, quanto alimentá-lo imediatamente. Ele se enrolou nos meus calcanhares e para evitar pisar nele, levantei meu pé esquerdo. Mas isso significava que eu tinha que me equilibrar sobre o pé direito, e meu pé direito ainda estava coberto pela barra do pijama, já que eu ainda não tinha vestido completamente. Meu pé cedeu contra o piso de madeira laminada de carvalho branco do hall de entrada e minhas pernas voaram. Aterrissei de costas e ouvi a voz em pânico de Cole responder ao baque perguntando se eu estava bem, mas naquele momento eu só estava preocupada com duas coisas:

1. Eu tinha caído em cima do Gilbert Grape?

2. O que era aquele barulho suspeito de uma chave girando na minha fechadura?

Instintivamente reagi às duas preocupações ao mesmo tempo, me virando de bruços para procurar o gato e tentando fechar a porta com a força da parte superior do corpo, reconhecidamente fraca na melhor das circunstâncias.

— O quê... — Cole deu uma espiada na porta depois de abri-la o máximo que conseguiu, na verdade, não estava bloqueada pela minha força bruta e determinação, mas minha cabeça, que levou uma pancada antes que ele percebesse o que estava esperando por ele lá dentro e então ele deslizou pela fresta aberta. — Lai... Fala comigo. Você está bem? Laila?

— Estou bem — murmurei entre os meus cabelos, que estavam empilhados entre meu rosto e o chão. — O Gilbert Grape está bem?

— Quê? — perguntou ele enquanto se abaixava no espaço apertado do hall de entrada ao meu lado.

— Gilbert Grape! — gritei com a boca cheia de cabelo de novo. — Gilbert Grape!

Perdão por não estar apta a articular melhor os meus pensamentos agora, Cole, mas foi você quem deu sentido suficiente à minha paranoia induzida por drogas para explicar aos médicos que eu não precisava de avaliação psiquiátrica, só precisava assistir algo menos ameaçador do que uma maratona de Plantão Médico. *Conecte os pontos!*

— Sim, ele está bem. Ele está na torre de gatos com o Urso do Pó Branco. — Ele gentilmente afastou o cabelo do meu rosto. Ou tentou, de qualquer forma. Ainda estava em todo lugar. — O que aconteceu? Estou com medo de mexer em você. Você bateu a cabeça? Devo chamar o doutor?

Não havia mais esperança em evitar o inevitável. Rolei sobre meu lado direito e encarei ele e suas instruções inflexíveis de "Cuidado! Cuidado!".

— Quantas vezes eu tenho que te dizer? Eu *não* vou dar o nome Urso do Pó Branco para ele. Eu me recuso. O nome dele é Shang-Chi.

Um sorriso, e um grande alívio, tomaram conta do rosto dele. Pelo menos era isso que tinha certeza que estava vendo. Ele ainda era basicamente um borrão.

— Como você ficou nessa situação, garota? — Ele sentou no espaço extra que eu criei rolando e cruzou as pernas. Os dedos dele fizeram mais tentativas de tirar o cabelo da minha cara e checar os danos. — É sério, você se machucou?

Suspirei.

— Não tenho dúvidas de que vou precisar de uma aspirina e um banho quente depois, mas tirando isso, estou bem. Só escorreguei tentando colocar a… — Gemi e encostei minha testa no joelho dele. — Certo, seja honesto, mas gentil. O quão nua eu estou?

Ele riu, estendeu a mão logo abaixou do meu quadril e puxou o elástico da calça do meu pijama até a cintura.

— Não está de jeito nenhum agora. Embora se você fosse um homem, essa aba na parte de trás seria inútil.

Minha mão voou para minhas nádegas para descobrir que meu pijama masculino tamanho juvenil super confortável da Old Navy estava, de fato, para trás. Ah, bom. No grande esquema das coisas, realmente poderia ter sido muito pior.

Bufei quando esse pensamento passou pela minha cabeça e, em seguida, tive um ataque de riso. Cole riu comigo, acho que só porque era contagioso e muito ridículo e perguntou o que era tão engraçado.

— Na verdade, só pensei "Ah, bem. Poderia ter sido muito pior". — Comecei a rir de novo. — Como isso *poderia* ser pior?

Ele continuou rindo e disse:

— É fácil. Digo, além da possibilidade de um traumatismo craniano, um gato esmagado e tudo mais, talvez você ainda não tenha colocado as lentes de contato. Se a armação Sophia Loren tivesse quebrado nesta comoção toda, teria sido uma tragédia. Sei que eu nunca teria superado isso.

Eu tinha uma visão horrível, mas era sortuda o bastante por ter a mesma visão horrível desde a escola. Coloquei lentes de contato no primeiro ano do ensino médio e, por quase 25 anos, tive os mesmos óculos gigantes e rosa de plástico da Sophia Loren que ninguém além do Cole e dos meus parentes de sangue já tinham me visto usando. Insisti por anos que eles voltariam a ser moda de novo um dia, como todas as tendências de moda voltavam, mas uma vez nossa internet melhorada e muita Netflix mudaram completamente minha vida. Quando Barb, da primeira temporada de *Stranger Things*, ostentou os exatos mesmos óculos, a lenda dos Sophia Loren cresceu em estatura e adoração. Pelo menos até onde Cole sabia.

— Não tenha medo. Os Sophia Loren estão armazenados em segurança na mesa de cabeceira, o que foi parte do problema para começo de conversa.

— Ah, entendo. Então você não consegue me enxergar direito agora, não é?

Apertei os olhos e me inclinei para a frente, e ele me copiou até que nossos narizes estivessem a dois centímetros um do outro e sua zombaria bem-humorada finalmente entrou em foco. Comecei a me levantar com uma mão e afastei o rosto dele com a outra. Ele riu baixinho e se levantou para me ajudar a ficar de pé.

Ai. Coloquei a mão nas costas. Não, isso não ia melhorar com o passar dos dias, com certeza.

Cole colocou a mão na parte inferior das minhas costas e estremeci um pouco, fazendo-o mover a mão para o meu cotovelo.

— Vou ligar para o doutor dar uma olhada em você. Só por garantia.

Balancei a cabeça em negativa e estiquei meus braços acima da cabeça, inclinando de um lado para o outro.

— Estou bem, de verdade.

— Mas você pode ter trincado uma costela ou algo do tipo.

— Não trinquei.

COLE E LAILA SÃO APENAS AMIGOS 65

Com os sapatos nos pés, ele era facilmente uns 20 cm mais alto do que eu quando estava descalça e ele usou sua vantagem na altura para examinar minha cabeça de novo.

— Tem certeza de que não bateu a cabeça? Concussões podem ser safadas sorrateiras.

Escolhi ignorar o "safadas sorrateiras", embora realmente tenha implorado por uma provocação. Em vez disso, decidi mudar de assunto completamente.

— Afinal, o que você está fazendo aqui? Eu estava dormindo, sabe.

Os olhos dele se arregalaram.

— Isso foi minha culpa. Meu Deus, Lai... Sabia que estava cedo, mas não pensei que você ainda estaria dormindo. Foi mal.

— Não, tudo bem.

— Não está tudo bem. — Ele me guiou até a sala de estar e me ajudou a sentar no sofá. — Por mais que eu odeie perguntar: é seguro presumir que o retorno da srta. Zebra é minha culpa também?

Ah. Isso. Durante toda a comoção, como ele chamava, eu tinha parado de pensar em tudo isso. Bem, para o bem ou para o mal, eu tinha um momento para pensar nisso agora. Um momento rápido. As palavras "Calma aí" foram ditas e, em seguida, ele desapareceu da minha visão tão indefinida.

O que dizer quando ele voltar... Balancei a cabeça para o meu próprio benefício enquanto os pensamentos e emoções cristalizavam na minha cabeça. Na verdade, não tinha escolha. Não queria lhe infligir culpa e faria o possível para evitar que isso acontecesse, embora eu o conhecesse bem o suficiente para saber que ele já a estava infligindo a si mesmo, mas não podia ficar chateada com ele por ter me excluído e não ter se comunicado, e depois fazer a mesma coisa.

— Aqui está, Sophia. — Os óculos enormes apareceram na frente do meu rosto.

— Obrigada. — *Por acrescentar o benefício da visão a essa manhã desastrosa e ainda me chamar de Sophia, e não de Barb. Sou eternamente grata.*

— Imagina. Tem algo mais que possa pegar para você? Quer que eu faça café? Ou posso trazer um saco de ervilhas congeladas ou algo assim para suas costas.

Bati no assento no sofá ao meu lado.

— Só senta aqui.

Ele fez conforme instruí, mais de um assento de distância, mas se virou de modo que ficou de frente para mim e seu joelho apoiado estava quase tocando o meu.

— Desculpa mesmo, Lai.

— E eu estou bem, mesmo. Reconheço que meu corpo de 38 anos de idade já está me dizendo que não é mais o mesmo de quando éramos crianças e nos revezávamos para descer a pista de esqui e não tínhamos rigidez muscular ao sair da cama, mas não estou machucada. Sério.

— Bom, espere mais uma semana ou mais, até você fazer 39 anos como o resto de nós. Acredite, é uma *droga*.

Dei risada.

— E pense só no pobre Seb. Nos seus *quarenta*. Sei que não crescemos com ele, mas não faz você se sentir um ancião só de saber que alguém com quem você cresceu está casada com uma pessoa na casa dos *quarenta*? Isso reforça a triste verdade de que está próximo para nós também.

A risada de Cole se dissipou no ar, mas o sorriso permaneceu enquanto ele me observava dar risadinhas, que também se tornaram mais discretas.

— Não sei o que eu faria sem você.

Dei de ombros.

— E você nunca vai ter que descobrir como é, mas...

— Mas eu realmente feri seus sentimentos ontem à noite, não é?

Sorri gentilmente para amenizar o golpe.

— Sim.

— Você sabe que não foi minha intenção, mas eu... Desculpa, sei que não somos assim, mas eu precisava mesmo ficar sozinho.

— Eu entendo. — Assenti e enfiei os meus dedos de cada mão debaixo das lentes para esfregar meus olhos. *Nota para mim mesma: nem mesmo se olhe no espelho até que você saia do banho. O que você verá não vai ajudar ninguém.* — E desculpe por talvez não ter sido a mais sensível quanto a isso. Mas não foi você querer ficar sozinho que me incomodou tanto quanto o "pode se tocar como todo mundo". — Peguei o joelho dele e balancei gentilmente. — Eu *não* sou todo mundo, Cole. E essa foi a primeira vez em muito tempo que você fez eu me sentir como se fosse.

COLE E LAILA SÃO APENAS AMIGOS 67

Ele segurou minha mão no momento em que eu começava a afastá-la do joelho dele e ergueu os olhos para me olhar com vergonha.

— Me perdoa?

— Bom, isso depende. O que você vai fazer para o café da manhã?

É claro que ele nunca perguntou se conseguiria ou não o meu perdão. E eu nunca quis que ele fizesse isso. Mesmo assim, o alívio invadiu sua expressão quando ele se inclinou e beijou minha bochecha, depois se levantou e cruzou a sala em direção à cozinha, parando para dar a Gilbert Grape e Shang-Chi um pouco de carinho no queixo.

— O que você quiser, contanto que tenha os ingredientes na geladeira.

Escutei a água correndo na pia da minha cozinha enquanto ele lavava as mãos, então eu o segui antes de falar, para que ele pudesse me ouvir.

— Achei que você fosse encontrar a Brynn e o Seb no Cassidy's.

Ele sacudiu a água das mãos e pegou o pano de prato de hipopótamo, que eu mesma fiz, da maçaneta da porta do armário.

— Mudança de planos. Na verdade, era sobre isso que queria conversar com você. — Ele encostou o quadril no balcão e me encarou.

— Ah, sério? — Cruzei meus braços em frustração fingida. — É, faz todo sentido que você tenha acordado uma garota para dizer que ela não vai receber o *brunch* que lhe foi prometido. Roubar meu sono *e* meus croissants e enroladinhos de salsicha. Você sempre teve jeito com as garotas.

Ele gemeu e abriu a porta da geladeira, olhou para dentro dela e gemeu de novo.

— Tenho quase certeza de que ainda consigo fazer alguma coisa, mas... foi mal. Você não vai conseguir nada tão bom quanto enroladinhos de salsicha, a menos que presunto enrolado em... — Ele se levantou e deu uma olhada na minha cozinha. — Não sei... salgadinho moído? Ah, espera aí! Você tem ovos?

— Sim, os da Magda. E eles já estão cozidos.

Ele fechou a cartela e colocou de volta na prateleira.

— Qual foi a última vez que você comprou comida?

Dei de ombros.

— Não sei se você sabe, mas meu melhor amigo é chef de cozinha. Eu vivo de sobras.

Ele fechou a geladeira e abriu o armário acima do fogão, indo direto para a caixa fechada de mistura para panqueca que ele comprou pra mim meses atrás em uma tentativa de me convencer de que eu também poderia misturar farinha e água, jogar numa panela e ter meu café da manhã favorito na minha frente, pronto para comer, alguns momentos depois.

Quanto ao sucesso dessa lição, repito: a caixa estava fechada.

— Você tem gotas de chocolate?

Arregalei os olhos.

— Sempre!

Puxei uma cadeira da mesa de cozinha de dois lugares e a coloquei ao lado dele. Depois, usando o seu ombro como apoio, subi e peguei o pote de vidro hermético no armário acima da geladeira. Era lá que eu guardava minhas comidas de prazer culposo favoritas. O pensamento brilhante por trás disso, é claro, era que se eu tivesse que fazer um pouco mais de esforço para acessá-las, não as consumiria tão rapidamente.

— Certo — disse Cole enquanto eu entregava um recipiente meio vazio. — São muito velhos?

— São novos. Abri ontem.

Ele fez uma careta e o primeiro pensamento que tive foi que estava julgando a quantidade de pedaços meio-amargos que eu tinha comido em um dia, mas depois percebi que ele estava fazendo uma careta em resposta a qualquer expressão no *meu* rosto. Provavelmente uma careta, pensando bem.

Ah. Sim. Isso doeu. Subir na cadeira não foi tão ruim, mas assim que comecei a descer, minha lombar começou a latejar.

— Deixa eu te ajudar. — Ele colocou as mãos na minha cintura para me colocar para baixo, mas eu pus minhas mãos na cabeça dele para pará-lo.

— Ainda não, espera aí. — Respirei fundo e lentamente algumas vezes até que a dor não fosse tão intensa. — Deixa eu só ficar aqui um minuto. Vou ficar bem.

Desde que éramos crianças, Cole tinha sido nosso protetor. Ele era o tipo que insistia em levar as garotas até a porta de casa, mesmo que a única ameaça real possível fosse um urso ou onça-parda ocasional (o que, convenhamos, não honraria o cavalheirismo de Cole e reconheceria que as meninas deveriam ser comidas por último). Mesmo assim, ele insistia. Todas as vezes. Ele já havia feito mais panelas de sopa de macarrão com frango em sua vida do que metade das avós dos Estados Unidos juntas e já tinha se envolvido em mais de duas brigas para defender alguém que amava. Portanto, eu sabia que o que ele considerava minha teimosia em não permitir que ele cuidasse de mim o estava matando. E se eu não soubesse disso só porque conhecia Cole, sua testa enrugada e os olhos que não piscavam desde que a careta tomou conta de seu rosto poderiam ter revelado isso.

— Talvez um pouco de gelo ou algo do tipo seja bom — concordei.

Ele entrou em ação e cuidadosamente deslizou a cadeira, comigo ainda em cima dela, alguns centímetros para o lado para que ele pudesse abrir o congelador. Seu suspiro exasperado me lembrou rapidamente o que ele encontraria lá dentro.

Apenas sorvete.

— Como você não tem um único pacote de vegetais congelados? E mesmo que você viva dos restos do trabalho duro de alguém, você nunca quer gelo na sua água? Esse não é um jeito aceitável de um adulto viver, Laila.

Caí na gargalhada. Ele estava genuinamente tão decepcionado com esse meu lado e, embora não fosse necessariamente uma decisão consciente, a diversão sem fim que encontrei na decepção dele me encheu de alegria suficiente para que, em algum nível, eu provavelmente fizesse isso de propósito.

— É... isso é hilário — murmurou ele. Em seguida, antes que eu soubesse o que estava acontecendo, ele passou os braços em volta dos meus joelhos e me levou de volta para a geladeira, levantando-me alguns centímetros mais alto até que meu traseiro ficasse nivelado com o congelador aberto. — Senta.

— Quê? O que você quer dizer?

— *Senta* — repetiu e eu fiz conforme fui instruída, embora não entendesse de jeito nenhum o que eu estava fazendo. Mas então, num instante, o ar gelado me invadiu, e os blocos grossos de gelo que estavam prestes a descongelar fizeram com que meus músculos doloridos relaxassem. Ou talvez tenham ficado dormentes. De qualquer forma, foi mágico.

Cole me ajudou a entrar um pouco fundo no congelador, até que meus braços dobrados estivessem sobre meus joelhos, depois ele se afastou um pouco. Seu peito foi pressionado contra minhas pernas, que balançavam, para me estabilizar e seus olhos estavam alinhados com os meus.

— Como está se sentindo?

Relaxei meu pescoço e encostei minha testa no ombro dele.

— Você é um bruxo, Harry.

— E você é uma idiota, Laila.

Os ombros dele caíram conforme a tensão era liberada, eu sabia que era resultado direto de finalmente ter permissão para me ajudar.

— Aposto que se sente um bobo agora.

Parei de me preocupar em me segurar na posição e descansei meu peso nele.

— Não sou eu que estou com o traseiro preso no congelador, mas vou cair nessa. Por que deveria me sentir um bobo?

— Por tirar sarro de mim por estar com a calça invertida. Se as empresas farmacêuticas souberem como isso é genial e o tipo de dinheiro que poderiam ganhar, as calças de pijama masculino não vão estar mais disponíveis no mercado.

CAPÍTULO OITO

COLE

— Olha… Não importa o que você diz… — Laila mal diminuiu a velocidade enquanto enfiava panquecas com gotas de chocolate na boca. — Eu nunca conseguiria fazer uma coisa tão boa. Não é tão simples quanto você finge que é.

Há quanto tempo eles têm tido essa discussão desde que eram adolescentes? Enquanto ela estava no banheiro lavando o rosto e colocando as lentes de contato, ele fez uma tentativa sincera de encontrar ingredientes para literalmente fazer alguma outra coisa. Talvez não no lugar das panquecas, já que o mínimo que ele devia a ela era seu café da manhã favorito, mas para complementar. Ele era um chef treinado com mais de uma década de experiência na criação de receitas e ampliação de estoque o máximo que conseguia. Se ele tivesse encontrado apenas uma batata, já teria feito alguma coisa. Mas não encontrou absolutamente nada mais com que trabalhar. Cole achava esse fato frustrante e, ao mesmo tempo, cativante.

— Mistura de panqueca. Água. Gotas de chocolate. Calor. Espátula. Eu não estou subestimando meus talentos aqui, Lai. Isso é legitimamente tudo que é preciso.

— Claro. Esses são os componentes. Mas use sua própria lógica, água deveria ser mais fácil ainda de fazer. Dois ingredientes simples, certo? Mas você não ficaria chocado e desanimado se eu não fosse capaz de tirar hidrogênio e oxigênio do meu armário e fazer água, ficaria?

Os cantos dos lábios de Cole se apertaram enquanto a observava e tentava evitar a risada. Ele contava com as conhecidas trocas de provocação e, no momento em que parecia ceder e desistir da luta, eles caíam na risada e passavam para outra coisa. E hoje, especialmente, ele sabia que esse assunto seria um pouco menos despreocupado do que a briga recorrente entre eles.

Ele assentiu e tomou um gole de café. Ainda bem que ela tinha café no estoque, pelo menos.

— Sinceramente, sim. Acho que eu ficaria.

— Ah, qual é, Cole. Como você esperaria que eu soubesse como fazer H_2O? Agora você só está sendo ridículo.

Ele contorceu seu rosto em sinal de ofensa e soltou um suspiro dramático.

— Como é que é? Eu *não* estou sendo ridículo. Em primeiro lugar, você é esperta o suficiente para descobrir o que quiser, e realmente desejo que pare de se menosprezar. Mas talvez tão importante quanto, enquanto estamos sendo científicos e tudo, você não está esquecendo que é a pessoa que apenas jogou a hipótese — Ou seria teoria? Não... alguma outra palavra científica. Como ele deveria saber? Na maioria das vezes, ele enganava Laila nas aulas de ciências — e nessa hipótese, você armazena hidrogênio e oxigênio nos seus armários de cozinha. Acredito que existe um motivo razoável para acreditar, seguindo essa lógica, que você teria algum tipo de ideia do que fazer com eles.

Ela apontou o garfo para ele com três camadas de panqueca na ponta.

— Ah lá! Viu? Você acabou de argumentar contra si mesmo. Eu tenho mistura de panqueca e gotas de chocolate nos meus armários e ainda assim não tenho ideia do que fazer com esses ingredientes.

— Exatamente, Laila. Provei o ponto que queria. Você tem mistura de panqueca e gotas de chocolates nos seus armários e eu mantenho a afirmação de que é completamente razoável acreditar que você saberia o que fazer com eles.

Ela fez uma pausa por um momento e depois se recostou na cadeira.

— Ah. — Ela enfiou as três camadas de panqueca na boca e mastigou. — Bom, seja como for, *isso*, meu amigo, não é ciência. É arte. Você é um artista. E... — Os olhos dela de repente adquiriram um brilho enquanto se sentava ereta de novo. Ela sabia que tinha vencido. Na verdade, Cole viu, no momento antes que ela deu voz ao novo argumento, aonde ela estava indo, e o sorriso finalmente tomou conta do seu rosto. Sim, ela estava certa. Ela o derrotou. — Se eu tivesse algumas tintas de

COLE E LAILA SÃO APENAS AMIGOS 73

pintura a dedo e uma tela no meu armário, você esperaria que eu fosse capaz de pintar a *Mona Lisa*.

Cara, ela era orgulhosa quando sabia que estava certa.

— *Touché*. — Ele ergueu as mãos em sinal de rendição. Embora, considerando a aberração artística que Laila poderia ser, ele não duvidaria que ela conseguisse fazer mais com aqueles simples componentes do que da Vinci tinha feito. No entanto, ponto merecido.

Como era possível que eles tivessem essa discussão desde que eram adolescentes e ele nunca parecia se cansar dela?

Ele também nunca parecia vencer.

Ele ficou de pé enquanto ela deslizava o último pedaço da panqueca na calda do prato, enfiou-o na boca e descansou o garfo no prato com um suspiro satisfeito. Cole pegou o prato dela junto com o seu e os levou até a pia. Ela tinha uma lava-louças, uma lava-louças extremamente subutilizada, mas ele preferiu colocar um pouco de água quente na pia e lavar os pratos grudentos à mão. Ele precisava de um momento com as costas viradas para ela a fim de se preparar para a conversa que estavam prestes a ter. Ele conhecia Laila bem o bastante para saber que naquele momento, nos próximos poucos segundos, era o melhor momento possível para abordar um assunto difícil. Ela estava em estado de euforia com as panquecas de gotas de chocolate. Uma euforia de panqueca de gotas de chocolate criada por ele. Ele não poderia errar aos olhos dela agora.

— Então, hum, eu vim aqui para me desculpar, é claro, mas queria falar com você sobre outra coisa. Você tem alguns minutos? — Ele sabia que ela tinha. Ele tinha cancelado a reunião das 10 horas.

— Claro. O que foi?

Como se tivesse acabado de receber uma dica de que sua humana se machucaria se esse outro humano, que emitia vibrações de "pessoa canina", não tomasse cuidado, Urso do Pó Branco escolheu aquele momento para girar seu enorme corpo, típico de gatos da raça Ragdoll, entre os tornozelos de Cole de uma forma que sempre o fazia se lembrar de "Figure Eight", claramente a mais assustadora de todas as músicas de *Schoolhouse Rock*.

Ele deu uma cutucada gentil para afastar o gato — tão gentilmente quanto um gato que pesa a mesma coisa que um humano de sete meses de idade *poderia* ser cutucado se você quiser fazer valer o seu ponto de vista — e pigarreou.

— Decidi fechar o Cassidy's.

Laila estava em silêncio e ele quase virou o rosto para tentar interpretar os pensamentos dela, mas tinha muita certeza de já saber quais eram. Ou pelo menos o espírito de "Goonies nunca dizem morrer" por trás de quaisquer que sejam os pensamentos dela naquele momento. Ele não estava nem um pouco interessado em conversar sobre tudo isso mais do que esteve na noite anterior.

— Como assim você decidiu fechar o Cassidy's? — A voz dela era suave e trêmula. — Está dizendo que não vai nem *tentar* ficar com ele?

Tudo bem. Aqui vamos nós.

Ele colocou os dois pratos limpos no escorredor e enxaguou as mãos (meticulosamente, protelando o máximo que pôde) antes de secá-las e se virar para encará-la. Ele não queria brigar com ela e se dependesse dele, não brigaria. Ele odiava decepcioná-la. Ele *sempre* odiou decepcioná-la. A pior parte era sempre o jeito que ela insistia que ele não poderia nunca a decepcionar. Mas ele podia. Ele já tinha feito isso. E estava prestes a fazer de novo.

— Não, não vou. Mas o que quero dizer é que estou decidido. Agora. Acabou, então não tem sentido tentar conversar comigo sobre isso. Entrei em contato com os novos donos...

— Espera aí. — Laila se levantou e deu um passo na direção dele, depois parou e voltou. Por fim, ela falou exatamente de onde estava no começo. — Você foi de uma descoberta enorme, que mudou sua vida para "Acabou para mim. Com quem preciso falar?" em... o quê? — Ela olhou para o pulso e percebeu que não estava usando o seu relógio ainda. — Vinte horas? Sem pensar direito? Você só... tomou essa decisão?

— Caso você tenha esquecido, a decisão foi tomada por mim. E se tivessem outras decisões para *serem* tomadas, eu que iria decidir. E é claro que pensei direito. Você já me viu não pensando nas coisas direito, Laila? Mas não demorei vinte horas. Eu estava ao telefone com a Alpine Ventures cerca de uma hora depois de vocês irem embora ontem à noite.

E, em seguida, ele estava ao telefone com o Sebastian, cancelando o brunch e dando o próximo passo em direção ao que vinha nos próximos vinte minutos depois disso.

COLE E LAILA SÃO APENAS AMIGOS 75

Ela prendeu a respiração.

— Cole, o que você fez?

Ele jogou as mãos pro alto. Não é como se tivesse esperado qualquer outra coisa além dessa reação, mas por algum motivo ele ainda correu até lá naquela manhã animado. Animado que alguma coisa na sua vida estava para mudar. Animado que esse novo caminho que surgiu na sua frente era como aqueles canos secretos no castelo do Bowser que o enlouqueciam quando jogava *Super Mario Bros*. Animado para informá-la das decisões que ele *tinha* tomado, porque a verdade é que parecia errado não conversar com ela sobre isso. Ou se não era errado, era estranho. Muito estranho.

— Eu me certifiquei de que estava na melhor situação possível com as cartas que tinha na mão. Foi isso que eu fiz. Consegui convencê-la a comprar os equipamentos...

— Ah, Cole...

Era isso. Essa era a voz de decepção dela. Mas era a única coisa que tinha feito sentido. Ele sabia disso.

Os equipamentos eram dele. Há quatro anos, ele havia modernizado completamente a cozinha e, pensando tolamente que o Cassidy's seria dele um dia, não queria depender do avô para mais nada. Ele conseguiu o empréstimo em seu nome, usando o Jeep Wrangler como garantia. Não tinha sido garantia *suficiente*, é claro, mas um relacionamento impecável com o banco, um agente de empréstimos que tinha ido ao baile de formatura com a mãe dele, uma entrada que ele conseguiu juntar em parte vendendo todos aqueles agora valiosos consoles de jogos da Nintendo que tinham lhe ensinado a procurar canos secretos e uma taxa de juros quase sufocante tinham sido suficientes para conseguir o empréstimo. Depois, ele pagou o empréstimo em quarenta e dois meses, em vez de sessenta, quando o Cassidy's começou a se transformar exatamente no que ele sempre soube que poderia ser.

— O que mais eu faria? Pelo menos agora tenho como me manter enquanto descubro para onde vou.

Ela apertou o estômago e afundou de volta na cadeira.

— Você quer dizer enquanto você descobre o que você vai *fazer*.

Ele soube na noite passada. Quando folheou a pilha de cartões de condolências que estavam no banco de trás do seu carro para encontrar o cartão de visita que havia recebido e descartado descuidadamente após o casamento de Brynn e Seb, ele sabia. Quando ele feriu os sentimentos dela ao ignorá-la, ele sabia. Quando ligou para Sebastian e perguntou se poderia acompanhá-lo, ele sabia. Talvez isso não tivesse sido realmente consolidado na sua mente até aquela manhã — aquela manhã, quando ele acordou e tudo parecia diferente, e ele percebeu que o pensamento de *diferente* estava fazendo com que tudo dentro dele acelerasse em vez de desacelerar —, mas ele sabia.

— Não, Lai. — Ele balançou a cabeça e queria apenas desviar os olhos dos dela para não ter que testemunhar a dor e confusão que estava lhe infligindo, mas, ela o lembrou, eles não eram assim. — Não tem mais nada para mim aqui.

Teria sido tão mais fácil evitar o contato visual. Não dizer as coisas verdadeiras. Deixar a dor jogada lá até que não importasse tanto a ponto de valer a pena conversar sobre ela. Era isso que as outras pessoas faziam, certo?

Não Laila. E não Cole quando Laila tinha alguma coisa para dizer.

— Você não vai mesmo me fazer dizer, vai? — Ela se recusava sequer a piscar e quebrar o contato visual. — Você não vai mesmo me fazer dizer o que só deveria ser dito em um filme da Reese Witherspoon, vai?

— Olha, eu sei o que você está…

— *Eu estou* aqui, Cole. *Eu* estou. E, beleza… talvez não seja suficiente…

— Lai, eu não quis dizer…

— Mas como você se atreve? — Ela se levantou da cadeira de novo e tinha tanta paixão e dor nas palavras dela. Estava se armando para a briga. Ela estava lá para isso. Mas o jeito que levantou tão cautelosamente, claramente agindo com cuidado para manter as costas doloridas sob controle, fez Cole querer acabar com a briga de alguma forma. — Como se atreve a dizer que não tem nada aqui para você?

Ele não queria mais brigar, mas nenhuma das circunstâncias que estava enfrentando tinha mudado.

— O que eu deveria fazer? Cozinhar é tudo que eu sei…

COLE E LAILA SÃO APENAS AMIGOS   77

— Então cozinhe.

Ela cruzou os braços e disse isso como se fosse a solução mais óbvia do mundo. Fácil. Qual é o problema?

— Ah, beleza. Obrigado. Não tinha pensado nisso. Por que você não disse antes?

Ela revirou os olhos.

— Sarcasmo fica tão bem em você, Cole.

— Tão bem quanto o otimismo cego, alegre e alheio fica em você, imagino.

Não. Quando estavam apenas os dois, eles certamente não eram pessoas que se poupavam de dizer coisas pesadas para evitar conflitos.

Cole deu um passo na direção dela.

— Só tem outro restaurante na cidade e está atualmente fechado. E mesmo se não estivesse, depois de Andi voltar, você sabe que não funcionaria também. Ela cozinha no Bean e não desistiria da cozinha dela. Nem eu quero que ela faça isso.

— Por que não? Aparentemente desistir de cozinhas não é grande coisa. Leva menos de uma hora para decidir, certo? — Laila deu um passo para trás, se afastando dele. Não para colocar distância entre eles, foi revelado imediatamente, mas para se encostar na parede da cozinha.

— E acho que ela ficaria feliz em ter você.

Cole suspirou.

— Laila, você poderia sentar no sofá e relaxar? Vou pegar uma aspirina...

— Assim que Andi voltar para a cidade — continuou ela como se ele não tivesse falado nada —, você sabe que ela vai precisar de ajuda fazendo as coisas funcionarem de novo. E, como o Sebastian não está mais trabalhando no estacionamento, ela provavelmente vai ficar bem sobrecarregada. Tenho certeza de que ela ficaria animada se...

— Você não está me ouvindo!

Cole elevou a voz pela primeira vez e Laila percebeu. Isso era óbvio. Ela pode ter permanecido imóvel contra a parede, mas suas sobrancelhas se ergueram e permaneceram erguidas. E as bochechas dela pareciam estar pegando fogo.

Ao que parece os gatos perceberam também. Bom, o Urso do Pó Branco percebeu. Gilbert Grape não foi afetado no seu poleiro em frente à porta aberta da cozinha, ao lado da janela leste da sala de estar, onde estava tomando o sol da manhã, no meio do banho mais completo que as patas de qualquer gato já tinham recebido. Mas o Urso do Pó Branco estava definitivamente o encarando como se estivesse decidindo entre ir direto nos olhos dele ou colocar algo na sua bebida quando ele não estivesse olhando.

Foi por *isso* que ele sugeriu batizá-lo de Urso do Pó Branco no ano passado, quando Laila o adotou em um abrigo em Grand Junction. Laila achou que ele só estivesse tentando ser engraçado, mas não. Era isso. O jeito que o animal sempre parecia ter raiva alimentada por drogas e assassinato em seus olhos sempre que olhava para Cole. É claro que o gato amava Laila, então a versão dele que ela via fazia com que até mesmo Shang-Chi (o antigo manobrista/super-herói relutante) parecesse um pouco nervoso demais.

De qualquer maneira, felinos duvidosos à parte, Cole tinha levantado a voz e Laila não parecia muito feliz com esse fato.

— Quantas vezes tenho que dizer que estou bem? Para de cuidar de mim, Cole. Isso é sobre você e você não precisa gritar comigo porque não estou acatando seus conselhos de especialista quando claramente você não está ouvindo ninguém sobre nada. Não tem uma única pessoa que te conheça e te ame que pense que isso seria uma boa ideia. Nem mesmo uma. Não que você tenha *perguntado* para alguém, tenho certeza. — E então ela adicionou um resmungo baixo — Teimoso do caramba.

Ele quase se divertiria se não estive tão frustrado com ela no momento.

— Na verdade, quis dizer que você não estava ouvindo o que estou tentando dizer sobre *mim*.

A voz dele era suave agora, mas as bochechas não ficaram menos vermelhas. Teria sido bom pensar que a raiva tinha sido substituída pelo constrangimento (não que gostasse da ideia de constrangê-la, mesmo que agora ela meio que merecesse isso), mas ele percebeu que nada tinha sido substituído. Nada tinha desaparecido. Todas as emoções estavam apenas se empilhando e se acumulando umas sobre as outras.

— Tá bom — respondeu ela, sentando de volta na cadeira (e trabalhando duro para disfarçar a careta de dor que surgia). — Vá em frente, estou ouvindo.

Ela era a pessoa mais importante no mundo para ele. Ele não conseguia lembrar de um passado distante o bastante para saber se já houve uma época em que isso não acontecia, mas estava bastante confiante de que uma pesquisa profunda nos arquivos não teria dado em nada. Não havia um momento específico que ele lembrasse. Não houve um momento específico em que algo tivesse mudado e, em algum lugar no fundo do seu subconsciente, sua alma tivesse sussurrado: "Ela é mais importante do que o resto". Simplesmente sempre foi assim. Ele sempre soube.

Havia cinco deles que tinham nascido com menos de dez meses de diferença um do outro nessa pequena e insignificante cidade que, até os últimos dois anos, tinha uma população cada vez menor e pouquíssimas oportunidades para conhecer alguém novo. Mas ele amava aqueles quatro e, com exceção de alguns momentos de rebeldia que supunha não serem tão diferentes dos vividos por todos os outros adolescentes, ele sempre esteve bem com seu círculo pequeno, mas perfeito, com Laila no centro dele. Pelo menos de sua perspectiva. Isso não mudou quando Wes e Addie se apaixonaram e não mudou quando Cole e Brynn tentaram por algumas semanas desastrosas (e, em retrospecto, hilárias) no ensino médio. Quando Brynn foi embora após a formatura, Wes foi embora alguns meses depois e Addie acabou se alistando na força aérea, eram apenas eles dois depois de uma vida inteira de cinco. E eles ficaram arrasados.

Mas, de alguma forma, ainda estava tudo bem.

— Eu disse uma coisa horrível, desculpa.

— Que coisa? Você disse um monte de coisas horríveis hoje. — Ela bufou e cruzou os braços, o que só o fez sorrir. Aparentemente, ele não estava mais brigando.

— A coisa do filme da Reese Witherspoon. É claro que você está aqui. E é claro que isso é importante, mas… — Ele se afastou do balcão atrás dele e passou os dedos pelo cabelo antes de sentar ao lado dela à mesa. — Não sei o que fazer com isso, Lai. Não sei como eu posso passar pelo Cassidy's, Deus me livre que alguém que eu conheça queira se encontrar lá para jantar e apenas não me importar com isso.

Ela se inclinou e colocou as mãos em cima das dele na mesa.

— Então por que não lutar para ficar com ele? Sei que você não quer aceitar nenhuma caridade nem algo do tipo. Entendo isso. Mas são Brynn e Sebastian. Eles podem pagar o que quer que os novos donos queiram e mais, você *sabe* como eles ficariam felizes em fazer isso.

Ele sabia que ela estava certa. Seb tinha tentado vender a ideia para ele na noite passada quando conversaram pelo telefone. Mas o pensamento de Seb, mesmo sendo o bom garoto e amigo prestativo que ele era, não estava obscurecido pela perspectiva de vida do copo meio cheio como Laila estava. Tinha sido fácil para ele entender por que ele não poderia aceitar sua generosidade, não importa quanto uma parte dele quisesse isso. Laila seria mais difícil de convencer.

Cole estudou as mãos dela em cima das suas até que sentiu intuitivamente que estava prestes a perder o silêncio. Se ele não falasse logo, ela ia confundir o seu silêncio com contemplação. Mas ele estava cansado de pensar naquilo. A decisão estava tomada.

— O Cassidy's não é o problema de verdade, não é?

— O que você quer dizer?

Ele apertou seus olhos o máximo que pôde, mas não conseguiu bloquear o momento do qual nunca conseguiria escapar. Ele inclinou a cabeça para cima e olhou para ela com um olho.

— Não importa o que aconteça agora. Mesmo que o novo dono me ligasse hoje e oferecesse cancelar todo o negócio, como superar o fato de que tudo isso aconteceu? Como vou perdoá-lo por isso?

— Eu sei. — A voz dela era suave. Por mais que ele a ter dispensado na noite passada tenha magoado, ele imaginou que sua compaixão pela dor que ela sabia que ele estava sentindo e sobre a qual se recusava a falar era, na verdade, a principal culpada pela longa noite escrita em cada centímetro do rosto dela. — Mas isso não vai acontecer, você ficando ou não em Adelaide Springs? Não vai ser *sempre* uma droga?

Ele deu uma risada dolorosa.

— *Aí* está o lendário otimismo de Laila Olivet que eu estava esperando.

— Só estou dizendo…

— Não, eu sei. — Cole assentiu. — E provavelmente você está certa. Mas eu sinto que agora tenho que sair daqui. Sinto que se eu pelo menos não estiver morando numa casa onde todas as coisas dele ainda estão em todos os lugares, incapaz de evitar o Cassidy's, incapaz de evitar as memórias e sonhos que tive para o futuro me atingindo em literalmente cada esquina…

— Sim.

— Acho que é melhor pelo menos começar a tentar encontrar uma existência um pouco menos saturada de tortura e miséria, sabe?

Eles sentaram imóveis e em silêncio até que Cole virou sua mão que estava debaixo da palma da mão dela para que seus dedos se entrelaçassem.

— Mas, sério, ignore toda a porcaria direto de um filme mal roteirizado que eu disse antes. — Ele bateu na lateral da mão dela com o polegar. — Ficar longe de você vai ser uma marca própria de tortura e miséria.

— *Obrigada!* Era tudo que eu queria ouvir. Foi tão difícil assim?

Ele sorriu para ela e saboreou o conforto de apenas *estar* com ela. Apenas por um segundo a mais. Se ele tivesse alguma ideia de quão rápido tudo mudaria, teria agarrado um monte de segundos extras ao longo do caminho. Cada chance que tivesse.

Mas, com um suspiro, ele reconheceu o fim do curto segundo extra. *Só arranque o bandeide, Cole.*

— Conheci uma chef no casamento, uma amiga do Seb. Ou a esposa de um amigo… algo do tipo. De qualquer forma, ela gostou muito da minha comida.

Laila sorriu para ele.

— É claro que ela gostou.

— Ela me ofereceu um emprego.

Cole a observou respirar fundo e fazer o esforço necessário para manter o sorriso de apoio e os olhos arregalados e interessados no lugar no mesmo instante da respiração.

— Ah. — Os olhos dela ficaram mais e mais arregalados. Ele sabia que não por admiração ou empolgação, mas porque ela estava se esforçando ao máximo para se estabilizar, em vez de permitir que suas feições e emoções caíssem por terra. — Bom, é claro que alguém teria sorte em ter você. Hum... onde é... Onde ela...

— Williamsburg. — Em sua ânsia de arrancar o bandeide, ele foi um pouco descuidado. Percebeu rapidamente o seu erro quando os ombros dela relaxaram e um alívio inconfundível suavizou cada sombra no rosto dela. — No Brooklyn, em Nova York.

A mão de Laila rolou para fora da dele, caindo com um baque quando os nós dos dedos atingiram a mesa. Junto com o sorriso dela. O coração dele. Tantos baques diferentes, todos amarrados na tristeza de uma mulher.

— Ah, sim. Claro. Isso faz mais sentido. Tem algum restaurante em Williamsburg, Colorado? *Alguma* coisa além do museu da prisão?

Cole não pensava naquele museu da prisão há muito tempo, mas tinha sido o destaque de uma das suas viagens favoritas de exploração do Colorado com Laila. Eles tinham vinte e poucos anos e se divertiram infinitamente com os manequins das lojas de departamento, com seus sorrisos de batom e as poses do tipo "Confie em mim... você vai ficar tão bem nessas listras de presidiário quanto eu", imitando o papel de prisioneiros encarcerados.

— Acho que Williamsburg é tecnicamente maior que Adelaide Springs.

— Então vá para lá. Recomece. Faça por Williamsburg, Colorado, o que o Cassidy's tem feito por Adelaide Springs. Ou vá trabalhar em qualquer lugar da moda em Pueblo. Denver. Tanto faz. — Ela começou a passar o dedo no lábio inferior, talvez numa tentativa de evitar mordê--lo. — Se você realmente precisa sair de casa, tem um monte de opções mais perto...

— Ainda não me comprometi com nada, mas acho que seria bobagem ao menos não...

— Espera aí. — Ela ergueu as mãos no espaço entre eles, enquanto seus pés empurravam para trás e as pernas de sua velha cadeira de madeira gemiam em conformidade com seu desejo de aumentar o espaço. — Você está mesmo considerando isso.

— Mandei uma mensagem de texto para ela hoje de manhã. Temos uma reunião na próxima segunda-feira.

— Uma semana a partir de amanhã?

COLE E LAILA SÃO APENAS AMIGOS **83**

— Isso. — Cole inclinou a cabeça e falou em voz baixa, ainda confiante na sua decisão, mas sentindo toda a excitação com a qual havia acordado naquela manhã se esvair. — Vou para Nova York com Seb e Brynn. Só para me familiarizar com o lugar por alguns dias. E em uma semana vou me encontrar com ela...

— Você ficou maluco! — Laila se levantou da cadeira, mas instantemente pareceu perceber que não deveria ter feito isso. Sua mão voou para as costas quando um choque de dor resultou em um gemido e olhos apertados, e Cole se levantou em resposta ao óbvio desconforto dela. Ele tentou fazer com que ela sentasse de novo, mas é claro que ela não ia deixar que nada a impedisse de repreendê-lo. — Você acabou de ir de zero a cem em uma crise de meia-idade e...

— Lai, senta. — Os braços dele estavam ao redor dela, mas ela os ignorou.

— Você não acha que isso é só um pouco precipitado, Cole? Você vai mesmo sair de casa no momento em que as coisas ficam um pouco complicadas?

Ele não tinha certeza se eram as palavras dela ou o fato de ela não estar mais ignorando as tentativas dele de ajudá-la e ter começado a bater nos braços dele, mas sentiu a adrenalina começar a subir.

— Sério, Laila? Um pouco complicadas? Você acha que esse é o momento em que as coisas ficaram "um pouco complicadas"? Da minha perspectiva, estou saindo de casa porque essa é a única opção que tenho agora, fui traído pelo homem que me criou. Não tenho escolha a não ser sair de casa porque tudo que planejei para o meu futuro, *tudo*, foi arrancado de mim. Você entende isso, certo? "Um pouco complicadas". — Ele caiu na beirada da cadeira e murmurou baixinho: — Tanto faz.

Eles se encararam e conforme a sobrancelha franzida dela se suavizava, Cole sentiu seus batimentos cardíacos se regularem mais uma vez.

— Eu sei — murmurou ela. — Desculpa, estou sendo egoísta.

Ele balançou a cabeça.

— Não, não é isso.

— Bom... — Ela sentou de novo na cadeira e encostou na mesa. — É um pouco disso. Portanto, vou tentar não ser. Egoísta, quero dizer. Mas eu preciso que você entenda que da minha perspectiva isso é...

— Vindo do nada, eu sei.

— De partir o coração. Eu ia dizer de partir o coração. — Ela olhou para baixo para as mãos, descansando no seu colo, e então as colocou na mesa e levantou seus olhos de volta para os dele, que estavam estudando-a com preocupação. — Então me fala dessa chef. Ela estava no casamento?

— Estava. Acho que o marido dela e Seb serviram juntos na Síria ou em algum outro lugar alguns anos atrás. — Cole se acomodou em seu assento. — Ela disse que meus miniquiches são melhores do que os que Wolfgang Puck faz para a festa do Oscar da *Vanity Fair*. Acho que ela trabalhava para Wolfgang Puck. E chamou os meus sanduíches Monte Cristo de "*le dernier cri*" e não tenho certeza do que significa, mas com certeza disse isso como se fosse uma coisa boa.

Laila deu risada.

— Ah, qual é. Não aja como se você não tivesse pesquisado na primeira oportunidade.

— Basicamente, é francês para "na moda". O que eu achei um pouco irônico já que aquele planejador de casamento detestável que a Brynn consultou no começo de tudo chamou a ideia de minissanduíches Monte Cristo de "grosseira". — Ele deu de ombros. — Acho que essa chef, Sylvia Garos é o nome dela, provou cada uma das coisas que fiz para o casamento e adorou tudo. Ela está abrindo o próprio restaurante e me ofereceu um emprego na hora. Digo, não para ser cozinheiro-chefe nem qualquer coisa do tipo. Obviamente. Ela é a cozinheira-chefe. Mas apenas para ser um cozinheiro, eu acho.

Laila semicerrou os olhos e o estudou até que Cole perguntasse:

— Que foi?

— Por que você não me contou nada disso?

Finalmente. Uma pergunta fácil.

— Primeiramente, porque, no final da noite, o vovô faleceu. Muitas coisas aconteceram. Mas mais do que isso... — Como toda aquela esperança e todo aquele potencial tinham sido tão reais somente alguns dias atrás? — Não parecia urgente contar sobre isso porque tinha zero chances de eu ao menos considerar pensar no trabalho. A verdade é que, como ela elogiou meus quiches e sanduíches Monte Cristo e algumas

COLE E LAILA SÃO APENAS AMIGOS 85

outras comidas que eu tinha tão pouca experiência, comparado com bife, hambúrgueres e tudo mais... Foi quando realmente comecei a pensar em abrir o Cassidy's para café da manhã e almoço. Pensei que talvez eu conseguisse fazer isso. Talvez eu fosse bom o bastante. E a primeira chance que tivemos de conversar, era sobre isso que eu precisava falar com você. Eu precisava saber se você achava que eu poderia dar conta. — Ele pigarreou. — Se *você* achava que eu era bom o suficiente.

Cole não tinha crises de confiança com muita frequência. Não quando se tratava de sua culinária, de qualquer forma. Ele sabia o que estava fazendo na cozinha e melhorava cada vez mais. Antes da escola de gastronomia, tudo que ele aprendeu tinha sido ensinado por sua avó. Ela o ensinou como quebrar ovos com uma mão e como batê-los adequadamente e, por volta dos 10 anos, ele sabia todas as formas possíveis de cozinhar pimenta chili. Podia pegar os vegetais da horta e usar em qualquer prato do sudoeste americano que você desejasse, seja assando, escaldando, fazendo picles... o que você quiser.

Mas a coisa mais importante que ela lhe ensinou foi a acreditar nos seus instintos. Dizia que algumas pessoas tinham a intuição necessária para cozinhar daquele jeito (não depender de receitas e medidas precisas) e outras pessoas simplesmente não tinham. Sua mãe e avô não tinham, a vovó informou. Mas ela também ensinou que, sempre que eles se esforçassem para cozinhar, ele tinha que adorar o que eles preparassem e comer tudo até a última garfada. Para Cole e sua avó, cozinhar era diversão. Para sua mãe e seu avô, era trabalho. Mas eles dedicaram tanto amor naquele trabalho quanto ele e sua avó dedicavam à diversão.

Às vezes, os resultados daquele tipo de amor não tinham um gosto bom, mas ele nunca diria isso a eles.

— Você sabe que eu acho que você é bom o suficiente — sussurrou Laila, em seguida, pigarreou e a voz dela saiu mais forte. — Você sabe que eu acho que você é o melhor. E isso é parte do motivo de achar que é um erro ir para Nova York. Você poderia fazer qualquer coisa. Cozinhar em qualquer lugar. E acho que você está se subestimando. Acho que é um erro aceitar a primeira coisa que aparece...

— Eu não aceitei. Não ainda. Mas acho que seria um erro não me encontrar com ela. — Ele realmente desejava poder ficar com Laila para sempre na terra do Ainda Não Entendi Completamente a Situação. — Mas, independentemente disso, eu estou indo embora, Lai. Não vou ficar em Adelaide Springs. Vou para Nova York com Brynn e Seb só para descobrir se eu aguento viver lá e para me encontrar com a Sylvia, mas... — Ele se inclinou e entrelaçou o dedo indicador dela, que ela estava nervosamente batendo na mesa, ao seu. — É difícil imaginar que não vou aceitar esse trabalho.

— Mas e se surgir uma oferta melhor?

— Melhor do que uma chef em ascensão, ganhadora do prêmio James Beard, cujo mentor é Wolfgang Puck e que já adora minha comida me oferecer um emprego na cozinha de um restaurante em um dos bairros mais badalados dos Estados Unidos, onde já tem uma lista de espera de oito meses?

Ela fechou a cara. Bom, a versão de Laila de fechar a cara, pelo menos. Ela nunca dominou a expressão de verdade. Sempre que ela tentava, acabava parecendo que tinha tido uma experiência ruim com botox. E, de alguma forma, ainda era adorável.

— Certo... Eu não conheço nada disso. Mas ainda assim, você sabe que vai sentir falta de estar no comando do seu próprio estabelecimento. Não aceite isso, Cole. Abra um restaurante em Williamsburg, Colorado, em vez disso — implorou ela. — Quem quer que esteja no comando de vestir e posicionar os manequins no museu da prisão tem que comer em *algum lugar.*

Ele riu e soltou o dedo dela.

— Sabe, você sempre pode vir comigo. — Laila riu exatamente no mesmo instante em que Cole ficou sério. — Você deveria vir comigo. Não acredito que não pensei nisso antes.

Ela fez uma careta e o estudou, depois revirou os olhos.

— Fala sério.

— Eu não *pareço* sério?

Essa era a resposta. Ele estava certo disso.

— Você precisa dormir. — Ela reuniu os talheres da mesa e levantou para levar tudo para a pia. — Eu deveria ser a pessoa que não esconde o que sente e age por emoção e tudo isso. É você que nos impede de tomar decisões realmente idiotas como essa.

— Isso não é idiota.

Ela colocou os utensílios na água ensaboada que ele deixou na pia e, em seguida, virou o rosto para ele enquanto eles afundavam.

— Minha vida é aqui, Cole.

— Sei que não tive coragem de demitir você oficialmente ainda, mas foi capaz de ligar os pontos e perceber que está atualmente tão desempregada e pobre quanto eu, certo?

— Não estou pobre. Acabei de herdar uma grana, pelo que parece. Isso vai me manter por um tempo. — Ela deu de ombros. — E só estou desempregada até o Bean reabrir. Se eu precisar, faço alguns bicos. Não sou seletiva.

— Se esse for o caso, você pode fazer alguns bicos em qualquer lugar.

— Mas isso não muda o fato de que aqui é meu lar. E eu tenho uma casa que eu amo. E gatos. E eu não conseguiria deixar meu pai e Melinda nesse momento. Não com… — Ela engoliu em seco e seu rosto se contraiu. Cole entendeu tudo que ela estava sentindo e abriu seus braços e ela aceitou sua oferta.

— É claro. Você está certa. Desculpa.

Ele deitou sua bochecha no topo da cabeça dela enquanto ela descansava a sua no peito dele.

— Eu *poderia* ir com você, sabe. Quero dizer, apenas para essa pequena viagem com Brynn e Seb. Se você me quiser.

Bom, *essa* era a frase mais desnecessária que alguém já tinha dito.

— É claro que eu quero! — Ele se afastou dela, sorrindo de orelha a orelha, uma expressão de alegria que não foi imitada na frente dele. — Desculpa por não ter pensado nisso. Eu só estava tão ocupado…

— Tendo uma crise de meia-idade e resistindo à vontade de comprar um carro esportivo? É, eu sei.

Cole riu e a soltou de seus braços.

— Sério, Lai, vai ser legal.

— Tenho que estar de volta antes da consulta de Melinda, na semana que vem.

Ele assentiu.

— Com certeza. E se você quiser, podemos até mesmo fingir que o avião é um barco e as nuvens são água. — Isso quase funcionou quando eles voaram pela primeira vez de avião, quando desenterraram o medo paralisante que Laila tinha de voar cerca de cinco segundos após a decolagem. Mas eles estavam na segunda série naquela época. Cole não estava muito convencido de que a tática funcionaria dessa vez.

— Ou poderíamos pegar um trem para Nova York. Seria divertido.

Cole deu risada.

— Sim, e vamos conseguir chegar lá antes mesmo da hora de voltar.

Ela engoliu em seco.

— Não, vai ficar tudo bem. Vamos fazer a coisa de fingir que é um barco. Mas eu tenho um favor a mais para pedir.

Ele sorriu e estendeu a mão para pegar a dela.

— Fala.

— Podemos também fingir que em algum momento durante esse pesadelo de uma manhã eu me dei ao trabalho de virar minhas calças para o lado certo?

Ele riu, inclinou a cabeça para examinar a aba na parte de trás da calça do pijama e balançou a cabeça.

— Ah, não. Prefiro ir a pé para Nova York a concordar com isso.

CAPÍTULO NOVE

LAILA

Saí do chuveiro uma hora ou mais depois, sem brincadeira, com o som de alguém batendo na minha porta. Sério, o que aconteceu com a mensagem de texto de cortesia que minha geração gostava tanto? Além disso, eu não tinha uma campainha? Eu tinha certeza de que tinha, mas estava realmente começando a me perguntar se era uma lembrança incorreta. Bom, dessa vez, quem quer que fosse teria que esperar. Eu tinha aprendido a minha lição.

— Laila, você está aí?

Ah, meu Deus. No verdadeiro estilo de filme de terror, o chamado agora estava vindo de dentro da casa. A voz de Brynn sendo o chamado, por assim dizer. Eu poderia ter aprendido minha lição sobre não correr até a porta em vestimentas precárias, mas ainda tinha a lição a ser aprendida com relação a não dar a chave da minha casa para todo mundo que eu conheço.

Abri um pouco a porta do banheiro.

— Você está sozinha?

— Oi! Sim. Tenho uma coisa para você.

— E tem certeza que Sebastian não está com você?

Ela deu risada.

— Hum… Tenho certeza sim.

Peguei meu roupão de banho do cabide atrás da porta e vesti antes de abrir o resto da porta.

— E aí?

— Acabei de falar com o Cole. Ele nos disse que você está vindo com a gente para Nova York!

Suspirei e passei a toalha no cabelo para que não pingasse no chão antes de entrar no corredor e caminhar em direção ao meu quarto.

— É. — Eu nem tive coragem de fingir entusiasmo.

— Toma. — Ela colocou a mão no bolso da jaqueta e puxou um vidro de comprimidos, o abriu e me deu um. — Toma meia hora antes do voo. Vai ajudar a acalmar os nervos e evitar que você vomite antes de chegarmos ao fim da pista.

— Um comprimido consegue fazer tudo isso? Ele também combate ao crime? — Ri e o coloquei na minha cômoda. — Valeu, Brynn, mas não tenho certeza se existem comprimidos suficientes no mundo para fazer eu me sentir melhor sobre essa viagem.

— Isso é perfeito, Laila. Você percebe isso, certo?

— Por quê? Por que é perfeito? Nada a respeito disso parece perfeito para mim. Se for alguma coisa, só estou ajudando-o a mergulhar mais no seu plano de fuga. Eu nem sei por que disse que iria.

Porque ele está agindo de maneira completamente irracional.

Porque em algum momento ao longo dos próximos dias, não importa onde ele esteja, ele vai começar a pensar claramente e eu preciso estar lá para ele quando isso acontecer.

Porque eu não suporto a ideia de hoje ser o começo do adeus.

Brynn agarrou minha mão e me fez sentar na beirada da cama.

— Pense nisso. É um bom plano. Agora, ele só precisa de distância. E, você sabe, as emoções dele estão intensas e tudo mais. Então é extremo. Mas se ele passar alguns dias em Manhattan, então será quase o final do mês. Os novos donos vão estar no Cassidy's e as coisas do Bill fora de Spruce House...

— E quem vai cuidar disso se Cole e eu sairmos da cidade?

Brynn levantou a mão e afastou aquele pequeno detalhe como se fosse uma mosca.

— Eles estão falando com as pessoas agora.

— Eles quem?

— Seb e Cole, é claro. Qual é, não aja como se fosse ser grande coisa para esta cidade. Você sabe que eles vão tomar a frente e fazer o que puderem para ajudar. A sra. Stoddard e o doutor vão cuidar disso rapidinho e Cole não vai precisar estar aqui para nada. Assim, ele pode tomar a distância de que precisa sem fazer nenhum tipo de decisão grande, irracional e impulsiva.

Eu gemi e sentei de volta na cama, o que na verdade doeu mais do que imaginei. Mas a dor que eu estava sentindo nas minhas costas ajudou a acentuar a miséria correndo pelo resto do meu corpo.

— O estado de espírito de Cole é uma completa irracional e impulsiva tomada de decisão nesse momento.

É claro que esse era o motivo de eu ir com ele. Mas Nova York? Eu nunca estive a leste do Kansas e, até aquela manhã, não tinha nenhuma intenção de quebrar aquela sequência de quase trinta e nove anos.

Ah, é. Quase trinta e nove.

Franzi o nariz.

— Odeio que vou estar longe de casa no meu aniversário.

Ela se espantou e deitou ao meu lado na cama, apoiando o queixo na mão.

— Está brincando? Acho que essa é uma das melhores partes! Vai ser incrível. Podemos ver um show da Broadway e ir jantar em algum lugar incrível. Sugiro que a gente vá ao Daniel, é o meu favorito, embora Sebastian insista que é pretensioso. Ou talvez o Bar Pitti, que é definitivamente pretensioso, mas eu nunca fui lá sem ver Beyoncé e Jay-Z e isso não é nada.

Não fazia ideia do que ela estava falando. Bem, na maior parte. Como qualquer outra pessoa razoável no planeta Terra, eu falava o idioma da Beyoncé, mas o resto que ela estava divagando — preço fixo, Fotografiska e *Kimberly Akimbo* — soavam tão estranho e horrível quanto aquela vez que Cole me explicou o que era *foie gras*.

— Brynn! — Eu a interrompi no meio de um monólogo centrado em Skinny Dennis, que eu *acho* que ela estava dizendo que era um bar com música ao vivo no Brooklyn, embora eu estivesse com medo de perguntar. Eu apenas confiaria que não tinha acidentalmente perdido a concentração enquanto ela estava falando de uma pessoa com esse nome. — Desculpa. Eu te amo, mas isso me parece horrível. E você sabe que, por mais horrível que pareça para mim, se Cole estivesse em seu juízo perfeito neste momento, ele nem estaria cogitando a ideia de se mudar para Nova York. Ele é o Colorado por completo e vai odiar tudo isso. Ele vai literalmente beijar o chão quando voltar para Adelaide Springs.

— É. — Um sorriso de satisfação se espalhou pelo rosto dela e, de repente, entendi o motivo de ela ter pensado que essa viagem era uma boa ideia. — Estou contando com isso.

⇀ ‧ ↼

— Vivi para ver isso — cumprimentou Cole com uma risada enquanto eu rolava minha mala para fora do aeroporto em direção ao avião. Ele, Brynn e Sebastian estavam parados ao lado dos degraus conversando com Steve, o piloto que sempre levava os Sudworth nos voos de conexão deles indo e voltando de Telluride. — É Laila Olivet que eu vejo, toda arrumada e pronta para sua aventura na cidade grande?

— Não acredito que estamos fazendo isso.

Seb correu até mim e sussurrou:

— Estou muito feliz que você está vindo. — Então pegou a mochila do meu ombro e a mala da minha mão. — Estou contando com você para fazer Cole parar e respirar por pelo menos dois segundos.

— E eu estou contando com você para manter sua esposa sã, espero, durante a viagem inteira — sussurrei de volta. — Não sei quem é Skinny Dennis, mas estou bem em nunca o conhecer.

Seb riu e levou minhas malas para Steve enquanto Cole e Brynn me cercavam.

— Estou tão feliz! — gritou Brynn e me abraçou tão forte que Cole estremeceu.

— Cuidado — disse a ela. — Ela te contou que levou uma queda hoje de manhã?

Brynn me soltou e se afastou como se Cole tivesse acabado de dizer: "Ela te contou que está com um caso de peste bubônica?"

— Não. O que aconteceu?

Revirei meus olhos.

— Não foi nada. De verdade. Aliás... O doutor me deu uma coisa.

COLE E LAILA SÃO APENAS AMIGOS 93

Os olhos de Cole dispararam para Brynn e depois para mim.

— Tipo, remédio para dor?

Assenti.

— Sim, acho que está começando a ajudar.

Senti Cole agarrar meu cotovelo em seguida. Pelo menos, eu tinha plena certeza de que Cole tinha feito isso. E eu tinha certeza de que era meu cotovelo. *Cotovelo... cotovelo... cotovelo...*

— Ei, Lai? — perguntou Brynn, dando um passo em minha direção. — Você não tomou o outro comprimido que eu te dei também, não é?

— Ah, não — sussurrou Cole enquanto seus braços escorregavam até a minha cintura. — O que você deu para ela?

— Só uma coisa para os nervos. Para o voo. Eu não sabia que ela ia tomar outra coisa.

Brynn disse mais alguma coisa que eu não entendi direito e então olhei para trás e vi o que Sebastian tinha feito com a minha bagagem. Mas quando virei de volta, ele tinha sumido. E Steve também. E o avião também!

— Por que ela fica repetindo "cotovelo"? — perguntou a voz de Sebastian... *de algum lugar.*

— Era meu pai — respondi, como se isso respondesse todas as questões da vida. — Você pegou o avião? — perguntei ao papai enquanto ele andava na minha direção. — Acho que vamos precisar dele para voar.

Ouvi Cole suspirar. Como um grande e pesado suspiro. Tipo, "Hhhhhgggggghhhhh". Esse é o meu melhor palpite de como soletrar.

— Larry, você trouxe ela até aqui?

Meu pai deu risada e depois o avião voltou. Eu não tenho certeza de como.

— Ah, é. O doutor deu alguns comprimidos para as costas dela, mas disse que poderiam deixá-la um pouco sonolenta. Esqueci que ela não tem muita tolerância para nada.

— Larry, acho que a culpa disso é minha — confessou Brynn.

Ela já estava rindo muito, mas começou a rir mais ainda quando Cole disse:

— Ótimo. Temos que fazer duas conexões hoje e Laila está mais louca que o Batman.

Cotovelo... cotovelo... cotovelo... cotovelo...

Minha primeira memória da cidade de Nova York sempre vai ser estar sentada na mala enorme da Brynn, sendo ancorada dos dois lados pela Brynn e pelo Sebastian e empurrada por trás pelo Cole, enquanto um sinal enorme de Eu amo NY entra no campo de visão. Foi nesse momento que o mundo entrou em foco de novo e, sem demora, imaginei. Acredito que Brynn e Seb estavam acostumados a fazer percursos menos chamativos por espaços públicos e as pessoas estavam começando a notar.

Brynn Cornell e Sebastian Sudworth drogaram e sequestraram uma mulher? Deveríamos chamar a polícia? Deveríamos perguntar se podemos tirar uma selfie com eles? Tantas escolhas!

— E aí, Bela Adormecida — cumprimentou Cole atrás de mim. — Teve um voo tranquilo?

— Você consegue andar agora, Lai? — perguntou Brynn com um leve tom emburrado na voz. — Temos uma escada rolante para subir e, por mais que eu queira acreditar que você não vai acabar caindo nela, não posso prometer nada.

O mundo deve ter entrado em foco alguns momentos antes, mas esse foi o momento em que meu cérebro pegou no tranco.

— Meu Deus! — Pulei da mala e olhei para os três. Cole e Sebastian sorriam maliciosamente, claramente se divertindo com toda a situação, e Brynn estava encharcada de suor, com o cabelo se desfazendo e seu lindo vestido verde exibindo manchas inconfundíveis. — Desculpa. Quanto tempo eu... — Tudo bem, talvez o meu cérebro ainda não tivesse pegado no tranco *completamente*. — Estamos em Nova York.

— Como você adivinhou? — perguntou Brynn, o tom emburrado sendo substituído por um sarcasmo velado.

Acho que mereci o sarcasmo, considerando que além do Eu amo NY gigante que estávamos ao lado e as imagens da Estátua da Liberdade, Empire State Building e táxis amarelos por todas as paredes, o tema *New York, New York* do Frank Sinatra estava tocando no sistema de som tão alto que tínhamos que gritar um com o outro.

— Como chegamos aqui? — Eu estava tão confusa. A última coisa que eu lembrava claramente foi ser colocada em um assento ao lado de Cole no pequeno avião em Adelaide Springs e depois...

Não. Foi isso. Essa era a minha última memória clara. Depois disso, eu podia lembrar *mais ou menos* de Cole tentando me alimentar à força com um milk-shake e eu posso ter perguntado a uma oficial da segurança que estava me revistando se ela tinha uma bala de goma para me dar, mas, fora isso, eu tinha piscado e estava do outro lado do país.

— Não foi sem desafios — respondeu Cole, aquele sorriso divertido e indulgente ainda nos lábios. — Mas como eu e Brynn contamos ao Seb, como duas pessoas que passaram pelo festival de paranoia total e vômito que é voar com você sóbria, isso não foi tão ruim. Vou ver com o doutor se tem algum risco de longo prazo, como probabilidade de dano cerebral permanente ou necessidade de um transplante de fígado. Caso contrário, você vai repetir esse coquetel para o voo de volta para casa.

— Jogue numa taça de Chardonnay — acrescentou Sebastian —, e você vai conseguir despachá-la com a bagagem.

Quase meia hora depois, pegamos nossas bagagens e seguimos Brynn até o meio-fio onde um carro estava nos aguardando. Eu estava alerta há menos de meia hora e já estava com sobrecarga sensorial. Tinha cruzado com mais pessoas na fila de espera do banheiro com Brynn do que estudantes da minha época de escola, e tudo era tão alto e brilhante. Era uma hora da manhã lá e eu já estava com saudade das 11 da noite em casa.

Mas tenho que admitir que o carro era legal.

— Nunca tinha pegado um Uber. — Tenho certeza que essa declaração foi recebida sem surpresa. — Não esperava que eles fossem tão chiques.

— Oi, Malik. — Sebastian bateu no ombro do motorista que estava abrindo as portas para nós. — Desculpe chamar você tão tarde.

— Sem problemas. Como se eu fosse perder a chance de ser o primeiro a saber como foi o casamento e a lua de mel. — Malik sorriu e acenou com a cabeça.— Posso pegar sua bagagem, madame?

— Ah. — Olhei para Sebastian, que estava indo para o porta-malas pegar sua própria bagagem e decidi segui-lo. — Tudo bem, mas obrigada. Inclusive, meu nome é Laila.

Estendi a mão e ele a apertou.

— Muito prazer em conhecê-la, srta. Laila. Ouvi falar muito de você. — Cole parou ao meu lado e Malik iniciou o aperto de mão entre eles. — E sr. Cole...

— Só Cole está ótimo, obrigado.

— Aqui. — Malik pegou a mala do meu lado e estendeu a mão para a mala de Cole também. — Eu insisto.

Cole entregou sua mala para ele e Malik se juntou a Sebastian na traseira do carro.

Inclinei e sussurrei para Cole:

— Minha mãe sempre fala de pegar Uber quando ela viaja e faz parecer tão estranho. Mas esse aqui é legal.

— Oi, Malik! — cumprimentou Brynn dando-lhe um abraço rápido e, em seguida, lhe entregou uma mala enorme que tinha sido recentemente, para todos os efeitos, meu carrinho de bebê. Malik a levantou com uma mão como se não pesasse nada e a colocou no porta-malas.

— Bem-vinda de volta, sra. Brynn. A Itália foi completamente perfeita?

Ela suspirou.

— Realmente foi. Nós trouxemos um cartão postal para você. Eu sei que teria sido melhor se tivéssemos postado de lá, mas esquecemos.

— Me sinto honrado que tenha ao menos pensado em mim.

— É claro! — Brynn se virou para mim e para Cole. — Malik é nosso motorista favorito. Ele pensa em tudo.

— Você é muito gentil, sra. Brynn. — Ele inclinou a cabeça para baixo e acrescentou, mais suavemente: — Eu tenho alguns Red Bulls para vocês no frigobar.

— Deus te abençoe! — Brynn abriu a porta da frente, do lado do passageiro, deu um passo à frente e se inclinou com as pernas nuas abaixo dos joelhos balançando para fora. Sebastian rapidamente se colocou na frente dessa posição nada feminina para protegê-la de olhares curiosos e de um ou dois obturadores de câmera.

— Pelo amor, mulher — sussurrou ele. — Você é a pior em ser famosa que já conheci.

— Por favor, por favor. — Malik conduziu a mim e Cole em direção da terceira fileira do veículo. — Fiquem à vontade. Tem água para vocês aí, e, claro, os energéticos, caso a sra. Brynn esteja disposta a dividir.

— Não! — Brynn pulou de volta para o chão, deu um beijo rápido nos lábios de Sebastian e os flashes de uma câmera iluminaram a escuridão.

Malik sorriu para mim e me ofereceu a mão para me ajudar a subir.

— Alguém está com fome? Precisamos fazer alguma parada?

— O que está aberto essa hora da noite?

Me arrependi assim que disse isso. Mesmo antes de Sebastian e Cole começarem a rir. Eu precisaria ser muito cuidadosa para não parecer uma caipira toda vez que abrisse a boca.

— Sei que tem coisa aberta. Só não sei como funciona. Está *tudo* aberto? Ou só tipo... pizza e cachorro-quente.... e... — Quais são as outras comidas de Nova York? — Pretzels e afins?

Subi atrás de Cole não consegui conter uma reação de prazer quando meu corpo pareceu se tornar um com o couro marrom escuro e flexível.

— É isso — disse ele enquanto inclinava a cabeça para trás e deixava seus braços caírem de lado. — Vou mudar para cá. — O pânico apertou minha garganta, mas não durou muito. — Moramos nesse Cadillac Escalade agora, Laila. Por favor, encaminhe toda a nossa correspondência pra cá.

Ele suspirou e fechou os olhos.

Copiei sua postura relaxada e me ajeitei.

— Isso aqui não é um Uber, não é? — perguntei baixo o bastante para que somente Cole pudesse me ouvir. O protocolo caipira foi ativado.

— Acredito que não.

Sebastian ajudou Brynn a entrar na segunda fileira, depois subiu atrás dela e fechou a porta. Eles colocaram seus cintos de segurança e murmurei para Cole:

— Acho que deveríamos colocar o cinto também.

— Não, o Escalade nunca iria nos trair ao nos levar para nossa morte. Está tudo bem.

Eu ri e me sentei, puxei o cinto de segurança dele para baixo e o coloquei no lugar, depois fiz o mesmo comigo.

— Que jeito de morrer se você estiver errado.

CAPÍTULO DEZ

COLE

Seus olhos não ficaram fechados por muito mais tempo. Enquanto Sebastian e Brynn entretinham Malik com contos de Vietri Sul Mare e da Catedral de Amalfi e excursões de barco e grutas em abundância, ele e Laila sentaram-se em silêncio admirando a Manhattan que se apresentava diante deles. Ele passou um bom tempo em Denver e, claro, morou em Boulder por alguns anos. Viajou bastante pelos estados dos Quatro Cantos e até foi para Los Angeles com sua mãe quando era mais jovem. Uma vez, quando tinha 23 anos, dirigiu até Houston para que seu avô pudesse se reunir com o irmão, Burt, mais uma vez. E ele e Laila passaram um de seus aniversários em Vegas. Mas nada disso poderia preparar alguém para o que seu cérebro estava tentando entender em Nova York.

Não era apenas por ser maior do que ele imaginava ou que ele não conseguia ver os topos dos arranha-céus que se erguiam além das nuvens. Era que cada direção para onde ele olhava era familiar… e ainda assim diferente de tudo que já tinha vivido. Eles ficaram boquiabertos com os destaques reconhecíveis do horizonte, o Empire State Building, o Chrysler Building, outros edifícios que conheciam, mas não tinham ideia de como eram chamados. Cole nunca tinha imaginado como seria visitar Nova York. Ele não tinha passado tempo estudando livros de mesa de centro sobre arquitetura de Nova York e certamente não tinha assistido a tantos filmes quanto Laila e Brynn (embora ele estivesse repentinamente ansioso para visitar alguns locais de *Esqueceram de Mim 2*), mas ainda sentia de alguma forma como se tivesse sido arrancado de sua existência cotidiana e jogado no meio de algo que ele tinha vivido em um sonho e esquecido no momento em que acordou.

COLE E LAILA SÃO APENAS AMIGOS 99

— Cole. — A voz de Laila o acordou do maravilhamento, embora a voz dela fosse apenas forte o bastante para formar o seu nome. Mesmo assim, ela conseguiu sua atenção e ele virou para seguir o olhar dela para o lado de fora do veículo.

Era estranho ter vivido em um lugar como Adelaide Springs durante um momento assustador e incerto como o 11 de setembro e tudo que aconteceu depois daquele dia. Eles sentaram na sala de aula da sra. Stoddard e assistiram à cobertura o dia inteiro assim como o mundo todo e ficaram em choque e com o coração partido, é claro. Mas também pareceu distante. Como se os tivesse impactado, mas também tivesse tão pouco a ver com eles. O mais perto que uma pessoa da cidade chegou de conhecer alguém diretamente afetado pelos ataques foi o pai de Lucinda Morrissey, que passou algum tempo trabalhando no Pentágono, embora tivesse se aposentado há muito tempo do Departamento de Defesa e passado a fazer xeropaisagismo na área de Tucson. O dr. Atwater e sua falecida esposa tinham viajado para Nova York para uma conferência médica uma vez e o doutor disse que tinha comprado entradas para o *Fantasma da Ópera* por metade do preço no estande da TKTS em uma das Torres Gêmeas. Era isso, até onde todos sabiam.

Antes de todos saberem os fatos, os cidadãos de Adelaide Springs se reuniram para especular e teorizar assim como todo mundo fez — para onde o Voo 93 estava indo? Qual seria o próximo alvo dos terroristas? — mas não tinha uma única teoria, realista ou não, que os colocasse em perigo direto. A segurança foi supostamente reforçada em torno da Represa Hoover e Fenton Norris especulou que o alvo final era a Área 51, mas isso foi o mais próximo que os temores chegaram deles. Como adolescentes relativamente conscientes que estavam amadurecendo em um mundo repentinamente muito confuso, Cole e seus amigos não se sentiram tão aliviados com isso e, sim, mais atingidos pela culpa: quando provavelmente deveriam estar agradecidos por poderem dormir em paz, respirando um ar limpo e livre de cinzas e sem ter perdido uma única pessoa que conhecessem, muito menos que amassem, eles sonhavam em ir embora. Eles não se sentiam protegidos. Eles se sentiam abrigados. A agitação foi desencadeada em vez da grata paz.

E agora o World Trade Center estava do lado de fora da janela, refletindo o luar que perfurava as nuvens através das quais o edifício cintilante se erguia. Cole não conseguia dizer a que distância estava, não sabia como calcular o tamanho da cidade, apenas que as razões e proporções dos arranha-céus eram distorcidas de forma diferente das montanhas com as quais ele estava acostumado — mas ele imaginou que poderia caminhar até lá sem derramar uma gota de suor. E como ele faria aquela caminhada no nível do mar para variar, tinha quase certeza disso.

— Brynn, como você se acostumou com isso? — perguntou Laila.

Brynn virou no assento da segunda fileira para encará-los, no momento em que Malik diminuiu a velocidade e então colocou o veículo em modo Park (Estacionar).

— Quem disse que me acostumei?

A porta do motorista abriu, fazendo a luz interior acender, e o sorriso era evidente no rosto de Brynn.

Ela pulou para fora quando Malik abriu a porta e, em seguida, foi a vez de Sebastian virar para trás para Cole e Laila na terceira fileira, ainda olhando pela janela, embora a visão deles de um dos prédios mais altos tenha sido bloqueada por um prédio bem menor que ainda assim era mais alto do que qualquer um que eles já tinham botado os pés.

— Para registro, suas montanhas têm um efeito parecido naqueles de nós que cresceram com as maravilhas feitas pelo homem. Eu nunca vou me acostumar a ter picos de 200 metros de altura do lado de fora da minha janela. Picos que são... o quê? Sete ou oito One World Trade em cima um do outro? Imagino que tem dias que você nem percebe mais eles.

Sebastian desceu do seu lado e então Brynn enfiou a cabeça de volta para acrescentar:

— Estou tão animada que vocês estão aqui. Sério. Mal posso esperar para apresentar a cidade a vocês. — Então ela agarrou outro Red Bull do frigobar e gritou: — Vamos!

Cole suspirou enquanto soltava o cinto.

— Ela não quer dizer esta noite, não é? Ela *não pode* querer mostrar a cidade para gente *esta noite*.

Laila riu e saiu pela porta.

— Hummm. Quem queria ter dormido o dia todo agora, hein? Viu? Eu sabia exatamente o que estava fazendo.

❖ ❖

Felizmente, o passeio noturno de Brynn pela cidade foi breve.

— Então aqui é Tribeca. JFK Jr. e Carolyn Bessette moraram… ah, acho que cerca de oito portas naquela direção. — Ela apontou para a direita do prédio de tijolo vermelho que ficava na sua frente. Sebastian e Malik já tinham entrado com a bagagem.

— Você "acha"? — perguntou Laila. — Com quem você acha que está falando aqui, Brynn?

Cole não tinha necessariamente conseguido, ou mesmo tentado, acompanhar todas as paixões das garotas por celebridades ao longo dos anos, mas ele se lembrava vagamente de *uma* delas que se recusava drasticamente a comer ou tomar banho ou algo assim até que o avião de JFK Jr. fosse encontrado. Elas deviam ter 14 anos ou mais, certo? Com certeza fazia mais sentido que a Brynn Cornell de suas lembranças, louca por garotos, na puberdade e, de alguma forma, ainda madura além da sua idade, fosse a que estivesse conduzindo a vigilância 24 horas por dia.

O sorriso envergonhado dela brilhou sob a luz do poste.

— Tá bom, sim. Eles moravam exatamente a oito portas naquela direção. Eu consigo chegar lá em onze segundos. Nove se não tiver nenhum curioso por perto e eu não precisar ser supercuidadosa para não tropeçar. Quer ver?

Cole deu risada.

— Quantos energéticos você tomou, mulher?

Brynn passou o braço no dele.

— Qual é. Vamos lá. Corra comigo.

— Tenho *zero* interesse nisso. Talvez menos do que zero. Sem desrespeitar nenhuma celebridade falecida que nunca conhecemos, mas estou exausto. Agora, tudo que eu quero fazer é…

— Você disse para ele que o quartel do corpo de bombeiros de *Os Caça-Fantasmas* é do outro lado da rua?

Cole virou a cabeça rapidamente para Sebastian, em pé no patamar de metal preto na frente do prédio que, tudo indicava, era onde eles moravam, embora tivesse uma placa de pediatra na porta. Até agora, Nova York não tinha feito muito sentido para ele. Mas *Os Caça-Fantasmas*? Em um mundo de caos e confusão, *Os Caça-Fantasmas* sempre faria sentido.

— Do que vocês estão falando?

Malik riu e desceu do patamar depois de desejar boa noite a Sebastian e depois de cordialmente dizer boa noite para todo mundo. Ele levou o Escalade embora e a rua ficou quieta e, em sua maioria, escura de novo.

Brynn continuou segurando o braço de Cole e o arrastou um pouco para a rua vazia. Ela apontou para a frente dele.

— Está vendo o número vinte ali? É o apartamento da John-John. Então tem aquele bar na esquina. E então está vendo ali? Do outro lado da Varick Street? Aquele prédio de tijolos com o vermelho...

Puta merda.

— Encontro você lá.

Brynn deu uma gargalhada. Mas, mesmo enquanto ria, ela levantou a saia um pouco mais acima dos joelhos, olhou para baixo, para os saltos sensatos para o padrão de Brynn, mas que definitivamente não significavam que ela iria correr, e abaixou o corpo na estatura de um velocista, esperando a pistola disparar.

— Preparar, apontar, fogo! — gritou Cole, rápido demais, pegando Brynn de surpresa e dando um fim abrupto à risada dela.

O corpo de Cole, exausto, confuso com o fuso horário e com 39 anos de idade, que havia carregado sua melhor amiga em coma de uma lado para o outro durante o dia todo, inspirou algumas lufadas de oxigênio denso do nível do mar e correu como o vento em direção a uma relíquia que tinha sido sua obsessão quando ele tinha 14 anos.

Ontem de tarde ele estava de luto.

Noite passada ele foi abandonado.

Esta manhã ele estava perdido e vagando.

Mas agora? Agora ele estava correndo atrás da sua fantasia de infância de enfrentar o Porteiro. Não é uma maneira ruim de virar o jogo, no geral.

CAPÍTULO ONZE

LAILA

— Tenho que dizer, é muito estranho pensar em vocês dois como pessoas de condomínio.

Estávamos no elevador subindo para a cobertura deles no sétimo andar. *Cobertura*. Como se Seb tivesse apertado o botão que dizia "7CO" e lá estavam eles. Último andar. O andar *inteiro*. Andar em cima de um consultório de pediatria, na rua debaixo de *Os Caça-Fantasmas* e, mais importante, na esquina da Taylor Swift. Literalmente na esquina.

— Você consegue ver o terraço dela do nosso terraço — tinha dito Brynn, como se essa fosse uma coisa normal de se dizer.

— Honestamente, eu acho que é mais esquisito pensar em vocês como pessoas de Cadillac Escalade. — Cole entrou na conversa.

Brynn deu risada.

— *Não* somos pessoas de Cadillac Escalade. Nós só precisávamos de mais espaço porque você estão aqui.

— Mas vocês têm um motorista! — argumentei. Como eles ficavam tão tranquilos com tudo isso? — Você fez seu motorista levar seu carro maior porque você precisava de mais espaço.

— Não seja boba — disse Brynn. — Malik não é "nosso motorista". — Ela usava aspas liberalmente, mas a "bobagem" que ela estava insistindo que estávamos falando não estava clara para mim ainda. — E o Escalade não é "nosso maior carro". Ele é motorista da rede, e sim, ele trabalha com a gente com frequência, mas apenas indo e voltando do aeroporto, do estúdio e coisas assim.

— E que tipo de veículo ele dirige para vocês normalmente? — perguntou Cole, um sorriso divertido no rosto.

Brynn corou e olhou para os pés.

— Ah, eu nem sei, de verdade. É só algum pequeno...

— É um Mercedes Classe S. — Interferiu Sebastian. — Desista, Brynn. Em Nova York, nós somos pessoas de Cadillac Escalade e eles sabem disso. Também somos pessoas de condomínio. Não tem como negar.

— E isso é incrível — insisti, embora eu realmente não fizesse ideia se era ou não. Ainda veríamos isso, suponho.

As portas do elevador abriram e fomos recebidos pelo barulho de pequenas patas de cachorro correndo no piso de madeira.

— Murrow!

Todos nós cumprimentamos o pequeno bichon havanês em uníssono e Sebastian se abaixou para pegá-lo. Sebastian já tinha subido, é claro, para trazer nossa bagagem, então acho que o entusiasmo de Murrow era direcionado à Brynn. Ela estendeu a mão, coçou atrás das orelhas dele e o acariciou nos braços de Sebastian, e a animação de Murrow confirmou as minhas suspeitas.

É... tinha outra coisa. Murrow normalmente viajava com eles, mas depois do casamento, Murrow teve que voltar para Nova York com a assistente de Brynn. A leste do Mississippi, os Sudworth também eram o tipo de pessoa com uma assistente pessoal. *Estranho.*

Eu tinha começado a me dirigir para dizer oi ao Murrow, mas Cole me parou com uma mão no meu cotovelo.

— Olha esse lugar — sussurrou ele.

Tinha muita coisa para ver, mas segui os olhos dele e tentei absorver tudo da perspectiva dele naquele momento. Ele estava olhando para uma escada que levava a um mezanino no centro do apartamento. Esse mezanino não só tinha uma sala, escritório ou algo assim, pela aparência, mas era cercado por janelas enormes com vistas desobstruídas da cidade lá fora. Estávamos esticando o pescoço para fora antes de entrar, querendo dar mais uma olhada no One World Trade, caso não tivéssemos uma oportunidade tão fácil de encará-lo mais tarde. Quem imaginaria que tudo o que teríamos que fazer era olhar para cima e ao redor de uma escada em caracol dentro da casa dos nossos amigos?

— Tem uma porta ali? — perguntou Cole. — Para onde vai? Para o heliporto?

COLE E LAILA SÃO APENAS AMIGOS 105

Ri suavemente enquanto Brynn vinha atrás de nós.

— Gostaram?

Virei para ela.

— Se gostamos do quê? Nova York? É meio difícil de dizer...

— Não, do apartamento. Eu estava... bom... Sei que é idiota, mas, na verdade, estava um pouco nervosa. Estava com medo de vocês nos acharem meio pretensiosos ou algo assim.

— Você não estava presente na conversa sobre "pessoas de Cadillac"? — Sebastian estava se ajoelhando no sofá gigante de couro com Murrow ao seu lado. — Eles acham mesmo que somos pretensiosos.

Tinha humor suficiente na voz dele, e nós nos conhecíamos e nos amávamos o suficiente, então entendi que ele estava sendo bem-humorado. No entanto, eu me senti culpada. A maneira como a boca de Cole se apertou e franziu enquanto ele desviava os olhos dos de Brynn deixou bem claro que ele também se sentia assim.

— Não, claro que não — insisti. — Vocês não são pretensiosos. É só que... Quer dizer... *uau*. Esse lugar é maluquice, gente. Não consigo me acostumar com isso.

Cole entrou na conversa.

— Eu estava fazendo uma piada ruim com a Laila um minuto atrás, mas contanto que vocês e os seus vizinhos realmente não tenham um heliporto no terraço, acho que vamos nos ajustar.

Brynn balançou a cabeça.

— Não. Definitivamente não. Sem heliporto.

— Além disso — acrescentou Sebastian —, os vizinhos não têm permissão de irem ao terraço. — Ele riu e levantou enquanto Murrow pulava para o chão. — Querem se instalar nos seus quartos?

Brynn bateu palmas animadas.

— Aah! Sim! Certo, eles ainda não estão prontos. E só temos realmente um quarto de hóspedes. Lai, você pode ficar lá. Cole, vamos te colocar no... — Ela fechou a boca e pareceu conseguir parar as palavras que ia dizer antes que escapassem. — O, hum... Bom, na verdade é só uma sala de lazer. Ou, você sabe, um escritório. É, é um escritório. Com uma cama. Só um pouco separado dos outros quartos...

— O que é de verdade? — perguntou Cole, curvando o pescoço para olhar ao redor de Brynn e Sebastian.

— É, é um quarto de empregada. Mas não se preocupe. Nós não temos uma empregada de verdade. Não somos *tão* pretensiosos.

⇾ · ⇽

Alguns minutos depois tínhamos levado minha bagagem para um quarto de hóspedes de tamanho modesto que poderia ter se passado por um quarto de hóspedes de uma não celebridade de classe média em Colorado Springs ou algo do tipo se não fosse pela luz do céu que não revelava muito da cidade, mas mostrava uma vista perfeita do terraço. O terraço de Brynn e Sebastian que, ele não estava brincando, os vizinhos não tinham permissão de acessar. Sim, era o topo do prédio inteiro que poucas pessoas moravam e que provavelmente crianças ricas de Manhattan visitavam quando tinham um resfriado ou bolinhas de gude entaladas no nariz, mas Brynn e Sebastian eram donos do terraço. Incluindo os seus quatro cantos, cada um deles dava visão direta para o terraço da Taylor Swift.

As paredes do quarto de hóspedes foram pintadas com um desenho que a Brynn chamou de "se Monet tivesse pintado o quarto da selva em Graceland", que até que gostei, e a cama também foi deixada pelos proprietários anteriores. Ela tinha uma tenda com dossel, mas não como algo em que tivéssemos acampado. Ah, não. Era cor de canela e de bom gosto, lembrava as fotos que eu tinha visto de Ernest Hemingway em um safári na África (Brynn não quis me dizer de quem eles haviam comprado o apartamento, mas chegou a dizer: "Não estou dizendo que *não foi* um ex-homem mais sexy do mundo, sua esposa *Gossip Girl* e sua ninhada cada vez maior").

Eu mal podia esperar para ver o que esperava Cole no quarto de empregada, então corri atrás deles, dei a volta na escada do mezanino, passei pela alcova de jantar, virei à direita na adega de vinho, passei por uma prateleira embutida cheia de Emmys e sei lá que outros prêmios brilhantes, dei uma olhada rápida no que tenho certeza de que era um Picasso de verdade na parede e, então, cheguei. No momento em que Brynn disse:

— Ah, não! Por que ela colocou tudo aqui?!

O quarto de empregada de Cole (menor, de bom gosto e tristemente desprovido do design de interiores impressionista do século XIX que encontrava Elvis) estava abarrotado de presentes de casamento.

Brynn pegou seu celular e começou a digitar uma mensagem.

— Foi mal, gente. Disse para minha assistente que tínhamos duas pessoas vindo nos visitar... — Ela balançou a cabeça em resignação enquanto lia o texto que apareceu na frente dela. — Ela pensou que vocês eram um casal. Acho que eu não especifiquei. Ela só queria tirar os presentes de casamento do caminho. — Ela guardou o celular de volta no bolso do vestido e olhou para Sebastian com uma expressão de dor. — O sofá é retrátil?

Sebastian deu risada.

— Você quer dizer aquele circular que você insistiu porque formaria um círculo de conversa íntimo? Não, não é. Mas se Cole quiser se encurvar como uma ferradura a noite toda, tenho certeza que vai ser muito confortável.

Ela lançou um olhar que vimos *muitas vezes* quando eles estavam planejando o casamento.

— Valeu, Seb. Ajudou muito. — Suspirando de frustração, ela pegou o celular de novo. — O Roxy Hotel fica a apenas um quarteirão ou dois depois do *Caça-Fantasmas*. Vou ligar e reservar um quarto para esta noite e então amanhã vamos...

— Não se atreva. — Cole entrou pela porta e colocou o braço ao redor dela. — Aposto que posso dormir com a Laila.

Ele me olhou e deu de ombros.

— Aah! — Bati palmas e então levantei as mãos no ar animadamente. Eu sabia que ele estava esperando que eu concordasse com a sugestão para evitar que Brynn tivesse algum problema ou se sentisse mal, mas nem precisei fingir entusiasmo pela ideia. — Sim! Vamos fazer isso!

— Realmente não é um problema conseguir um quarto de hotel. Não quero que vocês fiquem apertados.

Cole zombou.

— Está brincando? Nós cinco costumávamos nos amontoar no trailer do doutor, lembra? Passávamos semanas dentro daquela coisa durante as férias de verão e tenho certeza de que era menor do que aquela cama com dossel que o Ryan Reynolds comprou para os filhos dele.

— Eu nunca disse que tinha sido o Ryan Reynolds! — protestou Brynn.

Ele deu risada.

— Foi mal. Foi só um palpite.

— Não é um problema mesmo, Brynn. Somos filhos das montanhas, sabe. Tenho certeza de que podemos nos dar bem na sua luxuosa cobertura por um tempo. Na verdade, estou um pouco animada.

Eu estava mais do que animada, verdade seja dita. Eu não tinha uma festa do pijama há anos, a menos que você conte Cole caindo no sono no sofá quando eu o fazia assistir *The Crown* comigo.

Sebastian apagou a luz e nos conduziu para fora antes de fechar a porta do quarto de empregada.

— Ótimo. Está resolvido, vamos dormir. — Ele agarrou a mão de Brynn e começou a puxá-la em direção ao quarto deles, que nós ainda nem tínhamos visto.

— Sinto muito que tenha sido um dia tão longo. — Abracei cada um deles. — Muito obrigada por tudo e por nos deixar ficar um pouco. Não deixem a gente atrapalhar vocês. Alguma coisa que precisamos saber? Quais toalhas usar ou algo assim?

Cole agarrou meu braço e me puxou de volta para a sala, virando de costas para gritar:

— Nós vamos descobrir. Boa noite!

— Boa noite! — ecoou Sebastian.

Brynn reclamou.

— Seb, espera aí — sussurrou ela, depois se apressou até mim e me puxou de lado, na cozinha de mármore. — Tem certeza de que está tranquila com isso?

Ela falou tão baixo que tive que me inclinar para escutá-la.

— Claro. Por que não estaria? — Não via nenhuma necessidade de sussurrar, então não sussurrei. — Provavelmente só preciso ligar para o meu pai e ver como estão as coisas e depois posso tomar outro comprimido daqueles que o doutor me deu para as costas...

— Me dê eles. — Cole apareceu no corredor um segundo antes de Sebastian.

— Você não é confiável com essas coisas — acrescentou Sebastian.

Revirei os olhos.

— Eu disse para vocês que não sabia que não poderia tomar os dois comprimidos juntos. Agora eu sei. Brynn só me deu um comprimido da felicidade, de qualquer forma, e os para as minhas costas não vão fazer mal.

Sebastian ergueu as sobrancelhas e Cole assentiu.

— Não se preocupe. Eu cuido disso.

Na mesma hora, Sebastian pegou os dedos de Brynn de novo e começou a puxá-la para longe de mim.

— Meninos, vão embora — instruiu Brynn e eles fizeram o que ela mandou. Cole de maneira rápida e eficiente, Sebastian com um gemido agitado.

Sorri e me inclinei.

— O que foi?

Ela esfregou as mãos para cima e para baixo nos meus braços e abaixou a voz de novo.

— Eu só... bom, digo... sei que você está passando por fortes emoções no momento. Vocês dois. Bill morreu... tudo que aconteceu com o Cassidy's... Cole pensando que ele precisa se mudar...

— E?

Ela me estudou intensamente, inclinou a cabeça e estreitou os olhos. E ela pareceu se livrar dos seus pensamentos, e a seriedade foi substituída por um sorriso enquanto ela me envolvia em seus braços.

— Esquece. Acho que estou exausta. Mas estou feliz que vocês estão aqui.

Retribuí seu abraço.

— Te amo.

— *Te* amo — respondeu ela. Ela começou a se afastar e depois voltou mais uma vez. — Apenas deixe as luzes acesas ou faça o que quiser. Nós podemos controlá-las do...

— Já chega. — Sebastian se aproximou e a pegou nos braços, fazendo Brynn rir o tempo todo até que eles estivessem fora do alcance dos olhos e dos ouvidos.

CAPÍTULO DOZE

COLE

— Acho que o Sebastian está prestes a ter um colapso — disse Laila quando entrou no quarto depois de tirar as lentes de contato, lavar o rosto, escovar os dentes e fazer todas as exigências mínimas da noite. — Ele só desistiu e carregou Brynn para a cama... — As últimas quatro palavras se dissiparam no ar quando percebi. — Ah, ele não queria dormir.

Cole deu risada enquanto procurava a escova e a pasta de dentes na mala.

— Não. Acho que ele não queria.

Laila pegou sua mochila e se sentou com ela ao seu lado na cama na abertura da tenda.

— Bom, eu me sinto idiota.

— Não se sinta. Você estava desmaiada e gloriosamente alheia ao fato de eles serem incapazes de pararem de se agarrar no avião hoje. Falando nisso... — Ele estendeu a mão, com a palma para cima.

Ela revirou os olhos.

— Ah, que isso, Cole. Sou uma mulher adulta que é perfeitamente capaz de...

— Você se lembra de quando extraiu o dente do siso e ligou para o número da Sarah McLachlan na TV e pagou pelas vacinas de cerca de trezentos gatos?

Ela zombou.

— Não foram trezentos...

— E você se lembra de ter entrado no Ticketmaster depois da sua amigdalectomia e de ter elaborado seu plano de curta duração para que passássemos o verão acompanhando a turnê de Edwin McCain?

— Eu gostei muito de "I'll Be" naquela época — murmurou ela e, em seguida, pegou o frasco de comprimidos e o entregou.

— Não leve para o lado pessoal. Não é sua culpa que três ibuprofenos em vez de dois te transformem na Courtney Love em Chateau Marmont. — Cole mordeu o lábio para evitar rir dela. — Como estão suas costas agora? Precisa de um comprimido antes de dormir?

— Estou começando a me sentir muito dolorida, eu acho.

Ele pressionou a tampa e colocou um comprimido em sua mão antes de colocar o frasco sobre a escrivaninha com *vibe* de Art Déco encontra Ikea, onde os filhos de Blake Lively provavelmente faziam a lição de casa. Ele entregou o comprimido a ela.

— O que você acha que devemos fazer com relação à água? Acha que eles mantêm a Perrier na torneira ou é só para as cervejas artesanais nacionais e locais?

Ela bufou e tirou sua garrafa CamelBak quase vazia do bolso lateral da mochila. Ela conseguiu beber água suficiente para engolir o comprimido.

— Não é uma loucura? Estou muito feliz por eles, mas não consigo superar isso. O problema é que eles *não* são pretensiosos.

— Não é? Brynn é um pouco pretensiosa. Mas de um jeito adorável.

— Sim. Isso é verdade mesmo. — Ela girou a garrafa e observou as poucas gotas de água no fundo girando. — Eu só estou muito feliz que eles têm um ao outro. E acho que a parte que é mais loucura para mim é que eles fazem sentido juntos tanto aqui quanto em casa. Mesmo que a vida deles seja tão diferente aqui.

Quando os olhos dela permaneceram focados na garrafa e não se levantaram para encontrar os dele, e não se moveram para outras coisas, ele respirou fundo. Em seguida, pegou a mochila dela e colocou no chão antes de se espremer ao lado dela na abertura da tenda.

— Ei, Lai?

— Humm?

— Por que você concordou em vir? Digo, *de verdade*.

Ela deu de ombros, mas ainda não olhou para ele.

— Está tudo bem que eu tenha vindo, certo? Você queria que eu viesse?

— Claro que eu queria. — Era verdade. Agora ele nem conseguia lembrar o motivo de ter pensando em vir sem ela. — Mas eu quero fazer um monte de coisas que você não quer.

Ela finalmente levantou os olhos para olhar para ele.

— Tipo o quê?

— Ah, não sei. — Cole olhou para trás para se certificar de que o espaço estava livre e, em seguida, empurrou-se para trás com as mãos até que seus pés ficassem pendurados na lateral da cama. Ele chutou os sapatos no chão e se esgueirou o resto do caminho adentro, apoiando as costas na parede. — Aprender a cozinhar, para começar.

O canto direito de seus lábios se ergueu e seus olhos começaram a brilhar.

— Isso é diferente.

— Como?

Ela se inclinou e desamarrou os tênis Converse rosa, tirou-os e, em seguida, recuou para se juntar a ele na tenda.

— Se eu achasse que realmente importava para você, eu aprenderia. — Ela inclinou o queixo para olhá-lo diretamente nos olhos ao dizer isso, cheia de sinceridade.

Mas Cole não estava acreditando.

— Não, não aprenderia.

Ela deu uma risada.

— Tá bom, provavelmente não. Embora talvez eu assinasse um desses serviços de entrega de comida onde eles te dão todos os ingredientes e você só tem que juntá-los. Acho que eu conseguiria lidar com isso.

— Lai, isso ainda é cozinhar. Eles só fazem as compras para você.

— Sim, mas eles não te dão as instruções passo a passo? Acho que isso ajudaria.

— Você quer dizer uma receita? De novo... isso é cozinhar.

Ela abaixou as sobrancelhas.

— Ah, então, não... provavelmente isso também não. — Ela inclinou a cabeça e descansou a testa no ombro dele enquanto balançava um pouco com a risada dele. — Mas não consigo pensar em muita coisa que eu não faria por você, Cole Kimball.

O cabelo dela, preso no seu característico coque estrategicamente bagunçado, que tinha se tornado cada vez mais rebelde depois de um longo dia de viagem e da adição de umidade à mistura, fez cócegas no queixo dele. Ele deitou a cabeça na dela, e eles ficaram ali em uma postura praticada tantas vezes e familiar.

— Eu também, Laila Olivet. Eu também.

Eles ficaram sentados ali por mais um minuto, talvez dois, ouvindo os sons da cidade lá fora. Com certeza não eram os sons noturnos do ambiente aos quais estavam acostumados. Folhas de álamo tremendo e coiotes uivando foram substituídos por buzinas de carros e sirenes ocasionais à distância. Mesmo no meio da noite em Tribeca. Não que ele soubesse onde ficava Tribeca, na verdade. Perto do One World Trade, mas muito mais longe do Empire State Building, parecia. Lar dos *Caça-Fantasmas*. Além disso, ele estava ansioso para explorar e aprender mais. Realmente não conseguia se lembrar da última vez que esteve em um lugar completamente novo. Vegas foi um lugar novo, mas Vegas ainda lhe oferecia pontos de contato do conhecimento do sudoeste. Nova York já parecia tão desconhecida e assustadora.

Ele não conseguia se lembrar da última vez em que a vida pareceu incerta. Mas, no momento, ele não estava preocupado com isso. Sabia que teria que se preocupar em breve, mas no momento estava com sua pessoa favorita em uma tenda onde Deadpool provavelmente tinha contado histórias de ninar para seus filhos. Isso era o suficiente por enquanto.

— Eu tenho que ser honesto com você sobre uma coisa. — A voz dele era suave e arranhada, mas não se incomodou em tentar fazer melhor. — Ainda estou esperando convencer você a mudar comigo. Aqui ou onde quer que eu acabe indo. Acho que, de certa forma, eu meio que espero que você perceba que não importa onde estivermos, contanto que estejamos juntos. Mesmo que eu saiba que seus motivos para não vir comigo realmente importam. — Ele levantou a mão e tirou alguns fios rebeldes do rosto e então manteve o braço em volta dos ombros dela. — Estou sendo manipulador?

— Sim. Tão manipulador quanto eu ter certeza de que só vim nessa viagem para ter certeza de que seja tão horrível que você nunca mais queira sair de Adelaide Springs.

Ele deu risada.

— Pelo menos minha manipulação levaria a ótimas férias para nós dois. Você está aí fazendo planos para me jogar na frente de um vagão do metrô ou algo assim.

Ela abriu a boca surpresa.

— Eu nunca faria isso!

— Bom, você sabe... não é o suficiente para me matar.

Cole sentiu a cabeça dela começar a se levantar sob sua bochecha, então ele se levantou e encontrou os olhos dela.

— Eu estava pensando mais em saudade de casa e talvez uma pequena intoxicação alimentar depois de comer uma fatia estragada de pizza ou algo assim. Você não precisava ficar todo sombrio.

Os olhos dela estavam começando a fechar e Cole sabia que só teria alguns bons minutos com ela antes que o comprimido fizesse efeito por completo. Ele tomaria um banho, e ela estaria dormindo antes que ele voltasse. Na próxima vez que conversassem, haveria luz entrando, e eles encontrariam novas vistas e tudo poderia parecer um pouco diferente depois de dormir com outros sons. Brynn e Seb estariam lá, e então amanhã à noite seu quarto provavelmente estaria livre de presentes de casamento, e eles poderiam não ter esses momentos finais de sono juntos que sempre foram alguns dos seus favoritos. Em viagens de acampamento, em noites de cinema em casa e noites em que eles simplesmente perdiam a noção do tempo. Era possível que eles nunca mais tivessem esses momentos finais, sonolentos e perfeitos juntos.

— Ei, Lai?

Ela deitou a cabeça no ombro dele.

— Humm?

— E se enquanto estivermos aqui, eu não tentar te convencer a ir embora e você não tentar me convencer a ficar? E se nem pensarmos em todas essas coisas?

Isso era possível para qualquer um deles? Era possível, quando ele estava ali apenas para tentar consolidar uma decisão para a qual já havia começado a nivelar o terreno e instalar as fundações? Ele certamente estava disposto a dar tudo de si se quisesse tentar.

— E se apenas passássemos um tempo juntos e tentássemos fazer dessa a mais especial uma semana e meia que já tivemos juntos? E depois, bem... *aconteça* o que acontecer, sempre teremos essa viagem, sabe? — Cole sabia que "aconteça o que acontecer" envolveria ele deixar Adelaide Springs. Ele simplesmente não conseguia ver nenhuma maneira de contornar isso. Mas estava disposto a não pensar nisso por um tempo se também significasse que não teria que pensar em como era igualmente certo que ela não iria com ele. — Temos um acordo?

— Sabe o que acabei de perceber? — perguntou ela, suas palavras começando a ficar arrastadas.

Cole riu. Ele a havia perdido.

— O quê?

— Esta é a primeira noite de Brynn e Seb aqui juntos. O casamento, depois a lua de mel e depois de volta para Adelaide Springs... Nós estragamos totalmente a primeira noite deles como marido e mulher na casa nova. Isso é uma moléstia.

Ele tinha certeza de que aquelas últimas palavras não tinham sido transcritas com precisão pelo seu cérebro, mas eram seu melhor palpite.

— Aposto que eles vão nos perdoar. — Ele beijou o topo da cabeça dela. — Durma um pouco.

Ele abaixou a cabeça dela em um travesseiro cuidadosamente, endireitou suas pernas e a ajudou a deslizar para baixo das cobertas. Em seguida, saiu e a empurrou para a beirada da cama e tirou seus óculos Sophia. Ele teria que subir de volta sobre ela para entrar na tenda depois do banho, mas não queria que ela acordasse em pânico e confusa de seu sono induzido por remédios e não entendesse o que estava fazendo na escuridão de uma tenda, com o som de motores a jato maiores do que já tinham visto em suas vidas inteiras voando acima dela a cada hora. Nem todos os Edwin McCain e Sarah McLachlan do mundo poderiam trazer paz em meio a esse surto.

Ele apagou a luz e tateou em busca de tudo o que precisava para seu banho, embora seus olhos tenham levado apenas alguns segundos para se ajustar. A luz que brilhava de fora era tão brilhante quanto a lua em uma noite clara nas montanhas, acampando sob as estrelas. E, de repente, a tenda fez sentido, embora ele não conseguisse imaginar por que você iria querer proteger seus olhos da paisagem noturna de Nova York mais do que faria no Colorado.

— Ei, Cole? — sussurrou Laila enquanto ele se dirigia para a porta.

— Sim?

— Temos um acordo.

CAPÍTULO TREZE

LAILA

Acordei na manhã de domingo com o cheiro de bacon, o som do trânsito e o peso do antebraço de Cole descansando no meu quadril. E fui imediatamente capaz de entender tudo isso e colocar em contexto, portanto o efeito do comprimido devia ter passado.

Se havia alguma dúvida disso, a dor nas minhas costas confirmou.

Fazia muito tempo que eu não o via dormir. Fazia isso o tempo todo quando éramos crianças. Beleza, isso parece sinistro. É claro que não é como se eu fosse Edward Cullen entrando furtivamente no quarto e desaparecendo antes de ele acordar. É que quando dormíamos fora ou íamos acampar quando éramos pequenos, Cole era sempre o último a dormir. Era como se não fosse fisicamente possível para ele diminuir o RPM até que quem quer que estivesse sob seus cuidados estivesse seguro e acomodado. Não que nós estivéssemos sob os cuidados dele. Não de verdade. Não oficialmente. Geralmente tinha um adulto por perto em algum lugar (o doutor, a Cassidy, minha mãe e meu pai ou a mãe do Wes), mas isso não significava nada para Cole. Na verdade, quando nós cinco nos reuníamos, isso significava muito pouco para qualquer um de nós. Não importava quantas vezes nos mandassem calar a boca ou dormir, não conseguíamos parar de rir, conversar e fazer brincadeiras bobas noite adentro. Depois de um tempo, os adultos pararam de tentar. E depois, com o tempo, os adultos pararam de nos acompanhar.

A questão é que eles estavam certos em confiar em nós. Mesmo quando nos tornamos adolescentes, eles estavam certos em confiar em nós. Quando nós cinco estávamos juntos, era sobre *nós cinco*. Juntos. E nunca faríamos nada que pudesse comprometer os privilégios que tínhamos conquistado.

De certa forma, acho que foi mais difícil para Cole quando a vida dos outros três desmoronou. Ele nunca disse isso, pelo menos não com tantas palavras, mas eu tinha certeza de que sentia que tinha falhado com eles. Na mente dele, acho que foi um pouco culpa dele que Brynn tinha ido embora, Wes tinha ido embora e Addie estava de coração partido quando eu fiz 18 anos, a última, fechando a fila. Era ridículo, claro, mas também era parte do que fazia Cole ser *Cole*.

Assim, Cole sendo Cole, quando todos nós nos reuníamos para acampar ou dormir fora, ele era o último a dormir. Como resultado, era o último a acordar. Eu não conseguia contar todas as vezes na minha vida em que um Cole adormecido era a visão que me esperava quando eu abria os olhos, mas já fazia muito tempo.

O braço no meu quadril nunca tinha acontecido antes. Pelo menos, não que eu lembrasse. Ele estava deitado do seu lado direito, eu estava do meu lado esquerdo e mais perto da beirada da cama. Não demorou muito para que até mesmo *esse* contexto se encaixasse e fizesse sentido. Não conseguia me lembrar de absolutamente nada do momento em que me deitei, mas tinha poucas dúvidas de que Cole temia que eu escapasse durante a noite e adotasse alguns cães com olhos tristes. Por isso, o braço restritivo.

Sinceramente, doar todo o meu dinheiro para o cuidado de animais de estimação negligenciados provavelmente sempre foi um risco para mim, com substâncias controladas pela vigilância sanitária no meu sistema ou não.

Estava com meu braço esquerdo dobrado embaixo da cabeça e minha mão estava apoiada no antebraço dele na frente de seu rosto, mas deslizei minha mão para descansar em seu peito, o mais gentilmente possível. A respiração dele era profunda e me embalou em seu ritmo quase instantaneamente, uma vez que eu não só podia ouvi-la, mas senti-la sob meus dedos. Até mesmo respirar ficava mais fácil quando eu estava com ele e eu não estava pronta para aceitar que em breve teria que me ajustar a fazer isso sem ele. Ele tinha que abandonar aquela determinação obstinada de ir embora de Adelaide Springs. Ele tinha que fazer isso.

Mas pelos próximos dez dias, eu não tinha permissão para fazer nenhuma persuasão. *Isso* eu me lembrava da noite passada. Tínhamos feito um acordo e eu o honraria.

Uma lágrima se formou no canto interno do meu olho direito, fazendo cócegas nos meus cílios até que não tive escolha a não ser piscar. E assim que pisquei, a lágrima escorreu pelo meu nariz. E depois surgiram mais, caindo no meu travesseiro, e eu estava mordendo o interior da minha bochecha para tentar não o acordar com qualquer som que eu emitisse. Mas então, enquanto eu piscava, chorava e sufocava, notei algo no rosto dele. Pelo menos pensei que tinha notado. Levei apenas um segundo para ter certeza. Inclinei o mais perto que pude para conseguir vê-lo claramente (a propósito, onde estavam os meus óculos?) e prendi a respiração para não respirar em cima dele.

Ele tinha se barbeado. Não me lembrava da última vez que ele tinha raspado completamente os pelos faciais. Nos últimos anos ou mais, eu acho, desde que ele realmente começou a deixá-la crescer, quando Sebastian chegou à cidade ostentando uma barba muito bonita, ele estava ostentando o que eu chamava de Chris Hemsworth durante o lockdown. Ele sempre a mantinha bem-feita, mas não era um daqueles caras com bálsamos e escovas especiais de pelo de javali, rolos para a pele e coisas assim. Não. Cole apenas tinha estilo. Sempre teve. E quem quer que fossem seus pais biológicos, eles o abençoaram com cabelos grossos e escuros. E cílios que de alguma forma se espalhavam e se curvavam perfeitamente sem nenhum esforço. Eu, de alguma forma, sempre conseguia ter um cílio em cada olho cutucando direto na minha pupila e alguns que eram um pouco mais longos do que o resto e praticavam continuamente seus movimentos de ioga olhando para baixo. Eu sabia que meus cílios não eram horríveis, mas havia caos suficiente acontecendo para ocasionalmente me fazer sentir como se fosse um ladrão de banco novato que colocou uma meia arrastão na minha cabeça por acidente. Cole não tinha esse caos no rosto.

Mas, admito, na semana passada, desde que o avô morreu, seus pelos faciais estavam um tanto negligenciados. Eu ainda gostava deles. Alguns fios grisalhos começaram a aparecer entre os pretos (e não era interessante como os cabelos grisalhos entre meus colegas podiam ser distintos e sensuais, e ainda assim cada fio grisalho que eu encontrava na minha cabeça era cuidadosamente seguido até a raiz e arrancado com um maníaco, "Morra, otário!"?).

(Além disso, já que estamos nesse assunto, por que os cabelos grisalhos são grossos o suficiente para serem usados como linha de pesca? Uma amiga minha está perguntando.)

Agora a barba dele tinha sumido e eu estava um pouco triste. Mas, principalmente, eu estava fascinada. Encantada. Ele tinha 25 anos de novo. Tá bom, talvez 30. Bem mais novo do que eu, com certeza. O cabelo dele era uma zona completamente livre de prata e quando ele não estava parecendo triste e não estava rindo, mostrando aquelas linhas ao redor dos olhos que eu gostava de acreditar que ajudei a criar, olhar para ele me transportava de volta a uma época diferente. Uma época mais simples, eu acho. Naquele momento, estava me lembrando de visitá-lo em Boulder quando ele foi para a escola de gastronomia. Ficou dois anos longe de casa. Provavelmente, os dois anos mais longos da minha vida. Mas não pareceu o fim de nada. Não estava preocupada com o futuro. Estava animada com as possibilidades. A ideia de ele nunca mais voltar para Adelaide Springs não me assustava como agora. Por que isso? Eu sabia que era uma possibilidade. Na verdade, era muito provável.

Acho que talvez naquela época eu não sentisse tanto que ele era tudo o que eu tinha. Como se ele fosse tudo o que eu *queria*. Eu só queria coisas boas para ele e queria coisas boas para mim. E onde quer que essas coisas boas nos levassem, nada mudaria.

Como eu pude pensar que nada mudaria?

Naquela época, um de nós dirigia 800 km de ida e volta pelo menos uma vez por mês, e aqueles fins de semana eram tudo. Ele praticava suas novas técnicas culinárias comigo e fazia as coisas mais deliciosas que eu já tinha experimentado. Coisas que eu não conseguia pronunciar. E ele me provocava sobre como eu não conseguia pronunciá-las (coisas como *bruschetta*, *crudités* e *au jus*) e eu não me importava nem um pouco, desde que ele continuasse enchendo minha barriga. Saímos para pontos badalados e tentamos agir como se nos encaixássemos, e depois rimos tanto sobre tentar nos encaixar que nos destacávamos como polegares doloridos.

E foi aí que eu realmente comecei a costurar. Nossa, eu meio que esqueci disso. Tudo começou porque Cole tinha uma camiseta de cada lugar que ele já tinha ido que vendia ou doava camisetas. Parques nacionais, cafeterias e sua escola, claro, mas também lugares de troca de óleo de dez minutos e comícios para candidatos políticos dos quais ele nunca tinha ouvido falar e competições de bandas marciais que íamos em Grand Junction. Não que nenhum de nós se importasse com competições de bandas marciais, mas às vezes estávamos desesperados para sair de Adelaide Springs.

— Cada uma é uma lembrança, Laila — dizia ele enquanto jogava sua camiseta mais nova por cima do ombro como um barman jogando uma toalha. — Não tem nenhum motivo para eu lembrar que estivemos aqui. Seria apenas um dia esquecido. Mas agora eu nunca vou esquecer.

Enquanto ele estava em Boulder, eu ia até a casa dele em Adelaide Springs para visitar Cassidy ou seu avô, ou sob o pretexto de regar seu cacto de Natal (que eu tinha esquecido de regar e acidentalmente matei anos antes quando ele estava de férias com a família, mas já fazia uns vinte e três anos e eu não tinha certeza se ele tinha notado ainda), e eu ia furtivamente até o guarda-roupa e roubava algumas camisetas da pilha. Quando ele voltou para casa, eu dei a ele a colcha que tinha feito como presente de formatura.

Eu não pensava nisso há anos.

— Posso ajudar? — murmurou ele e eu tomei um susto. Naquele momento meus olhos estavam fixos nos lábios dele, a cerca de 2 cm de distância e eu estava tão focada no Cole do passado que esqueci de ser atenciosa com o Cole adormecido do presente.

Eu me afastei e levantei meus olhos, provavelmente tão envergonhada quanto eu já estive com ele. Então, não muito envergonhada, na verdade. Mas eu me senti um pouco boba.

— Você fez a barba.

Ele terminou de abrir os olhos, que eram apenas fendas quando ele me espiou pela primeira vez.

— Sim.

— Eu só estava... Olhando. — Comecei a me afastar e deslizar para o meu lado da tenda, mas a mão dele ainda estava no meu quadril e ele aplicou um pouco de pressão para eu continuar no lugar.

Ele inclinou o rosto para que seus olhos ficassem bem na frente dos meus. Ele foi abençoado com um cabelo lindo, cílios lindos e visão perfeita. Eu geralmente achava cada uma dessas perfeições muito irritantes.

COLE E LAILA SÃO APENAS AMIGOS 121

— E o que você achou? Cometi um grande erro?

— Um erro? Não. Embora eu ache que é quase cruel você raspar dez anos do seu rosto na semana em que eu te alcanço na idade.

Levantei minhas mãos para sentir a nova maciez de sua pele.

— Pode deixar crescer de novo até sexta-feira?

— Com certeza. — O braço esquerdo dele permaneceu esticado sobre mim enquanto ele levantou o braço direito, se apoiou no cotovelo e apoiou a cabeça na mão. — Devo apenas abrir mão do Chris Hemsworth no lockdown e me comprometer totalmente com o Jeff Bridges em *Bravura Indômita*? Como um presente de aniversário, quero dizer.

— Seria a coisa mais atenciosa a se fazer, sim. — Os olhos dele estavam presos aos meus e aqueles vincos estavam decorando os cantos deles de novo. Graças a Deus. Se ele perdesse aquelas lembranças da idade, das risadas e de *nós*, eu nunca poderia me recuperar. Mas com o rosto macio eu poderia me acostumar. — Não, acho que vou permitir o novo visual. Mesmo no meu aniversário, se você quiser. Você está bonito. Claro, espero que se vista completamente para o papel. Vamos ver... que outras características de estilo precisam acompanhar o retorno do jovem Cole Kimball?

Como eu disse, Cole tinha estilo e sempre teve. Admito que eu gostava mais do estilo atual de Cole do que de alguns dos que existiram antigamente. À medida que ele mudava cada vez mais para o papel de administrar um negócio, enquanto ainda tinha que lidar com toda a cozinha e ocasionalmente servir mesas ou cuidar do bar, ele adotou um profissionalismo casual que o tornou possivelmente o homem mais bem-vestido de Adelaide Springs (embora meu pai pudesse usar uma gravata *bolo tie*), mas ele nunca parecia deslocado. Camisetas justas, camisas de manga comprida com as mangas arregaçadas, uma jaqueta justa casual por cima de uma dessas camisetas justas... Ele se encaixaria muito bem em qualquer lugar.

— Tenho certeza de que poderia encontrar algum short largo em algum lugar. E *definitivamente* ainda tenho meus tênis de skatista.

Dei risada.

— Controle-se, Marty McFly. A máquina do tempo no seu rosto não o levou *tão* longe.— Os olhos dele brilhavam sob os cílios e seus lábios se contraíam junto com os seus dedos no meu quadril. — O que foi? — perguntei quando ele ficou me encarando daquele jeito um pouco mais do que o normal.

Ele desviou o olhar e depois seus olhos se voltaram para mim tão rápido que eu provavelmente não teria percebido se não estivesse tão perto do rosto dele. Mas quando eles voltaram, o sorriso havia se transformado em uma expressão que eu não tinha certeza se reconhecia. Tinha uma dilatação diferente nas pupilas. Uma curva diferente nos lábios. Claro que eu provavelmente não estava acostumada a ver seus lábios em uma exibição tão desobstruída.

— Eu estava sonhando com você.

— Aah! Conta, vai! — Eu abaixei minhas mãos do rosto dele e as coloquei em seu peito. — Deixa eu adivinhar, você sonhou que eu sabia cozinhar? Não sei por que isso é uma obsessão para você, mas acho que poderia tentar me ensinar a fazer arroz ou algo assim. Arroz é fácil, não é? Arroz de micro-ondas é fácil, não é? Eu gosto de arroz. Acho que não seria completamente inconveniente saber como fazer arroz.

Mesmo deitado e relaxado, os ombros dele caíram em uma visível frustração comigo, me fazendo dar uma risadinha.

— Arroz de micro-ondas é fácil porque foi basicamente um avanço científico comparável a levar um homem à lua para inventar uma maneira infalível de cozinhar arroz. Cozinhar arroz, cozinhá-lo e fazê-lo bem mesmo, não é fácil, Laila. Não é nada fácil.

Eu dei de ombros.

— Comida de micro-ondas não é tão ruim.

Cole suspirou.

— De qualquer forma, não. Você não estava cozinhando no meu sonho. Até meu subconsciente sabe a diferença entre "só poderia acontecer *em* um sonho" e "fantástico demais *até mesmo* para um sonho".

— Então o que eu estava fazendo?

Os olhos dele pareceram vidrados por um momento, depois ele pigarreou e recuou contra a parede. Ao fazer isso, ele tirou a mão do meu quadril e a pousou no dele e fez meus dedos caírem de seu peito para a cama.

— Zelda.

Ele não estava tão perto agora, então tive que apertar os olhos para estudá-lo e tentar entender as palavras.

— "Fitzgerald" ou "Legend of"?

— "Legend of". Você era o Link de *The Legend of Zelda* e estava viajando por Hyrule procurando por *Korok Seeds*.

— Você sabe que eu não sei o que nenhuma dessas palavras significa.

— Você tinha as orelhinhas pontudas e tudo. Era fofo.

Ele balançou a cabeça e riu enquanto se sentava com as costas contra a parede da tenda como fez na noite passada, exceto que seus joelhos estavam puxados até o peito e seus braços cruzados sobre eles. Agora eu *realmente* não conseguia vê-lo, então me sentei ao seu lado, mas assim que deslizei para a posição, ele se empurrou para fora da cama e pulou de pé.

— Seb fez café da manhã? — Ele se abaixou sobre sua mochila e tirou um moletom. — O cheiro está bom. Você precisa ir ao banheiro? — Ele vestiu o moletom do Peyton Manning por cima da camiseta e depois ajeitou tudo sobre a calça de moletom. — Se não se importa, só quero usar rapidinho. Escovar os dentes e tal. Apesar que teria sido mais atencioso se eu tivesse feito isso *antes* de soprar meu hálito matinal em você, hein? Foi mal por isso.

— Ah, meu Deus, aposto que o meu está horrível...

— Não está não. Não senti nada, então não pode ser tão ruim, certo? Tudo bem. Te encontro lá fora.

O que estava acontecendo? Eu não o ouvia juntar tantas palavras desde a sétima série, quando tínhamos que recitar o Preâmbulo da Constituição e ele só conseguia se lembrar se despejasse tudo de uma vez, em um grande suspiro de garantir-as-bênçãos-da-liberdade-para-nós-e-nossa-posteridade.

— Cole? — gritei para ele assim que ele fechou a porta do outro lado. Ele colocou a cabeça para dentro do quarto mais uma vez.

— Oi, o que foi?

Eu ri dele. Não *com* ele, mas *dele*.

— Você está estranho. Por que está agindo estranho?

— Eu não estou estranho. Você está estranha.

Eu apertei os olhos para sua silhueta borrada.

— Sem chance. Estou apenas sendo meu nível normal de estranha. Você está sendo, tipo... estranho *estranho*.

— Acho que estou animado com a viagem e essas coisas. Mal posso esperar. Vejo você lá fora.

— Espera! — Desta vez eu o parei antes que a porta se fechasse. — Você pode me dar meus óculos? Ou pelo menos me dizer onde estão?

— Ah! Desculpa. — Ele correu até a estante embutida perto da janela e os pegou, depois esticou a mão com eles para dentro da tenda. Mas antes que eu pudesse pegá-los, ele os abriu com as duas mãos, se inclinou para dentro da tenda e gentilmente os colocou no meu rosto.

Enquanto meus olhos se ajustavam e ele entrava em foco, ele descansou uma mão em cada lado meu na cama. Ele manteve seu rosto perto do meu enquanto sorria.

— Estou muito feliz que estamos fazendo isso. Esta viagem, quero dizer. Eu estou... estou muito feliz que você está aqui.

Inclinei a cabeça e levantei a mão para esfregar sua bochecha lisa com as costas dos meus dedos. E então respondi com sinceridade, de repente tão certa dessa única coisa quanto estava de praticamente qualquer outra coisa na minha vida.

— Eu também.

Ele se esticou o suficiente para me beijar na bochecha e depois fez uma manobra para fora da tenda. Em seguida, o próximo som que ouvi foi ele assobiando "New York State of Mind" de Billy Joel enquanto a porta se fechava atrás dele mais uma vez.

Estranho.

CAPÍTULO CATORZE

COLE

Era possível que *The Legend of Zelda* não tivesse sido tão proeminente no sonho de Cole quanto ele havia declarado. Não teve esgrima, rúpias ou senhores da guerra malignos, e não foi tão cerebral a ponto de apresentar diferentes ramos de linhas do tempo paralelas. Embora as túnicas minúsculas não estivessem muito distantes.

Nem os diferentes ramos de linhas do tempo paralelas, pensando bem. Cole meio que sentiu que era isso que estava passando pela sua cabeça naquele momento, misturando sua realidade e fazendo-o se sentir tão estranho quanto Laila parecia pensar que ele estava sendo.

Daquele jeito que os sonhos às vezes fazem, parecia um retrato completamente preciso da vida e uma obra de ficção inquestionável, tudo ao mesmo tempo. Definitivamente era Laila e ele tinha certeza de que era ele. Mas não porque ele já se viu. Ele apenas sentiu tudo. Eles estavam em um quarto que ele sabia que era deles, juntos, em uma casa que ele sabia que era *deles*, embora nada tenha sido declarado para informá-lo disso. Não era um quarto em que ele realmente já esteve, ele tinha certeza, e não tinha motivo para pensar que era um quarto que realmente existia, mas enquanto dormia, ele estava tão familiarizado com aquele quarto de sonho quanto com seu quarto da vida real na sua casa da vida real. E no sonho, a risada de Laila era a mesma, e seus olhos eram os mesmos, e seu cabelo era o mesmo, e o jeito que ela olhava para ele parecia normal, e o jeito que ele a tocava não era estranho. Mas ele tinha certeza de que ela nunca tinha olhado para ele daquele jeito na vida real. Tinha certeza de que ele nunca a tinha tocado daquele jeito. Ele teria se lembrado. Se ele a tivesse tocado daquele jeito, a Terra teria se deslocado em seu eixo e nunca se recuperado. Como o mundo poderia ter se endireitado depois *disso*?

Olha, não era como se ele nunca tivesse sonhado com ela antes. *Esse* tipo de sonho, até. Não era como se ele tivesse orgulho disso, mas o fato era que ele era um homem viril, saudável e com desejos que se sentia atraído por mulheres e que por acaso tinha uma mulher linda como melhor amiga. Essa mesma mulher linda tinha sido sua melhor amiga quando ele era um adolescente, então não, essa não era a primeira vez. E embora ele sempre tivesse feito tudo o que podia para evitar que esses pensamentos escapassem de sua cabeça, havia muito pouco que poderia ser feito. Ele não tinha controle sobre o território proibido que sua mente invadia enquanto ele dormia.

Ele sempre se esforçou para ser um cavalheiro, mesmo quando era jovem e insolente. Ele foi criado para respeitar as mulheres. Na verdade, para respeitar *todo mundo*. Mas seus avós (sua avó especialmente) sempre deram importância especial à forma como ele precisava tratar as mulheres. Não porque as mulheres fossem mais fracas ou precisassem de sua ajuda ou porque era sua responsabilidade como herdeiro aparente em uma sociedade patriarcal. Não. Nada idiota assim. Até mesmo seu avô, que raramente tinha tempo para alguém que conhecia, não acreditava em nada dessa retórica. Ele era um rabugento de oportunidades iguais.

Desde que conseguia se lembrar, Cole sentia profunda afeição por mulheres. Claro... *assim*. De novo, viril, na puberdade, blá-blá-blá. Mas ele também entendia agora, como provavelmente não entendia naquela época, que a reverência que sentia pelas mulheres na sua vida não era necessariamente compartilhada pela maioria dos outros garotos da mesma idade. Mas, por outro lado, muitos outros garotos provavelmente não tinham ganhado o prêmio de mulheres dignas de reverência com tanta frequência quanto ele.

Cole era o filho único de uma mãe solteira que o adotou sozinha, perseverando em um sistema que não tornava isso fácil. E ele era o único neto amado de uma das mulheres mais gentis e notáveis que já existiram, na sua opinião. A mãe de Cole, Cassidy, era filha de sua avó, Eleanor, e seu primeiro marido, Cormac Dolan, um homem desprezível, segundo todos os relatos. Eleanor passou anos inventando desculpas para o homem, mas quando ele transferiu o abuso para Cassidy pela primeira vez, todas as desculpas de Eleanor implodiram. Ela tinha algum dinheiro da família e pode ou não ter embolsado mais do que sua "parte devida" do dinheiro da família de *Cormac*. Foi assim que Eleanor contou a história ao jovem Cole, com um brilho nos olhos, e mesmo assim ele sentiu que ela merecia mais do que qualquer coisa que ela tenha levado.

Sem nenhum plano real além de escapar, ela e Cassidy seguiram para o oeste. Lentamente. Explorando tudo o que as intrigava. Elas fizeram o trajeto de Evansville, Indiana, até Adelaide Springs, Colorado, onde tropeçaram em um espetáculo de quatro dias de encenações da Guerra da Independência, mais de 2 mil km a oeste do campo de batalha mais ocidental da guerra. Na segunda noite do Festival da Cidade, elas conheceram Bill Kimball, vestido com seus uniformes regimentais e um tricórnio. O resto era a história de Cole.

Laila estava na história dele também. E no presente. Todas as outras pessoas que ele realmente amou o decepcionaram em algum momento. Elas eram humanas e ele tentou não guardar isso contra elas, mas ele poderia seguir a lista das maneiras como a humanidade delas havia partido seu coração. Brynn e Wes tinham ido embora sem se despedir. Addie tinha quebrado sua promessa de manter contato. Sua avó tinha morrido cedo demais. Sua mãe havia buscado maneiras de preencher o vazio do próprio coração, ignorando o vazio no coração dele. E seu avô... Bem, Cole ainda não tinha pensado em uma maneira curta e fácil de categorizar isso. Mas Laila nunca havia partido seu coração.

— Oláááá... Terra para Cole. — A voz de Brynn interrompeu seu devaneio. Ou sua falta de atenção. Ela interrompeu o que quer que estivesse acontecendo na cabeça dele, graças a Deus.

— Foi mal, você disse alguma coisa?

Brynn estava parada ao lado dele na ilha da cozinha, segurando um bule de café.

— Quer mais café?

— Ah. Sim, por favor. Obrigado. — Ele estendeu a xícara e ela a encheu.

— O que houve com você? — perguntou ela enquanto devolvia o bule ao balcão ao lado do fogão. — Você ficou quieto o café da manhã inteiro.

— Fiquei? Desculpa, acho que só estou cansado ainda.

Ele estava feliz que Sebastian não parecia estar prestando atenção na conversa. Ele estava sentado no centro daquele sofá em formato de ferradura, de costas para a cozinha com o nariz no *New York Times*, com Murrow enrolado dormindo ao lado dele. Quanto menos Sebastian soubesse o quão distraído Cole estava, melhor. Seb não era de bisbilhotar, mas raramente precisava fazer isso. Esse era o problema de um dos seus amigos mais próximos ser um jornalista brilhante com todos os tipos de Pulitzer e coisas assim. Ele tendia a chegar ao cerne das coisas um pouco rápido demais às vezes, e quando você ficava mais uma vez surpreso com sua percepção e perspicácia investigativa, ele apenas dizia coisas como:

— Sim, o presidente sírio Bashar al-Assad teve uma resposta semelhante quando o fiz admitir que nunca leu *A menina e o porquinho*.

— Aconteceu alguma coisa entre você e Laila? — Os olhos de Brynn brilharam quando ela se inclinou sobre a ilha na direção dele.

— O quê?! — Cole a afastou com as mãos e a silenciou enquanto olhava para trás. Ele ainda conseguia ouvir o chuveiro ligado? Sim. Seb ainda estava focado em seu jornal? Sim duas vezes. — Não! — sussurrou enfaticamente enquanto se aproximava dela. — O que você está... quer dizer, do que você está falando? Aconteceu alguma coisa... tipo o quê?

Bom trabalho, Cole. Você disse todas as coisas certas. Que pena que não disse na ordem correta.

É, ele não tinha lidado com isso tão bem e soube disso imediatamente. Se ele tinha alguma dúvida, os olhos de Brynn, que agora pareciam estar ocupando todo o rosto dela, exceto pela pequena parte de baixo, reservada para seus lábios boquiabertos, teriam respondido à pergunta bem rápido.

— Meu Deus, Cole. Aconteceu *mesmo* alguma coisa? Estava só brincando. Sabe... porque eu tenho perguntado de vez em quando durante toda a nossa vida. Não achei mesmo... — Ela cobriu a boca com as mãos e falou baixinho por entre os dedos. — Isso está finalmente acontecendo? Sério?

— Não! — Ele olhou para trás mais uma vez. Chuveiro. Jornal. Nenhum meteoro voando pelo céu ou outros sinais do apocalipse. Ele só

COLE E LAILA SÃO APENAS AMIGOS   129

precisava respirar e controlá-la. — Não, Brynn. Não aconteceu nada.— Ele riu um pouco de um jeito que esperava comunicar: *Ah, Brynn, o que devo fazer com você?* Casual e despreocupado, como ele tinha sido um milhão de outras vezes ao longo da sua vida quando alguém colocava na cabeça que *tinha* que existir algo romântico acontecendo sob a superfície do relacionamento dele e Laila. — Eu só estou preocupado com ela. Com as costas dela, quero dizer. Ela não pode tomar aqueles comprimidos durante o dia, é óbvio, então eu estava pensando que talvez devêssemos começar a passear devagar. Mas eu sei que ela não vai querer ser o motivo de deixarmos de fazer alguma coisa, sabe?

— Ah. — Os olhos e lábios dela voltaram ao normal quando a ordem foi restaurada. — Eu estava pensando que poderíamos ir a alguns museus. Você acha que seria bom?

— Claro. Sim, aposto que seria ótimo. Provavelmente estou me preocupando à toa.

Com essa parte do negócio resolvida, Brynn começou a mostrar a Cole alguns de seus novos utensílios de cozinha. Aparentemente, os recém-casados com *jet lag* acordaram às 4h da manhã para abrir os presentes de casamento.

O jornal de Sebastian farfalhou quando ele começou a dobrá-lo, e então ele voltou ao assunto.

— Ainda pensando no MoMA e depois chá na BG?

Cole não tinha certeza se era o Seb de Nova York, o Seb Casado ou o Seb de Voltei a Ser Jornalista que tinha começado a dizer coisas como "MoMA e depois chá na BG", mas, independentemente disso, ele precisaria de mais tempo para se ajustar.

— Acho que sim — respondeu Brynn e, em seguida, olhou para Cole. — Acho que Lai vai gostar muito da BG. Fica no sétimo andar da Bergdorf Goodman e logo abaixo da Quinta Avenida do MoMA. — Cole olhou para ela sem entender e ela sorriu. — Museu de Arte Moderna.

— E Birddog Newman? — Ele estava exagerando um pouco seu status de "Graças a Deus sou um garoto do interior" para causar um efeito, mas não muito. — O que é isso?

— Bergdorf Goodman. Uma loja de departamentos. Acho que a mente da Laila vai explodir. E então talvez possamos...

— Você reservou uma mesa? — perguntou Sebastian.

Brynn balançou a cabeça em negativa.

— Tenho certeza de que eles vão conseguir nos acomodar.

Ele olhou para ela.

— Sério? Você vai deixar de sentar ao lado da janela e contar com a sorte? Nem sei mais quem você é.

Ela deu um tapa na própria testa.

— Meu Deus, você está certo. — Ela se virou para Cole e colocou a mão no antebraço dele. — Tem uma ótima vista do Central Park. Tá bom, vou ligar. Já volto. — Ela tirou o celular do bolso enquanto corria para o quarto.

Cole riu enquanto a observava ir, mas o humor desapareceu rapidamente.

— Então, me conta. O que aconteceu entre você e a Laila?

Cole repetiu seu silêncio e acenos de pânico de antes enquanto corria para o sofá.

— Nada! Nada aconteceu. — Merda. Ele tinha feito de novo. — Eu nem sei do que vocês estão falando. Aconteceu *como*?

Nada sutil. Nem um pouco sutil.

Sebastian cruzou o tornozelo sobre o joelho e sorriu.

— O nome de Brynn faz as coisas acontecerem bem rápido nessa cidade, então você pode ficar em dúvida se quiser, mas ela provavelmente vai voltar aqui em cerca de...

— Eu tive um sonho. — Cole olhou em volta e escutou o chuveiro mais uma vez, depois sentou-se do outro lado da ferradura de Seb e se inclinou. — Um *sonho*, sabe? — O calor subiu até o topo da sua cabeça. Não havia palavras para o quanto ele odiava isso. Tudo isso. O fato de ter acontecido, definitivamente, mas principalmente que ele estava tendo que falar a respeito. — Com a Laila. Nada aconteceu. Foi só um sonho. Mas acho que isso me deixou meio estranho. Só isso.

— Bem, sim. Eu acho que sim. Conhecer alguém há tanto tempo quanto vocês dois se conhecem e, então, de repente... *isso* está na sua cabeça? Isso pode realmente mexer com um cara.

— Sim, exatamente. — Cole soltou a respiração e se recostou nas almofadas do sofá. Certo. Isso foi bom. Ele poderia falar com Seb sobre

COLE E LAILA SÃO APENAS AMIGOS   131

isso. *Claro* que ele poderia falar com Seb sobre isso. Seb contribuiria com sanidade para a situação. Isso era bom.

Sebastian riu.

— Honestamente, é meio chocante que esta seja a primeira vez que isso acontece.

— Bom... não é. — Ele se sentou mais uma vez e apoiou os cotovelos nas coxas. — Não é como se isso acontecesse muito, é claro. Mas... algumas vezes... ao longo dos anos.

— Ah, entendi. — Seb pegou seu jornal dobrado e reforçou o vinco. — Isso não é legal. Aposto que levou a muitas interações desconfortáveis pós-sonho, por mais que você e Laila estejam juntos.

Cole descartou a ideia com um aceno de cabeça e um leve dar de ombros.

— Não, na verdade, não. Nunca pensei muito nisso. Sei que não consigo controlar o que acontece enquanto estou dormindo, mas acho que sou muito bom em apagar as imagens depois que acordo.

— Sim, isso é bom. — O jornal ficou imóvel nas mãos de Sebastian quando ele levantou os olhos e encontrou os de Cole. — Então, o que foi diferente dessa vez?

Deus ajude o presidente Bashar al-Assad se ele já teve um sonho inapropriado com *seu* melhor amigo.

Sebastian tinha ido direto ao ponto. Claro que tinha. Cara, às vezes, isso era irritante. Pelo jeito, Murrow puxou seu humano. Ele estava olhando para Cole com a mesma testa franzida, curiosa e confiante. *Bom trabalho, Seb. Você pode colocar nosso novo Prêmio Pulitzer ao lado da minha tigela de ração.*

E por mais que Cole não quisesse perder tempo analisando ou falando a respeito disso, ele não podia negar que agora estava sendo forçado a considerar o ponto crítico que provavelmente precisava ser abordado. O que *tinha* sido diferente dessa vez? Ele não conseguia apontar algo que se destacasse sobre o sonho em si. Não que ele tivesse tido o mesmo sonho antes. Os sonhos tinham ido do absurdo ao ridículo ao longo dos anos, como os sonhos são conhecidos, mas a única coisa absurda sobre este tinha sido a intimidade entre ele e Laila. Não havia elefantes cor-de--rosa, vários doutores Atwater voadores ou aparições de Steve Harvey no set de *Family Feud*.

— *Perguntamos a cem pessoas e as quatro principais respostas estão no quadro: Qual é a maneira mais rápida de tornar as coisas dolorosamente desconfortáveis entre dois adultos solteiros que são apenas amigos e por acaso estão dormindo um ao lado do outro em uma cama com uma tenda fechada que pertencia a Blake Lively Jr.?*

— Eu acho... — Ele fez uma pausa. O chuveiro ainda estava ligado. Brynn ainda estava no quarto. Murrow ainda esperava ansioso pelo que ele e Sebastian estavam conversando. — Eu acordei e ela estava lá, sabe? E eu fico tão confortável com ela, Seb, que nem consigo explicar. Isso não é um episódio de um seriado de comédia em que uma pessoa vira a cabeça e tenta não olhar ou finge não olhar enquanto a outra troca de roupa. Passamos tanto tempo juntos e nos conhecemos tão bem, temos um ritmo. Mesmo nas situações que são uma quebra completa da rotina, como estar em Nova York, temos um ritmo. Ela pode trocar de roupa a um metro de mim e não me pede para não olhar, porque ela sabe que eu nunca faria isso. Isso é... — Como ele poderia descrever algo que era tão bem-resolvido e sagrado que ele nunca havia pensado muito? — Eu nunca faria nada para colocar isso em risco. Nunca. A confiança dela, quero dizer. O *nível* de confiança. O conforto.

Cole levou a mão ao queixo e o coçou, quase por compulsão, enquanto ele pensava nela apertando os olhos para vê-lo e se inclinando e acariciando seu rosto.

— Mas esta manhã, eu estava meio que tocando nela quando acordei.

— Tocando nela?

— Sim. Nada grave. Meu braço estava meio que em cima dela, me certificando de que ela não caísse da cama ou algo assim. Como você testemunhou agora, analgésicos a deixam maluca. Sempre deixaram. Mas eu não queria colocá-la dentro da tenda, caso ela acordasse no meio da noite e a escuridão e o ambiente desconhecido a assustassem.

Sebastian moveu seu pé apoiado de volta para o chão.

— Entendi.

— Então, sim. Eu estava tocando nela. E o rosto dela... — Cole riu e olhou para baixo e começou a coçar atrás das orelhas de Murrow. É óbvio que ele ficou entediado com a entrevista. — Ela estava, tipo, a dois

COLE E LAILA SÃO APENAS AMIGOS   133

centímetros de mim. — Ele olhou de volta para Seb, o sorriso ainda nos lábios. — Ela é cega como um morcego, sabe. Ela estava percebendo que eu tinha me barbeado, mas para realmente ver, ela estava, tipo, *bem aqui.*

Ele colocou a mão na frente do rosto para demonstrar.

Sebastian soltou o ar pelos dentes e se inclinou para falar ainda mais baixo.

— Isso parece bem íntimo.

Cole deu de ombros despreocupadamente no exato momento em que sentiu o pânico subindo em seu peito mais uma vez. Foi aqui que ficou complicado.

— Sim e não. Quer dizer, sim. Mas… acho que o contato físico não teria parecido tão íntimo se eu ainda não estivesse acordando. Acordando *do* sonho. E teve esse momento em que tive que pensar ativamente e me esforçar nas coisas em que *nunca* preciso pensar. As coisas que sempre foram tão inerentes quanto respirar.

— O que você quer dizer?

Cole engoliu em seco.

— Quero dizer… — Ele falou com os lábios apertados e os dentes cerrados. — Eu meio que comecei a… puxá-la para mais perto. Contra mim, sabe? Teve uma fração de segundo em que eu quase…

Não. Ele confiava em Sebastian e se tinha alguém com quem ele podia conversar sobre isso, era ele, já que sua confidente *mais* confiável tinha um pequeno conflito de interesses em relação a essa situação em particular. Mas ele não podia contar a ele sobre a fração de segundo em que teve que lutar contra todos os instintos do seu corpo, furiosos e rebeldes dentro dele, dizendo-lhe para puxá-la para baixo dele e continuar de onde o sonho havia parado.

Ele engoliu em seco de novo e balançou a cabeça. Infelizmente, quando fez isso, a imagem na sua mente não sumiu.

— Nunca tive que pensar nisso antes.

Sebastian respirou fundo e soltou o ar lentamente. Ele abriu a boca para falar, mas fechou rapidamente quando Brynn voltou para a sala.

— Temos reservas para a BG.

— O que você está pensando para o jantar? — perguntou Sebastian.

Ela encostou o quadril na ilha da cozinha.

— Temos reservas no Gabriel Kreuther. Cole, você vai surtar com este lugar. Uma das melhores comidas que já provei. Não sei se você gosta de caviar, mas...

— Eu estava pensando no Bar SixtyFive no Rainbow Room. — A decepção ficou visível no rosto de Sebastian.

Brynn gargalhou.

— O Rainbow Room? Você está brincando? Quer dizer, é bom, mas é *tão* turístico. — Como explicação, ela acrescentou a Cole como um aparte: — É no sexagésimo quinto andar do Rockefeller Center e acho que todo mundo sempre acha que vai ver uma celebridade lá.

— Você está mesmo revirando os olhos? — perguntou Sebastian à esposa, em seguida, olhou para Cole. — Jantamos lá com Jimmy Fallon e a esposa dele há cerca de um mês, e Paul McCartney e Ringo Starr estavam comendo juntos com *suas* esposas, duas mesas adiante. Além disso — acrescentou ele enquanto se virava para Brynn —, nossos amigos aqui *são* turistas. E se alguém com muita influência pudesse nos conseguir uma mesa perto da janela sul, bem em frente ao Empire State Building, isso poderia causar uma impressão espetacular...

Ela suspirou.

— Tudo bem. — Ela tirou o telefone do bolso mais uma vez e bufou de volta para o quarto.

Sebastian a observou ir embora com um sorriso apaixonado no rosto.

— Quase me sinto mal por isso. Ela está certa. Você teria pirado completamente com o Gabriel Kreuther. Ah, bem. Teremos tempo. — Ele se virou para encarar Cole, e então ambos congelaram quando o som do chuveiro foi desligado. Confiante de que Laila não sairia imediatamente, Seb se inclinou um pouco e sussurrou: — Você vai conseguir lidar com tudo isso? Estar com ela o tempo todo e tudo mais?

Sim, Cole estava estranho. Isso era verdade. E era verdade que ele tinha ficado desequilibrado. Mas ele e Laila tinham feito um acordo. Eles tinham a viagem inteira para criar memórias e fingir que a separação mais triste de suas vidas não estaria esperando por eles depois dessas férias. Ele não iria estragar isso. E, estranhamente, foi pensar em tudo isso em resposta à pergunta de Seb que o fez sentir como se seu equilíbrio estivesse retornando.

Ele riu para si mesmo quando sentiu o pânico diminuir. Jogando as mãos para o alto, ele relaxou nas almofadas do sofá mais uma vez enquanto as aventuras desonestas da sua mente inconsciente começaram a fazer sentido.

— É porque estou com medo de perdê-la. É só isso. — Ele teria se castigado por ser tão idiota sobre tudo isso (por entrar em pânico e permitir que isso o afetasse do jeito que aconteceu), se o alívio não tivesse sido tão bom a ponto de não haver espaço nem para emoções depreciativas. — Acho que meu cérebro está trabalhando horas extras para descobrir uma maneira de fazer as coisas funcionarem, especialmente porque fizemos um acordo de não tentar convencer um ao outro de nada enquanto estivermos na viagem. E então você joga isso perto de vocês dois, que ainda estão em lua de mel, basicamente, e a cama com uma tenda e tudo isso…

Ele respirou profundamente e então se esticou e deu dois socos no joelho de Seb com os nós dos dedos.

— Obrigado, cara. Estou bem. Não era nada demais.

— Se você tem certeza…

— Certeza total. Acho que ainda preciso clarear um pouco a minha cabeça. Mas é da Laila que estamos falando. Sim, para responder à sua pergunta, eu posso lidar com tudo isso. Estou com ela quase 24 horas por dia há quase quarenta anos. Esta manhã foi estranha. — Ele deu risada enquanto pensava mais uma vez sobre o quão ridículo ele tinha sido. — Mas acabou. Agora voltou ao normal e não tem motivo nenhum para que eu tenha outros pensamentos inapropriados sobre ela invadindo o meu cérebro enquanto estou dormindo. Mas se aparecerem… e daí? O que quer que meus sonhos tentem fazer comigo não tem nada a ver com a realidade. Eu tenho tudo isso sob controle.

— Pessoal? — chamou Laila da porta do banheiro que tinha acabado de se abrir. — Quem está aí?

Cole sorriu indulgentemente e revirou os olhos para Sebastian. Ela provavelmente precisava de ajuda para alcançar alguma coisa ou que alguém trouxesse algo que ela tinha esquecido. Esta era Laila. E eles tinham um ritmo.

— Só eu e Seb agora. Precisa de alguma coisa?

— Não, está tudo bem. Só... Seb, feche os olhos. Eles estão fechados?

Sebastian ergueu a sobrancelha em diversão confusa, fechou os olhos e os cobriu com as mãos para garantir.

— Sim, estão fechados.

O sorriso se espalhou pelo rosto de Cole quando ele se virou no sofá para encarar a direção da voz dela. *O que ela está fazendo?*

— Tá bom, ótimo. — Em seguida, ela saiu correndo do banheiro enrolada apenas em uma toalha cinza felpuda amarrada firmemente em volta do peito e se estendendo até o meio das coxas. O cabelo dela estava molhado e pegajoso, cachos saltando nas costas enquanto ela corria para fora do banheiro, atravessava a sala e voltava para o quarto, gritando "Mantenha-os fechados! Mantenha-os fechados! Mantenha-os fechados!" o tempo todo. Aconteceu tão rápido. Cole se virou o mais rápido que pôde, mas obviamente não o suficiente.

E então ele não conseguiu deixar de olhar mais uma vez quando ela chegou à porta do quarto e disse:

— Estou com minhas lentes de contato agora, então posso declarar oficialmente que a versão barbeada de Cole Kimball de Nova York é um gato total. — Ela piscou para ele e gritou: — Obrigada, Seb! Pode abrir os olhos agora! — Enquanto fechava a porta atrás dela.

Sebastian descobriu os olhos e, embora não tivesse visto nada, as pistas do contexto — que agora incluíam um rastro de aromas inebriantes que foram transportados com Laila em um fluxo de vapor, junto com um Cole boquiaberto tentando se lembrar de como respirar — provavelmente tornaram fácil ligar os pontos. Ele pigarreou, se ajeitou no sofá e abriu seu *New York Times* mais uma vez.

— Estou tão feliz que você tem tudo sob controle.

CAPÍTULO QUINZE

LAILA

O primeiro dia em Nova York não foi bem como eu imaginava que seria. Foi ótimo e tudo mais, mas nenhum dos filmes e séries de televisão que eu já tinha visto — certamente não *Friends*, que eu tinha presumido que tinha me ensinado tudo o que precisava saber sobre a vida em Manhattan — era da perspectiva de celebridades levando seus amigos leigos para passear pela cidade.

Eu estava animada para ir para o subterrâneo andar de metrô, assim como Phoebe quando o perseguidor gente boa, interpretado por David Arquette, a confundiu com sua irmã gêmea, Ursula. Mas acho que o metrô tem se tornado cada vez mais difícil para Brynn, que tem alguns fãs enlouquecidos. Mas não me entenda mal. Malik foi incrível e foi bom vê-lo de novo.

E sei que era uma série fictícia (e de trinta anos atrás ou algo assim), mas também estava esperando ver algum tipo de versão da vida real do pôster de doença venérea do Joey, só para poder brincar sobre isso com Brynn. Mas não se vê muitos pôsteres de doença venérea quando se é levada da entrada VIP para a entrada VIP do MoMA e do Met em um Cadillac Escalade.

E obviamente eu não esperava ir ao Central Perk e sentar no sofá laranja enquanto Phoebe cantava "Smelly Cat" e Gunther cuidava do bar, mas pensei que pelo menos teria a garantia de algum *slam* de poesia em Greenwich Village ou algo assim. As chances estavam estatisticamente a meu favor pois Brynn precisaria repor o café em sua corrente sanguínea em algum momento do dia.

Mas em vez disso, tomamos chá. *Chá.* Como um chá da tarde. Chá e bolinhos. Como creme de Devonshire e compotas. E estava delicioso.

E lindo, claro. E olhar para o Central Park foi provavelmente minha parte favorita do dia, embora mesmo assim eu só quisesse ir até lá e me sentir parte daquilo. Sentada ali tomando chá, senti como se tivesse voado diretamente para o Palácio de Buckingham para assistir a uma câmera ao vivo de Nova York. Apenas não era o que eu tinha em mente.

Além de tudo isso, Cole ainda estava estranho.

— Seus bolinhos estavam bons? — perguntei-lhe enquanto andávamos pela Bergdorf Goodman depois do chá. Não tínhamos andado juntos, para registro. Tive que alcançá-lo e, em algum momento, o localizei em uma sala que, surpreendentemente, parecia ser dedicada a lenços de bolso para homens.

— Uma delícia. Mas sou só eu ou os que Andi serve no Bean são tão bons quanto? Talvez até um pouco melhores?

— Obrigada! Sim! — Olhei em volta para ter certeza de que Brynn e Seb não estavam por perto. — Estou tão feliz que você disse isso. Tipo, sim... tudo estava bom. Mas pelo preço?

— Insano. — Ele balançou a cabeça. — Eu sei que eles têm dinheiro, mas...

— Por que alguém cobraria tanto por uma xícara de chá? Juro que o gosto era exatamente o mesmo do chá que tomamos no Colorado.

— Mas aqueles sanduíches de pepino eram realmente especiais.

Eu sorri.

— Você está me dizendo que não conseguiria fazer algo tão bom por cerca de um dólar e cinquenta?

— Ah, eu conseguiria — reconheceu ele. — Mas não tinha pensado nisso, sabe. Então eles mereceram o dinheiro uma vez. — Ele levantou os braços e girou lentamente enquanto proclamava: — Obrigado, Birdjosh Groban, pela inspiração para cortar a casca do pão. Eu o honro neste dia.

Ri um pouco alto demais e tive que me desculpar com uma vendedora de aparência arrogante que olhou para mim como se eu fosse uma criança indisciplinada, o que divertiu muito Cole. Mas quando me inclinei para ele para compartilhar a risada, seu sorriso desapareceu um pouco e ele deu um passo para trás, voltando sua atenção para os lenços de bolso mais uma vez.

COLE E LAILA SÃO APENAS AMIGOS   139

É claro que eu sabia exatamente o que estava acontecendo, embora não fizesse ideia de como lidar com isso. Como você lida com a tensão quando o problema que causa a tensão é o único problema que você concordou em não discutir? Foi uma ótima ideia, todo o hiato temporário da vida real, mas ele claramente não parou de pensar nisso mais do que eu. Era quase como se ele não pudesse falar comigo sobre o que ele antecipava como os próximos passos de seu futuro e não pudesse tentar me convencer a deixar Adelaide Springs também, então não havia nada para falar.

— E aí, pensando em comprar um lenço de bolso?

— Estava querendo melhorar meu jogo de lenços de bolso há um tempo. Não aja como se isso fosse novidade para você.

Eu me abaixei e passei meus dedos por um lenço xadrez azul.

— Eu gosto deste. E ele não parece *nem um pouco* um lenço normal.

Ele se virou e me encarou.

— Sério que eles não são apenas lenços? Fiquei olhando para eles, tentando descobrir o que os diferencia dos lenços normais. Estou presumindo que não se assoa o nariz neles. Eu acho? Talvez porque eles são de seda e não seguram muito bem o ranho. Mas você não poderia apenas comprar um lenço normal e decidir não assoar o nariz nele, e então você teria um lenço de bolso?

— Uau. — Eu balancei minha cabeça. — Você não entendeu nada mesmo, não é?

— Ei, pessoal! Aí estão vocês! — Brynn veio correndo atrás de nós, e eu não pude deixar de notar que a vendedora esnobe não pigarreou para ela. — Encontraram alguma coisa que queiram comprar ou estão prontos para seguir em frente?

— Para onde? — perguntei no mesmo momento em que Cole disse:

— Aparentemente, não sou uma pessoa de lenço de bolso.

Brynn não percebeu o comentário dele, mas mordi o lábio para não rir enquanto ela me respondia.

— Acho que temos tempo suficiente para visitar o Guggenheim antes do jantar.

Outro museu. Incrível.

— Ah. Certo. Claro. Hum, sim… Acho que estou pronta.

— Ei, Brynn... — Cole se inclinou e sussurrou enquanto se aproximava de nós dois. — Tem gente ali tirando fotos de você.

Ela nem olhou para trás.

— Sim, desculpe por isso. Provavelmente outro motivo para seguirmos em frente. — Ela olhou para a vendedora esnobe. — Obrigada. Tenha um bom dia.

— Você também, sra. Cornell. Obrigada pela visita. Se você ou seus amigos precisarem de alguma coisa, não hesite em nos avisar.

Cole e eu nos entreolhamos, de olhos arregalados, e então saímos, um de cada lado de Brynn. Enquanto descíamos a escada rolante, as duas pessoas com seus celulares se tornaram cerca de seis ou sete pessoas com seus celulares, e um ou dois caras com câmeras de aparência profissional que imaginei que fossem paparazzi ou algo assim. Ela sorriu e acenou para algumas das pessoas com celulares e ignorou completamente os caras com câmeras. Eles não forçaram muito, mas isso não impediu Cole de descer da escada rolante na frente de nós duas e colocar seu corpo entre nós e os fotógrafos até a saída, onde Sebastian estava esperando para nos levar até Malik.

Entramos no Escalade do lado de fora da entrada VIP da Bergdorf Goodman e partimos imediatamente, mas paramos bruscamente quando gritei:

— Pare o carro! — Bem, nós nem tínhamos saído do meio-fio ainda, então talvez não tenha sido bem um grito. Mas a intensidade de tudo isso na minha mente merecia um grito. Nós tínhamos esquecido Cole.

Virei-me no meu assento da terceira fileira, onde estava sentada sozinha, para olhar pela janela traseira, mas ele não estava lá fora acenando ou correndo atrás de nós.

— Cadê o Cole? — perguntei enquanto me virava para encará-los em pânico. — Precisamos voltar.

Uma vida inteira consegui acompanhá-lo, mas tudo o que foi preciso foi um dia ruim em Nova York para me transformar nos pais de Kevin McCallister, cuidadosamente acompanhando cada detalhe da minha vida, exceto se minha família inteira conseguiu ou não embarcar no avião.

— Estou bem aqui, Lai — disse ele do banco do passageiro na frente.

COLE E LAILA SÃO APENAS AMIGOS 141

Eu pulei ao som da voz dele e encontrei seus olhos enquanto ele inclinava a cabeça e acenava. Senti meu pulso começar a se estabilizar e meu coração deslizar para fora da minha garganta e de volta para o meu peito, onde deveria ficar.

— Ah, ótimo. Desculpe. Desculpe, Malik. Desculpe, pessoal. — Afundei de volta no assento e exalei a última das respirações frenéticas. — Foi mal.

— Desculpe por ter sido tão caótico sair de lá. — Brynn estendeu a mão para trás e apertou meu joelho antes de olhar para a frente novamente com um suspiro enquanto entramos na Quinta Avenida. Como um aparte para colocar Sebastian em dia, ela disse: — Só alguns fotógrafos.

Ela continuou falando, algo sobre como ela estava acostumada, mas às vezes esquecia o choque que isso poderia ser para outras pessoas que não estavam, mas primeiro o mais importante: por que Cole estava sentado na frente com Malik em vez de atrás comigo?

Cole sorriu para mim de uma forma que eu acho que deveria ser reconfortante antes de se virar para a frente de novo, mas eu não me senti tranquilizada. Tranquilizada de que os paparazzi não o sequestraram para mantê-lo como resgate até que Brynn concordasse em posar para fotos para o TMZ ou algo assim? Bem, claro. Isso foi um alívio, eu acho.

Não fique maluca. Provavelmente não é nada. Foi apenas a maneira mais fácil de entrar. Com certeza, a mais rápida.

Sim, eu poderia me reforçar positivamente no estilo Stuart Smalley o quanto quisesse, agindo confiante de que eu era boa o suficiente, inteligente o suficiente e que Cole realmente gostava de mim, mas ele com certeza estava me evitando. Não era como se nunca tivéssemos nos sentado separados um do outro em um veículo. Não éramos *tão* codependentes. Mas isso, além de se afastar de mim no shopping (sim, sim… Eu sei que Brynn disse que era só uma loja, mas você não pode me convencer de que aquele lugar não era um shopping. Tudo o que faltava era uma Radio Shack e um Wet Seal. E sim, antes que pergunte, é possível que eu não tenha ido a um shopping desde 2003). E no chá ele falou com Sebastian o tempo todo. E acho que ele não falou com nenhum de nós no café da manhã naquela manhã. O que, sim, pode significar que não tinha nada a ver comigo.

Mas eu sabia que tinha. Eu podia sentir.

Fiquei observando os prédios e os táxis amarelos do lado de fora da minha janela em um estupor até que o celular de Brynn tocou. *Tocou* de verdade. Ela ficava de olho nele o tempo todo, sempre havia pequenos sons de vibração acontecendo, e então ignorava ou enviava uma mensagem. Mas este era um toque de verdade, em alto volume, e todos pararam de falar em resposta.

— Oi, Colton — disse ela e então colocou a mão na parte inferior do celular e sussurrou: — Desculpe! — antes de se virar para a janela.

— Produtor executivo do *Sunup* — Sebastian nos explicou suavemente. — Tecnicamente, não é mais o chefe de Brynn no *Sunup3*, mas ele é meio que o chefão. Normalmente só liga se precisa de alguma coisa.

Ele revirou os olhos bem-humorado.

— Hoje à noite?! — Brynn virou a cabeça para encontrar os olhos de Seb. — Não, não posso. Temos amigos na cidade... Bem, sim, mas não assim... Eles estão hospedados com a gente, Colton. São nossos convidados. Não posso apenas... — Ela suspirou. — Sim. Não, claro. Tudo bem. Tá bom, sim, vou falar com Sebastian e aviso você. Obrigada. Falo com você em breve. — Ela desligou a chamada e soltou um gemido suave, mas grave. — Bem, isso é uma droga.

— O que foi? — perguntou Seb enquanto ele se esticava e enrolava uma mecha de seus cachos castanhos entre os dedos. — O que ele precisa que você cubra?

Brynn fechou os olhos e balançou a cabeça.

— Oktoberfest. Irvine está com gripe ou algo assim. Merda! — Ela olhou para Cole no banco da frente e então se virou e me encarou. — Eu sinto muito. Eu tenho que ir lá e assumir. Volto no sábado. — Ela começou a falar com Sebastian em um tom mais suave e íntimo. — Você pode vir, é claro, mas não sei o que fazer sobre...

— Vocês ficariam bem, não ficariam? — Ele olhou de Cole para mim e depois para ele de novo. — Podem ficar à vontade na nossa casa. E Malik, você acha que poderia ficar disponível para...

— Claro — respondeu Malik. — Fico feliz em ajudar.

Sebastian deu de ombros.

COLE E LAILA SÃO APENAS AMIGOS 143

— Pronto. E voltamos no sábado e ainda temos até quarta-feira juntos. Parece bom? — Ele olhou para Cole. — Você tem as coisas sob controle... certo?

Os olhos de Cole encontraram os meus, apenas por um segundo, e então ele disse:

— Claro, vai ficar tudo bem.

— Certo. Obrigada. Sinto muito mesmo. — Brynn suspirou mais uma vez. — Acho que é melhor irmos para casa e fazer as malas.

Ah. Oktoberfest. Como na Oktoberfest verdadeira, oficial e original. Na Alemanha. Não no Washington Square Park ou em Jersey City ou em algum lugar na Pensilvânia. As engrenagens estavam se encaixando lentamente, mas pelo menos estavam finalmente trabalhando. E por mais que eu acreditasse que Seb realmente gostasse de nós e gostasse de passar tempo comigo e com Cole, é claro que ele não queria ficar uma semana longe de sua nova esposa se não fosse necessário. Tudo isso fazia sentido e provavelmente teria feito sentido antes se eu não estivesse tão ocupada observando Cole, tentando descobrir o que ele não estava dizendo entre as poucas palavras que ele *disse*. Por que Seb perguntou se ele tinha as coisas sob controle? E mais importante, por que Cole olhou para mim como se eu fosse a variável desconhecida naquela equação?

— Mas não tem motivo para isso atrapalhar o dia de vocês — disse Brynn com um pouco de entusiasmo forçado enquanto tentava animar todo mundo. Imagino que principalmente ela mesma. — Vou ligar e fazer uma reserva para dois no Bar SixtyFive. E se vocês ainda quiserem ir ao Guggenheim, eu posso ligar e pedir para um curador mostrar...

— Obrigada, mas não se preocupe com a gente. — Eu era uma amiga horrível? Sem dúvida, era horrível da minha parte sentir apenas alívio? Não que eu quisesse me livrar de Brynn e Seb, mas eu queria desesperadamente me livrar do Guia Fodor de Nova York para a Alta Sociedade. — Na verdade, podemos remarcar a coisa do Rainbow Room do Rockefeller Plaza? Eu adoraria experimentar isso com vocês...

— Claro! — Cole concordou enfaticamente e então conteve um pouco o entusiasmo. Era possível que ele estivesse sentindo a mesma tensão do dia que eu? Isso pode ter sido a melhor coisa que poderia ter acontecido. — Quer dizer, sim, pelo que você disse, e depois de uma pequena olhada que dei no meu celular, parece... quase... — Ele olhou para Sebastian. Para obter ajuda? — Romântico, talvez? Sei que vocês já estiveram lá antes, mas acho que talvez fosse melhor para nós quatro...

— Já sei! — gritou Brynn e bateu palmas. — Vamos no sábado à noite e reservamos um jantar privado para o aniversário de Laila no Rainbow Room de verdade! Sim! A menos que haja um casamento ou algo assim, tem música ao vivo, dança e outras coisas aos sábados e vocês provavelmente vão ver uma celebridade em uma noite de sábado no Rainbow Room.

Adorei que ela tenha se lembrado de como seria emocionante para nós ver uma celebridade enquanto simultaneamente se esquecia de que estávamos no carro com duas delas.

— Achei que no meu aniversário você queria ir para o lugar com visão garantida da Queen Bey — lembrei a ela.

— Não, isso vai ser melhor. Vai ser perfeito. — Ela estava digitando no celular. — Precisamos nos arrumar. — Ela olhou para mim. — Sinta-se à vontade para vasculhar meu guarda-roupa. Ou eu deveria voltar a tempo para que pudéssemos fazer compras, se você quiser. — E então de volta ao celular. — Será quase como... eu não sei... um encontro duplo ou algo assim. Não seria divertido?

— Ou... — Sebastian arrastou aquelas duas pequenas letras por um tempo terrivelmente longo. — Talvez devêssemos arranjar companhia para os dois e fazer um encontro triplo.

Cole se afastou de todos nós e olhou para a frente novamente antes de balançar a cabeça e enterrá-la em suas mãos.

Brynn parou de mexer no celular imediatamente e olhou para o marido como se ele tivesse ficado maluco.

— Do que você está falando? Encontro triplo? Com quem?

Seb deu de ombros.

— Não sei. Conhecemos muitas pessoas legais. Só pensei que talvez fosse divertido para eles conhecerem novos amigos e...

— É, vamos fazer isso — murmurou Cole. Ele ainda estava calmamente virado para a frente, e eu mal conseguia entendê-lo lá de trás quando ele disse: — É uma boa ideia.

COLE E LAILA SÃO APENAS AMIGOS 145

O que estava acontecendo?

E o que fez qualquer um deles pensar que eu queria passar meu jantar de aniversário em algum restaurante romântico de Nova York, onde poderíamos ver mais celebridades, nenhuma das quais provavelmente seria Beyoncé e Jay-Z, com recém-casados com *jet lag* que acabaram de chegar do maior festival de cerveja do mundo, meu melhor amigo que parecia chateado comigo no momento, embora eu não tivesse ideia do motivo, e alguns encontros às cegas aleatórios de quem sabe onde, só para deixar tudo *mais* desconfortável?

— Isso parece um pouco desnecessá…

— Aah! Sabe de quem você realmente gostaria? — perguntou Brynn em uma onda de animação. — Milo Ventimiglia.

— Espera aí… O *Jess*? Você quer me arrumar um encontro com o Jess de *Gilmore Girls*?

— Não sabia que estávamos considerando encontros com o elenco de *Gilmore Girls* — disse Cole, se virando e não murmurando mais. — Isso não é… sei lá… indulgente?

— Ele é um cara legal. Ele fica na Califórnia a maior parte do tempo, mas acho que ele fica aqui mais alguns meses gravando. Ele aparece no *Sunup3* sempre que está na cidade. Ele é um dos meus convidados favoritos. E está solteiro. Alguns anos mais velho do que a gente, mas não muito. — Ela olhou para Sebastian. — Provavelmente só alguns anos mais velho que você, não é? — Ela não esperou por uma resposta antes de se virar para mim de novo. — O que você acha? Quer ver se o seu namorado favorito da Rory Gilmore está disponível para jantar no sábado à noite?

Eu não entendia como essa coisa que ela estava me perguntando era uma possibilidade real, mas, mais do que isso, eu não entendia como ou por que alguém com um pingo de sanidade diria ou poderia dizer não.

— Sim, Brynn — respondi o mais calmamente que pude, já que aparentemente isso não era grande coisa para minha amiga famosa. — Seria muita gentileza sua me apresentar ao Milo Ventimiglia, eu adoraria.

Posso ter passado a maior parte da minha vida felizmente (e, admito, às vezes menos felizmente) alheia às tendências e práticas de áreas menos rurais e menos isoladas do mundo, mas, nossa, tínhamos a Warner.

E durante aquelas primeiras temporadas, eu, Brynn e Addie nos escondíamos no sótão da casa dos meus avós — o Clube, como chamávamos desde que éramos crianças — e ficávamos obcecadas por cada movimento que Lorelai e Rory faziam. Obcecadas pelas provocações. Obcecadas pela música. Obcecadas pelas referências à cultura pop. E, ah sim, nós éramos obcecadas pelos namorados da Rory.

Quando fiquei sozinha no Clube, Cole assistia comigo ocasionalmente, mas eu não tinha a opção de dizer: "Você tem que assistir às primeiras temporadas e se atualizar", então ele fazia um monte de perguntas (*Todo mundo tem um filho que não conhece? Esse é o requisito para morar em Stars Hollow?*) e nunca se envolveu de verdade. E eu não podia culpá-lo. *Gilmore Girls* disse adeus à sua magia quando perdeu Amy Sherman-Palladino e foi para o CW, assim como a magia de assistir nunca mais foi a mesma depois que Brynn e Addie foram embora. Eu assisti ao final sozinha, sentada no Clube debaixo de um cobertor chorando, triste por estar dizendo adeus a mais amigos.

Mas agora eu iria num encontro com Jess.

— Com quem eu fico? — Cole se virou completamente em seu assento quando a vizinhança se tornou familiar e entramos na North Moore Street, em Tribeca.

— Você não acha que ele e Greta iriam se divertir? — perguntou Brynn a Sebastian.

Seb riu quando o Escalade parou.

— Acho que Greta o comeria vivo.

Ela piscou.

— E você não acha que isso seria divertido?

— Quem é Greta? — perguntamos Cole e eu em uníssono e quando nossos olhos se encontraram, eu sorri. Ele não sorriu.

— Ela faz cabelo e maquiagem no *Sunup*. E é muito fofa. Sério. Acho que você realmente...

— Quero a Zoe Saldaña. — Cole deixou escapar como se estivesse indo até o balcão do Burger King e pedindo um Whopper sem picles, já tendo recebido a promessa de que poderia fazer do seu jeito. — Laila fica com Jess Gilmore. Acho que eu deveria ficar com alguma famosa também.

COLE E LAILA SÃO APENAS AMIGOS   147

Os olhos de Brynn se arregalaram enquanto ela olhava de Cole para mim e vice-versa algumas vezes, como se estivéssemos no meio de um debate acalorado, mas eu não disse uma palavra. Eu estava apenas estudando-o. A maneira como ele mais uma vez não olhou para mim. A maneira como a testa dele estava franzida como se estivesse com raiva, mas ele estava mordendo os lábios como se estivesse nervoso. E então lá estava Seb, inclinando-se e sussurrando algo para ele que não pareceu surpreendê-lo, mas fez os sulcos aumentarem. Fez com que os dentes mordessem com mais força.

— Bem, tenho quase certeza de que Zoe é casada e tem filhos, mas acho que posso entrar em contato e ver que tipo de política ela e o marido têm, se você quiser. — Brynn sorriu, tentando quebrar a ten-são, depois olhou para mim e deu de ombros quando a piada não teve impacto algum. — Tudo bem, então. Hum... Seb e eu podemos fazer um *brainstorming* no avião. Tenho certeza de que há muitas celebridades que adorariam sair com você.

— Bom — murmurou ele. — Obrigado.

Em seguida, ele se virou e saiu do veículo.

— O que foi isso? — sussurrou Brynn para mim enquanto pegava a bolsa dela do assoalho do carro.

Bem que eu queria saber.

— Você conhece Cole e sua obsessão pela Zoe. Não é motivo para risos. — Eu ri levemente, esperando que isso fosse o suficiente para ela.

Com certeza não seria o suficiente para mim.

CAPÍTULO DEZESSEIS

COLE

— Cole! Você está acordado? Está vestido? Posso entrar?

Ele definitivamente não estava acordado. E quanto a se estava vestido ou não...

— Hum... espera aí. — Ele não conseguia se lembrar bem do que vestia quando tinha ido dormir, então levantou o lençol. A metade de baixo estava boa. A calça estava presente e contabilizada. — Só um minuto.

Cole olhou ao redor do quarto de empregada sem empregada dos Sudworth e tentou se orientar novamente. Ele jogou uma camiseta em algum lugar em algum momento...

— Vamos, Cole! Rápido!

Ele gemeu baixinho quando viu sua camisa cinza aparentemente suspensa no ar na parede oposta, e as memórias de como isso aconteceu fizeram com que o processo de reorientação acelerasse bem.

— Já estou indo. — Ele se sentou e esticou os braços sobre a cabeça, para um lado e depois para o outro, enquanto abaixava os pés no carpete, depois cruzou o quarto e cuidadosamente libertou o relógio de parede — havia *tanto tique-taque* — de sua prisão de algodão. Com um suspiro, ele puxou a camiseta multiúso sobre a cabeça e enfiou os braços por dentro.

— Estou indo — gritou mais uma vez para garantir, embora Laila tivesse parado de bater.

Ele parou brevemente na frente do espelho de corpo inteiro e gemeu novamente. Não havia uma coisa em particular causando o gemido. Era apenas a reação que ele tinha toda vez que se olhava no espelho ultimamente. Ele não se considerava uma pessoa vaidosa, mas o que você poderia fazer *além* de gemer quando cada novo espelho em que você se via parecia ter avançado o filme mais um ou dois anos?

Respirando fundo, Cole se afastou do espelho e encarou a porta. Ele não conseguia se lembrar da última vez que fez com Laila o que havia feito no dia anterior. Evitou-a. Recusou-se a falar com ela, pelo menos sobre qualquer coisa real.

E então o que foi aquela pequena explosão no carro? Ele tinha sido tão inexperiente a ponto de fazer birra porque seu encontro às cegas não era uma celebridade? Como se ele se importasse. Como se ele tivesse algum interesse em qualquer coisa daquilo.

Claro, esse era o problema, não era? Ele não tinha interesse algum em ter um encontro arranjado. Realmente o incomodava que ele não tivesse interesse algum. Mas não tanto quanto incomodava que Laila estivesse animada com a perspectiva. E, é desnecessário dizer, nada disso incomodava tanto quanto o fato de ele estar incomodado.

Ele girou a maçaneta e abriu a porta para ver Laila sorrindo para ele com o maior e mais autêntico sorriso no rosto.

— Bom dia. — Ela estava praticamente pulando descalça, suas unhas dos pés pintadas com tons de vários sabores de algodão-doce. Ela tinha colocado as lentes de contato, embora todo o resto em seu rosto estivesse tão fresco como se ela tivesse acabado de acordar. Sem nenhuma maquiagem, ela ainda parecia a Laila da quarta série para ele, enfrentando os alunos da quinta série que provocavam Cole por não ter um pai, ameaçando "esmurrá-los" e, de alguma forma, fazendo-os acreditar que, por menor que fosse, ela ainda conseguiria. Ela estava radiante, mas também estava uma bagunça. Seu cabelo não estava no coque bagunçado e perfeito de sempre. Havia fios soltos por toda parte, dificultando suas tentativas de escapar do caos cuidadosamente cultivado de Laila. Ela estava usando um moletom lilás de gola redonda dos Ursinhos Carinhosos que dizia: "A ajuda dos amigos transforma grandes tarefas em tarefas menores!" e short jeans desfiado, e havia listras aleatórias de sabe-se lá o que no pescoço, nas roupas... o que você quiser. E ainda assim...

Radiante.

— Bom dia — respondeu ele, sorrindo para ela de um jeito que não tinha conseguido ontem. Estava confirmado na sua mente. Ele era um ser humano horrível. Ele não tinha feito nada para merecer esse raio radiante de luz e calor na sua vida. Nunca. Especialmente nos últimos tempos. — Você está terrivelmente alegre esta manhã.

— Tenho uma surpresa para você. — Ela estendeu a mão, pegou a mão dele e o puxou pelo corredor, atravessando a cozinha — *Ah, meu Deus... o que aconteceu com a cozinha?* — até o cubículo de jantar, ou seja lá como era chamado. Ela parou na frente da mesa, de costas para ela, e o posicionou na frente dela. Então ela apertou as duas mãos dele e as soltou, dando um passo para o lado dele com um floreio. — Tcharam!

Uma chama perfeita queimava de uma vela cônica em um castiçal de prata ao lado de uma orquídea em um vaso de prata e em um prato de jantar havia um ovo, com a gema para cima, algumas fatias de presunto que já tinham visto dias melhores e meia fatia de torrada carbonizada.

— O que é isso? Você pediu comida ou... — *Ah! A cozinha. Não é de se admirar que esteja uma bagunça. Não é de se admirar que Laila esteja uma bagunça.* — Você fez isso?

A energia nervosa que estava causando todos os pulos se acumulou em um pequeno grito, e então ela jogou os braços ao redor dele. Ele não a abraçou de volta, apenas porque ela o pegou de surpresa. Mas, obviamente, sentindo sua falta de movimento, ela se afastou abruptamente antes que os braços dele pudessem alcançá-la. A expressão no rosto dela não o acusava de nada, mas exibia um novo constrangimento que ele não podia mais permitir. E os olhos dela estavam perdidos, de repente, disparando de um lado para o outro.

Conserte isso, Cole. Conserte isso agora.

— Isso é incrível! — Ele se abaixou e passou os braços ao redor dela e não a soltou até que ela se esticou em volta do seu tronco novamente e se aninhou tão apertada e confortavelmente como sempre.

— Ok, sério... — Ele empurrou os braços dela para trás para poder olhar para ela. — O que está acontecendo agora? Quem é você e o que fez com a minha melhor amiga? — Ela riu, e ele se virou para o prato do café da manhã. Não era difícil imaginar a maior parte do que havia acontecido e ele teria dado qualquer coisa para assistir. A metade do pedaço de torrada queimada era o melhor que ela conseguiu salvar, ele

COLE E LAILA SÃO APENAS AMIGOS 151

presumia. O presunto tinha manchas de carvão preto, mas provavelmente não era intragável. Mas o ovo... O ovo o surpreendeu. — Laila, esse ovo está perfeito. — Ele jogou um braço sobre os ombros dela. — Estou tão impressionado.

Mas não surpreso. Esse foi o resto da frase, mas seus instintos impediram sua boca de dizer isso. Claro que ele não estava surpreso. Ela conseguia fazer qualquer coisa. Mas naquele momento não era sobre como ela conseguiria fazer alguma coisa. Era sobre como ela tinha feito *aquilo*.

— Espere. Não se mexa. Não toque em nada! — Ele se afastou dela e correu pelo corredor até seu quarto, desconectou o telefone do carregador que estava na mesa e voltou à alcova de jantar — *Alcova! É isso. Não é um cubículo* — em segundos.

— O que você está fazendo? — perguntou ela.

— Documentando esse momento, é claro. — Ele tirou fotos diferentes de ângulos diferentes enquanto ela ria e corava e então se envolveu ajudando-o a configurar a iluminação adequada enquanto ele ativava o modo retrato na sua câmera. Eles colocaram seus rostos em algumas fotos e posaram com o prato. — É quase bonito demais para comer, mas devo admitir... Estou morrendo de vontade de experimentar. Eu consigo comer mesmo?

Ela pegou o garfo na mesa ao lado do prato e entregou a ele antes de se sentar à sua frente.

— Se você tem certeza de que é corajoso o suficiente.

— Apenas tente me impedir. — Ele deslizou para um lado do banco curvo construído na parede e puxou o prato para si enquanto se sentava. Ele o inspecionou de mais alguns ângulos e tirou mais uma foto com close na gema do ovo, antes de parti-la com o garfo. Ele a partiu perfeitamente. Cinematograficamente, quase. Ele olhou para ela do outro lado da mesa com admiração e viu os seus olhos correndo freneticamente entre o rosto dele e o prato. — Laila, estou te dizendo... *ninguém* faz um ovo tão bonito na primeira tentativa. Você tem um talento natural.

As bochechas dela ficaram coradas.

— Bom, tecnicamente, foi minha sétima tentativa. E dois ovos eu estraguei antes mesmo de irem para a frigideira...

— Não faz diferença. Ninguém faz um ovo tão bonito na nona tentativa também.

Ele cortou a clara e pegou um pedaço maravilhoso, o amarelo pingando lentamente de volta no prato, e colocou na boca. E, verdade seja dita, por mais bonito que fosse, tinha gosto de ovo. Um ovo sem graça. Ela nem tinha colocado sal, ele tinha certeza, e quando colocou na boca, a clara estava um pouco mal passada. Ela usou muito azeite de oliva para evitar que grudasse, fazendo-o acreditar que pouco azeite de oliva teve um papel importante em pelo menos algumas das outras seis tentativas. Mas, literalmente, nada disso importava. Era o melhor ovo que ele já tinha comido na vida.

— E aí? — Ela se inclinou e apoiou os cotovelos na mesa, embora não houvesse nada mais relaxado nela. Ela estava nervosa por antecipação. — Seja honesto.

Calma.

— Você é incrível.

— Ah, qual é. — Ela riu. — Nem precisa comer tudo. Não vou ficar ofendida. — Ela estendeu a mão sobre a mesa e tentou afastar o prato dele, então ele circulou o braço esquerdo em volta do prato, abaixou a cabeça e praticamente enfiou o resto do ovo na boca com o garfo. — Você é tão idiota.

Ela engasgou em meio à risada enquanto Cole usava o pedacinho de torrada para absorver a gema e depois enfiou na boca também.

Ele mastigou e engoliu o mais rápido que pôde e depois engoliu o presunto antes de largar o garfo, levantando as mãos como se tivessem acabado de dizer que o tempo do *Chopped* tinha acabado e tentando dizer: "Cumprimentos ao chef". Ele chegou até "Cump..." antes de começar a tossir devido ao sal do presunto (quase intragável, aliás). Pedaços de carne de porco mal mastigada começaram a espirrar enquanto ele tossia.

É claro que Laila não ajudou em nada. Ela tinha perdido completamente o controle e, enquanto Cole corria até a geladeira para encontrar algo para engolir as mordidas secas, ela desabou nas almofadas do banco em um ataque de histeria, com o câimbra na barriga de tanto rir.

Tudo valeu a pena, ele sabia. Mesmo quando ele bebeu uma água com gás tão rápido que seus olhos começaram a lacrimejar e ele sentiu como se buracos estivessem sendo queimados em seu esôfago, e mesmo quando olhou ao redor da cozinha de Brynn e Seb e notou respingos de óleo, gordura e gema em lugares que os recém-casados provavelmente nem tinham tocado na nova casa ainda, e mesmo quando percebeu que logo o riso começaria a desaparecer e as memórias do dia anterior voltariam para os dois, ele sabia que tudo valeu a pena.

— Você está bem? — perguntou ela alguns segundos depois, segurando a barriga enquanto voltava para uma posição ereta e enxugava as lágrimas que caíam livremente pelo seu rosto.

— Sim, não graças a você.

— Eu sempre disse que se eu cozinhasse, provavelmente te mataria. Eu só não sabia que seria porque estaria tão delicioso.

Ele sorriu para ela e voltou para seu lado da mesa.

— Não sei o que fiz para merecer isso, Lai, mas obrigado.

Em um instante, o humor desapareceu para ambos quando os olhos dela encontraram os dele.

— Eu falei para você. Não tem nada que eu não faria por você, Cole Kimball. Nem uma única coisa.

— Ei... ei, ei... — Ele começou a se aproximar dela, mas logo percebeu quanto tempo levaria para dar a volta em toda a alcova monstruosa. Em vez disso, ele saiu e correu para se acomodar ao lado dela. Ele a abraçou e ela descansou a bochecha em seu peito. — Sinto muito por ontem. Estava sendo um completo idiota. — A culpa tomou conta dele, e o *déjà vu* tomou conta dos seus sentidos. — E sinto muito por ter que fazer esse pedido de desculpas tantas vezes nos últimos tempos.

Ela queria conversar ontem à noite. Depois que voltaram para o apartamento e Brynn e Seb deram as chaves, códigos e números de telefone para eles, juntaram algumas coisas e foram para o aeroporto com Malik, ela tentou fazê-lo falar. E, em vez disso, ele concentrou muito mais esforço do que o necessário em mover sua pequena quantidade de bagagem para o outro quarto, agora sem presentes de casamento, e se acomodar. Em seguida, disse que estava cansado e precisava descansar. Isso foi... o quê? Seis horas? Sete da noite, talvez? Ele desperdiçou muito do dia. Um dia que ele poderia ter passado com ela. Eles poderiam ter conversado e resolvido tudo, poderiam ter subido no terraço e olhado a cidade ou poderiam ter pelo menos ficado sentados juntos em silêncio e fingido que estava tudo bem. Mas ele não conseguiu nem se recompor o suficiente para fingir.

Não que ele quisesse fingir.

O que ela fez pelo resto da noite? Ele não fazia ideia. Não sabia se ela tinha jantado ou conseguido dormir. Não fazia ideia se as costas dela estavam doendo o suficiente para precisar dos comprimidos que... *Caramba*. Os comprimidos que ele ainda tinha em sua posse. Ele nem tinha pensado nisso.

E não era que ele achasse que Laila precisava dele para cuidar dela. Não achava isso. *Ela* não precisava. Ela estava bem sem ele e sempre estaria. Mas a noite passada tinha sido errada. Tudo tinha sido tão completamente errado. Nada poderia estar certo com o mundo quando ele estava focado em si mesmo às custas dela.

— Lai, olha...

— Se você realmente está planejando ir embora, isso é algo sobre o que deveríamos conversar. Estou convencida de que não existe nenhuma maneira de deixar meu pai agora, mas se você puder pensar em uma maneira de fazer isso funcionar, temos que conseguir conversar sobre isso. E preciso conseguir dizer por que você não deve ir, porque eu não tenho as respostas, Cole, mas sei que não estou bem com isso. — A mão dela se contraiu contra o peito dele, enrolando sua camiseta. — Eu sei que não devemos falar sobre isso. Sei que fizemos um acordo. Mas não concordo mais com ele. Não podemos fazer acordos em que não falamos sobre as coisas. Isso vai contra o nosso acordo original.

— Qual é o nosso acordo original?

Vários acordos que eles fizeram ao longo dos anos passaram pela mente dele, esbarrando e cruzando com memórias e marcos. Um acordo insignificante de não assistir à terceira temporada de *American Idol* um sem o outro (e por vinte anos permaneceu a consternação deles com Jennifer Hudson chegando em sétimo, apesar de eles votarem nela toda semana. Como o mundo não viu o que eles viram?). Acordos para avisar um ao outro o mais rápido possível se tivessem comida presa nos dentes.

Fizeram um acordo para irem ao baile juntos, mas quando Laila começou um romance nas férias de primavera com o sobrinho da sra. Stoddard, Drew, quando ele estava visitando Denver, é claro que Cole se afastou para que Laila pudesse chamá-lo para ir com ela. Ele se sentiu horrível quando Drew não foi, porque Cole já havia pedido a Brynn para ir com ele, assim desencadeando sua curta tentativa de romance. Mas no final das contas, os três basicamente foram juntos de qualquer maneira.

Alguns dos acordos eram mais sagrados do que outros, mas ele nunca tratou nenhum deles de maneira leviana.

— Nosso acordo original somos *nós*, Cole. — Laila se afastou dele e olhou em seus olhos enquanto agarrava a frente da sua camiseta com os punhos. — *Nós somos* o acordo original. Todos os outros acordos devem funcionar para dar suporte ao acordo original ou não são válidos. E quando fizemos o acordo algumas noites atrás para apenas aliviar a pressão e aproveitar a viagem, acho que não percebi todos os motivos pelos quais isso não funcionaria. Mas qualquer acordo que faça você me evitar é um acordo ruim. Eu gostaria de revogar oficialmente o acordo. Concorda?

O que aconteceria se eu a beijasse?

Ele engoliu o nó que se formou na sua garganta por causa desse pensamento. Teria *sido* mesmo um pensamento? Parecia mais uma compulsão. Uma necessidade. Seus braços ainda estavam em volta dela e o queixo dela estava inclinado para ele. E ele estava ouvindo e se importando com cada palavra que ela dizia, estava tentando resolver tudo e descobrir como proceder e como esclarecer que não tinha sido *apenas* o (sim, ele poderia concordar, em retrospecto) acordo ruim que o tirou do jogo (ou, mais precisamente, o fez tentar jogar um jogo no que sempre foi uma zona livre de jogos). Mas, de repente, estava tão distraído com os lábios dela. Sabia tudo sobre ela. *Tudo*. Então como ele nunca tinha notado que o lábio inferior dela era sempre um pouco carnudo, mesmo quando ela não estava fazendo beicinho?

Ele nunca tinha notado os pequenos vincos acima do lábio superior dela, logo abaixo daquele mergulho perfeitamente centralizado entre o nariz e a boca, mas ele nem precisava pensar sobre isso para ter uma compreensão completa do que havia causado os vincos. Estavam lá por causa dele. Por causa de todas as vezes que ela contorceu a boca em reação a qualquer história que ele estivesse contando sem parar. Alguma coisa ridícula que aconteceu no Cassidy's. Algo que ele estava esperando o dia todo para contar para ela. E os vincos estavam lá por causa de todas as vezes que ela segurou a língua e canalizou todo o seu excesso de energia para inchar e sugar as bochechas como um baiacu enquanto se esforçava mais do que ele merecia para encontrar uma maneira agradável e solidária de explicar-lhe exatamente por que ele estava errado sobre alguma coisa.

Qual era a expressão? Que o cérebro das mulheres era espaguete, capaz de misturar tudo e colocar molho em tudo de uma vez, enquanto o dos homens era mais como waffles, capaz de absorver xarope apenas em uma grade por vez? Algo do tipo. Mesmo assim, como ele tinha se distraído tanto com todo o resto da vida a ponto de nunca perceber que até os lábios dela eram uma lembrança da vida que viveram juntos? O que aconteceria se ele se inclinasse, chegasse mais perto do que nunca, roçasse os lábios nos dela e adicionasse mais um carimbo ao passaporte de suas viagens compartilhadas?

Ele pigarreou e a soltou, depois se levantou do banco. Ele não fazia ideia do que queria (bem... ele sabia o que *queria*...), e certamente não fazia ideia do que Laila queria. E foi esse pensamento que o forçou a se levantar.

— O que você acha de irmos nos arrumar e sair daqui?

Os ombros dela caíram.

— Você não acha que precisamos conversar?

Claro que sim. Essa era a questão. E sozinho naquela cobertura, de repente hiperconsciente dos lábios dela, ele estava com medo do que poderia fazer só para evitar uma conversa.

— Certo, vamos conversar. Sobre tudo isso. Estou com você, Lai, foi um acordo péssimo. Não quero evitar falar com você sobre nada. Nunca mais.

Ele sentiu um aperto no peito e seu coração acelerar — ou tinha simplesmente parado? — quando disse aquelas palavras. Porque ele estava sendo sincero. Eles precisavam conversar. Embora, naquele momento, as únicas palavras que vinham à mente fossem todos os palavrões que ele nunca disse. Sua avó sempre lhe dissera que linguagem chula era um sinal de preguiça, mas naquele momento ele queria correr para o terraço de Brynn e Seb, se afastar do terraço da Taylor Swift (já que Laila nunca o perdoaria se ele acidentalmente xingasse a Tay Tay) e gritar cada uma dessas palavras preguiçosas a plenos pulmões.

— Mas vamos tomar um ar. Tá bom? — Ele não esperou por uma resposta antes de se virar e voltar para seu quarto, mas se forçou a parar quando a bagunça da cozinha entrou na sua visão periférica.

Vamos limpar isso mais tarde.

Ele respirou fundo e se virou de novo.

— Obrigado pelo café da manhã. Eu não consigo... — Era possível que seu coração acelerado continuasse subindo cada vez mais alto na sua garganta até que fizesse uma aparição tão atraente quanto a do presunto cuspido. — Não consigo dizer o quanto isso significou para mim. Você é... — As palavras estavam falhando. Tudo. Tudo estava falhando. Ele levantou as mãos e as cruzou sobre o coração (ou pelo menos onde seu coração estava antes de começar a tentar escapar) e sussurrou as únicas palavras dispostas a sair. — Eu te amo.

Palavras que disse a ela quase diariamente durante a maior parte de suas vidas. Essas palavras nunca o deixariam, mas agora ele não conseguia deixar de se perguntar se havia falhado com as palavras ao dizê-las tão facilmente... tão casualmente... tantas vezes. Pela primeira vez, elas pareciam inadequadas.

Ela sorriu para ele e franziu os lábios enquanto os mordia por dentro e claramente obrigava as lágrimas a não caírem.

— Eu também te amo. Vamos nos encontrar aqui em alguns minutos?

Cole assentiu e sorriu para ela, depois seguiu para o seu quarto. Mas não antes de permitir que seus olhos se demorassem um momento nas escadas no meio da cobertura. *Não. Agora não. Vá se vestir.* Ele voltaria mais tarde para dar uma bronca na Taylor Swift.

CAPÍTULO DEZESSETE

LAILA

Brynn e Sebastian nos deixaram com o número de Malik e, embora ele tenha dito que não havia problema algum em nos levar por aí ou mandar outra pessoa se a emissora o escalasse para dirigir para algum figurão, e embora tivesse insistido que levaria algo muito menos pomposo para nós dois, como "o Benz" ou algo assim (ah, *ok*... obrigada por nos manter com os pés no chão, Malik), eu nunca fiquei tão aliviada como quando Cole disse:

— Quer ver o quanto podemos nos perder em Nova York?

Mesmo a suspeita de que o que ele tinha em mente poderia envolver algumas recriações de cenas de *Esqueceram de Mim 2: Perdido em Nova York* (um filme que inexplicavelmente contava como seu filme de Natal favorito desde que tínhamos 8 anos) não poderia arruinar minha aprovação total daquele plano.

— Eu me sinto tão mal pelo quanto odiei o dia de ontem — falei enquanto saíamos para a North Moore Street. — Sei que provavelmente deveria ser grata por termos acesso direto às entradas, evitarmos multidões e visitarmos esses lugares incríveis, mas...

— Ah, eu concordo. — Ele se certificou de que tinha todas as chaves e então verificou se a porta externa do prédio estava trancada. Em seguida, estendeu o braço para que eu descesse na frente dele as escadas pretas de metal ondulado. — Parecia que estávamos no New York-New York em Vegas ou algo assim. Como uma versão *quase* realista da Nova York que eu imaginava.

— Exatamente! — Fomos para a calçada e andamos até o cruzamento de *Os Caça-Fantasmas* com John-John. Olhamos para a esquerda e depois para a direita, e então eu peguei meu celular para olhar o mapa.

— Não se atreva! — Ele pegou o celular da minha mão e o segurou acima da minha cabeça, fora do alcance. — Olha, esse é o problema com vocês, crianças, hoje em dia. É por isso que *Esqueceram de Mim* nunca daria certo na era moderna. Os McCallister teriam apenas ligado um para o outro, ou mandado mensagem, provavelmente. Problema resolvido. Ou pior, alguém teria recebido uma notificação de que Kevin não estava mais com eles e tudo o que teriam que fazer era refazer seus passos por um minuto, não, desculpe, pedir à Siri para levá-los até sua localização e bum. Já era.

— Sim, teria sido horrível se os piores pais do mundo tivessem encontrado uma maneira de rastrear o filho.

Ele abaixou os braços, mas segurou meu celular e o puxou para fora do alcance quando tentei pegá-lo.

— Por favor, não degrade Peter e Kate McCallister assim na minha presença. *Eles* não eram os piores. A grande família deles era horrível.

— Nova-iorquinos com suas cabeças baixas e AirPods nos ouvidos passaram por nós dos dois lados, não prestando mais atenção em nós do que estávamos prestando a eles. — O grande problema deles foi tirar todas aquelas férias juntos. Absurdo.

Cruzei meus braços enquanto dava risada.

— Sim, lembro de ler sobre isso na sua redação de Sociologia do segundo ano do ensino médio. Como era o nome? "Não acredito que isso aconteceu de novo: um estudo de caso" ou algo assim?

— Acho que você sabe muito bem que se chamava "E ainda assim eles nunca perderam a bagagem: uma pesquisa sobre estilos parentais do final do século XX". — Ele sorriu e me entregou o celular. — A questão é que a tecnologia moderna reduziu a possibilidade de se perder. E claro, tanto faz, suponho que se possa argumentar que, quando se trata de crianças de dez anos pegando o avião errado e vagando pelas ruas de Nova York sozinhas, fazer amizade com mulheres sem-teto e algo do tipo, *talvez* a tecnologia seja nossa amiga. Mas hoje você e eu vamos andar por aí, tá bom?

Eu estava usando uma calça cargo de cintura alta que eu mesma tinha feito. Eu havia costurado bolsos extras, além do que o modelo pedia e usei a calça hoje para não ter que carregar uma bolsa. Em vez de colocar meu celular no bolso habitual, coloquei-o em um bolso acima do joelho e abotoei a calça.

— Pronto. Feliz?

Ele assentiu.

— Estou, obrigado.

— E aí, para onde vamos?

— Aqui está o que consegui descobrir sobre Nova York ontem enquanto estávamos no carro: o World Trade Center fica ao sul; o Empire State Building e outras coisas ficam ao norte.

— Uau. Impressionante, praticamente um navegador.

Fazia um tempo que não fazíamos uma viagem juntos. Tinha esquecido o quão inútil ele era em termos de navegação sem ter montanhas como guias e o quanto eu sempre me divertia às custas dele por isso.

Dei um giro de 360 graus.

— Para qual lado?

Ele sorriu para mim.

— Você sabe exatamente onde estamos, não é?

Eu balancei a cabeça negativamente.

— Não exatamente, mas eu dei uma olhada em um mapa do metrô de Manhattan ontem no MoMA e tenho certeza de que "outras coisas" são por aqui. — Eu apontei para a esquerda. — Mais da ilha disponível para se perder, então... — Eu o direcionei com minha cabeça e ele riu e repetiu o gesto de que eu deveria ir primeiro e ele seguiria.

Começamos a caminhar pela Varick Street e eu estava fascinada por tudo que via. Tive que lutar contra a compulsão de pegar meu celular, não para obter direções, mas para tirar fotos de cada coisinha. Placas indicando a Ponte Williamsburg e o Holland Tunnel. Carros da polícia de Nova York. Mas decidi seguir as dicas dele por enquanto. Estávamos vagando e desconectados. Juntos. E embora ainda não tivéssemos conversado sobre as coisas que precisávamos conversar, estávamos conversando. Dando risada. Parecia normal. Talvez um pouco melhor do que o normal. Eu não tinha pressa em acabar com isso.

— Pronta para conversar?

Bem, acabou.

— Estou pronta quando você estiver. — Apontei para a frente quando um semáforo de faixa de pedestres sinalizou para atravessarmos a Canal Street e ele assentiu. Olhamos para os dois lados e corremos enquanto o tempo se esgotava.

Ele estava com as mãos nos bolsos da calça jeans e sua postura parecia retraída. Chegamos a outro cruzamento, um muito maior na entrada do Holland Tunnel, e de repente havia uma multidão e congestionamento de veículos onde antes estava relativamente tranquilo. A contagem regressiva para os pedestres começou, Cole agarrou minha mão e correu comigo. Quando chegamos à esquina do outro lado, havia um pequeno parque com uma escultura que parecia três porcas sextavadas vermelhas, gigantes e empilhadas, mas acho que em Nova York isso era arte.

Ele continuou segurando minha mão e me puxou para o lado perto da cerca do parque. Pessoas que também estavam com pressa para atravessar a rua passaram por nós e ele as observou irem embora. Eu apenas o observei.

— O que foi?

Os olhos dele encontraram os meus.

— Tem algo que você acha que não devemos falar? Ou... — Ele balançou a cabeça. — Quer dizer, tem algo que não devemos falar? Algo fora dos limites?

— Claro que não.

— Não, estou falando sério, Laila. Não estou falando só porque dissemos que podemos falar sobre qualquer coisa e porque sempre fizemos isso. O que quero dizer é... você acha que já evitamos certos assuntos? Talvez intencionalmente, talvez não. Acha que tem algo que... — Ele olhou para baixo e percebeu que ainda estava segurando minha mão e a soltou, deu um passo para trás e cruzou os braços. — Você acha que tem algo de que não nos recuperaríamos?

Eu não fazia ideia do que estava acontecendo. Não fazia ideia do que o tinha assustado. Mas sabia a resposta para essa pergunta.

— Com certeza não. — Imitei a postura dele e me preparei para o que estava por vir.

Ele começou a andar mais uma vez e eu o acompanhei.

— Você já pensou em nós como um *nós*? — Os olhos dele dispararam para o lado, mas quando viu que eu estava olhando para ele, olhou para a frente de novo.

Eu, enquanto isso, teria que confiar que ele não me deixaria bater em um poste de luz nem pisar em um bueiro aberto. Não havia uma única esperança no mundo de que eu olharia para outro lugar que não fosse para ele naquele momento.

Eu estava falando sério. Eu acreditava. Eu *ainda* acreditava, mesmo agora, sabendo que *essa* era a conversa que ele estava se perguntando se poderíamos sobreviver. Sim. Claro. Claro que nos recuperaríamos. Eu nem deixaria chegar a esse ponto. O ponto de exigir recuperação. Não sabia o que estava fazendo com que ele fizesse a pergunta, mas era apenas mais uma coisa. Mais uma coisa que aparentemente *agora*, por algum motivo, precisávamos conversar. Mais uma coisa em uma vida inteira de coisas.

Finalmente desviei meus olhos dele e olhei para a frente, não que eu estivesse realmente vendo alguma coisa. Prédios. Pessoas. Carros. Eram as minas terrestres da conversa que me aterrorizavam. Por que ele estava perguntando isso? Medo, provavelmente. Medo de me perder. Medo da mudança. Talvez o medo estivesse fazendo com que pensasse estar sentindo coisas que não estava.

Ou, de alguma forma, dei a ele a impressão de que *eu* estava sentindo essas coisas? Talvez fosse isso. E *isso* o estava assustando porque pensou que eu faria algo desesperado para impedi-lo de me deixar. Se fosse isso, quão patética eu tinha parecido naquela manhã, dizendo que faria qualquer coisa por ele? Cozinhando para ele a fim de provar que eu falava sério.

Foco, Laila. Foco. Ele fez uma pergunta. Apenas responda à pergunta.

Não. Coma. Seria melhor. Precisávamos começar por aí.

De repente, eu estava morrendo de fome. Eu tinha quase certeza de que não iria querer comer de novo por um tempo, depois de todas as torradas, ovos e bacon (sim, originalmente havia bacon) que eu tinha mordiscado enquanto assistia a vídeos no YouTube de pessoas cozinhando torradas, ovos e bacon. Quando o último pedaço de bacon acabou, eu não consegui procurar vídeos sobre presunto. Não me esforcei muito com o presunto.

COLE E LAILA SÃO APENAS AMIGOS 163

Parei em frente a um Shake Shack e gritei o nome de Cole quando ele continuou andando sem mim. Um pouco confuso, ele se virou, me viu e voltou correndo.

— Com fome? — perguntei.

— Está falando sério?

— Desculpa, não estou evitando a pergunta. Eu só...

— Não, eu só quis dizer depois daquele café da manhã que tomei? — O canto dos lábios dele se levantou enquanto eu ria. — Sim, estou morrendo de fome. Sem ofensa. — Ele olhou ao redor: um restaurante de comida chinesa, uma pizzaria, um bistrô, depois olhou de volta para mim, com as sobrancelhas levantadas. — Você não quer Shake Shack, quer?

— Por que eu não iria querer? É sinônimo de Nova York. Além disso, estava delicioso quando comemos aquela vez...

— No New York-New York, Laila. De novo, estamos *em* Manhattan. Você não quer experimentar...

— Quero batata frita.

Ele sorriu para mim.

— Tem um McDonald's do outro lado da rua. Por que não vamos lá?

— Olha, não teriam escolhido o Shake Shack como um dos restaurantes para representar Nova York em Las Vegas, para muitas pessoas que nunca vão chegar a vir a Nova York, a menos que fosse autêntico.

— Tem razão. — Ele assentiu. — Vegas se trata de autenticidade. O que me lembra, vamos ter certeza de andar naquela montanha-russa que circula em cima do Grand Central Terminal, em frente ao Empire State Building e ao redor da Estátua da Liberdade antes de deixarmos a cidade. Por mais legal que fosse a do New York-New York, aposto que a original é...

— Muito engraçado. — Olhei em volta para todas as outras opções e, em seguida, agarrei o braço dele e o puxei para o Shake Shack. — Seja um bom menino e eu compro um sorvete para você.

→ ·←

Estávamos à vontade e casuais de novo enquanto esperávamos por nossa comida. Conversamos sobre passar pelo Holland Tunnel e passamos muito tempo tentando lembrar o título do filme horrível dos anos 1990 de Sylvester Stallone onde o Holland Tunnel explodiria ou algo assim (se eu tivesse pegado meu celular, teria conseguido instantaneamente descobrir que o filme era *Daylight*. Claro que eu também poderia ter descoberto que *Daylight* era sobre o Lincoln Tunnel. Não o Holland Tunnel). E depois tentamos lembrar da citação de Buddy, o duende, enquanto ele contava sua jornada do Polo Norte até Nova York, mas assim que definimos isso, lembramos que era sobre o Lincoln Tunnel também.

No final das contas, não tínhamos certeza de por que deveríamos nos importar com o Holland Tunnel.

Por outro lado, por fim, estávamos aproveitando nossos hambúrgueres e batatas fritas (e milk-shakes, como prometido) e decidi que era a hora certa de voltar ao assunto.

— Como assim?

Ele inclinou a cabeça.

— Eu não disse nada.

— Não, quer dizer... sua pergunta. Você perguntou se eu já tinha pensado em nós como um *nós*. — Eu sabia que precisávamos conversar sobre isso. Sabia que ficaria tudo bem. Mas todo esse conhecimento não impediu que minhas bochechas esquentassem enquanto eu repetia as palavras. — Só estou perguntando... Como assim?

— Ah. — Ele largou o hambúrguer e começou a evitar meus olhos de novo. — Sabe, acho que... de maneira romântica. Ou algo assim. Mais do que apenas amigos.

— Eu não estava perguntando o que você quis dizer com nós como um *nós*. Eu entendi. — Revirei os olhos. Mais para mim mesma, percebi que não tinha formulado a pergunta muito bem. Mas, na verdade, nós dois estávamos tão estranhos quanto podíamos estar sobre a coisa toda. — Só estou me perguntando o que você quis dizer quando perguntou se eu tinha pensado sobre isso.

Ele me estudou enquanto mastigava as pontas de três batatas fritas.

— Desculpe, acho que não entendi o que você...

— Quer dizer, você está perguntando se o pensamento já passou pela minha cabeça? Tipo, contato acidental? Não contato acidental entre você e eu. Digo, os *pensamentos* não sendo nada mais do que contato acidental. No meu cérebro, quero dizer.

— Não, entendi. Tipo... como pensamentos passando rápido demais e não pousando.

— Exatamente. Ou você está perguntando se eu já considerei se isso poderia funcionar? Tipo, consideração séria. Prós e contras e pesando as repercussões e esse tipo de coisa.

— Hum... — Ele deu de ombros e pegou mais batatas fritas. — Os dois, eu acho?

— Ah. Certo. Então sim. Já.

Ele gemeu.

— Qual deles?

— Nós temos lido a mente um do outro e completado as frases um do outro a vida inteira, mas não estamos indo muito bem hoje. — Eu ri. — Isso é horrível, não é?

O pânico tomou conta dele.

— Não precisamos falar sobre isso. É por isso que eu não sabia se deveríamos...

— Não, Cole, não estou dizendo... — Fechei os olhos e esfreguei os dedos indicadores nas têmporas. — Os dois. Passaram rápido. E, eu acho, de vez em quando... pousou. Sim. Prós e contras etc. — Abri os olhos e o pânico desapareceu do rosto dele. Estávamos tão fora de sincronia naquele momento que eu não tinha certeza do que os olhos suaves e o meio sorriso representavam, mas eu conhecia os sinais reveladores do pânico de Cole Kimball. Não eram eles. — O quê? Por quê? Isso é ruim?

Ele balançou a cabeça.

— Não sei por que seria. — Ele pegou seu hambúrguer novamente e deu uma mordida.

Beleza, então já pensei a respeito disso. Foi tudo o que ele perguntou e foi tudo o que eu respondi. Eu também pensei em fazer uma tatuagem, aprender a andar de moto e talvez um dia furar algo além das orelhas (é verdade que essa passou rápido). Agora, é claro, o momento estava implorando por uma pequena reciprocidade.

— E você?

Ele me olhou com aqueles mesmos olhos suaves e aquele mesmo meio sorriso e mastigou lentamente. Diversão? Era isso que estava acontecendo? Eu simplesmente não conseguia entender.

Depois que ele engoliu, colocou o hambúrguer de volta na mesa e disse:

— E eu?

Beleza, *isso* era diversão. Nada cruel. Nada de provocação. Mas aquele brilho nos olhos dele... Alguma coisa tinha mudado. Ele estava relaxado de novo. O que poderia fazer ele relaxar num momento desses? Ou *eu* era a pessoa que estava errada? Eu estava pensando demais e surtando internamente por nada?

Espera aí, eu não estou surtando. Não, eu não estava surtando. Mas precisava da resposta dele e precisava agora.

— Não seja fofo, Cole. Vamos lá. Jogue limpo. Mesma pergunta. Você já teve pensamentos românticos rápidos e/ou de consideração séria sobre nós dois? E se sim... você sabe... qual deles?

Ele deu risada.

— Ótimo jeito de acabar com as brechas, Olivet.

— Muito obrigada. — *Agora responda a droga da pergunta antes que eu não pare mais de pensar nisso além do que já estou pensando.*

— Sinceramente?

Joguei uma batata frita no rosto dele. Acertei bem no nariz, fazendo-o olhar com surpresa antes de começar a rir tão alto que recebemos o olhar maligno das pessoas na mesa ao lado. Não importava. Não tirei os olhos dele.

— Tá bom — disse suavemente. — Desculpa, a verdade é que nunca tive pensamentos persistentes. Acho que nunca me permiti ter quando éramos jovens porque tinha que tomar cuidado, sabe? Lembro-me de sempre pensar em como seria triste se Addie e Wes terminassem. Eu sabia que tudo teria sido arruinado, não apenas entre eles, mas entre todos nós. E então, quando eu e Brynn consideramos a ideia de ficarmos juntos, foi simplesmente insano. Tão estranho. Então, obviamente não ia dar certo e tudo bem. Mas lembro de sentir que poderia ter sido muito ruim se eu e ela tivéssemos começado a sentir algo um pelo outro dessa forma e *então* não desse certo, como inevitavelmente nunca daria.

COLE E LAILA SÃO APENAS AMIGOS 167

Ele pegou um guardanapo e limpou o sal e a gordura dos dedos — e do nariz — e depois se acomodou de volta na mesa.

— E logo Addie e Wes *realmente* terminaram e isso *realmente* estragou tudo, assim como sempre soube que aconteceria. Daquele ponto em diante, nem precisei tentar não ter esses pensamentos sobre você porque não havia chance de eu deixar que isso acontecesse com a gente.

Estendi a mão e a coloquei sobre a dele do outro lado da mesa. Instintivamente entrelaçamos nossos dedos. Ele os estudou e se inclinou para a frente enquanto virava sua mão para que a minha ficasse por cima, e então ele começou a traçar o contorno da minha mão com os dedos da outra mão.

— Eu não gosto da expressão "apenas amigos" — sussurrei. — Não gosto da implicação de que há uma hierarquia de relacionamentos. E se há uma hierarquia, como alguém ousa minimizar a amizade? A amizade não é *tudo*?

Seu pomo de adão saltou em sua garganta enquanto ele assentia.

— Sim — disse ele em concordância suave e grave. Levantou minha mão e beijou os nós dos meus dedos, e manteve meus dedos contra seus lábios enquanto se curvavam em um sorriso. — É tudo.

O calor da respiração dele contra minha mão causou uma faísca inesperada no centro do meu abdômen, e uma inspiração involuntária ameaçou dar a ele o oxigênio necessário para tudo pegar fogo. Meu dedo indicador se contraiu, ameaçando erroneamente se isolar de seu aperto e roçar seus lábios ainda abertos. Mas a rebelião acabou quase antes de começar, pois consegui retomar o controle do dedo, da minha respiração e do barril de pólvora de emoções que estava na boca do meu estômago, e então sorri para ele com um sorriso de *status quo*, convencida de que combinava perfeitamente com o dele.

Ele fechou os olhos brevemente e beijou minha mão mais uma vez antes de soltá-la e abrir os olhos.

— Bem. — Ele pigarreou e começou a amassar nossas embalagens e juntar os copos. — Obrigado por ter esse tipo de conversa estranha comigo. Só pensei que talvez devêssemos falar disso. — Ele esfregou os olhos com força e esticou os braços acima da cabeça enquanto dizia:

— Acho que posso ser normal de novo agora. Desculpe. — Ele deu de ombros, revirou os olhos e então olhou para o relógio. — Quer voltar para a estrada para "outras coisas"?

Sorri para ele.

— Pode apostar. Só preciso dar uma passada rápida no banheiro primeiro, se estiver tudo bem.

Ele pegou nossas bandejas enquanto nos levantávamos.

— Acho que farei o mesmo depois de jogar o lixo fora. Nos encontramos lá fora?

— Legal. — Eu me virei e comecei a andar em direção aos banheiros perto do caixa, mas então dei meia-volta e corri até ele, encontrando-o na lata de lixo no momento em que ele empilhava as bandejas em cima dela. — Ei, Cole, da próxima vez que quiser dizer algo... fale primeiro, tá bom? Assim não preciso tentar interpretar o que está acontecendo e fazer meu cérebro louco pensar demais sobre tudo. — Coloquei a língua para fora e fiz uma careta, fazendo-o rir enquanto assentia.

— É um bom lembrete. Entendi.

— Porque isso não foi tão ruim, foi? — Joguei meus braços em volta do pescoço dele e o forcei contra mim. E então segurei firme. Os músculos dos braços e ombros dele relaxaram enquanto me envolviam e então se contraíram quando ele me puxou para mais perto e me levantou na ponta dos pés. — Viu? Não há nada a que não possamos sobreviver. — Eu o soltei do meu aperto, rindo enquanto ele me abaixava para minha altura normal. — Isso não é nada comparado a quando você me forçou a admitir que não gosto de *Duro de Matar*.

— É... ainda estou me conformando com isso. — Ele piscou e depois gesticulou em direção ao banheiro com o queixo. — Vai lá. Nos vemos lá fora.

— Tá bom. Nos vemos lá fora. — Sorri e fui saltitando para o banheiro feminino, acenando para ele enquanto me virava e fechava a porta.

E, em seguida, a tranquei.

E logo o sorriso deu lugar a uma enxurrada de lágrimas e à incapacidade de respirar. A incapacidade de pensar. A incapacidade de dar sentido a qualquer coisa.

Nós tínhamos um acordo de sempre conversar sobre as coisas. De não criar respostas um para o outro sem dar um ao outro o benefício de ser questionado. Isso pode não ter sido um acordo verbal, mas era com certeza o nosso acordo. Então eu sabia que se o que tínhamos acabado de falar estava me incomodando, eu precisava perguntar a ele por que *ele* estava pensando sobre tudo isso. Sobre *nós*. Por que esse era um tópico que ele precisava discutir?

Mas como eu poderia fazer isso? Como eu poderia trazer isso à tona de novo e forçar esse constrangimento? Um constrangimento que agora estava resolvido do lado dele, pelo que parecia.

E, no final das contas, que bem isso poderia fazer?

Durante toda a minha vida eu presumi que ele nunca tinha pensado sobre isso. Havia algo *lindo* em pensar que ele nunca tinha pensado sobre isso. Algo puro e absoluto. Algo que me fazia sentir tão especial. Talvez ele pensasse nisso algum dia, talvez não. Não importava. Na verdade, não. Todo mundo viu e é claro que eu vi. Nós éramos perfeitos juntos. Feitos um para o outro. Duas metades da mesma laranja, blá-blá-blá... Todas essas coisas sobre as quais as pessoas falavam de maneiras amorosas. Isso se aplicava tanto a nós. *Mais*, até. Melhores amigos? Sem dúvida. Almas gêmeas? Quem sabia o que isso realmente significava, mas sim. Isso mesmo. A única coisa que não tínhamos era romance. E isso era bom. Cole simplesmente nunca tinha pensado sobre isso.

Exceto, aparentemente, que ele tinha. E ele tinha descartado. E eu amava o motivo dele para descartar isso. Era perfeito. Era *ele*. Era por causa do quanto ele me amava. O quanto ele *nos* amava.

Mas agora eu sabia. Pela primeira vez na minha vida, eu sabia.

"Talvez algum dia" não existia mais.

CAPÍTULO DEZOITO

COLE

"E então ontem de manhã um pensamento surgiu e em vez de afastá-lo como um mosquito antes que ele tivesse a chance de se acomodar, eu o deixei pousar em mim. E em vez de esmagá-lo ou sacudi-lo antes que ele pudesse causar muito dano, eu apenas fiquei lá observando-o engordar cada vez mais com o sangue que eu estava lhe fornecendo."

Beleza… com certeza não foi assim que ele disse.

"*Você teve esses pensamentos? Legal. Por favor, me ensine como ser tão pouco afetado por eles quanto você claramente é. Que feitiçaria é essa que você pratica?*"

Não. Ainda não está certo.

"*Eu nunca tive esses pensamentos. Mas desde ontem de manhã, eles parecem ser os únicos pensamentos que sou capaz de ter.*"

Não é perfeito, mas está melhor.

Claro, não importava. Não importava o que ele queria dizer, planejava dizer ou precisava dizer. Ele não disse nada. Quando a situação chegou ao limite e a oportunidade para declarações emocionais instáveis que abririam a porta para respostas imprevisíveis e potencialmente destruidoras de amizades se apresentou, ele se acovardou e não disse uma palavra.

Mas será que ele se acovardou? Sério? Claro, naquele momento, enquanto eles continuavam caminhando pela Varick em silêncio, parecia que sim. Mas ele tinha certeza de que o futuro da amizade deles agradeceria mais tarde. A conversa deles lhe ensinou duas coisas que ele não sabia antes:

1. Laila já tinha pensado sobre isso. Não apenas os pensamentos passaram rapidamente, mas também aparentemente pousaram. Foi isso que ela disse, certo? Fez todas as listas de prós e contras. Pesou as possibilidades. E se havia algo que ele sabia sobre sua melhor amiga era que ela era muito mais inteligente do que ele. Ela considerou isso e escolheu não prosseguir. Ele não questionaria a escolha dela nem presumiria que ele tinha pensado em algo em vinte e quatro horas que ela não tinha pensado durante toda a vida deles juntos.

2. Era normal que ele estivesse tendo os pensamentos que estava tendo. Era normal que imagens incômodas tivessem se infiltrado na sua mente inconsciente e o fizessem considerar possibilidades, sentir coisas novas e pensar em coisas novas. Tinha um motivo para que aquelas comédias românticas que Laila amava usassem esse tipo de tática o tempo todo. Tinha um motivo para que aquela com Billy Crystal e Meg Ryan fosse construída em torno dessa mesma situação de homens e mulheres serem amigos — menos cerca de trinta anos juntos e adicionando muito laquê. Tinha um motivo para que naquela outra o Tom Hanks perguntasse à Meg Ryan se ela achava que algo poderia ter acontecido entre eles se não tivessem se conhecido nas circunstâncias em que se conheceram. E não era só que conhecer Meg Ryan era amá-la.

Somos obcecados com o que vem a seguir. Somos obcecados com a ideia de que tem que haver mais.

Mas Laila estava certa. O que mais poderia existir além do que eles já tinham?

— Aquela placa diz que estamos na Seventh Avenue — disse ela, quebrando o silêncio que existia entre eles desde que deixaram o Shake Shack. Ela olhou para trás. — Nós saímos de Varick em algum lugar?

Cole se juntou a ela olhando para trás. Ele ainda conseguia ver a placa verde do Shake Shack.

— Não, acho que não. A Varick deve ter virado Seventh, eu acho.

Ele não fazia ideia de quando ou como isso tinha acontecido, mas o dia era sobre se perder, certo? Finalmente, talvez eles estivessem no caminho certo.

— Vamos continuar indo para o norte.

Ela riu.

— Olhe para você. Falando palavras difíceis como *norte*.

— Desculpe. Erro meu. Eu quis dizer "em direção a outras coisas".

Eles atravessaram um cruzamento de uma faixa e começaram a comentar sobre a arquitetura por onde passavam. Não de uma forma refinada e informada. Laila era obcecada pelos vídeos da *Architectural Digest*, nos quais você podia olhar ao redor das casas de celebridades, mas, fora isso, eles não eram amantes da arquitetura. Mas cada edifício aqui era tão diferente de tudo que eles poderiam encontrar na sua pequena cidade nas montanhas. Em Tribeca (eles ainda estavam em Tribeca?), viviam cercados por tijolos vermelhos e marrons escuros, sem nenhum telhado de pinho ou Pro-Panel à vista. E, embora não precisasse procurar muito em Adelaide Springs para encontrar artefatos e até mesmo moradias em penhascos milagrosamente intactas e kivas da tribo Ute que migrou por lá nos anos 1300 e a história da mineração de prata no século XIX que estava escrita em praticamente cada acre de terra, eles ainda não conseguiam parar de comentar sobre como muitos dos edifícios ao redor pareciam muito mais antigos do que qualquer um que já tinham visto em sua terra natal.

— Você acha que os primeiros colonos holandeses viveram lá? — perguntou Laila enquanto passavam por um prédio de tijolos vermelhos antigo que agora abrigava um bar esportivo.

— Não acho que os primeiros colonos holandeses construíram esse tipo de estrutura, construíram?

— Não faço ideia.

Ao lado do bar, havia uma estrutura cinza de seis andares que parecia ter sido dividida ao meio, como um trailer duplo que teve que ser dividido em dois caminhões separados para ser movido. Mas havia perdido sua outra metade.

Ela parou e estudou o prédio.

— Você acha que era uma fábrica têxtil?

Ele olhou para ela e riu, e então olhou para cima novamente e tentou analisar seriamente.

— Sim, eu não faço ideia mesmo. Acho que pode ter sido. Seja lá o que for, eu gosto do que fizeram com as escadas de incêndio. É muito, hum... qual é a palavra?

— Eu acho que a *Architectural Digest* se refere a isso como Sobrevivencialismo Neogótico.

COLE E LAILA SÃO APENAS AMIGOS   173

Cole soltou uma risada e então rapidamente se conteve e levou a mão ao queixo, copiando a pose dela de estudante séria.

— Ah, claro.

— Sarah Jessica Parker e Matthew Broderick decoraram a casa deles nesse estilo, do chão ao teto.

Ela abandonou a expressão estoica e piscou para ele. Eles começaram a andar mais uma vez, Laila perguntando sobre quase todos os edifícios pelos quais passavam se Cole achava que tinha alguma relação com os primeiros colonos holandeses ou fábricas têxteis. Como se viu, ela tinha lido cerca de dois parágrafos da página da Wikipedia de Tribeca antes de cochilar na noite anterior.

Ao mencionar a noite anterior, ele finalmente conseguiu fazer a pergunta que deveria ter feito logo de manhã.

— Desculpe. Nem perguntei como estão suas costas hoje. Você parece melhor.

— Ah, sim, estou bem. Quase não consigo sentir minhas costas mais.

— Hum, isso se chama paralisia, Lai. Talvez você queira dar uma olhada. — Uau. Nada como recorrer a uma piada de tiozão quando está tentando evitar a culpa. Ela foi gentil o suficiente para responder apenas com um gemido bem-humorado. — Sério, estou feliz. E sinto muito por ter confiscado seus comprimidos. Espero que não precise deles.

Ela balançou a cabeça.

— Eu nem pensei neles, para ser honesta.

O silêncio se instalou entre eles novamente. Claro que sim. Ela ainda tinha que ter perguntas. Por mais magistralmente que ele quisesse acreditar que havia resolvido as coisas entre eles no Shake Shack, ela provavelmente ainda estava tentando entender tudo. Ele não tinha dúvidas de que ela o conhecia bem o suficiente para estar incomodada pela sensação de que estava esquecendo de algo. E ele a conhecia bem o suficiente para entender que o silêncio que eles estavam experimentando no momento era resultado da mente dela voltando ao que estava focada quando não estava pensando em suas costas doloridas. Sim, era só uma questão de tempo até que ele tivesse que...

Espera aí.

Cole praticamente derrapou até parar no meio da calçada e, embora estivesse distraído demais para se importar muito, ficou superimpressionado com a maneira como os nova-iorquinos de cabeça baixa e capuzes bem apertados, ou via FaceTime ou empurrando caravanas de crianças em carrinhos de bebê, o evitavam habilmente sem perder o ritmo. Mas ele passaria suas observações sobre isso mais tarde. Nesse momento...

Bedford. Bedford, Bedford, Bedford...

Por que ele sabia o nome daquela rua? E por que a sensação indescritível do bairro de repente pareceu inexplicavelmente familiar? Por que ele teve uma sensação de *déjà vu* só de olhar para o nome daquela rua em uma placa?

Ele enfiou a mão no bolso e tirou o celular.

— De jeito nenhum! — Laila protestou imediatamente. — Temos um acordo. Estamos neste momento completamente perdidos em Nova York...

— Sério, Lai? — Ele levantou os olhos do celular e apontou para o caminho que eles estavam andando. — Um pouco mais de 1 km para lá. Vire à direita no *Caça-Fantasmas*.

Ela cruzou os braços e bufou.

— Beleza, sr. Navegador. Quem é todo grande, durão e Wouter van Twiller agora?

Ele levantou os olhos novamente.

— *O quê?* Que palavras são essas que você está dizendo?

— Parece que *alguém* precisa relembrar a história de Tribeca.

Cole sorriu e voltou sua atenção para o celular.

— Sinto muito por quebrar o acordo, mas prometo... se eu estiver certo sobre o que acho que estou certo, você não vai ficar chateada por muito tempo. — Ele digitou mais algumas letras e rolou para baixo e então olhou de volta para ela enquanto todo o seu rosto se contorcia em um sorriso confiante. — Ah, cara. Certo, pronta para fazer um pequeno desvio?

Ela deu de ombros.

— Eu saberia a diferença?

— Vamos lá. — Ele agarrou a mão dela e começou a puxá-la para baixo na Bedford. Ele não conseguia acreditar que tinha reconhecido a placa e esperava que ela não estivesse olhando para cima ainda, porque ela *definitivamente* reconheceria a placa. E ela não teria que quebrar o acordo e sacar o celular para verificar. Uma coisa de raio trator de sexto sentido no estilo radar provavelmente entraria em ação a qualquer momento, como a nave mãe chamando-a para casa.

— Isso é muito legal — comentou ela, olhando para como *30 km/h* estava pintado no chão conforme a rua ficava mais estreita.

Quanto falta? Quanto falta?

E então ele viu um grupo de turistas (corrigindo, ele viu vários grupos de turistas) saindo com câmeras apontadas para cima na próxima esquina.

Ele parou na frente dela, no meio da rua. Não havia carros vindo na sua direção. Era como se tudo tivesse unido forças para lhe dar essa oportunidade perfeita de fazê-la feliz. De *vê-la* ser feliz. Esse era seu passatempo favorito.

— Laila Evangeline Olivet, o quanto você me ama?

Ela riu e manteve contato visual com ele.

— Você sabe... a quantidade normal.

Antes que ele dissesse outra palavra, antes que arriscasse que ela olhasse para qualquer lugar que não fosse nos olhos dele, ele pegou o celular mais uma vez, clicou no ícone da câmera e começou a filmá-la.

A risadinha dela se transformou em uma risadinha envergonhada.

— O que você está fazendo?

Cole deu um passo para o lado. Ela continuou observando-o, mas fora da tomada da câmera ele apontou para o prédio de tijolos cor de canela com o primeiro andar pintado de vermelho na esquina da Bedford com a Grove.

Confusão e consternação permaneceram no rosto dela por cerca de dois segundos, e então seus olhos se arregalaram, as mãos voaram até a boca e ela começou a correr para se juntar aos grupos de turistas.

Cole riu e depois se arrependeu. Ele não queria que o som de sua voz interrompesse o vídeo dela, mas não conseguiu evitar. Não conseguiu evitar rir da animação no rosto dela, dela apontando o dedo de maneira selvagem e do choque que a deixou de queixo caído.

— Você sabe quem mora aqui? — perguntou ela em uma voz muito alta, como quando está passando por uma passagem na montanha e não percebe que seus ouvidos não estalaram. Ela conseguiu desviar os olhos o suficiente para olhar para ele e então correr de volta para o meio da rua, agarrar a mão dele que não estava segurando a câmera e puxá-lo para a esquina com ela. — Cole, você sabe quem mora aqui?

— Claro que sei. — Ele simplesmente não conseguia parar de rir. — É por isso que estamos aqui, bobinha.

— Este é o prédio de apartamentos da Monica e da Rachel.

— Sim, eu sei.

— E do Chandler e do Joey. E...

Ela desapareceu enquanto voltava sua atenção para o outro lado da Bedford. O lado não *Friends* da Bedford. Olhou para o prédio de apartamentos branco de vários andares, que parecia ter grades nas janelas, e então suas mãos caíram do rosto e pousaram nos quadris, e ela se virou e olhou para longe dele. Ela começou a olhar para o prédio do outro lado da Grove. Não era o momento para discutir isso, mas seu primeiro pensamento sobre aquela estrutura, com seus painéis brancos lindamente deslocados, persianas vermelhas e molduras ornamentadas, foi que talvez ela tivesse sido pelo menos inspirada pelos primeiros colonos holandeses.

— O que você está olhando? — perguntou ele, mais uma vez não gostando que sua voz estivesse no vídeo, mas desesperado para voltar à parte em que Laila estava eufórica em vez de contemplativa.

— Estou tentando descobrir onde o Cara Feio Pelado morava.

— Já falamos sobre isso. Lembra? Eles não são reais, Lai. Diga comigo...

— Cala a boca. — Ela sorriu para ele e então se virou para encarar a atração principal. — Aah!

Lá vamos nós. Os olhos dela estavam do tamanho de lindas e brilhantes bolas de golfe de novo. Ela agarrou a mão dele mais uma vez e o puxou alguns metros até o meio-fio.

— Essa é a placa. Bedford e Grove. Lembra? Essa é a placa que eles sempre mostravam na transição entre as cenas. — Ela inclinou a cabeça e cruzou os braços enquanto seu entusiasmo era um pouco abafado mais uma vez pela realidade. — Bem, isso é decepcionante.

Ele seguiu o olhar dela para o primeiro andar vermelho onde *The Little Owl* estava escrito no toldo.

— Nada de um sofá laranja grande ou algo do tipo, hein?

— Não me entenda mal... Não achei que o Central Perk estaria aqui. Mas não percebi que não teria *nada* aqui. Já que é um restaurante, talvez até uma cafeteria, pelo que parece? Por que eles não pagariam o que tivessem que pagar para obter os direitos de transformá-lo no Central Perk? — Ela olhou para os turistas ao seu redor. — As pessoas viriam. Ah, sim, Ray... — Ela adotou sua versão de uma voz de James Earl Jones. — As pessoas definitivamente viriam.

Uma risada irrompeu do fundo do peito dele e ela sorriu de alegria. Cole a levou para o apartamento de *Friends*, e Laila retribuiu a referência à cultura pop com uma referência a *Campo dos Sonhos*. Quem tinha uma melhor amiga melhor do que ele? Ninguém.

Mas, de repente, ela franziu as sobrancelhas.

— Você ainda está filmando?

— Claro que estou.

Ela ficou tímida diante das câmeras, como sempre.

— Pode parar agora.

— Por que eu faria isso?

— Se você vai filmar, pelo menos filme o prédio.

— Acho que o prédio já foi filmado o suficiente. Se for filmado mais, ele vai desenvolver um complexo.

Ela bufou enquanto tentava se esconder atrás dele.

— Eu vi o que você fez lá.

Ele se virou e a colocou de volta no escopo de sua câmera no momento em que ela saiu do meio de um grupo de adolescentes posando juntas, gritando "Pivot!" em vez de "Xis!".

— Só estou dizendo, é a coisa mais fácil de conseguir. Você não acha?

— O que é?

Ela desistiu de fugir da câmera e começou a posar para ela. Foi uma transição perfeita — de tentar cobrir o rosto para agir como se fosse Marilyn Monroe parada sobre uma grade de metrô — e uma que ele tinha visto inúmeras vezes. Ele nunca se cansava disso. Provavelmente tinha mais filmagens de Laila flertando com a câmera usando seu armazenamento do iCloud do que todo o resto combinado.

— Central Perk. — Ela começou a andar em direção a ele como uma modelo de passarela, ficando na ponta dos pés como se estivesse usando saltos altos em vez de cano alto e sugando as bochechas como se tivesse feito uma promessa de não sorrir mais na Quaresma. — É a coisa mais fácil de todos os tempos.

— É bem fácil, concordo, mas tenho que discordar que é a mais fácil. — Cole se agachou na rua e apontou a câmera para ela enquanto fazia caretas de beijo para ele. — É, faça isso... É isso... Mais uma, assim...

Tudo estava sendo capturado em vídeo, é claro, mas ele começou a fazer efeitos sonoros de obturador de câmera e ela fazia uma nova pose a cada clique de sua lente imaginária.

— Então o que é?

— Dunkin' Punkin'.

O estoicismo sensual dela se desmanchou em risadas.

— O que é Dunkin' Punkin'?

— Bem, não é nada, porque o pessoal do Dunkin' Donuts não retorna minhas ligações. Mas *deveria* ser o nome do *latte* sabor abóbora e especiarias deles.

Ela pensou nisso por um momento.

— Isso é genial.

Ele deu de ombros.

— Eu sei.

— A coisa mais fácil de todos os tempos.

— É isso que estou dizendo.

A sessão de fotos acabou. Ela se virou para o prédio de *Friends*, e ele se levantou da posição agachada e parou de filmar. Tinha capturado alguns momentos que guardaria para o resto da vida e agora só queria estar *neste* momento com ela.

— Obrigada por me trazer aqui. — Ela se apertou sob a curva do ombro dele enquanto ele estendia o braço ao redor dela. — É pedir muito que todos os dias da minha vida excedam minhas expectativas, como acontece quando estou passeando com você?

Cole riu baixinho.

— Parece um pedido razoável. — E ele daria qualquer coisa para poder honrá-lo. Ele se inclinou, beijou o topo da cabeça dela e suspirou. — Estamos bem, certo?

Ele não tinha a intenção de perguntar. Na verdade, ele se sentiu bobo por perguntar, além de que nenhum filtro entre eles parecer, pelo menos para Cole, uma indicação sólida de que eles estavam, de fato, bem. Ele precisava que eles estivessem bem.

— Claro. — Ela envolveu os dois braços em volta do tronco dele e olhou para ele. — Estamos mais do que bem.

Ele estudou o rosto dela. Não em busca de sinais de que estava escondendo algo. Não em busca de indicações de que havia algo que ela não estava dizendo. Talvez ele devesse ter dito, mas isso simplesmente não lhe ocorreu naquele momento. Em vez disso, ele procurou por mais sinais da história deles escrita nas suas feições. Ela estava usando um pouco de maquiagem agora, mas ele gostava que ela nunca usasse excessivamente. Seria um crime cobrir as sardas na ponta do nariz. Ele consideraria uma afronta pessoal se ela de alguma forma cobrisse a pequena cicatriz acima da sobrancelha esquerda — aquela que ela ganhou quando estavam no jardim de infância e uma mamãe gralha interpretou a compaixão dela por seus filhotes como uma ameaça. E se os lábios dela fossem transformados em algo além daquele beicinho perfeito... Aquele que fazia seu lábio inferior parecer que estava se esticando para ele sem esforço algum... Aquele que ele não havia notado ao longo de quase quarenta anos, mas que ele não conseguia parar de ficar obcecado agora que seus olhos estavam abertos...

— Vamos continuar? — perguntou ela. — Ou devemos tentar entrar lá e ver se tem algum apartamento ridiculamente grande com aluguel controlado para onde possamos nos mudar? — Ela deu mais um aperto nele e então começou a caminhar de volta para a Bedford. — Vamos voltar por aqui, o que você acha?

Ela se virou e o encarou quando percebeu que ele não a tinha seguido.

— Você está bem?

Era melhor assim. Ela estava bem. Eles estavam bem. Ele estava...

Bem, ele não tinha muita certeza de como ele estava. Feliz parecia um pouco exagerado, com tudo o que ainda tinha para descobrir na sua vida. E os pensamentos que estava tendo sobre ela (não mais os pensamentos do tipo "no futuro" que seu sonho o havia forçado, mas o tipo "seria tão fácil beijá-la", o que parecia muito mais perigoso) meio que o privavam da capacidade de dizer que estava confortável e despreocupado. Mas ele estava se divertindo. Ele estava saboreando os momentos. Ele estava criando mais memórias.

Ele estava com Laila.

— Estou ótimo. — Correu até o meio-fio atrás dela quando um ciclista passou na frente dele. — Quem devemos ver agora? Will e Grace moram aqui perto? Quais policiais de *Law & Order* você acha que trabalham nessa área?

— Aah! Carrie Bradshaw não mora em West Village?

Cole olhou para trás, para o que exatamente, não havia como dizer.

— Onde fica West Village?

— Tenho quase certeza de que estamos *em* West Village.

— O que aconteceu com Tribeca?

— Ainda está lá. Os *Caça-Fantasmas* estão tomando conta do forte enquanto estamos fora. — Ela parou e olhou para ele, e ele deu de ombros, fazendo-a balançar a cabeça e rir. — Sua tarefa de casa para esta noite é pelo menos olhar um mapa.

E, em seguida, eles continuaram em direção a outras coisas, Laila sabiamente assumindo e liderando o caminho.

CAPÍTULO DEZENOVE

LAILA

Nós só nos perdemos — tipo, assustador-e-podemos-ser-assaltados-e-
-ou-comidos-por-ratos — duas vezes e nos sentimos muito bem com
isso. Claro que foi só na segunda-feira. Na terça-feira, depois que Cole
levou sua tarefa de casa a sério e estudou mapas até se sentir confiante
de que poderíamos prosseguir com segurança, decidimos tentar o metrô.

Eis o que você precisa entender sobre Adelaide Springs, Colorado.
Não há nada mais largo do que uma estrada de duas pistas por quilômetros ao redor e nos referimos a essa estrada de duas pistas como "a
rodovia". Não porque estamos tentando ser engraçados, irônicos ou algo
assim, mas porque é a rodovia mesmo. Também é a Main Street, e para o
pequeno pedaço de espaço em que ela corta o meio do centro da cidade
(por cerca de quatro quarteirões), nós a chamamos assim. Depois, os
prédios desaparecem e vira "a rodovia" de novo.

Lembra em *Carros* quando Sally levou Relâmpago McQueen para
aquele ponto de vista mais alto e mostrou a ele o panorama geral de
como Radiator Springs era em seu auge? Como os carros tinham que
passar pela cidade na Rota 66 para chegar ao seu destino? Bom, isso
era basicamente Adelaide Springs também. Exceto que em vez de um
sistema interestadual dando a todos uma maneira mais fácil e rápida
de nos contornar, eram atalhos de montanha. E, claro, havia a interestadual também, mais longe, para aqueles que queriam evitar as montanhas completamente.

E olha, eu entendo. Pense em como teria sido muito mais fácil para
Maria e o Capitão von Trapp escaparem dos nazistas se eles pudessem
simplesmente dar a volta.

Mas estou divagando. A questão é que, em Adelaide Springs, nossa existência não é sobre chegar a lugar nenhum rapidamente. Os atalhos consistem em não parar para falar com Maxine Brogan, a menos que você tenha tempo para ouvir sobre o suéter que ela está tricotando para o Príncipe Carlos Magno. A hora do rush é, na verdade, três minutos de rush, e só ocorre uma ou duas vezes por ano quando o neto precoce de Joan Parnell, Hayden, está de visita vindo de Oklahoma City (porque Joan acha adorável deixá-lo segurar a placa de parada do guarda de trânsito durante a chegada do ônibus escolar pela manhã, sabe). E o único viaduto do condado foi construído para a vida selvagem. Sério. Fica a cerca de 16 km dos limites da cidade de Adelaide Springs e quando você passa por baixo dele, pode praticamente ouvir os veados e alces fazendo lobby por uma nova taxa de imposto para que eles possam construir uma rotatória e talvez um Starbucks.

Tudo isso para dizer o seguinte: embora Cole e eu certamente fôssemos mais viajados do que muitas pessoas da nossa cidade, e eu gostasse de pensar que éramos ambos muito experientes, no geral, nada que tínhamos experimentado em nossas vidas nos preparou para o sistema de metrô de Nova York.

— Os vagões locais são mais rápidos — disse ele enquanto estávamos perto dos trilhos, olhando para as placas na estação Canal Street.

Começamos do mesmo jeito de ontem — passando pela John-John, à esquerda de *Os Caça-Fantasmas* em direção a outras coisas — mas com apenas algumas curvas não relacionadas a *Friends*, nos encontramos em Chinatown. Então exploramos um pouco por lá e comemos em um ótimo restaurante chinês onde, infelizmente, Cole pediu frango com gergelim e eu pedi carne com brócolis, assim como faríamos no Panda Express em Colorado Springs (ficamos muito decepcionados com nós mesmos e com nossa falta de espírito aventureiro, embora não tivéssemos reclamações sobre o sabor da comida).

Depois, decidimos conquistar o metrô. Então lá estávamos nós. Olhando para as placas enquanto as pessoas ao nosso redor exibiam conhecimento que as crianças do tipo "o tráfego de alces é uma loucura a essa hora do dia" simplesmente não possuíam.

COLE E LAILA SÃO APENAS AMIGOS 183

— Não acho que isso esteja certo — falei. — Por que o vagão local seria mais rápido que o expresso? "Expresso" não carrega uma expectativa de velocidade, bem ali no nome?

Ele refletiu sobre isso.

— Sim, faz sentido. Mas eu realmente acho que lembro de ter lido que o local era o que você deveria pegar se... — Ele parou de falar e se virou, olhando para a placa sobre as escadas que tínhamos acabado de descer. — Não. Retiro o que disse. Acho que você está certa. Mas este nos leva para o centro da cidade. Nós realmente queremos ir para o centro da cidade?

— Ele olhou para mim. — Onde fica o centro da cidade em Nova York?

Eu balancei a cabeça.

— Não acho que seja o centro da cidade, como a parte da cidade onde a cidade fica. Não como o centro de Denver, que é a parte onde o horizonte fica e essas coisas. Acho que é para baixo. Tipo, para o sul. Então, se você está indo para o centro da cidade, está indo para o sul, de onde quer que esteja.

Ele refletiu mais uma vez.

— Isso acaba com o que aprendi em todas aquelas músicas que falam da geografia das cidades, tipo "Uptown Funk".

Eu ri.

— Com certeza. E nem me faça começar a falar de "Downtown" de Petula Clark.

— Apesar que... — Cole levantou o dedo filosoficamente para sinalizar a epifania que ele estava tendo. — "Downtown Train" de Rod Stewart faz muito mais sentido agora. Na verdade, se fôssemos espertos, teríamos aprendido as lições ensinadas por "Downtown Train" e não precisaríamos ter essa conversa agora. A Autoridade de Trânsito Metropolitana deveria apenas transmitir essa música pelo sistema de anúncios.

Ele olhou através dos trilhos para as pessoas paradas do outro lado da plataforma e depois de volta para a placa sobre as escadas.

— Então, queremos ir para o centro ou para o subúrbio, local ou expresso? Linhas J... Z... N... Q...

Os destaques dos minutos seguintes incluíram Cole subindo as escadas correndo de um lado dos trilhos, pretendendo descer rapidamente do outro para ver o que dizia *aquela* placa, mas descobrindo rapidamente que os cartões ilimitados do metrô que achamos que fomos tão espertos em comprar não nos permitiam usar o mesmo cartão na mesma estação por dezoito minutos. Era outro dia, outra versão da minha fabulosa calça cargo com vários bolsos, e seu dinheiro estava lacrado nas minhas calças porque achamos que seria muito fácil tirar a carteira do bolso dele. O medo de Cole de não conseguir me alcançar do outro lado da catraca se um bandido do metrô me atacasse enquanto eu vasculhava todos os meus bolsos, tentando encontrar o seu cartão de débito para que ele pudesse comprar um passe unitário, nos fez reavaliar nossas estratégias de proteção contra assaltos dali por diante.

De qualquer forma, ele finalmente chegou ao outro lado e passamos alguns minutos gritando um com o outro através dos trilhos, tentando entender o que o outro estava dizendo enquanto os trens passavam rápido e os músicos de rua tocavam. Depois disso, houve o momento clássico em que tive que tirar uma lente de contato para poder puxar meu telefone o mais perto possível do meu olho, em uma tentativa de entender o mapa do metrô que estava estudando.

— É possível... simplesmente possível — Cole olhou para mim depois que ambos caímos, sem fôlego, com os olhos arregalados e rindo mais do que eu conseguia lembrar de termos rido — que depois de trinta anos, seu grau precise ser atualizado, Sophia.

Coloquei minha lente de contato, que estava precariamente equilibrada na ponta do meu dedo enquanto a vida acontecia ao nosso redor, de volta no meu olho enquanto acelerávamos na linha N em direção a Astoria–Ditmars Boulevard, o que quer que isso significasse.

➤ ⋅ ◄

E foi assim que acabamos no Bronx. Bom, não imediatamente. A linha N nos levou ao Queens, como algumas pessoas já sabiam que aconteceria. Nem preciso dizer que não sabíamos disso. Saímos por engano na Broadway, pensando que era *aquela* Broadway (não era) e depois pegamos o primeiro trem que voltava pelo caminho que viemos, já que, por menos que conhecêssemos Manhattan, conhecíamos o Queens *menos* ainda (Cole não parecia achar que minha habilidade de dizer "Ah, sr. Sheffield!" com a voz de Fran Drescher iria nos ajudar). Em algum momento logo depois, trocamos de trem porque nosso trem estava se tornando outro trem, o que não fazia sentido *algum*, mas decidimos que era um bom momento para desconsiderar o conselho das nossas mães e executar o equivalente do metrô de Nova York a pular de uma ponte porque todo mundo estava fazendo isso.

E foi *assim* que acabamos no Bronx. Era um trem local, então não era o mais rápido, e parada após parada passou por nós (ou passamos pelas paradas, eu acho) até que ficamos no trem por tanto tempo que tivemos medo de descer.

— É como aquele episódio de *Friends* — disse Cole.

Agora, só para deixar claro, o relacionamento de Cole com *Friends* não era como o relacionamento dele com *Gilmore Girls*. Ele gostava de *Friends*. Ele pode não ter ficado obcecado com as coisas da mesma forma que eu, então ele não era de fazer referência a momentos ou lançar citações com muita frequência, mas na minha opinião, isso tornava tudo ainda melhor quando fazia isso. Como quando o sr. Darcy disse a Elizabeth que sua boa opinião era mais difícil de obter e, portanto, mais valiosa. Exceto por menos elogios indiretos.

— Você quer dizer quando Ross estava namorando a garota de Poughkeepsie, adormeceu no trem e acabou em Montreal?

Ele murchou.

— Ah. Isso também é bom. Estava pensando em quando o cara no trabalho do Chandler pensou que o nome dele era Toby.

Dei risada.

— Verdade! Não, isso é melhor. É exatamente assim.

Foi mais ou menos nessa hora que estávamos prontos para desistir e nos comprometer a andar de trem pelo resto dos nossos dias. Estávamos no trem há tanto tempo que era tarde demais para dizer que nosso nome era realmente Chandler.

E que não queríamos ir para o Bronx.

Mas então a moça da voz do trem (a quem chamamos de Dorothea) disse algo que chamou a atenção de Cole.

— Você ouviu isso?

— O quê?

Ele apontou para o sistema de som e sussurrou:

— Escute.

Eu me esforcei para ouvir o melhor que pude.

— A próxima parada é na 161st Street e Casey Kasem? Isso significa alguma coisa para mim? Além do óbvio — acrescentei. — Que vou enviar "Downtown Train" para você como uma dedicatória de longa distância.

Ele estava distraído demais para rir da minha piada (deve ter sido a distração porque a piada era *hilária*).

— Não Casey Kasem. Yankee Stadium.

— Ah, legal. — E acho que era mesmo. Legal, quero dizer. Para roubar uma citação de *Sintonia de Amor* e torná-la minha, não quero assistir beisebol. Quero assistir beisebol em um filme. Filmes de beisebol são incríveis. Filmes de beisebol me fazem acreditar que beisebol é interessante, emocionante, divertido e romântico, e que a última jogada do jogo vale a pena ficar por perto porque sempre vencerá ou perderá o jogo e, muitas vezes, determinará se o último rebatedor se aposentará como uma lenda/se reunirá com seu verdadeiro amor/se tornará uma figura paterna para algum adolescente novato que ele pode ou não ter gerado.

Mas beisebol de verdade? Beisebol de verdade é uma droga.

— Vamos. Vamos descer aqui. — Cole agarrou minha mão quando o trem parou bruscamente e me puxou em direção à porta e para a plataforma, por entre todas as pessoas que estavam empurrando para entrar no trem.

Fiquei perto dele e dei tapinhas nas pernas de cima a baixo para ter certeza de que meu celular e minha pequena carteira com zíper com minha identidade, cartão de crédito, passe de metrô e 20 dólares em dinheiro estavam seguros nos meus bolsos, e então olhei para ele. Os olhos dele estavam correndo freneticamente, imaginei que tentando descobrir onde ele estava. Ou talvez para onde ele estava indo.

— Você quer ir a um jogo ou algo assim? — Tinha jogos de beisebol em setembro? No meio do dia? E você poderia simplesmente entrar? Kevin Costner não me preparou para esse momento. Aliás, uma vida inteira com Cole Kimball não me preparou para esse momento. Eu conseguia me lembrar de quando ele e Wes queriam jogar beisebol e imploravam para suas mães os levarem para Del Norte duas vezes por semana para que pudessem entrar na Little League. Isso durou cerca de um mês (estou sendo generosa) antes que eles declarassem que o beisebol era chato e indigno de roubar seu precioso tempo de andar de bicicleta e jogar videogame

— Por aqui.

Ele começou a nos guiar para a esquerda, e eu o segui, e então havia uma clareira nas árvores, placas e pessoas e um edifício gigante de marfim, que me lembrou um pouco o Coliseu Romano, apareceu com o *Yankee Stadium* em enormes letras douradas no topo. Tenho que admitir que, mesmo me importando tão pouco com beisebol, havia um pouquinho de uma sensação de solo sagrado no ar. Posso não ter me importado em estar lá, mas sabia que Roy Hobbs de *The Natural*, Ray Kinsella de *Campo dos Sonhos*, Crash Davis de *Sorte no Amor* e Dottie Hinson de *Uma Equipe Muito Especial* teriam ficado lá em reverência, então eu meio que fiquei também.

— A vida inteira ele falou sobre vir a um jogo aqui.

Saí da minha reverência e olhei para Cole, que estava olhando para o Portão 6 melancolicamente… amargamente…

— Quem?

— Meu avô. — Ele limpou a garganta e manteve os olhos focados no que estava à frente. — A vida inteira dele… — Sua voz sumiu e ele enxugou os olhos com raiva. — Em 90 anos, ele deixou a encosta oeste do Colorado uma vez. Uma viagem miserável para Houston e tudo o que ele fez o tempo todo foi reclamar sobre o quão horrível tudo fora de Adelaide Springs era. Não quero que isso aconteça comigo.

— Esse não é você. — Entrelacei meus dedos nos dele e ele segurou firme. — Esse não é você, Cole. Olha onde você está agora. Você está no Yankee Stadium. "A casa que Babe construiu", certo?

Ele balançou a cabeça e riu, então olhou para mim e sorriu.

— Quase. "A casa que Ruth construiu." E não era realmente este Yankee Stadium, eu acho. Acho que eles construíram este em cerca de…

— Tá bom, eu não ligo.

Ele riu, mas eu não queria fazê-lo rir muito. Não estava tentando fazê-lo rir. Era a primeira vez que ele abordava o assunto do avô e eu não queria perder o fio da meada.

— Você está em Nova York. Você viajou. E foi escolha de Bill não fazer isso. Isso não é culpa sua.

O sorriso desapareceu quando ele suspirou.

— A ideia de não ver você todos os dias me mata, Lai. Mata mesmo. Mas a ideia de deixar Adelaide Springs... — Ele desviou o olhar de mim, de volta para o Portão 6. — Não estou em pânico e não estou tendo uma crise de meia-idade. Estou pronto. Tenho certeza de que preciso disso. É... é o que quero.

— Ah.

Isso foi tudo o que eu realmente consegui dizer. Porque isso mudou tudo, não é? Ele tinha tirado minha oportunidade de dar um tapa de brincadeira nele e gritar "Sai dessa!" como se eu fosse Cher em *Feitiço da Lua*. A dor estampada no rosto dele me roubou a chance de bancar a mártir e implorar para que ele ficasse por mim, se não ficasse por ele. Qualquer argumento que eu apresentasse agora seria pedir para ele escolher o que eu queria em vez do que ele queria e isso nos colocava em um território novo e estrangeiro. Eu não conseguia me lembrar da última vez que não queríamos a mesma coisa.

— Então eu vou com você.

Com essas palavras, ele se virou lentamente para me encarar de novo e foi a minha vez de fingir que me importava em olhar para o Yankee Stadium.

— É. — Assenti, mergulhando direto em uma abordagem de fingir até conseguir. — Vai ficar tudo bem. Com certeza a chef chique do Brooklyn... qual é o nome dela mesmo?

— Laila...

— Não, não é isso. — Eu me forcei a rir da minha piada sem graça. — Sylvia! É isso, não é? Com certeza, Sylvia precisa de garçons, certo? Se ela quer tanto você, talvez você possa dizer que somos um pacote? Foi assim que Stevie Nicks entrou no Fleetwood Mac, não foi? Lindsey Buckingham disse que eles eram um pacote. Pacotes podem funcionar. Se não fossem os pacotes, não teríamos "Landslide". A defesa encerra, meritíssimo.

— Laila! — A voz dele vinha de atrás de mim agora, e suas mãos estavam nos meus ombros, me forçando a parar de andar. Quando eu tinha começado a andar?

— Eu quero estar onde você está. — As palavras ficaram presas no meu peito enquanto todo o ar que as impulsionava escapava pela minha boca. Desviei meus olhos do Yankee Stadium e me virei para encará-lo.

Eu sempre fui indiferente ao beisebol. Mas de repente comecei a odiar. Eu nem tinha certeza se gostaria de assistir beisebol em filmes. E isso foi uma droga *mesmo*. Ainda mais do que o tédio do beisebol em si. Mas de agora em diante, quando eu pensasse em beisebol, eu pensaria neste momento. De repente e instintivamente eu sabia disso, sem sombra de dúvida. Este momento que, apenas alguns minutos atrás, tinha sido temperado com humor, sustentado por significado positivo e polvilhado com aventura. Agora era triste. Ainda significativo, provavelmente de maneiras positivas que se revelariam mais tarde. Mas, por enquanto, o momento (e, portanto, o beisebol) estava piscando grandes sinais de neon de negatividade.

Porque não havia a mínima chance nesse mundo de que ele se sentaria e me deixaria sacrificar o que eu precisava por *ele*, assim como eu não pediria para ele sacrificar o que ele precisava por *mim*.

Ele balançou a cabeça lentamente e sorriu com tristeza para mim.

— Eu sei. — Eu me afastei do alcance dele, precisando apenas de um momento de separação. — No entanto, falei sério mesmo quando disse que não tinha nada que eu não faria por você.

— Digo o mesmo, Olivet. — A voz dele era um sussurro rouco.

Eu não pude deixar de me perguntar se eu teria lutado mais antes do Shake Shack. Lutado para que ele ficasse em Adelaide Springs. Lutado para que ficássemos juntos. Mas quando a possibilidade não existia mais...

Não era como se eu estivesse trabalhando em algum tipo de isca e troca de golpes de longa data. Toda a minha vida de amizade com Cole não foi baseada na crença de que um dia ele veria o que estava bem ali na frente dele o tempo todo e se apaixonaria perdidamente por mim.

Eu não pensava nisso dessa forma. Verdade seja dita, eu geralmente não pensava nisso. Ele era meu melhor amigo. E houve momentos ao longo dos anos em que olhei para ele e senti algo na boca do estômago? Algo parecido com um frio na barriga, mas com muito mais peso. Uma nevasca, talvez? Sim. Claro.

E eu o achei atraente? Bem, dã. Ele era bonito. Um cara charmoso. Ele era a pessoa mais bonita que já conheci, verdade seja dita. Além das coisas mais superficiais sobre as quais ele realmente não tinha controle — olhos escuros e expressivos, cabelos grossos e lindos, e outras coisas que seus misteriosos pais biológicos deixaram com ele como um primeiro e último presente —, sempre cheirava muito bem. Eu gostava disso. E eu já falei o quanto sempre gostei do estilo dele. E o jeito como ele olhava para mim — ou para quem quer que estivesse falando, na verdade, não apenas para mim — com toda a sua atenção. E a proteção que nunca me fez sentir fraca, mas que de alguma forma me fez sentir mais forte, porque a força de Cole era minha força também.

O jeito que ele ria. Era só para mim, eu tinha certeza. Ele ria com outras pessoas, mas comigo havia uma liberdade nisso. E uma história. Como se cada piada fosse sobreposta a outra e, no final das contas, ele não estava rindo apenas de uma coisa engraçada que eu disse, mas sim da história de fundo, do esquenta e das piadas que ainda viriam, tudo de uma vez.

As pessoas tentavam fazer distinções o tempo todo. Atraentes, mas não *atraídas*. Amor, mas *não apaixonadas*.

Eu nunca fiz distinções com Cole. Nunca tentei justificar nem defender nosso relacionamento, e não gostei disso, pela primeira vez em toda a minha vida, eu me peguei fazendo isso.

E pela primeira vez, não pude deixar de pensar em quão estranho isso poderia ser para ele ou para mim ou para alguma garota em Williamsburg. Na nossa Williamsburg, tudo com o que eu teria que me preocupar era um dos manequins da prisão ganhando vida e dando uma de Kim Cattrall dos anos 1980. Mas em Williamsburg no Brooklyn? Sem dúvida, havia nova-iorquinas lindas, sofisticadas, vivas e respirando em cada esquina que reconheceriam instantaneamente o quão atraente Cole Kimball é. Se eu estivesse com ele e ele conhecesse alguém, eu não seria sua amiga que morava a algumas ruas de distância na mesma cidadezinha e eu não seria sua amiga que ocasionalmente o visitava nos fins de semana enquanto ele estava na escola de gastronomia. Seria a melhor amiga de infância pegajosa que o seguiu pelo país, não tinha carreira própria e vinha tomar café da manhã todas as manhãs porque se esquecia de comprar leite para o cereal.

Eu não gostaria de ser aquela outra garota.

Claro, esse não era o maior problema, era? O maior problema era que agora que eu sabia que ele tinha descartado a possibilidade de ficarmos juntos, eu tinha que considerar essa *outra* possibilidade. A possibilidade de finalmente *existir* outra garota. E eu ainda não tive tempo de aceitar ser *eu* quando isso aconteceu.

— Então é isso? Você vai embora mesmo?

Nós já tínhamos tido essa conversa. Tínhamos tido várias versões dessa conversa ao longo dos últimos dias. Mas eu sabia que essa era a que contava.

Ele se colocou entre mim e o Yankee Stadium para que eu não tivesse escolha a não ser olhar nos olhos dele. Seus olhos vermelhos e tensos sob aqueles cílios escuros. Sua mandíbula ondulou e relaxou enquanto ele mastigava o interior de sua bochecha e assentia.

— E você vai mesmo ficar.

Ir embora e ficar não eram as palavras corretas para usar enquanto estávamos em uma calçada no Bronx, mas Adelaide Springs estava no centro da nossa conversa, o centro das nossas vidas e o centro de quem éramos juntos. E por mais que eu soubesse que nos amávamos, e sempre nos amaríamos, pela primeira vez não tive certeza se ficaríamos bem se não tivéssemos mais um *lar* em comum.

— Sim, vou ficar.

Os olhos dele permaneceram presos aos meus e foi a vez dele de liderar a brigada do fingir até acontecer.

— Não é como se nunca fôssemos nos ver, sabe. Onde quer que eu acabe ficando, não é como se eu nunca fosse voltar para casa.

Casa.

— Brynn e Seb estão lá apenas meio período, sabe. Quer dizer, você os verá *aqui* mais do que em casa, então...

— Não tenho certeza se é aqui que vou ficar. Olha, vou dar uma olhada em Denver também. Tá bom? E Boulder. Sei que já faz um tempo, mas conheci Boulder muito bem. Gostei de lá.

Comecei a ter que me esforçar um pouco mais para encher meus pulmões para respirar. Todas aquelas palavrinhas bonitas que saíam da boca dele, aquelas que tinham a intenção de dar esperança de conseguir contar os quilômetros entre nós em centenas, em vez de milhares, não me davam nenhum conforto. O prognóstico era desfavorável.

— É aqui que você vai ficar, Cole. — Meu cérebro era uma amálgama confusa de desejo desesperado de sabotar as oportunidades dele em Nova York (um impulso que eu nunca consideraria ter) e a compulsão instintiva de garantir que nada o impedisse de conseguir todas as coisas boas (um impulso com o qual eu tinha certeza de que nasci). — Você ligou para Sylvia?

— Mandei uma mensagem para ela. Não se preocupe com isso agora.

— Ok, mas você precisa ter certeza de que ela sabe que você quer o emprego para que ela não o dê para outra pessoa.

— Podemos simplesmente não nos preocupar com isso agora?

Não se preocupar. Não... se preocupar. Sim, desculpe. Meu cérebro autodestrutivo não conseguia calcular.

— E mesmo que você acabe em outro lugar, o que não vai acontecer, não é exatamente fácil voltar para Adelaide Springs, sabia?

Ele suspirou.

— Sim, eu sei.

— E quando você só tem um fim de semana de folga do trabalho... Embora, falando nisso, duvido que os badalados pontos turísticos do Brooklyn fechem nos fins de semana. E já que sua mãe nunca mais está lá, e agora que seu avô faleceu, e...

— *Você está* lá, Laila. — Ele franziu a testa quando sua voz elevada fez até mesmo alguns nova-iorquinos geralmente impassíveis olharem na nossa direção. — Não aja como se não soubesse que é tudo o que preciso.

Se ao menos eu fosse.

— Sim. — Assenti, então me virei e olhei para os fás de beisebol tirando fotos. Do Yankee Stadium. Não da gente. — E agora que sou um viajante especialista que conquistou todos os bairros da cidade de Nova York...

— Exceto Brooklyn e Staten Island, é claro.

— Esses não contam.

Com a minha visão periférica, eu o vi inclinar a cabeça e então todo o seu corpo balançou até que ele estava na minha frente novamente.

— Porque você não esteve lá, é?

— Exatamente.

O rosto dele relaxou e um sorriso se espalhou por seus lábios.

— Desculpe, eu interrompi você. O que estava dizendo? Já que seus noventa passos acumulados no Queens e no Bronx fazem de você uma viajante especialista...

Ele estava me criticando, tentando arrancar um sorriso de mim, e por mais que eu não quisesse dar a ele, não consegui evitar.

— Eu ia dizer que poderia visitá-lo, mas agora não tenho certeza se quero.

— Como se você tivesse escolha.

Ele cutucou meu cotovelo com o dele e mais uma vez resisti ao ambiente relaxado que ele estava tentando criar. Até que ele cutucou de novo. E de novo. E então ele teve que envolver seu braço em volta da minha cintura e me puxar de volta depois que um nova-iorquino irritado gritou:

— Ei, cuidado! Estou andando aqui! — Exatamente como ele faria em um comercial de turismo para Nova York se fosse escrito, dirigido e produzido por um grupo de cineastas de Provo, Utah. Era uma perfeição estereotipada e hilária em todos os sentidos.

— Foi mal! — gritei para o homem baixo, careca e corpulento que eu tinha certeza de que ganhava a vida interpretando senhorios desprezíveis em séries de TV do Dick Wolf. Em resposta ao meu pedido de desculpas, ele levantou a mão e me mostrou o dedo do meio.

Tomei um susto, enquanto Cole começou a rir.

— Você viu isso? — Claramente ele tinha visto. — Estou quase pensando em...

— Não vai rolar, esquentadinha. — Ele segurou a parte de trás da minha jaqueta enquanto eu tentava andar na direção do homem e a risada dele aumentou enquanto eu continuava andando no mesmo lugar. — Tenho quase certeza de que histórias que começam assim terminam com as palavras "e nunca mais se ouviu falar dela".

Parei de tentar me afastar, mas mantive meus olhos no meu novo inimigo do Bronx até que ele se perdeu na multidão. Em seguida, suspirei, me virei para encarar Cole, que me soltou assim que sentiu que o perigo havia passado, e o encontrei com os dentes segurando a metade do lábio inferior que não estava erguida em um sorriso.

— O quê? Por que você está me olhando desse jeito?

Ele estendeu a mão e afastou uma mecha de cabelo que havia caído na frente do meu rosto.

— Nós vamos ficar bem. Um pouco de distância não é nada. Nada vai mudar entre a gente.

Resisti à vontade de me inclinar para sua mão e soltei um suspiro preso quando sua mão caiu.

— Ah, meu Deus, sim, eu sei. Nada vai mudar. — Sorri para ele. — E aí, o que diz? Não sei você, mas a menos que o Yankee Stadium e a Yankee Candles façam parte da mesma cooperativa aqui ou algo assim, eu vi o que precisava ver. Pronto para seguir em frente?

Ele assentiu e passou o braço em volta de mim enquanto caminhávamos de volta para a estação de trem.

Sabe, é engraçado. Até ontem, nunca havia imaginado que chegaria um momento quando eu esconderia coisas de Cole. Até que fiz isso. E agora, aparentemente, não tinha nenhum escrúpulo em mentir descaradamente para ele. Se ficaríamos bem ou não, ainda não se sabia. Mas, de alguma forma, tudo tinha mudado. E a melhor coisa que tínhamos a nosso favor era que ele parecia não fazer ideia disso.

CAPÍTULO VINTE

COLE

Cole ouviu a maçaneta da porta do quarto de Laila girar e imediatamente pulou do sofá e correu para a cozinha. Enquanto ele tirava o prato do forno e levava rapidamente para a ilha de mármore, a urgência da agitação aumentou. Em seguida, ela começou a bater na porta.

Ele riu.

— Espere um minuto!

— Cole, eu não consigo sair! — gritou ela um pouco em pânico. — A porta está emperrada!

— Está tudo bem! — Ele colocou as velas nas panquecas de chocolate que ele esteve esquentando nos últimos vinte minutos enquanto Laila dormia mais do que ele esperava, acendeu-as rapidamente e deu mais uma olhada ao redor para ter certeza de que tudo estava pronto.

— Por que você me trancou no quarto? — Ela girou a maçaneta mais uma vez. — O que você está fazendo? Está fazendo alguma coisa para o meu aniversário? — Em seguida, silêncio. — Foi mal! Eu não deveria ter dito nada. Se *está* fazendo alguma coisa para o meu aniversário, espero não ter estragado!

Ele balançou a cabeça e revirou os olhos enquanto começava a desatar o cinto da maçaneta e do candelabro ao lado da porta em que ele o havia prendido. Ele tinha planejado isso mais como um sistema de alerta antecipado do que como um meio de prisão, se ela tivesse força na parte superior do corpo e a determinação de um pombo, ela conseguiria ter aberto a porta.

— Em primeiro lugar, nós dois sabemos que hoje é seu aniversário, então não acho que você poderia ter estragado nada, sério. Em segundo, não estou fazendo nada para comemorar seu aniversário. Estava no meio de alguns negócios confidenciais com o Departamento de Estado. Precisava de um pouco de privacidade, só isso. Ele colocou o cinto de volta na cintura e o afivelou. Depois, ficou lá parado e esperando, mas ela não fez nenhuma outra tentativa de abrir a porta. — Você pode sair agora, se quiser.

A maçaneta girou e a porta foi aberta, ela espiou apenas o suficiente para que Cole pudesse ver só um olho atrás dos óculos, junto com seu nariz e metade da boca.

— Não tem mais ninguém aqui, tem? — sussurrou ela.

— Não, o Departamento de Defesa faz a maioria das coisas ultrassecretas pelo Zoom.

— Cole! — O tom de voz era suave, mas ainda enfático. Ela colocou a cabeça um pouco mais para fora. — É só que se for uma festa surpresa ou algo assim, preciso de um minuto para ficar apresentável.

— Laila, você conhece exatamente duas pessoas em Nova York e ambas estão na Alemanha agora. Quem você acha que convidei para essa festa surpresa?

— Ah. — Ela deu um passo para trás e abriu o restante da porta, depois saiu lentamente, olhando ao redor em alerta máximo como se ainda suspeitasse que uma sala cheia de pessoas iria pular e assustá-la.

Claro que ele não daria uma festa surpresa para ela. Ele tinha feito isso uma vez, quando ela fez 21 anos, e embora eles não tivessem conversado sobre isso desde então, ele prometeu a si mesmo que nunca mais faria isso com ela. Cole gostaria de se orgulhar de saber que foi uma das poucas vezes em suas vidas em que ele deixou o que *ele* achava que ela precisava atrapalhar o que ela claramente comunicou que queria, mas não havia orgulho algum nisso. Os pais dela tinham acabado de se separar e Laila insistiu que tudo o que ela queria de aniversário era um pouco de paz e sossego longe das brigas contínuas nas quais ela sempre ficava no meio. Ele poderia tê-la levado para uma caminhada ou para uma longa viagem até as montanhas e poderia ter sido apenas os dois, exatamente como ela queria.

Mas, em vez disso, o que ele tinha dado a ela? Ele convidou a cidade inteira para o Cassidy's, quando ainda era apenas um bar, pensando que seria divertido para ela pedir uma bebida como maior de idade. Bem, ele convidou a cidade inteira, exceto os pais dela. Os dois, é claro, conheciam todas as outras pessoas na cidade. Nenhum deles jamais imaginou que as únicas duas pessoas que não foram convidadas eram os Olivet em guerra. Ambos apareceram.

Foi um desastre. E a pior parte foi o momento em que todos pularam e gritaram "surpresa" e Cole teve que assistir a felicidade desaparecer do rosto dela, sabendo que ele tinha causado isso.

De qualquer maneira, ele deveria saber. Mesmo que os pais dela não estivessem tão envolvidos em brigas e incapazes, naquele momento, de deixar a hostilidade de lado pelo bem da filha, ele deveria saber. Laila sempre foi alguém que adorava fazer de tudo para deixar as pessoas que amava felizes e ela nunca teve uma gota de timidez quando se tratava de fazer Cole rir ou garantir que os clientes se divertissem no Bean ou Cassidy's. Mas ela não tinha vontade nenhuma de ser o centro das atenções.

Cole deu um passo para atrás para que ela pudesse ver o que ele tinha feito. Não era muito. Ele tinha usado exatamente trinta e nove gotas de chocolate, mas nem ia contar essa parte para ela. Ela poderia realmente ter valorizado a personalização e sido mais carinhosa com ele e obviamente isso teria sido bom. Mas também havia uma chance de ela ver cada gota de chocolate, enquanto comia, como um símbolo de quão rápido os anos estavam passando e isso poderia sair do controle muito rapidamente. No geral, ela não tinha sido muito sentimental sobre este aniversário em particular até agora, mas ele não queria correr riscos.

— Aah! — Os dedos dela formaram uma torre sobre sua boca e lágrimas brotaram de seus olhos. Grandes lágrimas ampliadas pelas lentes. — Isso é tão fofo!

Ah, Laila. Ela era tão fácil de agradar e isso só o fez querer trabalhar mais para surpreendê-la. Algumas panquecas, algumas velas e serpentinas que ele trouxera de casa, já que não sabia como era a situação dos suprimentos para festas na Big Apple, e ela agiu como se Oprah tivesse acabado de presenteá-la com uma minivan e uma casa nova para ela e seus seis filhos.

— São só panquecas. Tem outras coisas planejadas. Isso é só… o café da manhã.

Ele sempre amou fazer tudo para o aniversário dela. Houve alguns erros isolados aqui e ali, como a festa surpresa, é claro, e seu aniversário de 37 anos, quando eles fizeram *rafting* e tirolesa nas montanhas, embora ambos estivessem gripados e não tivessem certeza de como conseguiram sair vivos (literalmente; a última coisa que Cole lembrava era de estar preso a um arnês, e depois, de alguma forma, ele se viu em uma árvore que se projetava da encosta de uma montanha. A pobre Laila tinha mantido a consciência e tinha as infelizes lembranças de rajadas de vômito enquanto voava contra o vento a 22 mil metros de altura). Mas, na maior parte do tempo, o aniversário dela era geralmente um dos dias favoritos dele. Ele conseguia mimá-la e torná-la o foco de tudo de uma forma que ela nunca permitiria nos outros 364 dias do ano.

Porém, estranhamente, ele nunca sentiu qualquer tipo de pressão — não dela, com certeza — mas nem mesmo autoimposta, o que era surpreendente, para ir mais longe e melhor a cada ano. Não era disso que se tratava. Ele adorava pegá-la desprevenida e, de vez em quando, a maneira de fazer isso era com algum grande gesto (a viagem frequentemente mencionada para Vegas foi uma surpresa para seu aniversário de 32 anos e, em 2010, ele a levou para ver John Mayer no Red Rocks, um presente que ele provavelmente nunca seria capaz de superar na Terra de Laila, se os objetivos fossem maiores e melhores). Mas o objetivo era realmente apenas fazê-la se sentir especial e amada. E embora ele tivesse alcançado fluência em suas linguagens de amor anos atrás, ele nunca dava isso como certo. Ele sabia que era egoísmo da parte dele de qualquer maneira. Ele vivia para aqueles momentos de testemunhar alegria pura e contentamento no rosto dela.

— Obrigada. — Ela se virou para encará-lo e colocou os braços em volta do pescoço dele.

Cole prendeu a respiração quando a envolveu em seu abraço e a puxou contra ele. Cada músculo relaxou e se contraiu simultaneamente. Como isso era possível? Fisiologicamente, sabia que provavelmente não era, mas se fosse impossível, então seu corpo era aparentemente uma maravilha científica.

— De nada. — Ele respirou no cabelo dela, que fluía delicadamente contra os lábios dele.

COLE E LAILA SÃO APENAS AMIGOS 199

Ele não tinha percebido o quão pouco a tocou ao longo dos últimos dias, mas sabia agora. Começou a respirar mais facilmente, mesmo que o ar parecesse mais rarefeito e o oxigênio parecesse escasso. Não sabia que sua temperatura corporal estava anormal, mas agora, enquanto o sangue bombeava por suas veias com a intensidade daquelas corredeiras do Colorado que se tornaram o local de descanso final de, ele tinha certeza, alguns de seus órgãos internos dois anos atrás, ele realmente não conseguia entender como o frio não o havia destruído quando não estava a abraçando.

Sai dessa, Cole. Se você não a soltar logo, as coisas vão ficar estranhas, cara.

Ele sabia que era verdade. Estava tentando dar a si mesmo conselhos muito, *muito* sábios. Mas enquanto as pontas dos dedos dele se contraíam contra a parte inferior das costas dela e ela se aconchegava mais perto em resposta, conselhos sábios não eram o que ele queria.

Ele a queria.

Ele se sentiu tão confiante de que tinham sido alguns dias ótimos. Depois de temer que as coisas que ele disse ou, pior, as coisas que não disse na segunda-feira pudessem ter arruinado tudo, eles realmente tiveram alguns dias ótimos. Aquela pequena conversa no Yankee Stadium com certeza ajudou. Claro, ainda havia mais coisas sobre as quais eles precisariam conversar, mas Cole imaginou que haveria tempo para isso. Pelo menos eles estavam conversando. Não estavam evitando falar sobre a incerteza do futuro. Ela lhe perguntou em quais bairros de Nova York ele poderia estar interessado em morar enquanto viajavam na balsa de Staten Island (ele sinceramente não fazia ideia). Ele perguntou a ela se ela continuaria trabalhando no Cassidy's se pudesse, com o novo dono, enquanto comiam Black & White Cookies do William Greenberg, sentados em um banco em frente ao Castelo Belvedere no Central Park (ela sinceramente não fazia ideia). Eles divagaram sobre as listas das suas dez melhores experiências juntos, os dez melhores lugares onde já acamparam, as dez melhores refeições que Cole já preparou para ela, as dez piadas internas mais antigas entre eles, enquanto procuravam freneticamente por um banheiro público aberto na Times Square (um assunto sobre o qual nenhuma pessoa em Manhattan parecia ter ideia).

Mas ainda havia um pouco de distância entre eles.

Cole estava evitando tocá-la porque tinha medo de evocar as imagens na sua mente de novo? Aquelas que não tinham desaparecido nem de longe, mas com um pouco de tempo, um pouco de distância e muito esforço deixaram de ser tudo o que ele conseguia ver quando fechava os olhos? Ou Laila tinha se esquivado de seus abraços e apertos afetuosos habituais porque sentiu o que ele não dissera no Shake Shack?

Ele não fazia ideia, mas nenhum dos dois parecia estar preocupado com nada disso agora. Os braços dela, que estavam enrolados em volta do pescoço dele, abaixaram na frente dela, as mãos apoiadas no peito dele. Mas quem ele estava enganando? Os dedos trêmulos dela, tamborilando e flexionando contra ele, não estavam descansando mais do que as próprias mãos dele, que haviam se transformado de sua posição casual e amigável na parte inferior das costas dela em um aperto desesperado e faminto nos quadris dela. Ele abaixou os olhos para olhar para ela. Para avaliar as emoções dela. Ele a conhecia melhor do que ninguém, mas isso... *isso*... o que quer que fosse isso, não era acompanhado por nenhuma memória muscular nem experiência anterior. Se ele errasse, arruinaria tudo. Ele os arruinaria.

— Ei, Lai?

A testa dela estava pressionada contra o colarinho dele, logo acima das mãos. Ainda tamborilando. Ainda apertando. Ocasionalmente enrolando a camiseta dele nos punhos dela de uma forma que o deixava mais certo do que nunca sobre qualquer coisa que ele não estava interpretando nada de maneira errada.

— Hum? — perguntou ela. Uma sílaba. Nem mesmo uma palavra, mas um som. Mas nela, Cole ouviu sua respiração cambaleante e seu medo. *Medo*. Eles eram o porto seguro um do outro. O medo de Laila sempre foi um inimigo para ele derrotar. Mas esse medo era estimulante. Era deles. Juntos. E o fato de que ela estava com tanto medo quanto ele, e ainda assim ela estava ali... nos braços dele... tentando puxá-lo para mais perto, embora estivessem a centímetros de cruzar linhas que nunca perceberam que existiam.

Se ele errasse, os arruinaria. Mas e se ele acertasse?

Cole apertou mais o quadril dela, vestido com calças de pijama, com uma mão enquanto a outra se juntava à dela entre seus corpos, por apenas um instante, antes de roçar em seu queixo e incliná-lo para cima. Ela ergueu os olhos lentamente para encontrar os dele, pesados com todos os tipos de coisas que ele nunca tinha visto ali antes. Medo, com certeza. Antecipação, talvez? Saudade? Desejo? Se sim, como os olhos dele pareciam para ela?

— Feliz aniversário, Lai.

Ele disse isso e então odiou tanto ter dito isso. Tanto que ele teve que fechar os olhos e imaginar, por apenas um momento, que não tinha dito isso.

Ele estava se preparando para beijá-la. Pela primeira vez na história de uma amizade que era mais antiga do que suas memórias, estava prestes a beijá-la. Havia tantas coisas que ele poderia ter dito.

— *Está tudo bem?*

— *Você é a pessoa mais importante do mundo para mim.*

— *Não consigo parar de pensar em você.*

Enquanto ele estava ali com os olhos fechados, tudo soava idiota na sua mente. Mas ainda assim. Qualquer uma delas teria sido melhor do que "Feliz aniversário". O que isso deveria significar? O que ela deveria *pensar* que ele quis dizer? Esse era o presente dela? Ele havia prometido que havia mais do que apenas panquecas. Era isso que ele havia planejado para ela? Gotas de chocolate e um pouco de amor?

— Você está bem? — perguntou ela.

Tudo bem... agora seus olhos estavam fechados e ele estava rindo. *Sutil, Kimball. Realmente sutil.*

Ele abriu os olhos quando sentiu a mudança de postura dela. Ele ficou horrorizado ao pensar no que encontraria na expressão dela quando a visse olhando para ele, mas muito, *muito* mais horrorizado pelo pensamento de ficar ali por mais um momento, provavelmente fazendo-a se perguntar se ele estava realmente no meio de um colapso psicótico.

— Desculpa. — Ele riu novamente e se afastou dela. Era a única coisa natural a fazer, já que as mãos dela caíram para os lados e o momento estava claramente mais do que arruinado.

Ela estava olhando para ele, todo o anseio ou desejo ou o que quer que estivesse na expressão dela tendo sido substituído pelo olhar que acompanha a recitação mental da lista de ações a serem tomadas se alguém em sua presença tiver um derrame.

— Que foi? O que é tão engraçado? Eu... — Ela olhou para trás, depois deu outro passo se afastando enquanto empurrava os óculos da ponta do nariz e, em seguida, cruzou as mãos sobre o barriga. — Acho que não entendo o que está acontecendo. — Ela brincou com os óculos mais uma vez, depois voltou a colocar as mãos na barriga enquanto dava mais um passo para trás. — Sinto muito se eu fiz algo... ou disse algo...

Agora *esse* medo dela Cole reconheceu. Este era seu inimigo. Seu adversário contra o qual ele marcharia para a batalha diversas vezes, quantas vezes fossem necessárias, para evitar que ela se sentisse incerta, desprotegida ou vulnerável. E ele era a causa do medo. *Ele* a fez se sentir incerta, desprotegida e vulnerável.

Bem, é isso, então, não é?

— Eu estava prestes a beijar você, Laila.

Ela estremeceu e seus olhos se arregalaram. Cole se preparou para o que estivesse por vir. Tudo o que ele sabia era que estava tão cansado de contornar as coisas com ela. Fazia uma semana que... quantas? Algumas milhares? Algumas milhares de semanas sem esconder as coisas um do outro. Sem fugir das conversas difíceis. Sem saber que não havia nada, *nada,* que fosse demais para eles superarem. E então nem mesmo sete dias inteiros agindo como se não soubesse se isso era verdade. Mas *era* verdade. E ele estava exausto de tentar resolver sem a ajuda dela.

Ela se encolheu e seus olhos se arregalaram, mas ela ainda estava olhando para ele. Ela não fugiu. E se ele tivesse lido as coisas errado ou estivesse prestes a cometer um erro ou algo assim, eles resolveriam juntos. Não era um erro falar sobre isso.

— Desculpe — disse ele, por fim, depois de algumas tentativas gaguejadas. — Não estou tentando te assustar. Não estou *tentando* nada. Eu só... — Ele passou as mãos pelos cabelos e, depois, pousou os braços cruzados sobre a barriga, imitando Laila. — Então, essa é a questão. No Shake Shack, quando perguntei se você já tinha pensado em nós dois... você sabe... assim... — *Pare de falar em código. Apenas diga as palavras.* — Quando perguntei se você já tinha pensado em nós dois juntos romanticamente, foi porque eu nunca pensei, Laila. Nunca. Nem uma vez em toda a nossa vida.

Ela pigarreou e olhou para os dedos dos pés descalços aparecendo por baixo das calças longas de pijama, listradas de azul.

— Eu sei. Você me disse isso.

— Sim. Mas eu não terminei o pensamento.

Ela levantou a cabeça tão rápido que seus óculos quicaram na ponta do nariz antes de caírem tortos e ela teve que endireitá-los.

— Então termine o pensamento.

Cole soltou o ar lentamente.

— Eu nunca *tinha* pensado. E então eu pensei. Eu... tive um sonho com você. Meio... romântico.

Os ombros dela caíram.

— Ah. Bem, isso não é realmente um grande problema, é? Eu não acho que isso conta como pensar sobre isso. — Ela riu e começou a brincar com os fios de cabelo perto do rosto. Ela o observou por um momento e depois pigarreou. — Deve ter sido um sonho e tanto para abalar você assim.

Uma coisa era ser aberto e honesto com ela. Ele estava aliviado por finalmente fazer isso, não importa o quanto fosse estranho. Mas quando as memórias do sonho — memórias que estavam tão gravadas no seu cérebro agora quanto uma vida inteira de coisas que eles realmente fizeram juntos — apareceram diante de seus olhos novamente e seu coração começou a acelerar, ele sabia que era melhor guardar certas coisas para si.

— Foi. Mas essa não é realmente a questão. O sonho não é a questão. A questão é que tudo, cada pensamento, meio que passou por um filtro diferente desde então. Você disse que já tinha pensado sobre a possibilidade de nós, ao longo do tempo, mas eu meio que tive todos os pensamentos nos últimos, tipo, cinco dias ou algo assim. Mas ainda eram apenas pensamentos. — Ele deu um passo em direção a ela e então se perguntou, por um momento, se isso foi um erro. Mas ela não recuou nem pareceu notar a proximidade. — E então eu abracei você, como já abracei dez milhões de vezes antes... exceto...

— Só que não pareceu as últimas dez milhões de vezes?

Cole balançou a cabeça gentilmente.

— Não. Não pareceu.

Ficaram em silêncio e a única coisa estranha sobre isso era que não era nem um pouco estranho. E ficou ainda menos estranho quando ela olhou para trás, para suas velas derretidas que há muito tempo se apagaram e deixaram cera na superfície da panqueca que estava no topo da pilha. Então ela fez uma coisa tão Laila que ele não conseguiu deixar de sorrir. Sem nenhuma pompa ou circunstância ou mesmo um sussurro de descontentamento pelo aniversário arruinado, ela pegou a segunda panqueca da pilha e começou a rasgar em pedaços e enfiá-los na boca.

Foi então que ele entendeu, pela primeira vez, que se ela fosse qualquer outra mulher no mundo, ele estaria perdidamente apaixonado por ela. Se ao menos ela já não fosse a pessoa que ele mais amava.

— Então por que você não fez isso? — perguntou ela, finalmente, com a boca cheia de panqueca.

Ele resistiu à vontade de rir enquanto se perguntava quantas de suas conversas mais sérias e transformadoras de vida aconteceram enquanto Laila comia um monte de panqueca.

— Por que eu não fiz o quê?

Ela deu de ombros.

— Me beijou.

Foi a vez de Cole estremecer. E quanto aos olhos arregalados... ele tinha certeza de que havia se tornado a personificação de um peixinho dourado chocado que tinha acabado de ter os olhos dilatados no optometrista.

Em um desenho animado do Tim Burton.

— Hum... porque somos nós, Laila. Como eu poderia...

— Não. — Ela sacudiu uma fatia de panqueca para ele antes de dar uma mordida. — Não estou fazendo a grande pergunta filosófica. Não agora. Aconteceu alguma coisa e seu humor mudou...

— Ah. — Ele riu, deu um passo em direção à ilha e se encostou nela. — Eu disse "Feliz aniversário" e me senti um idiota. Não sei por que disse isso naquele momento, mas isso ficou na minha cabeça. Tipo...

— Ele adotou uma voz profunda tipo Barry White, só que mais vulgar e fazendo chamativas armas com as mãos para combinar. — Ei, baby, o que você vai desejar quando apagar as velas este ano?

Um pedaço de panqueca meio mastigado escapou da boca dela quando ela soltou uma gargalhada. Isso, é claro, fez Cole cair na risada também e quando ela se inclinou para tentar encontrar a comida cuspida, não conseguia ver nada, porque estava rindo tanto que estava chorando. Finalmente desistiu e caiu no chão, enrolada de lado, segurando a barriga enquanto tentava recuperar o fôlego entre risadas ofegantes. Cole deslizou para baixo, com suas costas contra a ilha, até sentar no chão e deslizou até que sua perna estivesse perto da cabeça dela. Sem uma palavra ou outro olhar um para o outro, ela descansou a parte de trás da cabeça na coxa dele e ele começou a acariciar seus cabelos. Bem, acariciando seus cabelos, enxugando as lágrimas que ainda escorriam pelo rosto dela e, ocasionalmente, tirando pedaços de panqueca e gotas de chocolate de vários lugares de seus corpos.

Eles se olharam, sorrisos em seus rostos, e finalmente Cole suspirou e disse suavemente:

— Você é a minha favorita, Laila Olivet. Eu nunca quero fazer nada que estrague isso.

— E você acha que me beijar iria estragar?

As bochechas dele incharam com o ar e ele deu de ombros enquanto deixava o ar sair.

— Acho que não teria como voltar atrás.

— E você tem certeza de que gostaria de voltar?

Cole abriu a boca, mas nenhum som saiu, e ela se sentou ao lado dele. Ele inclinou a cabeça para poder estudá-la.

— Escuta, tudo o que estou dizendo é... — Ela abaixou os olhos e começou a morder o canto do lábio inferior. — Eu estava bem ali com você. Eu queria que você me beijasse, Cole. — Ela olhou nos olhos dele mais uma vez e o que quer que estivesse lá antes (antecipação... saudade... desejo) parecia estar de volta. — E até mesmo pensar sobre isso, muito menos falar sobre isso, é assustador. Mas e se for algo em que precisamos pensar? Falar sobre? E não apenas para que possamos lidar com isso e não ter que nos preocupar mais. E se...

Laila se apoiou nos joelhos, então agarrou as mãos dele e as usou para se aproximar dele. Em um movimento hábil, tão natural e aparentemente praticado, como tudo entre eles parecia ser, quer já tivesse acontecido antes ou não, sua perna esquerda, com o joelho dobrado, estava apoiada na coxa dele, e eles estavam cara a cara. Olho no olho. — E se tivermos tanto medo de estragar o que temos que estamos realmente estragando as melhores coisas? As coisas que ainda nem vimos.

Cole inclinou a cabeça para a frente enquanto ela se aproximava dele ainda. Ele conseguia sentir o cheiro doce das gotas de chocolate no hálito dela e conseguia ver cada mancha de lágrima seca e salgada naqueles óculos horríveis e enormes que ele tanto amava. Laila pareceu se dar conta de seus Sophia Loren no mesmo instante em que ele e soltou uma mão da dele e levantou os dedos para removê-los. Ele estendeu a mão e pegou a mão dela.

— Não se atreva.

Ela sorriu em resposta e ele girou o pulso para passar o polegar pelo queixo dela. Ela ajustou o aperto de sua mão sobre a dele enquanto os dedos dele desciam pelo pescoço dela antes de se enroscarem nos cachos soltos.

E então o telefone dele começou a vibrar no bolso esquerdo, contra a perna dela.

É claro que tocou.

— Deixa para lá — sussurrou ela. — Ignore.

Ela quase o convenceu — como se isso exigisse algum esforço — quando ouviram o barulho do elevador da cobertura de Brynn e Sebastian. Eles se separaram e pularam em pânico instintivo e quando a porta do elevador se abriu e uma mulher de cabelos pretos em um terninho vermelho, saltos vermelhos e batom vermelho que nenhum deles tinha visto antes entrou no saguão, Cole estava pegando a cafeteira para limpá-la e Laila estava de quatro procurando por pedaços de panqueca.

— Ah, desculpe. Não sabia que vocês ainda estavam aqui. Brynn disse que não teria ninguém esse horário. Você é Cole, presumo? Tentei ligar para você.

Ele arregalou os olhos.

COLE E LAILA SÃO APENAS AMIGOS 207

— Ah! Sinto muito. Drea? — perguntou Cole, correndo até ela com a mão estendida.

— Drea — disse isso de uma forma que soou como se ela estivesse corrigindo-o, mas ele tinha certeza de que ela estava dizendo exatamente como ele tinha acabado de dizer.

Ela apertou a mão dele, então ele decidiu aceitar a vitória e apenas dizer — Ah.— Como se entendesse a diferença. Não ousou tentar novamente. — Sim, eu sou Cole. Esta é Laila.

Laila pulou e apertou a mão de Drea.

— Prazer em conhecê-la. — Então ela olhou para Cole com um sorriso amigável e tenso que ele facilmente interpretou como "Quem é essa estranha que tem uma chave do apartamento dos nossos amigos, que você aparentemente conhece e eu não? Além disso, estamos bem? E para onde vamos a partir daqui? Vamos continuar como se não estivéssemos muito perto de nos beijar agora?"

Era bem possível que ele estivesse projetando algumas de suas próprias preocupações na interpretação do sorriso dela.

— Drea...

— *Drea*.— Drea o interrompeu.

Fala sério! Eles estavam dizendo exatamente a mesma coisa!

— Certo. — Cole limpou a garganta. — Ela é a assistente pessoal da Brynn. Está me ajudando com... bem, coisas de aniversário. Para você.

— Você é a aniversariante, hein? Legal. Ele planejou um dia bem legal para você, então eu provavelmente deveria sair daqui e deixar você ir. Eu volto em breve. — Seus saltos altos vermelhos fizeram clique-claque de volta para o elevador, e então ela se virou para eles. Drea olhou primeiro para Cole. — Entre 19h30 e 20h, certo?

Os olhos dele dispararam para Laila e depois de volta para Drea.

— Sim. Acho que sim. Se isso funcionar para você. Realmente agradeço sua ajuda.

— O prazer é meu. Com Brynn fora da cidade, estou morrendo de tédio de qualquer maneira. E Murrow costuma ficar com meu lugar nos voos agora.

Parecia que ela estava fazendo uma piada, mas a expressão facial dela quase dizia o contrário.

Ela se virou para Laila.

— Feliz aniversário. Divirtam-se.

Depois que as portas do elevador se fecharam, Laila disse:

— Eu nem sei por onde começar a comentar.

Cole riu.

— Bem, vamos começar com o nome dela. Estou esquecendo de alguma coisa?

— Sim, você estava assassinando o nome dela. É Drea.

— Drea? — ele repetiu, concentrando-se em replicar os sons exatamente. Ele apertou os olhos para observar os lábios de Laila enquanto ela repetia e eles diziam juntos. — Drea? Drea. Drea. Drea?

Ela começou a rir e levou as migalhas que havia pegado do chão até a lata de lixo.

— Estou brincando com você. Não consigo ouvir nenhuma diferença.

Ele pegou o pano de prato da ilha e a golpeou com ele quando ela passou. Então, enquanto ele arrumava a cozinha, ela tirou a cera para comer um pouco mais das panquecas. Ele se perguntou como prosseguir com o dia que havia planejado.

O silêncio fácil se transformou em um silêncio pesado.

Cole limpou a garganta.

— Então, hum...

— Espera. — Ela se sentou em um banco de bar em frente a ele com a ilha os separando. — Antes de dizer qualquer coisa, posso perguntar uma coisa?

— Claro.

— O que você planejou para o meu aniversário... Seria tipo um encontro?

Ele engoliu em seco.

— Ah... hum... sim, quer dizer... se você quiser, nós poderíamos... acho que já que nós quase... você sabe... Mas, ao mesmo tempo, temos certeza de que nós...

— Espera, espera. — Ela apoiou os cotovelos na superfície de mármore e abaixou os olhos até encontrar seu olhar evasivo. — Não se autodestrua aqui. Vamos apenas conversar. Somos só eu e você, cara. Não vamos surtar, está bem?

COLE E LAILA SÃO APENAS AMIGOS **209**

Aqueles olhos verdes e calorosos dela que sempre o lembravam da grama recém-cortada de um gramado bem regado certamente ajudaram a acalmar o pânico crescente.

— Tá bom. — Ele deu um passo para trás e se inclinou contra a gigante pia estilo fazenda de Seb e Brynn para que pudesse colocar um pouco de espaço entre os dois, mas continuar olhando para ela. Contanto que ele fosse capaz de ver seu sorriso reconfortante, que ele *sabia* que era genuíno porque os olhos dela estavam enrugados para combinar, ele sabia que estavam bem. E contanto que *eles* estivessem bem, ele estava bem.

— Tá bom — Laila ecoou e relaxou na baqueta. — Eis o que estou pensando. É óbvio que não quero estragar o que você tem guardado para hoje, você sabe que adoro suas surpresas de aniversário, então sinta-se à vontade para vetar se isso for uma má ideia. Por causa do meu aniversário ou qualquer outro motivo. Mas eu estava pensando, ok... — O olhar dela ainda era amoroso e suas bochechas ardiam, se as manchas rosadas que se espalhavam rapidamente fossem algum sinal. — Sem dúvida, tem alguma coisa acontecendo entre nós que... bem... nunca aconteceu antes. E acho que estamos pensando em coisas que normalmente não pensamos. E entendo o que você estava dizendo sobre ter medo de nos causar problemas. Entendo mesmo. E você sabe que também não quero isso. Então, sim, precisamos ser... cautelosos, eu acho? E sejamos realistas, provavelmente é melhor que Drea...

— Você quer dizer *Drea*.

Laila bufou e levantou a mão para cobrir o nariz por um segundo, fazendo Cole relaxar ainda mais. Se ela ainda estivesse confortável o suficiente para bufar na presença dele, eles estavam bem.

— Desculpe. Erro meu. Provavelmente foi melhor que *Drea* tenha entrado quando entrou. Mesmo que... — Ela olhou para ele por um segundo e depois levantou os ombros até as orelhas. — Mesmo que isso seja alguma coisa, provavelmente não queremos começar nos beijando e avançando rápido demais. Isso tornaria tudo superestranho se isso *não der* em nada. Certo?

— Concordo que pode não ser o lugar mais sensato para começar — disse ele.

Ela assentiu com a cabeça uma vez, bruscamente.

— Beleza, então. E se, só por um dia, fingirmos que não temos uma vida inteira de história e memórias compartilhadas?

Ele inclinou a cabeça, confuso.

— Como vamos fazer isso?

— Hum... — Ela mordeu o lábio inferior e olhou para cima enquanto pensava mais no assunto. — Primeiro encontro? — E então, mais confiante: — Encontro às cegas. Marcado por amigos. Nunca nos conhecemos. — Ela revirou os olhos de novo e balançou a cabeça de um lado para o outro enquanto imaginava. — Sim. Poderia ser divertido. Você sabe... — Um sorriso enorme e alegre se abriu quando ela olhou para ele novamente. — E se você não fosse a Fox Books e eu não fosse a The Shop Around the Corner?

Parecia loucura para ele, mas quando ela estava olhando para ele daquele jeito — com uma felicidade que ele imaginou que tinha um *pouco* a ver com ele, misturada com uma boa dose de entusiasmo que vinha das possibilidades do dia, mas que era esmagadoramente baseada em pensamentos de *Mensagem para Você* — o que ele deveria fazer?

— Não conheço suas histórias e você não conhece as minhas?

— Correto.

— E eu apenas trato você como uma mulher que estou tentando impressionar em um primeiro encontro?

— Exatamente.

— E você vai agir como...

— Beleza, Cole, as regras não são tão difíceis. — Ela sorriu para ele. — Topa?

Esse seria um aniversário de Laila para superar todos os outros aniversários dela ou ele estaria desejando os bons e velhos tempos, quando quase caiu nas corredeiras tentando salvar os óculos de sol dela depois que eles caíram enquanto ela vomitava na lateral do bote.

Ele olhou para o relógio e depois para ela com um sorriso correspondente.

— Passo para buscar você em uma hora.

CAPÍTULO VINTE E UM

LAILA

Eu realmente não sei por que eu e Cole passamos a maior parte da semana dividindo um banheiro de hóspedes enquanto tínhamos a cobertura inteira só para nós. Modos rurais de cidade pequena, eu acho. Embora as últimas palavras de Brynn para nós antes de partirem tenham sido literalmente: "Sintam-se em casa". A cozinha e a sala de estar, nossos respectivos quartos, o banheiro de hóspedes e um pouco do terraço. Não tínhamos explorado mais. Mas na pressa de nos arrumarmos ao mesmo tempo e meu desejo repentino de usar algo — *qualquer coisa* — que Cole não tivesse me visto usar noventa vezes antes, eu me aventurei na suíte principal.

Eu tinha visto a terra prometida, cruzado direto para ela e passado algum tempo em sua luxuosa banheira com mais jatos, velas e sais de banho do que eu sabia como usar. E o armário de Brynn? Santa alta-costura, Batman. Não que moda fosse minha praia. Não desse jeito. Não, eu adorava calças confortáveis, vestidos esvoaçantes e moletons quase surrados. Brynn poderia ter todas aquelas saias curtas, sobretudos elegantes e aquelas paredes inteiras de sapatos. Mas para mim era meio que como uma ópera. Eu não precisava gostar para apreciar.

Brynn tinha me dado permissão para invadir seu armário, mas escolher alguma coisa era muito mais complicado. Para começar, ela era o Raio de Sol da América e se vestia de acordo. Ela usava cores, padrões e flores e ficava incrível em tudo isso. E não era que eu me esquivasse de nada disso, necessariamente, mas as coisas mais confortáveis que eu tinha eram calça jeans pantalona e camisetas brancas. Cole tinha dito para eu me vestir confortavelmente para o nosso encontro e que eu não precisava necessariamente me vestir bem para o que ele tinha planejado. Ele foi capaz de dizer isso sabendo que, embora eu fosse uma pessoa casual, tinha um certo padrão. Eu não sairia parecendo uma desleixada (uma coisa era agir como se não nos conhecêssemos pelo resto do dia, mas quando chegou a hora de me arrumar, fiquei muito feliz por termos uma sincronia).

Como eu disse, eu não queria me vestir com algo que ele estava acostumado a me ver usando. Mas eu não queria me arrumar demais e fazê-lo se sentir malvestido para... sei lá o que.

Seu guarda-roupa faz eu me sentir como eu fosse ao baile com os Wiggles.

Brynn respondeu à minha mensagem com um emoji de risada, seguido imediatamente por um link para um artigo sobre o novo Wiggle roxo que aparentemente era um gostosão amado por Katie Couric. Então ela disse: Não critique. Os Wiggles não são mais só para crianças.

Eu estava dividida, é claro. Não sobre os Wiggles. Eu já tinha superado os Wiggles antes mesmo de terminar de digitar minha resposta para ela — e antes disso, na época em que fiz 12 anos (é verdade que meu amor por eles durou um pouco mais do que deveria). Mas eu estava dividida sobre se eu deveria pedir conselhos de moda a ela. Eu sabia que ela poderia me ajudar e considerando que Drea estava aparentemente envolvida, Brynn provavelmente sabia o que Cole tinha planejado para o dia. Mas não havia como ela saber a reviravolta inesperada que nossos planos tinham sofrido. Ela *adoraria* saber. Isso era certo. E eu adoraria conversar com ela sobre isso. Espero que sim, em breve. Mas o que quer que fosse acontecer precisava acontecer primeiro na bolha dela e de Cole.

Ainda assim...

Ok, guru da moda. Não acredito que estou perguntando isso, mas o que devo vestir? Não estrague nenhuma surpresa de aniversário para mim, mas me ajude! Eu não me importaria de sair um pouco da minha zona de conforto.

#NYC Mas nada de baile dos Wiggles. Alguma ideia?

O rosto dela apareceu no meu celular um segundo depois que enviei a mensagem e apertei o botão para aceitar sua ligação do FaceTime.

Isso aí. Tecnologia.

— Oi.

— Oi, aniversariante! — cumprimentou ela e imediatamente ouvi Sebastian gritar:

— Diga a ela que eu disse feliz aniversário! — de outro cômodo.

— Seb diz "Feliz aniversário". — Ela obedeceu. — Você viu alguma coisa que gostou?

— Bem, claro. Tem muitas coisas lindas, mas a maioria são coisas lindas que ficariam ótimas em você. Sem ofensa.

Ela riu.

— É, estou superofendida de você pensar que eu ficaria bem em todos esses vestidos lindos. Como você ousa!

Revirei os olhos para ela e então virei a câmera para o armário.

— Vai, me oriente. Tem alguma coisa...

Minha voz sumiu quando minha atenção foi capturada pelo suéter preto simples mais aconchegante que eu já tinha visto, em um mar de vestidos que só sonharíamos para nossas Barbies quando éramos crianças. Na verdade, eu tinha quase certeza de que tinha feito algumas versões em miniatura desses vestidos para elas, e isso foi quando eu tinha apenas uma pequena máquina de costura para iniciantes e só tinha dominado uma costura, e nossas Barbies usavam muitos vestidos lápis sem alças e toalhas. Nós sempre fingíamos que elas estavam saindo correndo do chuveiro e se preparando para sua grande cerimônia de premiação na cidade, para a qual Ken as levaria a qualquer momento.

Ah, meu Deus, Brynn cresceu e se tornou a Barbie Superstar da TV! Precisaríamos discutir essa questão psicológica mais tarde, mas por enquanto...

— Gostei muito deste suéter. Acho que ficaria bem com uma calça cáqui ou algo assim. Você acha que funcionaria?

Puxei o cabide do armário e segurei na frente do celular para ela ver. Ela reprimiu um grito e eu presumi que ela faria algum comentário provocador sobre o quão positivamente *chocada* ela estava por eu ter escolhido cores neutras. Mas interpretei mal esse susto.

— Boa escolha, Lai! Mas não é um suéter, é um vestido. E vai ficar incrível em você.

Eu estava ouvindo, mas a maioria das palavras eram ruídos de fundo que eu teria que calcular mais tarde.

— Isto é um vestido? — Como um suéter longo, eu estava morrendo de vontade de usá-lo. Mas, hum... não.

— Tá bom, confie em mim. Você tem pernas lindas. Laila não tem pernas lindas, Seb?

Sebastian soltou uma gargalhada alta ao fundo.

— Que tipo de idiota você acha que eu sou? Eu garanto, as suas são as únicas pernas que eu noto, querida.

— É a Laila. As pernas dela não contam como pernas de outra mulher.

Ele desativou sua voz açucarada de marido amoroso e gritou mais alto:

— Sinceramente, não me lembro de ter visto você em nada que mostrasse suas pernas, Laila. Mas tenho certeza de que são pernas de primeira classe!

Brynn estava olhando para ele com a cabeça virada para trás e se virou para mim enquanto ria dele.

— E eu sei que parece supercurto, mas não é. Fica mais ou menos no meio da coxa em mim...

— Meio da coxa! — engasguei. — Eu não gosto nem dos meus trajes de banho tão curtos!

— Mas isso é culpa minha! Sou mais alta que você e minhas pernas são mais longas. Temos proporções diferentes. Confie em mim. Acho que vai ficar um pouco acima dos seus joelhos e vai ficar ótimo! E é da G. Label.

Inclinei a cabeça.

— Isso deveria significar alguma coisa para mim?

— Goop. A marca da Gwyneth Paltrow.

— Eu amo a Gwyneth.

— Sei que você ama!

Meu amor por ela começou quando ela estava namorando Brad Pitt, embora na verdade, esse amor tenha se transformado em mais uma obsessão pela maneira como o estilo e a moda de Brad sempre combinavam perfeitamente com quem quer que ele estivesse namorando, ao estilo *Mulher Solteira Procura*. Além disso, eu realmente gostei de *Shakespeare*

COLE E LAILA SÃO APENAS AMIGOS 215

Apaixonado. E, claro, a cobertura televisiva do julgamento de colisão de esqui dela foi melhor do que qualquer especial que assisti usando minha amada assinatura da Netflix.

— Bom... tá bom, espera. — Joguei meu telefone do outro lado do quarto para a cama e rapidamente tirei meu roupão (beleza, o roupão de *Brynn*) e deslizei o vestido pela minha cabeça. — É tão macio! — gritei.

— Deixe eu ver! Deixe eu ver!

— Só um minuto. — Puxei o material canelado (mistura de lã/cashmere, a etiqueta me informou) para baixo ao longo das minhas curvas (Caramba! Eu tinha curvas nessa coisa!) até que ele pousasse logo acima dos meus joelhos, como Brynn disse que aconteceria.

— Você depilou as pernas, certo?

Eu ri.

— Sim, depilei as pernas. — Pulei para a cama, peguei o celular e então corri de volta para o espelho para que ela pudesse ver. — E aí? O que você acha?

Ela reprimiu um grito novamente.

— Ah, Lai. Sim... você *tem* que usar isso. Seb, venha nos dar uma opinião masculina.

Alisei o material sobre meus quadris quando o rosto de Sebastian apareceu.

— Sim, isso parece muito bonito.

— E vai fazer 22 graus aí hoje — disse Brynn do canto da tela. — Um vestido de malha é perfeito para dias como este. E tem bolsos! É realmente um vestido perfeito.

— Obrigada, pessoal. Melhor eu me apressar. Vejo vocês amanhã?

— Mal posso esperar! — Brynn vibrou. — Te amo. Divirta-se!

Assim que encerramos a ligação, estudei meu reflexo, procurando por imperfeições e não tendo que me esforçar muito para encontrá-las. Brynn diplomaticamente disse que temos proporções diferentes. Sim... ela era alta e ágil, enquanto eu sempre defini minhas pernas como atarracadas. Meus joelhos eram meio pontudos e decorados por hematomas, arranhões e cicatrizes que eram uma consequência inevitável de passar a vida escalando coisas como árvores e montanhas e voltando para o chão com a ajuda de arreios, esquis, trenós e, ocasionalmente, um saco de estopa e óleo de bebê (numa cidade pequena, as crianças encontravam todo tipo de maneira de se entreter). Eu não tinha nenhuma vontade de esconder essas imperfeições de Cole. Ele estava familiarizado com cada uma delas e tinha ouvido pacientemente minhas reclamações sobre todas elas ao longo dos anos. E, claro, não havia uma cicatriz que ele não tivesse visto. Na maioria dos casos, ele estava lá quando eu a ganhei. Na maioria dos casos, suas rápidas e completas habilidades de primeiros socorros foram as responsáveis pelos machucados terem cicatrizado tão bem.

Mas eu não ia passar o dia saindo com o meu melhor amigo. Eu tinha um encontro com um completo estranho. E embora não estivesse tão confiante sobre a atração das minhas pernas quanto Brynn parecia estar, tinha que admitir que o pacote completo que vi no espelho combinava muito bem. Eu quase sempre prendia meu cabelo, mas estava satisfeita com a forma como água mais leve, menos umidade e o secador de cabelo supersônico chique de Brynn tinham trabalhado juntos para me dar um dos meus melhores dias de cabelo, então eu ia deixar para lá. Tinha tentado fazer minha maquiagem como faria para um encontro, embora tivesse passado tanto tempo desde meu último encontro que eu não tinha certeza se meu rosto dizia: "Primeiro encontro! Prazer em conhecê-lo!" ou "O que você quer dizer com Adele não usa mais o penteado colmeia?". Agora só faltavam os sapatos.

Abri a porta do quarto e escutei por um momento.

— Você está aqui? — Perguntei alto o suficiente para que ele me ouvisse se estivesse, mas não tão alto que ele me ouvisse de trás da porta. Quando não ouvi nada, corri na ponta dos pés pelo apartamento até meu quarto. Entrei e fechei a porta rápida e silenciosamente atrás de mim e tirei os sapatos de Cinderela da minha mala.

Beleza, então teria uma boa quantidade de caminhada. Mas eu tinha passado inúmeras horas naqueles sapatos. Meu único prazer elegante em uma vida agitada. Eu ficaria bem.

Deslizei meus pés neles e tudo em mim entrou em alerta máximo, de uma vez. Meus pés estavam tão confortáveis, e eu *sabia* que minhas pernas instantaneamente pareciam mais longas, então me senti bem com tudo isso. A única parte estranha foi como — simplesmente calçando aqueles sapatos rosa e brilhantes que eu tinha literalmente andado quilômetros desde meu aniversário de 36 anos — de repente, me senti pronta para causar uma boa primeira impressão no cara que tinha me comprado os sapatos em primeiro lugar.

— Isso é estranho — murmurei alto para mim mesma antes de me jogar na beirada da cama com tenda e enterrar minha testa nas mãos.

Estávamos cometendo um grande erro? Tentei não pensar muito sobre o quão perto chegamos de nos beijar — *tão perto*. Mas de repente, sem o relógio correndo e sem aromas de sabonete de grife nublando meu cérebro e sem o secador de cabelo mais silencioso do mundo me fazendo questionar as pequenas coisas que eu achava que entendia sobre ciência, tudo o que pude ver foi a maneira como os olhos dele se moveram para baixo para olhar meus lábios enquanto sua cabeça se inclinava em direção à minha, e tudo o que pude sentir foi sua respiração, quente e gentil, e tudo o que eu queria era...

— Dim-dom!

— O que você quer, cabeça dura? — Gritei em resposta à sua voz enquanto me levantava da cama. Respirei fundo e olhei para o meu relógio, peguei meu celular e minha pequena bolsa de moedas na cômoda e ajeitei o vestido mais uma vez. — É tudo ou nada.

Saí do quarto com um sorriso no rosto e olhei em volta, confusa.

— Onde você está?

— Dim-dom! — Cole repetiu, embora eu não conseguisse entender de onde sua voz estava vindo. Parecia um grito abafado de dentro da parede.

— Cole? O que você está...

Ele alterou a tática.

— Toc-toc!

Nesse momento, as portas do elevador começaram a se abrir, mas ele se apressou para apertar o botão para fechá-las novamente por dentro e se afastou para sair de vista.

Finalmente percebi o que estava acontecendo e corri para o elevador enquanto engolia as risadinhas que começaram a surgir. Levei um momento para me recompor de novo na frente do elevador — respirei fundo, ajeitei o vestido, dei um sorriso normal em vez de um sorriso de "Você é um idiota!" — e então apertei o botão para abrir as portas. Quando elas se abriram, aquelas risadinhas que eu engoli foram substituídas por um leve gemido, que imediatamente tentei disfarçar, é claro. Considerando tudo, acho que me saí muito bem.

Ele estava parado ali com calças cinza justas e uma camiseta preta com decote em V por baixo de uma jaqueta de couro preta. E estava usando suas botas de casamento, é claro. Ele amava essas coisas. Era tudo dele, exceto a jaqueta. Quando ele teve tempo de entrar lá e invadir o armário de Sebastian? Fiquei no quarto deles quase o tempo todo.

Não importa. *Uau.* Ele tinha se barbeado de novo, mas o cabelo estava solto e as ondas estavam livres, o que eu amava. Eu amava tudo na aparência dele — sempre, mas naquele momento, especialmente. Mas foi a combinação de tudo isso e a única rosa vermelha em sua mão que causou o gemido.

— Laila, eu suponho? — perguntou ele, sem se mover da sua posição no elevador. — Eu sou Cole. É ótimo conhecer você.

— Hum... sim. Prazer.

— Meus amigos me disseram que você era linda, mas sabe como é. Também disseram que você é engraçada, inteligente e gentil. Todas essas coisas. Você tem que imaginar que eles exageraram um pouco, certo? Eles não me prepararam para... *isso.* — Ele estendeu a rosa para mim, mas ainda não deu um passo. — Você está deslumbrante.

Beleza... aparentemente, estamos fazendo isso.

— E você... Você está... ótimo. *Realmente* ótimo.

Foi tudo o que consegui dizer. Durante a maior parte da minha vida, resisti a qualquer tipo de atração *porque* era o Cole. Seria um dia interessante, tentando resistir a tudo o que eu estava sentindo, pensando e querendo porque não *era* ele.

Eu não conseguia me mover. Não conseguia respirar. Nem consegui alcançar a rosa. Que fofo, ele estava fazendo um ótimo trabalho agindo como se eu não estivesse tornando as coisas tão estranhas quanto estava. Mas então, um segundo depois, quando as portas do elevador começaram a se fechar novamente e ele olhou rapidamente para o lado, sem saber se ele deveria apertar o botão mais uma vez ou confiar que eu faria isso (e essa confiança, é claro, carregava consigo uma ameaça muito real de seu braço ser esmagado), eu finalmente saí dessa. Ele havia se comprometido totalmente com essa ideia boba que eu tive. O mínimo que eu podia fazer era não o deixar correndo perigo.

— Sinto muito! Estou sendo tão rude. — Apertei o botão e as portas se abriram mais uma vez. — Você gostaria de entrar por um minuto? — Finalmente peguei a rosa e a segurei no nariz para cheirar. — E obrigada por elas, a propósito. É muito fofo.

— O prazer é meu. — Assim que ele se livrou da rosa, colocou as duas mãos nos bolsos da jaqueta. — E obrigado pelo convite, mas na verdade temos alguns planos com horário marcado, então talvez devêssemos...

— Ah! Claro. Sim... só me deixe... trancar a porta? — Eu não queria voltar à vida real, mas tinha acabado de perceber que ele estava de posse das chaves de Brynn e Seb. Dei de ombros levemente e notei que o lábio dele se contraiu.

— Ótimo. Você tem tudo o que precisa? — Levantei as palmas das mãos para cima e ele mordiscou o lábio para controlar o sorriso que queria se soltar. — Aquelas são suas chaves ali na ilha da cozinha? Não gostaria que você as esquecesse.

— Ah, sim. Minhas chaves. Vou precisar delas, não vou? — Me virei e dei alguns passos até conseguir alcançá-las. — Obrigada. — Avistei o vaso de flores que usei quando fiz o café da manhã para ele e impulsivamente o peguei em cima da geladeira. — Desculpe... é bem rápido...

— Claro. O que você precisar fazer.

Coloquei um pouco de água e coloquei o caule da rosa.

— Bem. Acho que estou pronta agora.

— Hum... esses são sapatos ótimos. *Realmente* ótimos. — Os olhos dele estavam lentamente subindo dos meus pés para os meus olhos, e meu nível de autoconsciência estranha aumentou com eles, como um termômetro em um dia quente. — Só para você saber, vai ter que andar bastante hoje...

— Está tudo bem. Já andei muitos quilômetros com esses sapatos. — *Como você sabe muito bem.*

Ele deu de ombros.

— Tenho certeza de que o que você acha melhor será ótimo. Mas, sabe... se você tivesse um par de Converse ou algo assim...

Eu ri. *Tudo bem, então*. Chega de sutileza e ignorância de estranhos.

— Ah, bem, agora que você mencionou... — Balancei a cabeça e corri para meu quarto, tirei os saltos e calcei as meias e meus Chucks rosa de cano alto. Pelo menos tivemos um momento singular na nossa história em que minhas pernas estavam vestidas para impressionar.

— Melhor? — perguntei enquanto entrava novamente no espaço.

Ele sorriu para mim, travesso, charmoso e tão Cole Kimball.

— Não tem como errar. Mas me sinto melhor por não deixar você com bolhas quando voltarmos aqui hoje à noite. — Ele gesticulou para o elevador. — Depois de você.

— Obrigada. — Passei por ele, seu olhar apreciativo me aquecendo da cabeça aos pés e vice-versa. Ter que resistir a tocá-lo, mesmo nas maneiras casuais e irrefletidas com que sempre nos tocávamos, era empolgante. Cada respiração tinha um ritmo diferente e cada palavra exigia consideração cuidadosa. No entanto, quando ele apertou o botão do elevador para nos levar ao térreo, consegui interpretar sem esforço o brilho nos olhos dele.

Ele estava se divertindo tanto quanto eu.

— Então, Laila... me fala um pouco sobre você.

CAPÍTULO VINTE E DOIS

COLE

Ele tinha planejado um dia específico para Laila. Longo — bem, umas noventa horas — antes de decidirem sobre o jogo que estavam jogando. A ideia começou a se formar enquanto ele observava a alegria irradiar dela no prédio de apartamentos de *Friends* e então cada aspecto dos mapas que ele tinha estudado e dos clipes do YouTube que ele assistia tarde da noite no quarto de empregada tinham o foco singular de criar um dia perfeito para ela. No começo, ele não tinha certeza se o dia poderia se traduzir em um tipo de primeiro encontro, e a verdade é que não se traduziria se o encontro fosse com qualquer pessoa no mundo além da única Laila Evangeline Olivet. Ele não tinha dúvidas de que havia outras mulheres no mundo que teriam gostado das coisas que ele tinha planejado. Mas para um primeiro encontro? Para um primeiro encontro, ele teria sido visto como alguém que estava forçando a barra. Ou, muito provavelmente, um psicopata carente que estava tão desesperado por amor que não aceitaria nada menos do que desgastar a mulher até ela ficar tão exausta que não notaria quando ele levasse uma mochila com suas coisas para o apartamento dela no fim da noite.

Mas Laila? Laila adoraria. É verdade, ele não esperava que ela usasse um vestido quando planejou o dia pela primeira vez. Ele tinha visto mais como um dia de jeans para os dois, como a maioria dos dias eram para os dois. Mas agora? Boa sorte para convencê-lo de que ela não nasceu para usar aquele vestido.

Quanto a todas as outras coisas, ele sabia que cada um escolheria ignorar as inconsistências que ele havia criado ao transformar a comemoração única de aniversário de Laila em Nova York com sua melhor amiga em um encontro às cegas totalmente normal com um estranho que provavelmente não era um assassino em série.

— Não sei se você é uma grande fã de comédias românticas...

— Você está brincando? — Eles estavam entrando em um vagão na linha J na Canal Street como se fosse a coisa mais natural do mundo. Ele amava o quão bons eles tinham ficado em andar de metrô. — Eu amo.

— Posso contar um segredo?

— Claro. — Eles pegaram dois assentos vazios em um vagão quase vazio. — Pode falar.

Ela arrumou a barra do vestido e Cole lutou contra a tentação de se concentrar nos joelhos dela observando e interpretando o sorriso em seu rosto. Aquele que dizia claramente: *Sim... como se tivesse um segredo que eu não saiba.*

— Eu também amo comédias românticas. — Os olhos de Laila se arregalaram e ele se deliciou em poder surpreendê-la com algo que ela não sabia, afinal. — Minha melhor amiga é obcecada por elas e, claro, no começo eu estava apenas fazendo a vontade dela, acho. Ela assistiu a filmes que eu queria assistir, mesmo que ela não tivesse interesse neles, então era justo. Mas em algum momento, não sei o que aconteceu. Então me ajude, fico emocionado toda vez que Jennifer Lopez convence um cara a deixar a namorada por ela.

Laila riu.

— Seu segredo está seguro comigo.

— Agradeço por isso. — Ele olhou para o painel de estações para ter certeza de que estava acompanhando suas paradas. Só mais uma até eles saírem.

— O que fez você pensar em comédias românticas?

Ele deu de ombros.

— Eu não sei. Nova York, acho.

Ela suspirou.

— Pois é.

Teria sido tão fácil beijá-la ali mesmo. Continuar de onde pararam antes de Drea interrompê-los naquela manhã. Havia espaço para se esticarem, mas eles não tinham aproveitado. Eles estavam lado a lado, braços se tocando, esperando a próxima estação de metrô. Mas ele só conhecia essa mulher com quem estava em um encontro há aproximadamente quinze minutos. Parecia um pouco cedo para um cavalheiro fazer um movimento.

Eles ficaram em silêncio até descerem na estação e então, quando começaram a caminhar pela cidade, ele perguntou onde ela tinha crescido. Mais uma vez, houve um sorriso um pouco estranho enquanto ela pensava em como contar a ele sobre coisas que ele já sabia. Ela começou contando algumas especificidades geográficas. A elevação. A localização. Uma área isolada da qual ninguém nunca tinha ouvido falar, situada entre um monte de lugares que as pessoas pagavam muito para visitar. A população. O clima. Ela estava no meio de uma frase sobre o Festival da Cidade quando parou na calçada e seu queixo caiu.

— Harry e Sally comeram ali.

Ótimo. Ela tinha visto e reconhecido instantaneamente o Katz's Delicatessen. Ele esperava que acontecesse assim.

— É isso mesmo. Hein. Isso é bem legal. Bem, já que estamos aqui... o que você diz? Quer entrar e... comer alguma coisa?

Ele quase disse:

— Você quer entrar e comer "o mesmo que ela comeu"? — Felizmente ele se conteve. Essa foi outra daquelas coisas delicadas. Para sua melhor amiga? Hilário. Para um encontro às cegas, vinte e cinco minutos depois? Alerta de esquisitice.

— Quer dizer, eu *adoraria*, mas você disse que temos lugares com horário marcado para... — A compreensão surgiu. Ela olhou para os pés e pigarreou antes de sussurrar: — Sim, por favor. — O sorriso se espalhou pelo rosto dela enquanto levantava a cabeça para encontrar os olhos dele de novo. — Obrigada — murmurou para ele.

— Ei, ouvi dizer que eles têm um bom pastrami. — Ele piscou e ela riu, calorosa, divertida e tão cheia de alegria.

Era de se espantar que o aniversário de Laila fosse seu dia favorito do ano?

CAPÍTULO VINTE E TRÊS

LAILA

— Acho que eles estão prestes a sair.

Cole assentiu.

— Sim, mas a Dama e o Vagabundo lá atrás estão se preparando para correr. Você acha que podemos vencê-los?

Estávamos amontoados na mesa, Cole dando as últimas mordidas em seu sanduíche Reuben e eu sorvendo minha sopa de bolinhos de matzá.

— Com certeza. A parte amorosa deles vai acabar sendo a ruína deles. Olhe para eles. Não conseguem parar de se tocar.

— Entendo. Você está propondo um pouco mais de marcação individual em vez de marcação por zona.

— Exatamente. — Larguei minha colher e tomei um gole de refrigerante. — Acho que se você os bloquear, posso usar alguma linha ofensiva para entrar lá e fazer algumas coisas de times especiais antes mesmo que eles saiam da área de penalidade. — Cole sorriu para mim e dei de ombros. — Tanto faz. Esportes. Blá-blá-blá.

— Tá bom, então eu vou lidar com a Dama e o Vagabundo enquanto você vai direto para Harry, Rony e Hermione. Não recue.

Olhei para as três crianças que ficaram na nossa mira por quase uma hora.

— Eles nem sabem o que têm. É tão errado.

Os dois meninos e uma menina (que na verdade pareciam crianças muito legais, para cujos pais eu estava meio inclinada a escrever uma carta elogiando por criar jovens tão educados nesta era moderna) estavam comendo seus sanduíches juntos, se divertindo muito, a cerca de dois metros de distância de nós. Eles eram claramente crianças do Lower

East Side que tinham ido até lá para almoçar, moravam no bairro e apreciavam carnes curadas deliciosas. Mas o tempo estava se esgotando e eles estavam sentados na mesa de *Harry e Sally*. Tudo o que eu queria era uma foto decente no local icônico e então Cole e eu iríamos embora.

Mas descobrimos bem rápido que quase todas as outras pessoas no Katz's tinham as mesmas intenções. A maioria tinha ido e vindo. Muitos tinham se espremido um pouco perto demais dos nossos amigos adolescentes e tirado fotos de qualquer maneira. Mas a Dama e o Vagabundo, assim chamados porque ficavam mordiscando picles de endro de lados opostos até se encontrarem no meio, esperaram.

Mas eles não esperaram tanto quanto nós.

Primeiro encontro ou não, Cole e eu estávamos na mesma sintonia há mais tempo do que nossos amigos de Hogwarts estavam vivos. Aquela mesa seria nossa.

— Eles estão juntando o lixo — informou Cole entre dentes.

Claro que estavam. *Cara Professora McGonagall, ou quem quer que seja responsável por esses adoráveis ratos urbanos...*

— Vamos lá.

Peguei nossa bandeja e comecei a ir em direção à lata de lixo antes de me virar para perguntar a Hermione se ela sabia onde era o banheiro. Enquanto ela apontava para o fundo da delicatéssen, deslizei para mais perto da mesa deles para sair do caminho dos clientes que passavam. Quando eu estava agradecendo e dizendo às crianças para terem um bom dia, Cole se abaixava para pegar um guardanapo que ele tinha deixado cair, me dando tempo suficiente para deslizar para uma das cadeiras enquanto a Dama e o Vagabundo esperavam impacientemente que ele parasse de bloquear o corredor.

— Ah, desculpem — disse Cole a eles enquanto deslizava para a cadeira na minha frente.

Nós dois controlamos nossas emoções e nos abstivemos de nos gabar, além de um leve toque de punho embaixo da mesa. Nossos rivais estavam furiosos, parados ali com os braços cruzados, sem parecerem nem um pouco amorosos.

— Eu quase me sinto mal — sussurrei enquanto tirava meu celular do bolso e começava a tirar fotos. Cole se inclinou e apareceu nas fotos

— sobre a mesa, em frente ao letreiro de neon e com a Dama e o Vagabundo ao fundo. Recostei-me na cadeira e suspirei feliz enquanto olhava as fotos que tinha acabado de tirar. — Isso é incrível.

— Sim… mas acho que devemos ir.

Coloquei meu celular de volta no bolso enquanto Cole pegava nossa bandeja e nos levantamos dos nossos assentos. Nem tínhamos pisado no corredor quando algumas pessoas totalmente novas entraram e roubaram a mesa debaixo do nariz daqueles que acreditávamos que herdariam o trono de Harry e Sally.

— Caramba. — Falei para ele enquanto caminhávamos até a porta. — Quem diria que comédia romântica era um esporte sangrento e brutal?

— Você conseguiu algumas fotos boas pelo seu esforço?

— Consegui. — Ele segurou a porta aberta para mim e sorri para ele enquanto saíamos para a Houston Street. — Se quiser me dar seu número de telefone mais tarde, posso enviá-las para você.

CAPÍTULO VINTE E QUATRO

COLE

— Isto. É. Incrível.

Eles entravam e saíam de trens como se soubessem o que estavam fazendo, andavam como se a cidade fosse deles e agora estavam no Central Park, olhando para o Wollman Rink, um dos rinques de patinação no gelo mais famosos do mundo. Bem, seria o Wollman Rink se fosse inverno. Do jeito que estava, no final de setembro, eram as quadras de *pickleball* do Wollman.

Cole não deixou de concordar.

— A vista é bonita, com certeza.

Laila virou a cabeça e corou quando o pegou olhando para ela.

Estavam cercados pelo Plaza e Essex House e uma série de outros edifícios que ele reconheceu sem saber como se chamavam, mas ele não conseguia parar de olhar para *ela*. Ela estava debruçada sobre o corrimão, olhando para a dúzia ou mais de quadras de *pickleball* onde homens e mulheres suados de todas as idades e níveis de condicionamento físico estavam lá fora se convencendo de que competiam em um esporte de campeões em vez de um jogo familiar amigável que ele supôs ser mais fácil de aprender do que Twister e que tinha menos risco de lesões. Mas Cole sabia que na mente de Laila, ela estava vendo neve, luvas e John Cusack.

— Este, é claro — disse ele enquanto encarava o rinque novamente —, é o local lendário onde Harry e Marv tramaram seu plano covarde de roubar o Baú de Brinquedos de Duncan em *Esqueceram de Mim 2: Perdido em Nova York*.

Laila deu um tapa no braço dele enquanto ela também olhava para a frente. Era fascinante para ele como cada vez mais os pequenos gestos incidentais eram impossíveis de discernir como produtos de uma vida inteira de amizade ou o melhor encontro que qualquer um deles já teve.

— Você também não.

— O quê? — perguntou ele com uma risada.

— O que há com homens adultos e esse filme?

O coração dele acelerou de novo. Essa tinha sido uma das coisas favoritas dele naquele dia. Eles estavam fazendo um ótimo trabalho mantendo suas personas como estranhos, mas ele tinha perdido a conta de quantas vezes ela tinha falado sobre ele. Pequenas coisas assim. *"Homens adultos"*. *"Meu melhor amigo"*. *"Esse cara que eu conheço"*. Mesmo quando eles fingiam não conhecer as histórias um do outro, ambos faziam parte de todas elas.

— É um clássico!

— *Escrito nas Estrelas* é um clássico.

Cole deu um tapinha na própria testa.

— É isso mesmo. Foi filmado aqui também, não foi?

Ela riu e começou a dar pulinhos sobre os calcanhares.

— Você está bem? Está com frio? — Era um dia perfeito, lindo e quente, mas parados na sombra como estavam agora, havia um leve frio no ar.

— Não. Só ansiosa.

— Ansiosa? Por quê?

Ela balançou a cabeça.

— É idiota. Eu só quero ir até lá.

Ele explodiu na gargalhada.

— Lá fora? Para jogar *pickleball*? De vestido?

Ela deu de ombros.

— Eu disse que era idiota.

Ele pigarreou e tirou os braços da jaqueta de couro. Ele estava com muito calor nela a maior parte do dia, como sabia que ficaria, mas depois de um banho rápido, ele só teve cerca de quarenta minutos para correr (literalmente) até a loja de roupas que Sebastian tinha recomendado. Ele usou um cartão de crédito que ele pagou obedientemente todo mês desde os 18 anos para comprar uma jaqueta de couro em Tribeca, pelo amor de Deus. Uma jaqueta de couro que ele agora pagaria por três a seis meses. E esse era o melhor cenário, considerando que ele estava desempregado e à deriva em sua vida.

E, claro, ele provavelmente poderia ter pegado algo emprestado de Seb. Mas sabia que havia uma chance de Laila sentir frio quando estivessem caminhando para casa mais tarde naquela noite. Na verdade, tinha certeza disso. E ele lhe ofereceria sua jaqueta como já havia feito um milhão de vezes antes. E ela a usaria. E então a jaqueta levaria levemente o cheiro dela. E não havia nenhuma chance de ele deixar o cheiro dela naquele dia de todos os dias morrer lentamente no armário de Sebastian ou, pior, uma morte rápida nas mãos de uma lavanderia de Tribeca. Ele não conseguia pensar em uma razão mais nobre para acumular uma pequena dívida frívola pela primeira vez na vida.

— Não, não é idiota. — Ele dobrou a jaqueta sobre o braço esquerdo e estendeu a mão direita para ela. — Especialmente porque temos uma quadra lá embaixo reservada para os próximos trinta minutos.

Ela gritou e jogou os braços em volta do pescoço dele, então pulou para trás quando percebeu o que tinha feito.

— Desculpe. — Ela riu, obviamente tentando equilibrar todas as emoções e as regras.

— Está tudo bem. Também fico animado com *pickleball*.

CAPÍTULO VINTE E CINCO

LAILA

Uma hora depois, depois de eu ter ensinado *pickleball* para o meu companheiro (ou assim decidi e Cole era muito cavalheiro para discutir sobre isso, já que, mesmo depois de um casal encantador chamado Glen e Jeannie do Gramercy Park demonstrar mais paciência do que merecíamos ao tentar nos ensinar, ainda não entendemos), nós vagamos pelo Central Park até sairmos no Strawberry Fields no Central Park West.

(P.S. *Pickleball* é difícil e eu não estou em forma nem sou feroz o suficiente para existir dentro desse mundo.)

Eu apenas continuei seguindo a liderança dele, sem ter ideia de para onde estávamos indo e não me importando com Ray Liotta.

Sim, eu disse "não me importando com Ray Liotta". Essa foi a primeira piada interna de casal do nosso do encontro às cegas. Era estranho ser incapaz de fazer uso de piadas internas o suficiente para preencher dez temporadas de um seriado de comédia, mas quando eu disse que não me importava nem um pouco com *Breaking Bad* e ele me ouviu mal, um novo seriado começou.

Enquanto caminhávamos pela Seventy-Second Street, perguntei o que ele fazia para viver. Parecia um pouco arriscado porque é claro que a melhor amiga dele sabia que ele não tinha um emprego no momento. E sua melhor amiga estava totalmente ciente da mina terrestre emocional que existia naquele tópico. Mas não perguntar seria quebrar as regras. Certo? Eu tinha afugentado jovens perfeitamente legais com esse homem que eu tinha acabado de conhecer. Eu tinha atravessado metade de Manhattan com ele. Nós tínhamos tirado inúmeras selfies ridículas juntos. E agora nós tínhamos jogado *pickleball* sob a tutela vigilante, perplexa e decepcionada (embora eles fossem gentis demais para dizer isso) de Glen e Jeannie enquanto eu tentava manter o decoro usando um vestido desenhado por Gwyneth Paltrow. (Talvez? Não posso dizer honestamente que tinha certeza sobre o papel que Gwyneth desempenhou na criação daquele vestido). De muitas maneiras, parecia um pouco tarde demais para descobrir se ele era um dançarino dos Chippendales, um caçador de recompensas ou algo assim.

— Eu sou um chef.

— Uau, sério? — Perguntei enquanto passávamos pelo Edifício Dakota. — Você é um dos bons?

Ele pensou seriamente antes de responder:

— Sim, na verdade. Eu sou. Eu sou muito bom.

Abaixei a cabeça para manter meu sorriso satisfeito para mim mesma. Por muito tempo ele insistiu que era apenas um peixe grande no pequeno lago de Adelaide Springs. Ele desviava de elogios dizendo coisas como: "Mendigos não podem escolher". Mas eu sabia o quão bom ele era e todo cliente satisfeito que já comeu sua comida apenas discordaria dele.

— Como você começou a cozinhar? É algo que você sempre fez?

— Mais ou menos. — Ele olhou para a frente e depois para trás quando chegamos ao cruzamento da Seventy-Second com a Columbus Avenue e, então, gentilmente colocou a mão nas minhas costas para me guiar pela faixa de pedestres. — Eu era, hum… Bem, acho que minha avó foi minha primeira professora. E ela me ensinou que comida é amor. — Nosso ritmo naturalmente diminuiu quando chegamos do outro lado da Columbus, caminhando contra a maioria do tráfego de pedestres que havia na calçada. — Ela me dizia que quando você não sabia mais o que fazer por alguém, deveria alimentá-lo. Se estivesse com fome, alimente-o. Se estivesse com frio, alimente-o. Se estivesse doente, alimente-o. E, às vezes, você só precisava alimentá-lo para que soubesse que não estava sozinho.

Sorri ao me lembrar de Eleanor. Eu nunca a tinha ouvido dizer essas palavras exatas, mas esse era, sem dúvida, o código pelo qual ela vivia. Não conseguia contar as vezes em que ela me fez me abrir para ela me enchendo de biscoitos ou as vezes em que ela me confortou com uma tigela cheia de ensopado de chile verde.

— Você foi criado pela sua avó? — perguntei. E, por alguma razão, não pareceu estranho. Era a próxima pergunta natural.

E, por alguma razão, ele não hesitou em responder.

— Principalmente. Meus dois avós, na verdade. A mãe e o padrasto da minha mãe. — Ouvi-o soltar um suspiro contemplativo enquanto caminhávamos lado a lado. — Não sei por que disse isso. O esclarecimento do padrasto, quero dizer. Ele foi o único pai que ela teve de verdade. — Ele olhou para mim e deu de ombros. — Às vezes, a distinção parecia importar para ela, mas acho que nunca importou para ele.

— Por que você acha que isso importava para ela?

— Não sei. Mas sempre achei meio triste. Porque tenho certeza de que a distinção não importava para ela quando se tratava de como ela se sentia em relação a ele, sabe? Ele era o pai dela. Mas acho que ela sempre imaginou que, para ele, ela era apenas sua enteada. E eu realmente não acho que ele a tenha visto como outra coisa além de filha. — A voz dele era melancólica. — E agora ele faleceu e eu acho que me pergunto se todas as preocupações estão meio que congeladas no lugar, pelo resto do tempo.

Eu queria intervir, sabendo o que eu sabia. Queria tranquilizá-lo de que Bill o amava e nunca pensou nele como outra coisa senão seu neto — porque era disso que estávamos realmente falando, não é? Ele podia ver essa dor em Cassidy e sabia a verdade na situação dela, e ele provavelmente até sabia a verdade em seu próprio relacionamento com Bill. Mas agora Bill se foi e as perguntas permaneceram. Queria ajudá-lo a não ficar congelado ali. Mas eu não podia fazer isso hoje.

— Você e sua mãe são próximos?

Ele riu baixinho.

— Eu não sei. É complicado, acho.

— Desculpe. Se você não quiser falar sobre isso...

— Não, está tudo bem. — Ele me cutucou gentilmente com o cotovelo. — Se você tem certeza de que quer ouvir tudo isso.

Em seguida, uma onda de náusea tomou conta de mim. Não foi nada grave. Apenas um instante em que me senti suada e tive que me concentrar em engolir e respirar para não vomitar nos degraus de uma casa de arenito vermelho no Upper West Side. Mas então passou, tão rápido quanto apareceu, e fiquei pensando sobre o que tinha causado isso.

COLE E LAILA SÃO APENAS AMIGOS **233**

O jeito que ele me cutucou naquele momento — era algo que ele fazia o tempo todo. Era algo que fazíamos um ao outro todo dia, provavelmente. E não é como se eu estivesse dizendo que era algo especial entre nós. Foi apenas um cutucão. Muitos amigos cutucam uns aos outros, tenho certeza. Não estou dizendo que Cole e eu tínhamos registrado a cotovelada e íamos processar Robin Thicke por dar uma cotovelada em Pharrell no vídeo de "Blurred Lines" ou algo assim. Mas era tão *nós*. E naquele momento, quando ele me cutucou, não parecia isso.

De novo... aviso de sanidade: não tinha *realmente* parado de parecer assim. Estávamos jogando um jogo. Conduzindo um experimento. Tendo um dia único na vida em circunstâncias incomuns. A qualquer momento eu sabia que poderia olhar para ele e dizer: "Cole, estou cansada disso. Só preciso abraçar meu melhor amigo" e ele não hesitaria em deixar de lado a pretensão de sermos estranhos e envolver seus braços em volta de mim.

Mas quando ele me cutucou enquanto me contava suas histórias, como casais em um relacionamento novo e exploratório, senti algo diferente pela primeira vez. Não me senti como a garota que ele conhecia desde que nós dois usávamos fraldas, nem como a mulher que ele quase beijou esta manhã. Eu me senti como uma mulher aleatória no futuro, em seu primeiro encontro com Cole Kimball. Uma mulher nova, real, até então desconhecida, a quem Cole contaria suas histórias. Com quem Cole compartilharia sua dor. Com quem Cole estragaria com surpresas incríveis e abriria portas, confiaria e ocasionalmente cutucaria com o cotovelo.

A náusea passou e foi o medo de um futuro desconhecido e o ciúme de um grande amor até então inexistente que eu tive que engolir.

— É claro que quero ouvir tudo.

Ele olhou para o próximo cruzamento, a apenas mais algumas fileiras de edifícios de distância, e então parou de andar e encostou no acostamento. Ele apoiou o ombro esquerdo nos tijolos bege de um espaço comercial vazio, e eu o encarei, apoiando meu braço direito a menos de um metro à sua frente.

— Eu sou adotado, sabe? E minha mãe... ela é ótima. Sério, ela é um ser humano extraordinário. Não sei muito sobre minha situação de nascimento, honestamente, nunca tive muito interesse em saber, mas acho que não foi tão bom assim. Ela me salvou de... bem, de quem sabe o quê.

Eu sabia que não devia interromper o silêncio enquanto ele observava as pessoas passarem.

— Mas é como se *esse* fosse o trabalho dela. Me salvar daquela outra vida. Me levar para uma melhor. E sou muito grato por ela ter feito isso. Mas tenho certeza de que esse foi o fim do trabalho para ela. Ela não queria ser mãe. Só queria fazer a parte dela para tornar o mundo melhor, uma pessoa de cada vez, e quando estivesse tudo resolvido comigo, ela poderia passar para a próxima. — Ele zombou e olhou para os próprios pés. — Que coisa horrível, hein? Abençoado seja o coração dele, o pobre recém-nascido indesejado que ganhou um lar, foi amado e cuidado... — Ele levantou os olhos e encontrou os meus. — Tive uma vida realmente ótima até agora, realmente não tenho do que reclamar. Sou grato aos pais biológicos que, quaisquer que fossem as circunstâncias, garantiram que eu tivesse uma chance na vida, e sou muito grato que minha mãe me escolheu, mesmo que tenha sido uma escolha entre adotar uma criança ou enviar muito dinheiro durante a campanha de doações da PBS.

Ele riu e eu me juntei a ele enquanto enxugava o mais discretamente que pude uma lágrima que se formava.

— E sou definitivamente grato aos avós que me deram o lar mais amoroso e amigos que... bem, que eram mais próximos do que a família, e uma cidadezinha estranha de algumas pessoas bem estranhas que ajudaram a tornar a vida o melhor possível. Eu não sei. — Ele balançou a cabeça e esfregou os olhos com força. — Acho que é só que tenho 39 anos e, de repente, não sei o que fazer da minha vida. E *quero* culpar outras pessoas por isso. Em algum lugar lá no fundo, desejo poder culpar outras pessoas por isso. Mas não tenho ninguém para culpar além de mim mesmo. Acho que eu... — A voz dele sumiu e ele olhou para as botas novamente. — Acho que sempre senti que deveria ser grato. Eu só precisava ser grato. E eu era. Eu *sou*. Mas...

— Mas é difícil se deixar querer qualquer coisa quando você passou a vida inteira apenas sendo grato pelo que você tem.

Os olhos dele se encontraram com os meus novamente enquanto ele respirava:

COLE E LAILA SÃO APENAS AMIGOS   235

— Sim.

Ofereci-lhe um meio sorriso e apenas tentei permanecer presente para ele. Para não pensar em como ele nunca tinha me dito tudo isso antes. Pelo menos não dessa forma. Acho que se eu tivesse me informado melhor — melhores registros, talvez, para evitar que detalhes e emoções se perdessem — os pedaços de uma vida inteira provavelmente deveriam ter somado para saber o que ele estava sentindo.

Não... eu *sabia*. Conhecimento não era o problema. Mas quando uma conversa sobre sua mãe ocorreu semanas ou meses depois de um dia ruim em que ele realmente sentia falta de Eleanor, e então outro ano se passou antes que ele dissesse algo melancólico sobre amar Adelaide Springs, mas se perguntando como seria a vida se ele tivesse sido capaz de forjar sua própria identidade longe de uma população inteira de pessoas que sabiam mais sobre seu passado do que ele jamais se importou em aprender... E então quando seu avô morreu e ele foi repentinamente roubado da vida que, aos seus olhos, ele tinha sido presenteado e que teria sido desrespeitoso não querer... E quando sua melhor amiga só conseguia pensar em quanto ela perderia se ele explorasse outras possibilidades para si mesmo...

Não. Conhecimento não era o problema.

Estendi a mão que estava contra a parede e envolvi meus dedos mindinho e anelar nos mesmos dedos dele enquanto eles balançavam frouxos.

— Sei que não nos conhecemos de verdade, mas você se importa se eu disser alguma coisa?

Cole sorriu e enrolou seus dedos nos meus.

— Você está brincando? Depois que eu acabei de vomitar toda a minha história de vida em você no nosso primeiro encontro? Pode dizer o que quiser.

Respirei fundo e olhei para nossas mãos.

— Parece que há muitas pessoas que realmente amam você. E isso faz sentido. Você parece ser um cara muito legal. — Levantei meus olhos e espiei-o através de fios de cabelo caindo em cascata sobre meu rosto e ele sorriu calorosamente para mim antes de estender a mão para colocar os fios atrás da minha orelha. Inclinei-me na palma de sua mão e levantei meu queixo. — E parece que você passou muito tempo cuidando dessas pessoas. Entre sua gratidão e a crença de que comida é amor e... — Eu funguei. — E todas essas coisas. Mas tenho certeza de que nenhuma dessas pessoas se perdoaria se, mesmo acidentalmente, impedisse você. De... seja lá o que for. De qualquer coisa que você queira.

— Mas é isso, eu acho. Não tenho ideia do que quero. Não de verdade. Sei que preciso de algo diferente, mas quanto ao que pode ser...

— E é *isso*. É hora de descobrir. E tenho certeza de que as pessoas que amam você ainda vão amar. E elas vão torcer por você. E vão ficar tão orgulhosas... — Funguei novamente e engoli o máximo de emoção que pude. — Vão ficar orgulhosas de *você*. Não importa o que você faça. Onde quer que você esteja. Você não está traindo ninguém ao cuidar de si mesmo para variar. Tenho certeza de que é exatamente isso que todos que amam você gostariam que você fizesse. Só que, às vezes, é fácil perder a noção de onde terminamos e outra pessoa começa, eu acho. Quando nunca realmente conhecemos nada além de quem somos juntos.

Eu sabia que tinha perdido o fio da meada do encontro às cegas. Ele sabia também, se o sorriso irônico em seus lábios e a umidade brilhando em seus olhos fossem algum sinal.

— De qualquer forma, estou divagando. Mas, principalmente, só quero dizer obrigado por compartilhar isso comigo.

— Bem, você é uma ótima ouvinte. Não consegui me conter.

Ficamos ali por mais alguns segundos, nos encarando até que o constrangimento de ficarmos presos entre não saber o que a versão de nós que tinha um encontro às cegas deveria fazer em seguida e evitar o que a versão de nós que tinha amigos de longa data sentia naturalmente — abraços e comida, provavelmente — se tornou demais e começamos a rir.

— Tudo bem. — Cole apertou meus dedos gentilmente nos dele, depois soltou minha mão e se endireitou. — Vamos continuar? — Ele olhou para o relógio. — Temos um pouco mais de tempo até precisarmos chegar ao nosso próximo destino com hora marcada.

Arregalei os olhos.

— Uau. Então você realmente planejou algo para o dia todo.

Ele sorriu para mim e riu baixinho para si mesmo.

— Estou meio que vindo com tudo para um primeiro encontro, não estou? Desculpe.

Balancei a cabeça.

— Não, é ótimo. O melhor primeiro encontro que já tive.

O melhor encontro e ponto-final. Talvez o melhor dia. Justo quando eu pensava que Cole Kimball e eu não poderíamos melhorar.

— Eu também. — Ele mordeu o lábio inferior e me olhou curioso. — Seus pés estão bem?

Olhei para os meus tênis rosa de cano alto e depois para ele de novo.

— Estão ótimos. Embora, de novo, esse não fosse exatamente o visual que eu queria.

— Esse visual funciona para você. Embora, realmente... — Ele assobiou baixo e suavemente entre os dentes, e um olhar de apreciação viajou pelas minhas pernas nuas e voltou para meus olhos. — É difícil imaginar que você não ficaria ótima em qualquer coisa.

Eu zombei enquanto continuávamos na Seventy-Second.

— Não sei. Meu guarda-roupa preferido geralmente é um pouco mais...

Então, aquelas reticências ali em cima indicam que minhas palavras se perderam. Apenas se dissiparam no ar como vapor. Sim... não foi isso que aconteceu quando chegamos à esquina da Seventy-Second com a Amsterdam Avenue e avistei a placa do Gray's Papaya. Minhas palavras meio que pararam. Minhas palavras, minha respiração e o próprio tempo simplesmente pararam.

Corri para o lado do prédio de esquina que ficava na Amsterdam Avenue e apontei para a janela.

— Tom e Meg comeram um cachorro-quente bem ali. Eles ficaram *bem ali*, do outro lado do vidro, e comeram um cachorro-quente. Foi aqui que a Kathleen disse ao Joe que ela se encontraria com o NY152 no Riverside Park, sabe? No final? Quase no final. Tipo, essa foi a preparação para "Eu queria tanto que fosse você".

Eu me entreguei a um pequeno surto de *Mensagem para Você* e gritei bem ali no meio da calçada. Alto o suficiente para que um grupo de turistas que passava pulasse e corresse pela rua para longe de mim. Gritei:

— Kathleen Kelly e Joe Fox comeram um cachorro-quente aqui! — como a única forma de desculpa que consegui conjurar. — Cole, você lembra... — *Encontro às cegas. Encontro às cegas. Encontro às cegas.* — Quer dizer, você já viu *Mensagem para Você?*

Quem sabe? Talvez esse homem que eu tinha acabado de conhecer também fizesse parte de um grupo de amigos adolescentes que convenceram uma das mães a dirigir através da passagem nevada da montanha para deixá-los no cinema a duas horas de distância no dia seguinte ao Natal de 1998 para que pudessem assistir *Príncipe do Egito* e *Vida de Inseto* em sequência. E talvez quando *Príncipe do Egito* estava esgotado, os amigos do meu par foram assistir *Mensagem para Você.* E talvez meu par fosse um cara tão legal — quer dizer, ele *parecia* muito legal — que quando os outros três amigos decidiram pular *Vida de Inseto* e entrar furtivamente em *A Noiva de Chucky*, com classificação para maiores de idade, ele decidiu sentar com sua melhor amiga — que era um pouco mais jovem e muito mais tímida — para assistir novamente a uma comédia romântica que ele não queria ver em primeiro lugar.

E talvez ele e sua melhor amiga também tivessem piadas intermináveis, constantes e recorrentes sobre *Mensagem para Você.* Talvez fosse uma tradição de Natal para eles assistirem. Todo ano, por mais da metade de suas vidas, a essa altura. Talvez ao longo dos anos ele tivesse dado a ela buquês de lápis recém-apontados e cópias dos livros infantis de Noel Streatfeild (S-T-R-E-A-T-F-E-I-L-D). Talvez eles ainda ocasionalmente elogiassem as coisas dizendo que eram tão espumosas quanto um café com leite triplo, porque essa tinha sido a citação de algum crítico na cópia em VHS do filme. E talvez ele tivesse se entregado às tentativas tolas de sua amiga de recriar a música em que Greg Kinnear cantava sobre a buzina soar tão triste, tudo isso agindo como se nunca tivesse se importado muito com aquele filme. Quer dizer, claro... era um tiro no escuro. Mas talvez ele também tivesse feito tudo isso.

Se um cara realmente amasse sua melhor amiga, esse era o tipo de coisa que ele faria.

Virei para encará-lo e, claro, ele estava me observando e sorrindo. *Claro* que ele estava com o celular na mão, filmando minha alegria para

COLE E LAILA SÃO APENAS AMIGOS 239

seus arquivos pessoais, como fazia há quase tanto tempo quanto eu conseguia me lembrar, começando com uma velha filmadora Panasonic VHS-C. E é claro que ele me trouxe aqui de propósito.

— Eu nem sei o que dizer. — Fechei meus punhos para tentar evitar correr para abraçá-lo. — Além de "Por que você está me filmando, seu esquisitão?"

Ele deu risada.

— É verdade que o que está acontecendo agora pode levantar algumas bandeiras vermelhas no primeiro encontro, se não fosse por alguns detalhes muito importantes.

Cruzei meus braços e inclinei meu quadril.

— Sou toda ouvidos.

— Bem, número um, eu achei que você era fã de *Mensagem para Você* desde o começo. E você acabou de confirmar minhas suspeitas, então estou bem até agora.

— Por mais verdadeiro que isso seja, ainda não ouvi nenhuma justificativa sólida para o voyeurismo.

Ele soltou outra risada e depois limpou o pouco de cuspe que escapou de sua boca e caiu no telefone e na perna da calça.

— Bem, então você claramente não é a devota de *Mensagem para Você* que eu creditava ser. Isso ou você ainda não olhou para trás.

Olhei para a Amsterdam Avenue, mas não vi nada familiar. Ele inclinou o queixo para o outro lado, para o outro lado da Seventy-Second Street. Notei uma entrada de metrô de aparência interessante. Pelo menos foi o que presumi que fosse. E uma placa que dizia Verdi Square, mas isso não significava nada para mim. Embora... houvesse algo meio familiar sobre a árvore no canto da área cercada, bem onde duas calçadas se cruzavam...

No nanossegundo antes do meu cérebro fazer a conexão, o celular de Cole começou a tocar música no volume máximo.

— Não acredito! — gritei, meu reconhecimento e compreensão se completaram. Eu agarrei a mão dele e atravessei a rua fora da faixa de maneira criminosa, puxando-o atrás de mim, deixando um rastro de risadas extasiadas (eu) e "Dreams" do The Cranberries (ele).

Embora seja incompreensível para mim, suponho que pode haver algumas pessoas no mundo para quem tudo isso não significaria nada. Pessoas que (vamos chamar assim) têm mais coisas acontecendo em suas vidas do que eu e não assistiram novamente seus cinco ou seis filmes favoritos literalmente a ponto de ter cada linha de diálogo e cada nota da partitura musical memorizada. Mas, novamente, eu não sou essas pessoas. No momento em que ouvi o acúmulo de pratos no início de "Dreams", estava imaginando Tom Hanks e Meg Ryan simplesmente se desencontrando repetidamente enquanto atravessavam os mesmos caminhos e basicamente andavam os mesmos passos em suas respectivas jornadas para o trabalho no Upper West Side, em Manhattan. E a melhor cena de toda a sequência aconteceu exatamente onde estávamos.

Recuperei meu fôlego depois dessa violação de trânsito e olhei com algo parecido com veneração para o ponto onde a calçada divergia.

— Manhattan deveria renomear este local.

— O cruzamento da Joe Fox Lane com a Kathleen Kelly Boulevard?

Larguei minha mão sobre o ombro dele e suspirei.

— É o trocadilho mais fácil de todos os tempos.

CAPÍTULO VINTE E SEIS

COLE

Eles andaram pela cidade por mais algumas horas assim. Felizes. Rindo. Bem barulhentos, na verdade. Tudo era divertido e tudo era engraçado. Despreocupados. Eufóricos. Das tentativas de filmar suas recriações da sequência de *Mensagem para Você* (o que se mostrou muito difícil de fazer sem as habilidades de atuação de Ryan e Hanks nem um operador de câmera) às tentativas de pedir cachorros-quentes para sua satisfação (o que se mostrou impossível, já que o caos de um espaço lotado e os fortes sotaques de Nova York de alguma forma resultaram em pedir chucrute, *relish* e ketchup, o que era bem nojento para algumas pessoas do Colorado), tudo parecia polvilhado com pó mágico.

Tanto que quando precisaram voltar para a casa de Brynn e Seb, Cole não queria que o encontro acabasse. Não estava pronto para dizer adeus à sua terra mágica de faz de conta.

— Então, sei que isso é muito atrevido da minha parte em um primeiro encontro, mas estava pensando se você gostaria de ir para minha casa. — Mesmo com todas as brincadeiras e toda a suspensão da descrença (e não importa que eles tenham compartilhado uma cama apenas algumas noites atrás e algumas dezenas de vezes antes disso), ele não se sentiu confortável com a maneira como aquilo soou quando saiu de sua boca. — Para o jantar, na verdade. Eu só… pensei em fazer o jantar para você.

O sol já havia se posto há quase uma hora quando saíram da estação Franklin Street e começaram a voltar para North Moore Street. Laila estava usando sua nova jaqueta de couro, como Cole havia previsto que estaria, mas ela ainda estava lutando contra um calafrio. A jaqueta grande demais estava enrolada nela o mais firmemente que ela conseguia, e ela estava apertando os braços enquanto saltava levemente a cada passo.

— Eu não sou o tipo de garota que volta para o apartamento de um cara em um primeiro encontro.

— E eu geralmente não sou o tipo de cara que pede isso. Mas, verdade seja dita, ainda não estou pronto para dizer boa noite. Além disso, estou morrendo de fome. Quem imaginaria que um cachorro-quente nojento seria tão insatisfatório depois de caminhar cerca de 16 km em um dia?

— E jogar *pickleball*.

— Sim! *Pickleball*. Embora eu ache que comemos uma montanha de picles de verdade também, sem mencionar carne de delicatéssen suficiente para abastecer uma franquia do Jimmy John's por uma semana ou mais.

O ritmo deles diminuiu quando viraram à esquerda no quartel de bombeiros de *Os Caça-Fantasmas*.

— Então o que você diz? Prometo me comportar como um perfeito cavalheiro.

— Nada de gracinhas?

Ele sorriu.

— Nada de gracinhas.

Laila suspirou dramaticamente.

— Bem, acho que eu poderia mandar uma mensagem para uma amiga ou algo assim... avisá-la onde estou. Só por segurança.

Cole assentiu.

— Isso seria sensato. Quer dizer, *tenho* quase certeza de que não sou um assassino em série nem nada, mas você não tem como saber disso.

— É. O seguro morreu de velho. — Ela parou de andar e enfiou a mão no bolso do vestido para pegar o celular.

Ele tentou manter o rosto sério, como ela estava conseguindo fazer, mas não foi fácil. Não quando fazia questão de virar o celular para longe dele e olhar por cima da tela de vez em quando enquanto digitava, examinando-o com cautela. E não quando a verdade era que ele estava animado e apavorado por ficar sozinho com ela depois do dia que tiveram.

Seu próprio celular tocou no bolso, fazendo o primeiro som não solicitado do dia. Na verdade, ele estava um pouco confuso sobre o porquê de estar se fazendo presente agora. Ele o colocou no modo Não Perturbe antes de "buscá-la" naquela manhã, não queria que nada interrompesse o dia deles. Mas ele sentiu que precisava dar uma olhada agora. No modo Não Perturbe, ele o configurou para receber apenas notificações de seus contatos de emergência. Agora que seu avô tinha morrido e ele e a equipe da Spruce House não telefonariam, restavam apenas Sebastian (não Brynn, já que ela tinha se deliciado um pouco demais com seu status de contato de emergência e abusado do seu acesso irrestrito), sua mãe e...

Claro.

Ele reprimiu uma risada enquanto pegava seu telefone. E Laila, é claro, permaneceu séria e impassível.

Oi, sou eu. Então, estou em um encontro com um cara ótimo. Tipo, ótimo MESMO. Ele é super fofo e legal, nós nos divertimos muito hoje. E ele quer me fazer um jantar na casa dele, o que talvez não seja uma ótima ideia, mas eu mencionei o quanto ele é fofo? De qualquer forma, tenho certeza de que vai ficar tudo bem. Vou mandar uma mensagem mais tarde e avisar que estou bem. Acho que pode rastrear meu telefone e chamar a polícia se você não tiver notícias minhas. Amo você!

Cole reprimiu outra risada, mas ela se tornou outra coisa. Algum tipo de sentimento pesado que tornava tudo complicado e ainda assim simples de maneira entorpecente, tudo ao mesmo tempo. A mensagem dela era uma piada, claro, mas também era a coisa mais significativa na vida dele. Ele realmente era a pessoa de confiança dela. A pessoa para quem ela realmente mandaria uma mensagem se ela se encontrasse nesse tipo de situação com outro cara.

Mas ele não conseguia responder como faria naquele cenário. Na verdade, ele não fazia ideia de como responderia naquele cenário. Uma semana atrás, o que ele teria dito?

Divirta-se! Não faça nada que eu não faria.

Sem chance. Ou, quem sabe, talvez fosse isso que ele teria dito. E então ele teria abusado do *seu* acesso e rastreado o telefone dela, ali mesmo, já que cada um tinha configurado essa funcionalidade. Ele não ia querer atrapalhar a noite dela, mas ele precisaria saber que ela estava bem. Ele com certeza não teria ido dormir até ter notícias dela de novo.

No entanto, é engraçado. Ele tinha certeza de que não teria ficado com ciúme. Seu problema, uma semana atrás, não teria sido o fato de que Laila estava com um cara "fofo" e "legal" com quem ela tinha se divertido muito. Mas agora? Felizmente, o cara era ele, mas não conseguia ignorar o aperto no estômago e a pulsação nas têmporas que acompanhavam o pensamento de ser outra pessoa.

Nem preciso dizer que ele não sabia como processar nada disso. Ele também se sentia totalmente bem em fazer disso um problema para o Cole do futuro. Ele ainda estava em um encontro com uma garota superfofa e superlegal com quem estava se divertindo muito. Então ele enviou a única resposta apropriada que conseguiu pensar para sua melhor amiga no mundo inteiro.

Telefone novo. Quem é?

Laila caiu na gargalhada quando o celular dela acendeu, iluminando seu rosto quase tanto quanto o próprio sorriso.

— Beleza, está tudo resolvido. — Ela guardou o telefone de volta no bolso do vestido e enfiou as mãos nos bolsos da jaqueta dele. — A cavalaria foi notificada. Eu adoraria que você me fizesse o jantar, se tiver certeza de que não vai dar muito trabalho.

— Seria um prazer genuíno. — Eles sorriram um para o outro por um momento e então ela começou a pular novamente em uma tentativa de se aquecer. — É melhor nos apressarmos para você fugir do frio.

Eles começaram a andar por toda a extensão dos três prédios restantes que ficavam entre eles e os Sudworth (que tinha sido a casa de Laila esta manhã quando ele a buscou e seria dele agora para o jantar, mas eles simplesmente ignorariam essa pequena inconsistência), e Cole finalmente teve coragem de fazer algo que ele estava relutante em fazer desde que estavam sentados no trem 1, no sentido centro, saindo da Sixty-Sixth Street–Lincoln Center. Ele colocou o braço, que estava nu abaixo da manga da camiseta, em volta do ombro dela e a puxou para si. Ela tinha a jaqueta, mas ele tinha o calor e, embora mantivessem o ritmo, ele a sentia derreter nele.

Ele colocava o braço em volta dela o tempo todo. Muitas vezes para ajudar a mantê-la aquecida. Às vezes, por nada mais consequente do que isso, depois de todos esses anos, ter o braço dele em volta dela era tão

COLE E LAILA SÃO APENAS AMIGOS 245

confortável quanto tê-lo pendendo ao lado do corpo dele. Ela geralmente envolvia o braço em volta da cintura dele em resposta. Às vezes, quando o abraço era mais voltado para a temperatura, ela se enrolava em si mesma antes de se enrolar nele, e então ele envolvia o outro braço em volta das costas dela e esfregava para afastar o frio. Mas isso era diferente. Ele observou, com o canto do olho, enquanto ela hesitava brevemente, então puxou a mão oposta do bolso da jaqueta e a levantou até a mão dele apoiada no ombro dela. Instintivamente, eles entrelaçaram os dedos e acariciaram os contornos das mãos um do outro com os polegares soltos.

Eles subiram os quatro degraus da entrada de metal preto juntos e pararam em frente à porta trancada do prédio, iluminada pelos postes de luz e pelas luzes da cidade refletidas nas nuvens no céu. Com o braço de Cole ainda em volta dos ombros dela, Laila virou na direção dele.

— Eu disse que é meu aniversário?

Ele engoliu em seco enquanto a respiração dela dançava em seu queixo e seu corpo se acomodava contra seu quadril.

— Hoje? — Ele limpou a garganta o mais sutilmente que pôde e ficou grato quando sua voz saiu mais forte na próxima vez que falou. — Não, você não disse. Feliz aniversário. Espero que tenha sido um bom aniversário.

Laila enfiou a mão livre no bolso do vestido e então colocou a chave de Brynn e Sebastian na mão livre de Cole, já que agora este era seu apartamento.

— Possivelmente o melhor aniversário de todos — sussurrou contra ele.

— Possivelmente? — Cole inclinou a cabeça em direção a ela e apoiou a testa na dela enquanto os olhos de Laila se fechavam.

— Bem, eu não faço xixi desde o Upper West Side, então se isso não acontecer logo, este aniversário pode ser memorável por razões menos agradáveis.

Ah, meu Deus. Ele riu e deu um beijo rápido na testa dela antes de destrancar a porta para que ela pudesse correr para dentro do elevador. Quando ele demorou um pouco para trancar a porta atrás deles, ela gritou:

— Espero que você não se importe em pegar o próximo! — enquanto as portas do elevador se fechavam.

Agora lá estava a Laila Olivet que ele conhecia e amava.

CAPÍTULO VINTE E SETE

LAILA

— Ah, Cole... — Fiquei impressionada com a maravilha iluminada e cintilante diante de mim enquanto saía pela porta de vidro e subia no telhado. — Como você... *Quando* você fez isso?

— Digamos que eu tenho amigos muito importantes com pelo menos uma assistente pessoal muito entediada que estava disposta a passar o dia... — Ele inclinou a cabeça e balançou as mãos na frente dele. — Na verdade, agora que falei em voz alta, esqueça isso. Já que eu convidei você para jantar há cerca de dez minutos, definitivamente é um pouco problemático que houvesse preparativos acontecendo o dia todo. Então, hum... é sempre assim? — As mãos viradas para cima acompanhando os lábios e a voz me fizeram rir.

— Boa defesa. — Eu assenti e dei um tapinha no braço dele. — Sim. Supersuave. Não me dá *nenhuma* vibe de "policial novo disfarçado colocado em dificuldades no primeiro dia de trabalho".

Uau. Realmente era de tirar o fôlego. Já tínhamos subido ao terraço uma vez antes, enquanto tomávamos café da manhã na terça-feira de manhã, e mesmo assim, a vista me cativou. Grande parte da cidade estava intencionalmente bloqueada por árvores, arbustos e designs artísticos dignos de galeria de... bem, árvores e arbustos, permitindo privacidade e isolamento, bem ali nos espaços abertos da selva de concreto. Mas é claro que isso só bloqueava os edifícios que tinham aproximadamente a mesma altura ou eram menores. Tribeca se gabava e era cercada por muitos, *muitos* edifícios com mais de sete andares.

O One World Trade, por exemplo. Era tão majestosamente exibido da casa de Brynn e Seb quanto a Snowshoe Mountain, com pouco mais de 3 mil metros de altitude, era exibido da varanda da frente da minha casa. Mas à noite? À noite, minhas montanhas ficavam perdidas para mim até a manhã, enquanto as maravilhas que me cercavam agora, assim como a cidade que habitavam, não pareciam realmente ganhar vida até o pôr do sol.

O ar da noite tinha uma atmosfera de festa, graças em parte à música que vinha de... algum lugar. Poderia ter sido de uma festa local ou de um restaurante próximo, mas onde quer que fosse, parecia o tipo de festa que Cole e eu não odiaríamos ir. Ed Sheeran estava tocando alto (tanto quanto você realmente consegue tocar Ed Sheeran em alto volume) naquele momento em particular, então não parecia exatamente uma festa. Era a trilha sonora perfeita para a atmosfera.

E então havia as decorações nas quais Cole parecia ter tido mais participação. lâmpadas estavam penduradas de um lado ao outro na extensão do terraço, criando a iluminação suave perfeita com uma linda tonalidade amarela. Não o tipo de tonalidade amarela que fazia você se perguntar se os rins de alguém estavam falhando. O tipo que criava aquele tom sépia suave que era muito mais lisonjeiro do que icterícia.

Brynn e Seb tinham mais móveis no terraço do que eu tinha na minha casa. O espaço foi claramente projetado para entretenimento e não era difícil imaginar as pessoas famosas e elegantes que habitariam o espaço como convidados dos nossos amigos famosos e elegantes. Mas hoje à noite o holofote — metafórico e literal, na forma de luzes decorativas suspensas como que por mágica — estava em uma mesa posta para dois. Perto dali, havia uma grelha gigante de aço inoxidável que parecia pronta para ser colocada em funcionamento.

Minha boca começou a salivar ao pensar em comer um pouco do lendário churrasco de Cole Kimball, assim como Cole estava babando por toda a cozinha externa, com sua churrasqueira, defumador, forno de pizza a lenha e água corrente, desde terça-feira de manhã. Aquecedores externos mais altos do que qualquer um de nós, com chamas dançantes criando quase um efeito de lâmpada de lava, cercavam a área de jantar, aumentando a temperatura do ar externo o suficiente até mesmo onde estávamos, ainda perto da porta, para afastar o frio. Embora, quem eu estava enganando? Não era o propano que estava fazendo cada terminação nervosa do meu corpo formigar de calor.

Ele fez isso por mim. Certo, ele fez Brynn fazer Drea fazer isso. Mas... por *mim*. Isso foi planejado antes de quase nos beijarmos naquela manhã. Antes de bolarmos o plano do encontro às cegas. Antes de ele me buscar, me dar uma rosa e lançar olhares apreciativos para minhas pernas o dia todo — alguns dos quais foram feitos para efeito cômico, mas também olhares sinceros que ele pensou que eu não tinha visto — e antes do nosso experimento de um dia dar certo, no que me dizia respeito, da melhor maneira possível. Ele fez isso por mim.

E eu estava apaixonada por ele.

Não porque ele me tratou como uma rainha o dia todo. Nem porque ele me tratava como uma rainha na maioria dos dias. Eu estava apaixonada por ele ser quem era. Eu vivi uma vida inteira de tudo de bom e de ruim com ele, e mesmo quando ele estava se sentindo perdido, e mesmo quando o coração dele estava partido, e se ele estava me tratando como uma estranha ou como a pessoa que ele conhecia melhor do que ninguém, ele era assim. Ele era maravilhoso, gentil, atencioso e tão altruísta, e tinha passado sabe-se lá quanto tempo pesquisando e mapeando locais de filmagem a ponto de saber para onde estava indo e me guiar sem esforço por uma cidade que ele não conhecia melhor do que eu, tudo isso enquanto possuía instintos básicos de navegação que eram muito inferiores aos meus.

Isso não significava que ele também estava apaixonado por mim? Não *porque* ele fez isso. Não exatamente. Mas porque... porque... eu não sei. Porque... como qualquer outra mulher seria capaz de viver com ele se importando tanto comigo? Não tinha sentido em tentar insistir comigo mesma por mais tempo que quando outra mulher aparecesse, eu ficaria bem. Era *eu*, certo? Para ele, sempre seria eu. Assim como para mim, sempre seria ele.

— Bom, feliz aniversário. — Ele deu um passo em direção à área de jantar, estendendo o braço para me guiar. — Estou muito feliz por ter tudo isso pronto. Então, me diga... . você gosta de bife? — Ele correu para a cozinha e começou a lavar as mãos. — Você não é vegana nem nada, é? — perguntou ele, se virando. — Eu diria que sou um cara relativamente humilde no geral, mas não adianta negar que eu grelho um senhor filé de costela.

O sorriso brincalhão ainda estava nos lábios dele quando ele se virou, com um pano de prato na mão, mas ele se despedaçou do mesmo jeito que eu quebro ovos. Eu ainda não tinha me mexido, não tendo seguido a orientação dele de seguir em frente, e ele não tinha notado até aquele momento. Foi também naquele momento, presumi, que ele percebeu que eu não parecia estar no mesmo espírito brincalhão que ele.

— Laila? Você está bem?

Eu dei um passo em direção a ele, por fim. Lentamente. Um passo. Outro. Mais um. Eu ousaria dar um quarto? Tudo havia mudado e ainda assim nada havia mudado. Neste ponto, ainda poderíamos acordar amanhã de manhã e agir como se fôssemos Bobby Ewing no chuveiro em *Dallas*. A temporada inteira tinha sido um sonho. Ou, mais provavelmente, não fingiríamos que não tinha acontecido, mas ficaríamos assustados o suficiente com nossos sentimentos para tentar minimizar tudo. Ele ainda não tinha me tocado de nenhuma forma que eu não tivesse sido tocada por ele antes. Só parecia um pouco diferente. O ritmo. A persistência. O fogo sob a pele. E ainda não tínhamos dito nenhuma palavra nova, mesmo que as palavras agora possuíssem camadas mais complexas.

— Você faria uma coisa por mim? — perguntei.

Ele torceu o pano de prato nas mãos, secando, e eu observei a garganta dele se contrair, sombras de Nova York ricocheteando nele sob as luzes.

— Quem está perguntando? A garota do meu encontro ou minha melhor amiga?

— Isso importa?

Ele balançou a cabeça gentilmente de um lado para o outro e então colocou o pano de prato no balcão atrás dele.

— Bem, claro.

— Então o que você diria se fosse a garota do seu encontro perguntando?

— Eu provavelmente diria que ficaria feliz em fazer, se eu pudesse.

A respiração estremeceu no meu peito.

— E se eu estiver perguntando como sua melhor amiga?

Cole deu um passo à frente.

— Não tem nada que eu não faria por você, Laila Olivet.

A força das palavras dele — *minhas* palavras para ele, menos de uma semana atrás — correu pelos meus sentidos, limpando a lama e o lodo.

— Me beija.

As duas palavras mal saíram da minha boca e eu ainda não tive a oportunidade de respirar depois delas antes que as mãos dele estivessem segurando o meu rosto, os dedos se espalhando pelo meu cabelo e ele me puxando para ele. Minha cabeça se inclinou enquanto meus lábios se separavam para respirar no instante antes dos meus olhos se fecharem e então se abrirem novamente. Eu queria vê-lo. Eu precisava ver como ele estava olhando para mim. Eu precisava saber que ele tinha certeza e que não haveria arrependimentos. Eu precisava saber, como ele havia dito apenas algumas horas antes e ainda assim, de alguma forma, uma vida atrás, que isso não nos arruinaria. Eu precisava saber que não tínhamos passado o dia tão distantes da nossa realidade que a gravidade da situação nos escapou momentaneamente.

Eu não sabia o que estava procurando, exatamente. Não havia um sinal que eu soubesse que deveria estar atenta. Nós tínhamos feito muitos acordos ao longo dos anos, mas um plano de fuga para um beijo errante e imprudente quando estávamos fingindo estar em um encontro às cegas não era algo para o qual tínhamos nos preparado. Mas quando vi os vincos familiares do sorriso aparecerem nos cantos externos dos olhos dele no instante antes dos nossos lábios se tocarem, eu soube e meus olhos se fecharam. Meus braços pendiam, sem vida e dormentes, enquanto tudo mudava e passávamos do ponto sem volta.

A boca dele me provocava, roçando meu lábio inferior e então desaparecendo... de novo... mais uma vez... criando agonia e êxtase dos quais eu sabia que nunca me recuperaria. Eu não sabia o que fazer com minhas mãos e mal conseguia senti-las de qualquer maneira, mas quando Cole abaixou os dedos e os roçou suavemente pelo meu pescoço, seguiu o contorno dos meus ombros e pelos meus braços, ainda cobertos por sua jaqueta, e então deslizou as mãos por baixo da jaqueta e ao redor da minha cintura, colocar minhas mãos no peito dele foi a coisa mais natural que eu já fiz. Meus dedos, por livre e espontânea vontade e de repente muito vivos, avançaram lentamente até os ombros dele, fascinados por poder senti-lo.

E ainda assim os lábios dele provocavam os meus com cuidado e consideração, como se tentassem compensar tantos anos ignorando essa parte de mim antes inexplorada. Um aspecto raro de mim que não era familiar para ele. De novo... êxtase torturante. Agonia estimulante. Gemi roçando meus lábios nos seus e cravei minhas unhas nos ombros dele como um meio de sobrevivência, e de repente pareceu que ele tinha levado, em sua opinião, uma quantidade adequada de tempo se apresentando e se familiarizando com meus lábios. Daquele momento em diante, eles eram dele.

As mãos dele estavam no meu cabelo novamente e eu suspirei — embora eu não ache que o suspiro tenha chegado ao ar livre — enquanto ele conquistava o último vestígio de incerteza entre nós. Deslizei meus braços para cima, dobrando meus cotovelos sobre seus ombros e enganchando-os para a frente até que minhas mãos estivessem no cabelo dele, curvadas sobre sua cabeça, puxando-o para baixo. Eu precisava de mais dele. Eu precisava compensar o tempo perdido e armazenar para o futuro incerto, e eu *precisava* que ele nunca parasse de me beijar. Era como andar em um brinquedo giratório frenético em um parque de diversões. Você sente o dano sendo feito ao seu equilíbrio, mas enquanto estiver girando, pode ignorar os efeitos que sabe que virão e apenas se segurar com unhas e dentes e se perder na explosão dos seus sentidos. Só quando para é que você não tem certeza se ainda consegue andar em linha reta.

Eu precisava que ele nunca parasse.

CAPÍTULO VINTE E OITO

COLE

Era absurdo para ele agora que nunca tinha imaginado como seria beijá-la. Pelo menos não antes daquela semana. Era absurdo para ele agora que ele estava andando ao lado dela, comendo ao lado dela, oferecendo um ombro para ela, rindo com ela, vivendo a vida com ela por... o quê? Vinte e sete anos desde que ele realmente começou a se importar com garotas como uma entidade excitante separada? E nunca uma vez ele tinha imaginado isso.

Claro que se ele tivesse imaginado, duvidava que teria imaginado assim.

Não deveria ser estranho? Ele e Laila estavam rapidamente se aproximando de quatro décadas de amizade e o vínculo que eles desenvolveram naquele tempo deveria deixá-lo tão hesitante em roçar o lábio inferior dela com os dentes como estava fazendo agora. Ele deveria ter desejado desviar os olhos em vez de estudar cada pequena partícula dourada escondida nos dela. Não deveria se sentir confortável o suficiente para fazer piadas, e ainda assim as primeiras palavras que saíram de sua boca foram:

— Você perguntou como minha melhor amiga, não foi? Porque eu realmente não sou o tipo de cara que toma a iniciativa no primeiro encontro.

Ela riu, gentilmente a princípio, e então eles se perderam em um ataque de riso juntos. Ela abaixou a testa no ombro dele, e ele tirou as mãos da cintura dela, ajustou a jaqueta para ter certeza de que ela ainda estava se beneficiando do calor, e então colocou os braços em volta das costas dela.

Não, ele não era o tipo de cara que tomaria uma iniciativa dessas no primeiro encontro e até que os pensamentos e sentimentos por ela começassem a invadir seu cérebro contra sua vontade esta semana, teria

COLE E LAILA SÃO APENAS AMIGOS 253

jurado que também não era o tipo de cara que tomaria uma iniciativa dessas depois de quase quarenta anos. Mas talvez fosse tudo sobre a gloriosa lei das médias.

Não que a palavra *média* tivesse algum lugar em uma conversa sobre o que estava acontecendo entre eles.

Cole suspirou.

— Por mais que eu odeie a ideia de falar sobre... bem, qualquer coisa, na verdade, acho que deveríamos... — Laila levantou a cabeça e encontrou os olhos dele e ele não teve dificuldade em reconhecer o pavor (medo, talvez?) neles. Ele realmente deveria ter começado a frase melhor. — Comer. Comida. Falar sobre o jantar. Era só isso que eu queria dizer. Acho que deveríamos comer alguma coisa.

Ela exalou quando o alívio inundou seus olhos.

— Ah. Sim. Comida seria bom.

Eles teriam que falar sobre outras coisas. Em algum momento. Em breve. E ele não sentiu muita hesitação sobre isso. Era mais que ele realmente não tinha ideia de para onde iriam a partir dali. Eles não podiam voltar como se nunca tivesse acontecido. Pelo menos ele não podia. Ele nunca iria querer. Mas nada mais havia mudado. Ela precisava ficar em Adelaide Springs. Ele precisava ir embora. Ela encontrava contentamento lá. E tinha família. Ele não tinha. Ela via um lar e memórias felizes em todos os lugares que olhava e ele estava com medo de nunca mais ver nada além de rejeição e dor. Sim, nada tinha mudado. Nada...

Exceto tudo.

Mas por enquanto, ele ainda estava em um encontro espetacular com a mulher mais linda que já tinha visto na vida. E tinha prometido um jantar a ela.

⇥· ·⇤

— Então aqui vai uma pergunta para você — começou Laila logo depois de engolir sua última mordida de filé de costela e sorver um gole de Pinot Noir que Cole pegou da adega de vinhos dos Sudworth. Ele hesitou um pouco, esperando que não fosse uma garrafa vintage que custasse tanto quanto seu Jeep Wrangler, mas arriscou o quanto achava que conhecia seus amigos. Claro, ele tinha aprendido todo tipo de coisa esta semana — Ryan Reynolds e quartos de empregada e motoristas chamados Malik, esse tipo de coisa — mas ficaria menos surpreso em acenar para Ryan Reynolds e Blake Lively enquanto eles voavam com capas, verificando seus antigos pontos de encontro, do que em descobrir que Brynn e Sebastian eram pessoas que investiam em vinho. E é claro que ele poderia ter mandado uma mensagem para um deles perguntando, mas isso exigiria convidar outras pessoas para o mundo que ele e Laila criaram e não tinha chance de isso acontecer.

— Pergunte.

— Você estava tentando me matar com aquela delícia de jantar? Pode ser honesto. Você achou que se você o fizesse bom o suficiente, eu continuaria comendo até explodir? Porque se sim, claramente seu único erro de cálculo foi na quantidade de carne que precisava ter em mãos.

Era verdade que ela tinha comido muito. Mais do que ele, verdade seja dita. Mas isso não era nenhuma surpresa para ele. Por um lado, andando por Manhattan o dia todo, aquelas pernas espetaculares dela tinham dado o dobro de passos para acompanhar seu passo mais longo. Ela provavelmente tinha queimado calorias suficientes para que a vaca grelhada inteira não as tivesse reposto. Por outro lado, Laila Olivet era a fã número um da sua comida e sempre foi. Seria impossível calcular quanta comida ele havia preparado para ela ao longo dos anos e o quanto sua contribuição e aprovação influenciaram na confiança dele, seu estilo de cozinhar e até mesmo seu menu no Cassidy's.

E além de tudo isso, ele passou uma quantidade excessiva de tempo esta noite esquecendo de comer porque estava muito ocupado observando-a, deliciando-se com o quão satisfeita ela estava com cada pedaço de bife e aspargos grelhados e a salada de antepasto que ele tinha preparado e guardado na geladeira antes que ela acordasse naquela manhã. Não sendo tipicamente alguém que sonha acordado, em mais de uma ocasião durante a refeição ele tinha se distraído tanto observando os lábios dela do outro lado da mesa que teve que se apressar e rapidamente fundir as imagens em sua cabeça com a realidade.

— Sem intenção assassina, eu prometo. Estou muito feliz que você tenha gostado.

— Bem, comida é amor, certo?

Ele sorriu para ela e assentiu com a cabeça.

— Sim. Comida é amor.

Ela se levantou do banco do lado dela da mesa e começou a recolher os pratos. Cole colocou a palma da mão no topo da mão dela para impedi-la. Para impedi-la e porque ele não a tocava há cerca de trezentos segundos e ele estava prestes a enlouquecer.

— O que você acha que está fazendo?

— Arrumando.

— Hum... não.

— Não?

Cole balançou a cabeça.

— Não. É seu aniversário. Além disso... — Ele se levantou e se inclinou sobre a mesa até que seus narizes estivessem a centímetros de distância. — Você não quer sobremesa?

Ele nunca tinha visto o rosto dela ficar tão vermelho tão rápido e não demorou muito para perceber o que ele tinha dito para causar a reação.

— Eu continuo fazendo isso, não é? — Ele riu baixinho, embora enquanto ela piscava as pálpebras no que ele imaginou ser um momento de autoconsciência que ele raramente a testemunhava vivenciando em sua presença, e enquanto ela mexia o lábio inferior entre os dentes, ele achou tudo cada vez menos engraçado. — Eu quis dizer bolo. Eu fiz um bolo de aniversário para você. Mas se houver algum outro tipo de iguaria para depois do jantar que você tenha em mente...

Não. Ele a perdeu para o bolo.

— Quando foi que você teve tempo de fazer um bolo de aniversário para mim? Não importa. Deixa para lá. É bolo de quê? — A autoconsciência se foi, substituída pela completa falta dela que ele tanto prezava. Como ele nunca percebeu o quão sexy era que ela se sentisse confortável o suficiente com ele para ser completamente ela mesma?

— *Red velvet*. E, só para você saber, fiquei acordado até 1h da manhã, muito obrigado. Porque eu sabia que se eu fizesse isso esta manhã, o cheiro de bolo no ar te acordaria...

— Sim, não me importo. Cobertura de cream cheese?

Cole riu e caiu de volta em seu banco, soltando a mão dela. Ele desistiu.

— Obviamente. — Mas então seus olhos se abriram e ele gemeu enquanto sua cabeça caía em suas mãos.

— O que foi?

— A cobertura. — Ele olhou para ela com os olhos semicerrados. — Eu esqueci de fazer. Me desculpe. Fiquei cansado e fui para a cama e ia fazer isso esta manhã, mas...

Ela largou os talheres que tinha juntado na outra mão e andou atrás dele. Logo os braços dela estavam em volta dos ombros dele e seus lábios estavam ao lado da orelha dele.

— Está tudo bem. Tenho certeza de que vai ficar ótimo sem cobertura.

Ele se inclinou contra o braço dela e então inclinou a cabeça para baixo e beijou sua mão. Laila beijou a bochecha dele e então se esticou mais sobre seu ombro para que pudesse alcançar os lábios dele. Não que Cole a tenha feito trabalhar muito duro, é claro. Ele esticou uma perna sobre o banco e a puxou para baixo, para sentar-se sobre seu joelho.

— Obrigada por fazer tudo isso hoje — sussurrou ela enquanto se inclinava para trás em seu colo, na segurança de seus braços, e seus lábios faziam um caminho ao longo da mandíbula dele.

Cole olhou para os hematomas em seu joelho direito, desaparecendo, mas ainda evidentes três semanas inteiras depois que ela rastejou pelo cascalho para alcançar Urso do Pó Branco, escondido debaixo do carro dela na garagem, e os circulou com as pontas dos dedos.

— De nada. Desculpe novamente pela cobertura.

— Você está brincando? — Ela deu um beijo suave em seus lábios, então se afastou para olhá-lo. Quando ela falou novamente, sua voz estava tão baixa quanto ela conseguiu. — Não se preocupe com isso, docinho.

A imitação de Barry White que Cole havia feito naquela manhã não tinha sido boa, mas a de Laila era simplesmente patética. Ficou ainda mais patética por ela não conseguir dizer uma única palavra sem ter que sufocar uma risada. E cada vez que ela ria, sua voz falhava, fazendo sua voz chiar entre as tentativas de tons graves, o que, claro, fez Cole perder completamente o controle.

— Seu amor é toda a cereja do bolo de que eu preciso. — Ela guinchou sem fôlego, tentando tanto atingir a cafajestice máscula mas, em vez disso, acabou fazendo uma impressão realista de um esquilo sentimental.

COLE E LAILA SÃO APENAS AMIGOS   257

— Tudo bem. É isso. — Cole a pegou em seus braços enquanto se levantava, então a colocou no chão, agarrou sua mão e começou a puxá--la para dentro. — Vamos.

— Para onde estamos indo? — Ela continuou rindo enquanto se apressava para acompanhar o passo dele e envolvia os braços em volta da cintura dele.

Ele jogou o braço em volta dos ombros dela e beijou o topo da cabeça dela.

— Vou mostrar a cobertura do bolo.

☞ · ☜

Mais cedo, ele a tinha perdido para a sobremesa e agora ela o tinha perdido para sua necessidade incessante de convencer Laila Olivet de que ela poderia aprender a cozinhar.

— Não, está bom, mas você tem que ter certeza de pegar das laterais da tigela também.

— Eu estou — insistiu ela, puxando a batedeira para cima da tigela (de novo) e jogando a cobertura ainda espessa nos braços dele, no avental dela e na bancada de mármore dos Sudworth. De novo. — Desculpe. — Ela empurrou os batedores giratórios de volta para as profundezas da tigela e sorriu timidamente.

— Está bom. — Cole sorriu e tirou um pouco do antebraço antes de provar do dedo.

— Como está?

— Muito bom, na verdade.

Laila riu.

— Você parece surpreso.

Ele zombou.

— Claro que não estou surpreso. — Para começar, ele aproveitou a adega para manter o cream cheese e a manteiga perfeitamente amoleci-dos (mesmo que os tenha mantido lá por mais tempo do que pretendia originalmente). Ele também descobriu, sem surpresa, que era mais fácil encontrar pasta de baunilha de boa qualidade em Tribeca do que em

Adelaide Springs. Mas, mais do que tudo, ele nunca ficaria surpreso com os sucessos dela.

— Tudo bem, então deixa eu provar. — Ela abriu os lábios e projetou o inferior em direção a ele.

Cole passou a maior parte dos vinte anos tentando ensiná-la a cozinhar. Começou como reciprocidade, mais do que tudo. Bem, reciprocidade e medo de que, se ele se mudasse, ela se sustentaria com uma dieta de gotas de chocolate, marshmallows e café até que ele voltasse para casa no Natal. Mas principalmente reciprocidade.

Ela o ensinou a costurar botões caídos das suas camisas; ele a ensinou a cozinhar ovos. Ela o ensinou a costurar as almofadas que sua avó sempre mantinha no sofá, para evitar que o enchimento vazasse, e ele a lembrou de como cozinhar um ovo. Foi mais ou menos na época em que ele estava fazendo a bainha de suas próprias calças sociais e ela alegou ter esquecido os truques que ele havia ensinado para ajudar a água a ferver mais rápido em grandes altitudes que ele finalmente a fez confessar que não tinha vontade de aprender a cozinhar. E daquele ponto em diante ele não se preocupou nem um pouco com ela não saber. Mas nunca parou de desejar compartilhar com ela a alegria que sentia toda vez que entrava na cozinha.

Cole passou o dedo ao redor da lateral da tigela onde ela não estava atualmente obcecada por um pedaço teimoso de cream cheese com a batedeira manual — ela era boa em tudo que se propunha a fazer, mas ele ainda não estava convencido de que ela não cortaria seu dedo acidentalmente — e pegou uma porção. Ele passou cobertura no lábio inferior carnudo dela e observou enquanto ela provava e reagia. Sim, ele não podia negar que gostava de observar a boca dela enquanto manipulava a mistura cremosa, mas mais do que tudo ele estava encantado com o prazer inesperado da própria criação dela brilhando em seus olhos.

— Está muito bom!

Ele sorriu e assentiu enquanto lambia seu próprio dedo para limpá-lo mais uma vez e então a instruiu a desligar a batedeira.

— *Antes* que você a retire da tigela — ele acrescentou apressadamente, e ela obedeceu.

— Como você soube fazer isso? — perguntou Laila, colocando o dedo para provar outra vez. — Você não tinha uma receita nem nada.

COLE E LAILA SÃO APENAS AMIGOS 259

— Eu tinha originalmente. — Ele tirou o bolo do micro-ondas, onde esteve escondido o dia todo, e vasculhou as gavetas até encontrar uma espátula de cobertura. Drea tinha guardado todos os presentes de casamento, e a cozinha agora parecia um showroom da Williams-Sonoma.

— E você decorou?

Ele deu de ombros.

— Mais ou menos, acho. Eu não sei. Eu realmente não penso mais em coisas simples como cobertura de cream cheese.

Ou em nada disso. Embora não fosse que ele não pensasse nisso, exatamente, tanto quanto conseguiu se concentrar na etapa extra ou no ingrediente surpreendente que alteraria a receita e a tornaria sua. Ele sabia o que tinha um gosto bom. Ele sabia o que funcionava bem junto e o que não. Ele era habilidoso e dedicado ao seu ofício, e amava a liberdade que vinha de não haver realmente nenhuma resposta errada.

Ele sentiria falta disso, imaginou. Da liberdade. Da capacidade de adicionar algo ao menu de última hora ou de repente decidir que os chile *rellenos* desta noite seriam recheados com *picadillo* em vez de frango. Ele não era um convidado na cozinha de outro chef desde a escola de gastronomia. Iria precisar de algum ajuste.

— Simples?! — Ela olhou ao redor da bagunça que havia sido criada com apenas um punhado de ingredientes. — Isso foi simples?

Ele largou o bolo e riu enquanto passava os dois polegares ao longo das maçãs do rosto dela, fazendo com que camadas finas e secas de cobertura se desfizessem e caíssem.

— Não. Claro que não. Me perdoe. Nem mesmo Julia Child poderia ter feito o que você acabou de fazer. — Ele a puxou para si novamente e a beijou, algo que só teve a liberdade de fazer por algumas horas, mas cuja perda ele sabia que lamentaria tanto quanto uma vida inteira em Adelaide Springs e uma vida adulta inteira na cozinha do Cassidy's.

Porém, no fim das contas, o bolo venceu o dia, e depois que Laila espalhou a cobertura e Cole colocou as velas, ela carregou os pratos, utensílios e fósforos de volta escada acima até o terraço enquanto ele equilibrava o bolo em uma mão e o presente dela na outra.

— Você não deveria ter me dado nada — reclamou ela. — Este dia foi incrível e a comida estava incrível e…

— Você é incrível — sussurrou ele enquanto colocavam tudo na mesa. — Agora... — Ele riscou um fósforo e acendeu as velas. — Faça um pedido.

Ela sorriu para ele, e ele sabia que eles estavam pensando a mesma coisa. Nunca em um milhão de anos, quando eles estavam brincando na cozinha naquela manhã sobre como ele involuntariamente tornou as coisas estranhas quando desejou feliz aniversário a ela pouco antes de não a beijar, ele imaginou que estariam aqui, onde quer que "aqui" fosse, apenas quatorze ou quinze horas depois.

Então ela apagou as velas e ele serviu o bolo, e ela fez todos os tipos de ruídos baixos, satisfeitos e guturais que ele tinha ouvido inúmeras vezes ao longo dos anos e que ele sabia que significavam que ela estava gostando da comida. Mas eles estavam tendo um efeito diferente nele dessa vez, mais diferente do que já tiveram antes.

Ele limpou a garganta e empurrou o embrulho para ela.

— Aqui. Abra seu presente. — *Caso contrário, eu poderia realmente perder a capacidade de funcionar como um ser humano respeitável.*

Ele não precisou dizer duas vezes. Os olhos dela brilharam enquanto ela rasgava o papel e o laço rosa. Isso era algo que ele sempre apreciou em Laila — ela sabia que papel de embrulho era feito para ser rasgado. O sorriso de antecipação vertiginosa dela permaneceu enquanto ela abria a caixa branca embaixo do papel, mas seu queixo caiu instantaneamente quando viu o que havia dentro.

Não custou tanto assim para ele. Na verdade, ele pegou na liquidação depois do Natal quando ele e Seb foram para Colorado Springs para a corrida de janeiro do Costco em nome de todos os empresários da cidade. Não que ele tivesse encontrado a pequena bolsa rosa no Costco. Custou um pouco mais do que *isso*. Eles pararam na Macy's porque Seb precisava trocar um presente que sua mãe lhe dera de Natal, e Cole preferiu vagar em vez de esperar no carro. Quando ele viu, não houve dúvidas sobre comprá-la, é claro. Era uma combinação perfeita para seus sapatos de Cinderela, até a qualidade translúcida e os tons de glitter, ou o que quer que fosse que causasse o efeito brilhante que ela disse que a fazia se sentir como uma princesa. O único desafio foi guardá-la em segredo por oito meses para que pudesse dar a ela em seu aniversário (isso e embalar cuidadosamente suas roupas de uma forma que protegesse a caixa em sua mala).

COLE E LAILA SÃO APENAS AMIGOS 261

— Eu amei — murmurou as palavras para ele, mas nenhum som saiu.

— Fico feliz — respondeu ele suavemente com um sorriso.

Ela olhou para ele, esfregou e inspecionou cada fenda e tira, e Cole não deixou de pensar novamente em quão modesta ela era. Quão fácil era fazê-la feliz. Mas pela primeira vez ele se perguntou se Laila era realmente tão fácil de agradar ou se parecia tão fácil porque ele a conhecia tão bem. Suspeitou que era isso e de repente se encheu de gratidão por nunca ter tomado isso como garantido. Que ele nunca se acomodou sobre os louros quando se tratava de surpreendê-la. Teria sido tão fácil de fazer.

Ele se levantou do assento e ofereceu a mão a ela.

— Dança comigo?

Ela sorriu para ele e colocou a bolsa cuidadosamente de volta na caixa.

— É muito difícil imaginar que eu diga não a isso.

A música tocando em algum lugar distante mudou de Lewis Capaldi para "Lover" da Taylor Swift no momento em que Cole a girou para longe da mesa e para um espaço aberto sob as lâmpadas. Laila havia deixado os sapatos e as meias lá dentro quando eles voltaram com o bolo, e ele adorou a maneira como teve que se inclinar para envolver os braços em volta da cintura dela, e a maneira como ela se inclinou para ele e ficou na ponta dos pés enquanto seus braços circundavam seu pescoço. A maneira como eles se encaixavam tão bem. A maneira como suas cabeças se inclinavam para a direita enquanto se encaravam, assim como sempre faziam quando se abraçavam, dançavam ou sussurravam piadas secretas um para o outro em momentos inapropriados. A maneira como ela confiava seus dedos descalços aos dois pés esquerdos dele.

Eles já tinham dançado juntos antes, é claro. Casamentos, festas, bailes escolares, momentos aleatórios quando grandes músicas tocavam na *jukebox* do Cassidy's. Ele tinha a segurado e balançado com ela e a mergulhado e a girado. Mas não havia sentido nada do que estava sentindo naquele momento. Ele nunca foi obcecado pelo cheiro de laranja no cabelo dela. Ele nunca soube que os lábios dela tinham gosto de romã. Que idiota ele foi por não pensar nas pistas apresentadas pelos incontáveis tubos de protetor labial Burt's Bees que ele sempre encontrava no assoalho de seu Wrangler ou entre as almofadas do seu sofá ou debaixo do balcão do bar do Cassidy's. Por anos ele a segurou e não pensou em nada sobre isso, e agora tudo o que ele queria era encontrar uma desculpa para segurá-la para sempre.

— Amo essa música. — Laila suspirou contra o ombro dele.

— Eu sei que você ama. — Então um pensamento ocorreu. — Você não acha que a música está vindo do terraço da Taylor, acha?

Ela se afastou para olhar para ele, com os olhos frenéticos.

— Eu não sei. Você acha que Tay Tay toca sua própria música nas festas dela?

Cole deu de ombros.

— Você não tocaria se fosse ela?

Ela assentiu com seriedade.

— Com certeza tocaria. — E então eles estavam correndo para a borda sul do terraço, empurrando um ao outro para fora do caminho e rindo enquanto se espremiam entre plantas e arbustos para tentar ver o terraço da Franklin Street.

— Encontrei eles! — uma voz gritou atrás deles alguns segundos depois. Cole e Laila se assustaram e se viraram. Sebastian estava sorrindo para eles perto da porta de entrada de vidro e gritou em resposta ao que Brynn tinha dito de dentro da cobertura. — Não, eles estão bem. Apenas sendo *stalkers* da Taylor Swift.

Brynn subiu as últimas escadas e foi até o terraço e Cole fez um rápido inventário da situação e determinou que não havia nada ali que levantasse suspeitas sobre o dia que os dois tiveram. Era um cenário bem romântico, claro, mas isso era obra de Drea, com base nas sugestões de Brynn, ele presumiu. Então isso era culpa dela. Satisfeito de que, desde que agissem normalmente, ficariam bem, ele lançou um olhar furtivo para Laila e então se afastou dela e foi até eles.

— Oi, achamos que só veríamos vocês amanhã.

Brynn correu pelo terraço até Laila e a abraçou.

— Pegamos um voo mais cedo para podermos voltar no aniversário da Lai. Conseguimos! Com… — Ela levantou o pulso às costas de Laila e olhou para o relógio. — Sete minutos de sobra!

— Tentei dizer a ela que, como ela nasceu no horário das montanhas, tínhamos algumas horas extras, mas ela não me ouviu. — Sebastian

COLE E LAILA SÃO APENAS AMIGOS 263

olhou para o bolo na mesa. — Ok, sem querer ser rude, mas eu não como desde que saímos de Munique...

— Nós comemos no avião — interrompeu Brynn.

— Beleza, eu não como comida boa desde que saímos de Munique. Tem bolo de aniversário para dividir?

— Ah, claro! — Laila correu até a mesa. — Vou entrar e pegar um garfo para você. Cole, por que você não me ajuda. Brynn, você quer um pouco?

— Eu não me importo de usar minhas mãos — Sebastian insistiu, cortando um pedaço e colocando em um guardanapo antes de levá-lo à boca.

Brynn revirou os olhos e riu dele.

— Meu marido não é fã de comida de avião, como devem ter percebido. Mas eu estou bem. Obrigada. Agora, aniversariante... — Ela se sentou ao lado de Seb e fez sinal para Laila se sentar na frente dela. — Conte-nos tudo. Cole não quis nos contar nada que ele tinha planejado. Sente-se, sente-se! — Ela fez sinal para Cole também. — Sério, eu quero saber de tudo.

— Ele provavelmente não confiava que você conseguiria guardar segredo — murmurou Sebastian com a boca cheia de bolo. — E eu estou bem sem saber das coisas. A propósito, isso está uma delícia.

Cole deslizou para perto de Laila e percebeu imediatamente o quão estranho era sentar tão perto dela com Brynn e Seb bem ali. Embora eles não sentassem sempre tão perto? Por que parecia quase obsceno? E como era possível que fosse simultaneamente estranho estar perto dela e doloroso estar longe?

— Laila fez a cobertura.

Brynn e Sebastian olharam surpresos para Cole, depois para Laila.

— Está ótimo! — Seb elogiou antes de dar um pedaço para Brynn, que concordou.

— Obrigada. Cole é um ótimo professor. — Laila ficou muito interessada em estudar suas unhas de repente. — Foi um dia realmente ótimo.

Não que Cole ignorasse o quão curta seria a pequena bolha perfeita em que eles viveram o dia todo — embora, sim, ele esperasse pelo menos ter a oportunidade de dar um beijo de boa noite nela. Não que ele realmente tivesse pensado nisso. E então amanhã? Eles descobririam isso amanhã. Mas hoje, eles estavam em um encontro às cegas. Embora, pensando bem, esse aspecto de tudo isso não tivesse entrado muito em jogo desde... humm... Quando eles abandonaram o fingimento? Eles comeram o bolo de aniversário dela. Ela abriu seu presente. Eles conversaram sobre aquela manhã e os anos anteriores àquela manhã. Tudo tinha sido tão tranquilo.

— Cole? Isso vai funcionar para você?

Ele estava olhando... bem, para o nada, na verdade. E ele não tinha ideia do que tinha perdido. Era um segundo pedaço de bolo que Seb estava quase terminando?

— Desculpe, o quê? Devo ter me distraído.

Brynn deu de ombros.

— Ah, eu sei. Está supertarde. Não, eu só estava dizendo que vamos precisar fazer um brunch de aniversário amanhã em vez de jantar. Milo tem que voar de volta para Los Angeles para algumas coisas da imprensa, mas vamos nos encontrar no Bubby's...

— Bubby's? — perguntou Laila.

— Sim. É o melhor. E fica literalmente na esquina. Não na esquina John-John. Para o outro lado. Milo vai nos encontrar lá às dez e meia.

— Ótimo. — Laila virou a cabeça para Cole e então imediatamente de volta para Brynn depois que seus olhos se encontraram brevemente. — E quanto a... qual é o nome dela? Greta? Ela vai conseguir nos encontrar? Ou você conseguiu encontrar alguém para ele no aplicativo de namoro Hot Celebrities Only?

Laila apertou brevemente o joelho dele debaixo da mesa enquanto Brynn ria, e ele precisou de toda a força de vontade que possuía para não segurar a mão ou colocar o braço em volta dela, ou fazer qualquer uma das coisas que antes teriam parecido tão naturais de se fazer.

Como ele deveria agir sobre toda essa coisa de ter um encontro arranjado? Tudo o que ele sabia era que não tinha interesse em ter um encontro às cegas que, sem dúvida, ficaria lamentavelmente aquém do que ele já havia tido hoje.

— Cara. — Ele estendeu a mão e impediu Sebastian de entrar para pegar um terceiro pedaço de bolo e então foi até a geladeira na cozinha externa e pegou a tigela de salada de antepasto da segunda prateleira.

COLE E LAILA SÃO APENAS AMIGOS 265

Ele olhou ao redor em busca de um prato e utensílio extras, mas quando não encontrou, ele colocou a colher de servir de volta na tigela e entregou tudo para Seb.

— Deus te abençoe — murmurou Seb enquanto dava sua primeira mordida.

— Greta não pode vir, infelizmente — finalmente disse Brynn, seu sorriso se tornando uma careta enquanto ela se virava para Cole. — Ela tem um problema de família. E eu não tive chance de ligar para mais ninguém. Sinto muito. Mas acho que ainda vamos nos divertir muito.

— Você quer que eu convide Taylor para ser seu par? — Sebastian ainda estava comendo. — É o mínimo que posso fazer por você agora. Isso está tão bom. Posso pelo menos atirar uma pedra com um bilhete ou algo assim.

Cole riu.

— Não, estou bem. Obrigado. É o aniversário da Lai de qualquer maneira. Posso segurar vela no aniversário da Lai. — Ele olhou em volta para a bagunça que havia para limpar. — Acho que preciso começar a me preparar para ir para a cama, se quiser estar no meu melhor para segurar vela na hora do brunch. — Felizmente, ele já havia desenvolvido o hábito de limpar enquanto cozinhava, então não havia muita coisa, mas ele começou a juntar o que estava lá. — Vou começar a limpar a cozinha.

— Vou ajudar. — Laila se levantou e pegou os garfos, e seus olhares se demoraram pela primeira vez desde que seus anfitriões (com quem eles geralmente adoravam passar o tempo) tiveram a audácia de se sentirem em casa na própria casa.

— Seria ótimo. Obrigado. — Cole se virou para Brynn e Sebastian, que finalmente pararam de comer. — Vocês devem estar exaustos. *Jet lag* e tudo mais. Vão dormir. Nós cuidamos disso.

Laila se aproximou um pouco mais de Cole e ele esperava que isso significasse que ela estava tão desesperada para ficar sozinha de novo quanto ele.

— Definitivamente. Mas mal posso esperar para colocarmos o assunto em dia amanhã!

— Você está brincando? — Brynn pulou e pegou os garfos das mãos de Laila. — Você não vai limpar no seu aniversário.

— *Nós* cuidamos disso — concordou Sebastian, se levantando e pegando os garfos de sua esposa. Mas, infelizmente, os dois Sudworth não eram o "nós" a quem ele estava se referindo. — Não tem lugar para vocês duas na cozinha. Lavar pratos é trabalho dos homens. — Ele sorriu para Brynn e deu um beijo amoroso em seus lábios. — Vocês duas vão deitar. Feliz aniversário, Laila.

Ele envolveu seu braço sem garfo em volta dela e lhe deu um abraço.

— Obrigada. — Ela o abraçou de volta e então olhou para Cole e deu de ombros.

Ele deu de ombros de volta, preso.

— Hum... sim. Feliz aniversário, Lai. — Cole abriu os braços para ela e ficou tão aliviado quando ela correu para eles como ela tinha feito um milhão de vezes antes, enquanto também, é claro, como ela nunca tinha feito. Nenhuma vez. Não assim. Ele inalou o cheiro do cabelo dela e acariciou suas costas tão afetuosamente quanto pôde enquanto ainda parecia normal. Ele pensou que parecia normal, de qualquer maneira. Estranho... era difícil lembrar como ele sempre a abraçava antes.

— Obrigada por tudo. — Ela pegou seu presente da mesa e então pulou sobre os dedos dos pés descalços e beijou sua bochecha, e ele queria tanto inclinar a cabeça e beijar os lábios dela enquanto ela passava. — O encontro não foi ruim, meu amigo.

— Não mesmo. — Ele piscou quando ela se afastou e esticou o braço para segurar a mão dela antes que ela se distanciasse. Os dedos e os olhos dela permaneceram por mais um momento, e então o braço dele caiu para o lado quando ela estava fora de alcance e indo para a porta com Brynn.

— A propósito, você está supergata com esse vestido — declarou Brynn enquanto andavam. — Você deveria ficar com ele. — Ela se virou para os rapazes. — Não ficou ótimo nela?

Sebastian, que estava limpando a mesa, manteve os olhos baixos e disse:

— Eu fui um participante solidário no desfile de moda esta manhã. Por favor, não me faça participar do pós-desfile também. — Ele levantou a cabeça brevemente. — Mas sim. Claro. Você está linda como sempre, Laila. — Então ele retomou a limpeza.

COLE E LAILA SÃO APENAS AMIGOS 267

Cole abriu a boca para aproveitar a oportunidade de elogiá-la sem levantar suspeitas, mas Brynn falou novamente antes que ele tivesse a chance.

— Estou surpresa que Cole conseguiu manter as mãos longe de você.

Os olhos arregalados e frenéticos de Laila voltaram para ele mais uma vez e estavam cheios de humor, fazendo Cole tossir uma risada e depois transformá-la em uma tosse completa o mais sutilmente que pôde. Então ele a observou até que ela estivesse fora de vista — do outro lado do terraço, através da porta de vidro, descendo as escadas — e então limpou a garganta antes de se preparar e se virar para encarar seu anfitrião. Seu confidente de confiança. Seu companheiro de cozinha, aparentemente. E, como ele imaginou que provavelmente era mais relevante naquele momento, seu amigo astuto, intuitivo e ganhador do Pulitzer que nunca perdia o ritmo.

— Eu nem perguntei, porque estava com muita fome, mas o que tinha naquela coisa de salada? Estava incrível.

Hum. Certo. Claro. Por que não?

Claro que *esse* seria o único dia em que ninguém lhe perguntaria se algo tinha acontecido entre ele e Laila.

CAPÍTULO VINTE E NOVE

LAILA

Fiquei incrivelmente orgulhosa de mim mesma. Tinha passado a noite inteira sem nenhum contato com Cole. Eu tinha andado uns vinte passos entre meu quarto e o banheiro cinco ou seis vezes, cada vez mais devagar que a anterior, estendendo minha rotina antes de dormir o máximo que pude na esperança de que nos encontrássemos ou até mesmo compartilhássemos a pia enquanto escovávamos os dentes, mas a porta do quarto dele estava fechada e o apartamento estava silencioso toda vez que eu passava pelas áreas comuns. Por volta das 2h30, ouvi um farfalhar na cozinha e coloquei a cabeça para fora da porta, mas era apenas Sebastian procurando um antiácido.

Foi nesse momento que fiquei olhando para nossa conversa em andamento no meu celular, observando se reticências surgiam indicando que ele estava pensando em mim também, mas acabei dormindo lendo uma discussão por texto que tivemos em 2018 na qual ele tentou me explicar as regras do hóquei.

Aparentemente, nos dias atuais, assim como em 2018, eu realmente não estava interessada.

Mas o orgulho que senti quando meus olhos se abriram em resposta à luz do sol filtrada que entrava pela abertura da minha cama com tenda foi rapidamente substituído por outras emoções. Bem, todas elas, basicamente. Eu estava sentindo todas as emoções. Meu coração estava acelerado pela sensação de ter acordado no meio de um sonho emocionante. Meu estômago era uma bola de plasma de atividade, reagindo a cada toque, pensamento e memória com choques de eletricidade estática. E eu senti como se houvesse muito peso sobre meus ombros enquanto me perguntava se o "nós" romântico era apenas um sucesso de um hit só.

Tipo, estávamos destinados a ser Fountains of Wayne? A totalidade das nossas vidas juntos seria definida pela "mãe da Stacy" decolando bem no meio de tudo isso, atraindo alguma atração séria e importante antes de voltar ao nosso *status quo* devotado, mas inegavelmente de nicho, e eventualmente fracassar sem alarde e apenas nos reunir para ocasiões especiais, como casamentos e aniversários e para abrir o Soul Asylum ou algo assim?

Espero que não sejamos o Snow Patrol, que trabalhou duro e criou tanto material sólido antes e depois do seu grande sucesso. Nós e o mundo fingiríamos que não fomos definidos por essa única coisa, enquanto secretamente no fundo das nossas mentes sempre saberíamos que se não encerrássemos nossos shows com "Chasing Cars" todos exigiriam seu dinheiro de volta?

Ou, pior de tudo, seguiríamos o caminho de Gnarls Barkley? Quanto tempo levaria para percebermos que depois de "Crazy" realmente não havia mais sentido em nada disso?

Só tem um jeito de descobrir.

Ao contrário de algumas horas antes, abri minha porta, tomando cuidado para não fazer barulho, e corri para o banheiro o mais discretamente que pude, com as roupas que eu vestiria debaixo do braço. Nem olhei para trás para ver se alguém estava presente. Haveria muita coisa para lidar hoje e não havia chance de eu lidar com nada disso antes de parecer um pouco apresentável e ter hálito fresco de menta.

Tomei um banho rápido e bem quente, mas escolhi não lavar meu cabelo, em vez disso, optei por uma trança tipo tiara bagunçada para aproveitar ao máximo todo o volume e textura que resultaram de um dia usando-o solto e livre. Depois que coloquei minhas lentes de contato, meus dentes estavam brilhantes, minha maquiagem era básica, mas me fez parecer que tinha dormido mais do que as seis horas e meia que dormi, e eu estava usando minhas calças pantalona cáqui da Banana Republic que encontrei em um brechó em Pagosa Springs cerca de cinco anos antes e nas quais eu queria ser enterrada (eu as amava tanto) com um suéter branco de manga curta canelado enfiado por dentro da calça, respirei fundo e saí para enfrentar o mundo.

Sebastian estava sentado no sofá gigante em forma de ferradura, lendo o jornal. Murrow estava ao lado dele, acomodado e claramente feliz por estar em casa (embora eu nunca tivesse visto Murrow parecer nada além de contente enquanto Seb estivesse por perto). E Brynn estava parada na ilha da cozinha, xícara de café em uma mão e celular na outra. Ela parou de rolar a tela apenas com o polegar quando me viu.

— Ei, bom dia! Você está fofa.

— Obrigada. Isso está bom... para um brunch, quero dizer?

— Perfeita. Você está ótima. — Ela tomou um gole de café e colocou a xícara na ilha. — Levará literalmente apenas três minutos para caminhar até lá, mas podemos ir a qualquer hora.

— Legal. — Olhei ao redor da sala o mais casualmente que pude. — Cole não dormiu demais, dormiu?

Brynn balançou a cabeça.

— Não. Ele está pronto. Disse para avisá-lo quando estivermos prontos para ir. — Ela olhou para o relógio. — Seb, você acha que devemos ir agora?

— Sim! — respondi por ele. — Quer dizer, eu adoraria ter alguns minutos só para passear, se estiver tudo bem para você.

E se Cole não sair do quarto até a hora de ir embora, isso é óbvio. Você não acha?

CAPÍTULO TRINTA

COLE

Brynn bateu duas vezes na porta.

— Estamos prontos para sair.

— Beleza, estou indo.

Cole se sentou na cama onde estava deitado completamente vestido, com os sapatos pendurados na lateral, pelos últimos vinte minutos, esticou as costas e girou os ombros para se preparar para o movimento novamente. Ele estava feliz por ter acordado cedo o suficiente para tomar banho antes que Laila acordasse, para que ele pudesse ter um tempo para si mesmo antes de ter que agir normalmente de novo.

Embora essa fosse a questão. Eles agiriam normalmente? E por enquanto, ele nem estava considerando as questões mais profundas: o que *era* normal? Eles eram capazes disso? Ele queria ser normal com ela de novo? Mas, sim, a questão mais urgente de todas: ela estava sentindo, como ele, que tudo tinha mudado, ou ela estava seguindo as regras? Tinha sido apenas um dia de experimentação e indulgência para ela, e agora eles estavam de volta a ColeELaila, LailaECole? Uma unidade inextricável, adicionando um dia realmente ótimo a uma coleção imponente de memórias realmente ótimas que representavam uma amizade realmente ótima. Uma vida realmente ótima juntos.

Ele não tinha se barbeado e estava se perguntando se isso era um erro. O Cole do Colorado geralmente tinha pelos faciais, mas até agora o Cole de Nova York tinha mantido o rosto bem macio. Isso faria alguma diferença para ela? E o que ele achava que isso significava? Não era como se ele a tivesse enganado para beijá-lo ao raspar seu rosto, como um filme ridículo do Lifetime, exceto com uma intenção menos nefasta.

Mas talvez Laila só se sentisse atraída por ele barbeado. O que ela tinha dito? Aquele Cole de NY barbeado era um "gostoso"?

— Ah, por favor, para de ser doido — implorou a si mesmo enquanto se levantava e pegava o celular da cômoda, onde estava carregando desde logo após o jantar, e o enfiava no bolso. Sua carteira já estava no bolso de trás da calça jeans, o que ele confirmou com um tapinha rápido e tudo o que restava era sair por aí, encarar a verdade, tentar avaliar e analisar rapidamente uma série de pensamentos e emoções confusas, e levar sua melhor amiga/possível mulher dos sonhos para seu encontro às cegas com um galã de Hollywood.

Tudo normal.

CAPÍTULO TRINTA E UM

LAILA

— Bom dia — cumprimentei Cole quando ele saiu do quarto, assustando-o um pouco. Para ser justa, ele provavelmente não esperava que eu estivesse *ali*, parecendo que estava ouvindo pela porta. O que não estava, para registro. Eu só estava *pensando* em ouvir pela porta. Eu não era tão desequilibrada a ponto de fazer isso, obviamente.

— Ah. Oi, bom dia. — Ele sorriu para mim enquanto fechava a porta atrás de si. — Você está bonita.

— Obrigada. — Coloquei um calcanhar para trás e me equilibrei no outro pé enquanto abaixava minha bolsa nova em direção ao sapato levantado. — Acho que tenho que te agradecer por isso.

Ele balançou a cabeça de um lado para o outro.

— Não, é tudo graças a você.

— Prontos? — perguntou Brynn, espiando do canto.

Cole e eu acenamos uma vez um para o outro e ambos dissemos:

— Prontos. — Então seguimos ela e Seb até a porta.

Ficamos atrás deles no elevador e fiquei muito tentada a agarrar a mão de Cole ou colocar minha cabeça no ombro dele. Só por um segundo. Só o suficiente para ver como ele reagiria. Mas passei muito tempo criando coragem e, antes que eu pudesse fazer qualquer coisa, estávamos no térreo. Ainda indo em frente. Ainda sem dizer nada. Nada significativo, de qualquer forma.

Brynn estava falando a maior parte do tempo quando entramos na North Moore Street, e eu naturalmente comecei a andar ao lado dela com Sebastian recuando para andar ao lado de Cole. Mas quando nos aproximamos da esquina, senti a mão de Cole no meu cotovelo e instintivamente respondi ao seu toque parando e me virando para encará-lo.

Sebastian passou por mim no momento em que Cole disse:

— Vocês se importam em ir na frente? Preciso falar com Laila por um segundo.

Brynn deu alguns passos para trás na nossa direção.

— Está tudo bem?

— Sim. Tudo bem. Só preciso de um minuto com ela para... conversar sobre algo. Já estamos indo, tá bom?

— Claro. A mesa está no meu nome, mas o lugar não é muito grande. Você vai nos ver. — Seb passou o braço em volta da cintura de Brynn e a levou para longe de nós, e estávamos sozinhos. Em uma rua lotada, mas tudo bem.

— Ei. Você está bem?

— Sim. Claro. — Ele respirou fundo. — Eu só... — Estávamos parados bem no meio do trânsito de pedestres, e ele esperou por uma abertura na multidão e então gesticulou em direção à parede de tijolos bege do prédio, e nos afastamos juntos. — Eu odeio o que está acontecendo agora.

— O que está acontecendo?

— Eu não tenho ideia. — Ele deu de ombros e passou as mãos pelos cabelos. — Esse é o problema. Eu não sei se devemos falar sobre as coisas ou ignorá-las. Eu não sei se estamos bem. Eu não sei como devo agir. E sinto que é mais ou menos onde estávamos no começo da semana e eu odiava isso. Odiava aquela sensação de não saber como *ficar* perto de você. Sabe? Mas isso é pior. E também... melhor? Não sei se estou fazendo algum sentido.

— Não, eu entendo. É estranho, hein?

— *Superestranho*. E eu sei que provavelmente não é hora de falar sobre nada disso. Já que você tem um encontro e tudo mais...

Eu ri.

— *Estranho* nem é a palavra certa para nada disso.

— Não. — Ele balançou a cabeça. — Não é forte o suficiente, é? — Ele respirou fundo outra vez e soltou o ar lentamente, e então seus olhos se encontraram com os meus. — Eu preciso saber que estamos bem. Mesmo que ontem tenha sido um grande erro...

— Você acha que foi um grande erro?

COLE E LAILA SÃO APENAS AMIGOS 275

— Eu não disse isso. — Ele me estudou. — Você acha que foi?

Eu cruzei meus braços sobre a barriga e involuntariamente dei um passo para trás. Por que eu fiz isso?

— Eu não sei. Quer dizer, acho que sei se você souber.

Ele levantou uma sobrancelha.

— Bem, *essa* é definitivamente a convicção necessária para, você sabe... mergulhar em um relacionamento. Vamos ter certeza de jogar fora uma amizade de trinta e tantos anos com base em "Eu não sei. Acho que sei se você souber".

— Espera. — Eu levantei minhas mãos entre nós e dei outro passo para trás. Aquele passo não tinha sido tão involuntário. Eu senti o calor subindo pelo meu pescoço. Eu nem sabia como reagir primeiro. — Quem disse alguma coisa sobre jogar fora nossa amizade? Ou mergulhar em um relacionamento, aliás?

Cole limpou a garganta e olhou para suas botas.

— Ok, veja, isso ajuda. Se não é disso que estamos falando aqui, é bom saber. Era tudo o que eu precisava por enquanto. Incrível. — Ele olhou para mim novamente e então gesticulou para a frente com o queixo. — Acho que deveríamos entrar lá.

Ele começou a passar por mim e eu agarrei o braço dele.

— Cole, para. O que você está fazendo? Tudo o que eu quis dizer foi que se você acha que ontem foi um erro, então é *claro* que eu também acho. Não porque eu não tenha meus próprios pensamentos e sentimentos sobre isso, mas porque precisamos estar na mesma página sobre... sobre qualquer coisa. Quando um não quer, dois não brigam, e tudo mais. Era só isso que eu queria dizer.

— Tudo bem, então. Quais são seus pensamentos e sentimentos?

Ai. Essa era uma pergunta justa, mas parecia um ataque. Ou uma armadilha, talvez. Parecia uma espécie de déjà vu de uma forma que eu não entendi. Pelo menos não no começo. E então ele continuou falando.

— Faz sentido, pelo menos para mim, que se vamos estar na mesma página, temos que começar de algum lugar. Então, qual é? Apenas amigos ou algo mais?

Aí que estava.

— Eu disse que não gosto dessa frase. "Apenas amigos". Eu também disse que da próxima vez que você quisesse dizer algo, você precisava ir primeiro e simplesmente dizer. Lembra? Então, apenas diga o que você quer dizer. — Eu não sabia o que fazer com minhas mãos, então elas foram para meus bolsos, de volta para minha barriga, de volta para meus bolsos enquanto eu esperava.

Vamos ficar bem. Vamos ficar bem. Vamos ficar bem. Vamos ficar bem.

Eu repeti isso várias vezes na minha mente enquanto esperava que ele dissesse o que viria a seguir.

— É, eu lembro de você dizendo isso. Assim como eu lembro de dizer que isso era exatamente o que eu temia que acontecesse.

— O quê? Do que você está falando?

— Tudo... ontem... nos deixou confusos. Faz menos de 24 horas e já estamos desmoronando. Nem sabemos mais como falar um com o outro...

— Você precisa ir mais devagar, amigo. — *Vamos ficar bem. Vamos ficar bem.* — Nós só precisamos conversar. É só isso. Mas você está falando como se as decisões já tivessem sido tomadas e tudo estivesse resolvido, e como se fôssemos uma bagunça e você soubesse de tudo e eu fosse o problema, e... eu não sei... acho que esqueci algumas coisas em algum lugar. Nós só precisamos *conversar*.

Ele rosnou de frustração e levantou as mãos no ar.

— Eu sei. É isso que estou tentando dizer. Mas é difícil falar sobre algo assim enquanto tem um cara esperando por você lá dentro.

Beleza... você deve estar brincando comigo. Eu não sabia se o beijava ou dava um tapa nele.

— É disso que se trata?

— O que você quer dizer?

— Você está com ciúme?

Ele zombou.

— Não.

— Sério?

— Sério. — Ele apertou os olhos e um sorriso ameaçou aparecer no canto da boca. — Eu deveria estar?

COLE E LAILA SÃO APENAS AMIGOS 277

— Não. Claro que não. — Nem eu estava acreditando nisso. — Ok, sim, na verdade! Por que você está bem comigo saindo com outro cara depois de...

— Acho que talvez eu não tenha percebido que tinha algum motivo para estar com ciúme. Essa é uma grande estrela de cinema que está aqui apenas filmando um filme ou algo assim, e você vai voltar para o Colorado em três dias. Você está esperando descobrir que Jess Gilmore é o amor da sua vida?

— Em primeiro lugar, o sobrenome do personagem dele não era Gilmore e acho que você sabe disso. Por favor, pare de chamá-lo de Jess Gilmore. Segundo, não, não estou *esperando* por isso. Mas isso poderia acontecer, não é? Ou a ideia de que uma grande estrela de cinema poderia se apaixonar por mim é tão ridícula...

— Não coloque palavras na minha boca, Lai. Não faça isso. Você sabe que não é isso que estou dizendo.

— Eu não sei disso. Francamente, não entendo nada do que está acontecendo agora, exceto que acho que você está pirando. Acho que está com medo e...

— Não estou com medo. — Ele franziu o rosto como se não conseguisse nem entender as palavras. — Por quê? Você está?

Só houve uma vez na minha vida em que me lembro de Cole sendo maldoso comigo. Não acidentalmente desconsiderado ou um pouco descuidado demais com meus sentimentos ou equivocado em suas tentativas sinceras, mas totalmente maldoso. Tínhamos 11 anos e estávamos assistindo *O Exorcista* no sótão da casa dos meus avós. Addie suportaria qualquer coisa para sair com Wes, mesmo naquela época, e Brynn apenas ria de todas as partes mais assustadoras, mas eu estava apavorada. Absolutamente aterrorizada. Tentei me virar discretamente e fechar os olhos, e Wes, Addie e Brynn disseram que eu deveria parar de assistir se quisesse, mas toda vez que me deram uma saída, insisti que estava bem. E a única razão pela qual continuei insistindo que estava bem foi porque Cole havia dito mais cedo naquele dia, quando ele e Wes estavam tramando o plano do *Exorcista*, que ele amava filmes de terror e qualquer um que não gostasse era um covarde, e ele nunca poderia ser amigo de um covarde.

Essa não foi a parte maldosa. Era só ele sendo um garoto de 11 anos. Mas naquela noite, enquanto assistíamos, ele continuou me provocando e encontrando maneiras de me assustar e me fazer pular. As meninas ficaram no pé dele desde o começo, é claro, e até Wes, que normalmente agia como se Cole não pudesse fazer nada de errado, disse para ele parar. Mas ele não parou. Não até eu perder completamente a compostura e começar a chorar como nunca tinha chorado na frente de ninguém antes. Então, além de ficar apavorada, fui humilhada.

Todos eles foram embora logo depois disso e eu não sabia se algum deles iria querer me ver de novo. Eu tinha certeza, no mínimo, que Cole e eu não poderíamos mais ser amigos, já que eu tinha provado ser uma covarde.

Naquela noite, ele entrou furtivamente pela janela do meu quarto pela primeira de cerca de mil vezes enquanto eu morava com os meus pais. E embora, de certa forma, isso tenha sido um exemplo clássico de como ele foi acidentalmente imprudente, um pouco descuidado demais com meus sentimentos e equivocado em suas tentativas sinceras, considerando que eu já estava tendo que dormir com as luzes acesas, segurando um rosário que tinha feito às pressas com contas de plástico, um cadarço e a coroa que espirrava água da minha Barbie Fonte da Sereia (não católica... não importava), também foi um dos momentos decisivos da nossa amizade. Ele me fez prometer que diria quando ele estivesse sendo um idiota. E ele me disse que eu sempre poderia dizer quando estivesse com medo porque ele sabia que eu não era covarde e, de qualquer forma, ele e eu sempre seríamos amigos, não importava o que acontecesse. Então eu disse a ele que estava com medo e ele ficou lá e leu *Where the Sidewalk Ends* para mim até eu adormecer.

— Claro que estou com medo, Cole. — Enxuguei uma lágrima que fazia cócegas na minha bochecha. — Como eu poderia não estar? Você literalmente acabou de dizer que se a gente entrar em um relacionamento vamos jogar nossa amizade fora...

— Não foi isso que eu disse.

Eu zombei.

— Isso é bem próximo do que você disse. E está falando sobre como estamos desmoronando e dizendo que não sabemos mais como falar um com o outro, e...

COLE E LAILA SÃO APENAS AMIGOS 279

— Eu só quis dizer...

— Cala a boca. — Coloquei minha mão sobre a boca dele. — Eu não terminei.

Mas de repente, quando senti seus lábios se curvarem sob minha mão, pensei que talvez tivesse terminado.

Não, não, não. Coisas para dizer. Muitas e muitas coisas para dizer. Ele acabou de beijar a palma da minha mão? Não importa.

— E você está sendo um idiota. — Ele curvou as sobrancelhas para baixo como um cachorrinho triste e eu queria voltar atrás, mas não consegui. Eu tinha feito um voto há vinte e oito anos e ele me deu pouquíssimas oportunidades ao longo dos anos para cumprir meu compromisso. Os poucos incidentes isolados nos últimos dias foram fáceis de serem descartados como se ele estivesse direcionando mal sua dor e sofrimento, mas isso era diferente. Não era um dano colateral insignificante. Ele estava me atacando intencionalmente e nem neve, nem chuva, nem calor, nem um desejo avassalador de sentir sua respiração contra os meus lábios no lugar da minha mão me impediriam de concluir rapidamente o meu pensamento. — Você me fez prometer que sempre contaria, então estou contando.

— Aham.

Com minha mão ainda na boca dele e seus dedos agora no cós alto da minha calça, acho que se preparando para me puxar para ele, nós dois viramos nossas cabeças lentamente para olhar para Sebastian. Eu não tinha ideia de quanto tempo ele estava lá e só conseguia imaginar o que ele achava que poderia estar acontecendo.

— Desculpe incomodar. — Ele olhou para Cole e pareceu bastante perplexo com tudo isso, na verdade. — O doutor acabou de me ligar. Acho que ele está tentando falar com você. Algo sobre alguns papéis que encontraram quando limparam o quarto do seu avô. E... — Seus olhos rapidamente dispararam para mim e depois de volta para Cole enquanto ele suavemente acrescentou: — Acho que houve uma oferta. Pela sua casa.

— O que você quer dizer com "uma oferta"? — perguntei ao mesmo tempo em que senti a forte respiração de Cole na minha palma.

Tirei minha mão da boca de Cole, o que, admito, provavelmente deveria ter feito alguns segundos antes.

— É tudo o que sei. Ele só... disse que precisa que você ligue para ele. — Os olhos de Seb passaram de Cole para mim mais uma vez, e então ele levantou dois polegares no ar e disse — Legal — antes de se virar e voltar para o restaurante.

— Uma oferta pela sua casa?

Cole suspirou.

— Lai, escuta...

— Como pode ser isso, Cole? Como pode... Como pode... — Eu me afastei dele e encarei a parede por um momento, esperando que apenas um segundo para respirar me ajudasse a me acalmar, mas teve o efeito oposto. — Como pode haver uma oferta pela sua casa, Cole? Sua casa não está à venda, está?

— Tudo o que fiz foi pedir ao doutor para talvez começar a fazer algumas sondagens com pessoas que ele conhecia. E ele disse que conhecia um corretor de imóveis em Alamosa...

— Não acredito! — Comecei a passar a mão pelo meu cabelo e então gritei — Droga! — quando meus dedos ficaram presos na trança que eu tinha esquecido. Eu sabia que teria que tomar uma decisão entre puxar minha mão e permitir que o dano fosse feito, aceitando assim que meu cabelo passaria o dia imitando Jareth, o rei *goblin* de *O Labirinto*, ou apenas andar por aí como se eu fosse Mary Tyler Moore, me preparando para jogar meu chapéu, mas esperando por condições perfeitas de pressão de ar térmico.

— Aqui, deixa eu ajudar você.

Cole pegou minha trança, e eu o afastei com minha mão livre e então acolhi a desordem e os fios caindo com indiferença para que eu pudesse usar as duas mãos para empurrá-lo para longe de mim.

Jareth, o rei *goblin*, era isso.

— Não. Pare! — Eu apontei meu dedo para ele. — Não toca em mim.

Ele soltou um rosnado frustrado enquanto eu continuava me afastando dele.

— Laila, você pode me ouvir? Sinto muito por não ter contado, mas qual é! Faz apenas uma semana que mencionei isso ao doutor. E foi só isso que foi. Uma menção. Eu pensei que seria algo longo, se eu conseguisse encontrar um comprador. Como eu poderia saber que...

— Você está brincando comigo? Com o jeito que Adelaide Springs está crescendo? Alguém comprou o Cassidy's de você, Cole. O quanto nós conversamos sobre o quão rápido o lugar está crescendo e...

— Você está certa. — Ele assentiu. — Sinto muito. Claro. Eu deveria ter...

— Você realmente achou que uma casa ótima em um terreno incrível não seria arrebatada no instante em que você...

— Eu disse que você está certa! — gritou ele, fazendo com que um casal e seus filhos passassem correndo por nós. — Disse que sinto muito. — Ele acrescentou mais baixo. — Eu só não pensei sobre isso. Mas não é como se eu não fosse contar. Você sabe disso. Eu não estava escondendo isso de você. E sei que cancelamos o acordo. Sei que estávamos falando sobre coisas. Mas... acho que, talvez, isso foi um pouco real demais. Rápido demais, sabe?

— Ah, você acha?

Ele gemeu em reação à provocação.

— Quantas vezes eu tenho que dizer? Eu não estou tendo uma crise de meia-idade aqui. Eu não tinha ideia de que isso poderia acontecer tão rápido. Foi burrice da minha parte? Obviamente. Você deixou isso bem claro. Mas eu realmente não acreditava que houvesse urgência em falar com você sobre...

— Mas Sebastian sabia. Claramente. E tenho certeza de que isso significa que Brynn sabe. Você falou com o doutor sobre isso. Eu simplesmente não consigo entender por que você falou com todo mundo, menos...

— Porque nenhum deles tem o poder de me fazer mudar de ideia!

Eu zombei.

— É claro que eu também não.

— Você está brincando? — Ele agarrou meus cotovelos e me virou para ele. — Laila, eu faço qualquer coisa que você quiser que eu faça. Você sempre teve. E isso me aterroriza porque não posso ficar lá. Não posso ficar naquela casa. Não posso ficar naquela cidade e saber que meu avô se importava mais com o Festival da Cidade do que comigo.

— Isso não é verdade.

— Não é?

— Não. Não é. — Seria tão fácil abrir minha boca e dizer todas as palavras que ele precisava ouvir. Talvez ele ouvisse, talvez não, mas eu não queria nada mais do que dizê-las. — Você só... — Não era justo que eu não pudesse jogar tudo que também importava pela janela e decidir unilateralmente que nada importava tanto quanto ajudar seu coração a se curar. — Juro que não é verdade.

— Seja verdade ou não, cada quarteirão daquela cidade guarda uma memória da qual preciso me afastar agora, porque não posso olhar para o parque onde ele me ensinou a andar de bicicleta e me perguntar se aquele era o momento. Se ele parou de acreditar em mim *naquela época*, porque levei mais tempo para aprender do que ele achava que deveria e ele acalmou sua consciência lembrando a si mesmo que eu não era um Kimball de verdade, ou mesmo um Dolan de verdade.

Ele enxugou os olhos e deu um passo para trás.

— Talvez tenha sido só mais tarde, quando estávamos na igreja para o funeral da minha avó e ele não falou comigo o dia todo. Lembra? Você e minha mãe disseram que ele só não queria parecer fraco ou muito emotivo comigo, mas quem sabe? Talvez tenha sido naquele dia que ele percebeu que, com ela morta, ele não me devia nada.

— Cole, não faça isso com você. Sei que ele não era o homem mais carinhoso, mas juro a você...

— Ou, eu sei, talvez tenha acontecido quando eu o mandei para Spruce House. Eu era o único que sobrou e não conseguia cuidar dele do jeito que ele precisava ser cuidado. Eu sei disso. Mas isso não muda o fato de que toda vez que eu passar por aquele lugar, vou me perguntar se ele sentiu como se eu o tivesse abandonado...

— Ele não fez isso.

— ...e talvez tenha sido por isso que ele não achou que me devia nem um aviso de que ele tinha me abandonado também.

— Pare com isso — sussurrei em seu ouvido enquanto jogava meus braços em volta de seu pescoço e o puxava para mim. — Pare com isso agora mesmo. Ele te amava. Nunca serei capaz de explicar por que ele fez o que fez, mas ele te amava.

— Ainda estou tentando me convencer de que tenho forças para deixar você, Lai. — Ele me segurou com força. — Todas as outras coisas na minha vida estão se unindo para me levar para longe de Adelaide Springs, mas...

— Mas nada. — Eu o apertei contra mim e então levantei minha cabeça de seu ombro e segurei seu rosto em minhas mãos. — Mas nada. Ligue para o doutor.

Ele se inclinou para minha mão.

— Mas precisamos...

— E vamos fazer isso — assegurei a ele. O que quer que ele e eu precisássemos fazer, faríamos. Eventualmente. De alguma forma. — Agora, você só precisa ligar para o doutor.

Ele assentiu e esfregou os olhos novamente, então tirou o telefone do bolso, começou a rolar a tela e suspirou.

— Eu não desliguei o Não Perturbe ontem à noite. O doutor ligou... — Ele continuou rolando a tela. — Bem, bastante.

O dedo dele parou de repente e seus olhos começaram a percorrer a tela freneticamente.

— O que foi?

Ele continuou lendo por mais alguns segundos e então olhou para mim.

— Uma mensagem de texto de Sylvia. O subchefe de cozinha dela quebrou a mão, e a *soft opening* do restaurante é no próximo fim de semana. Ela está... — Os olhos dele voltaram para o celular. — Ela está me pedindo para começar na terça-feira. Como segundo subchefe. — Os olhos dele encontraram os meus novamente e ninguém sabia o que ele viu quando olhou para mim.

— Uau. Isso é... — *É muito cedo. Essa é uma ideia horrível. Esse é o fim da minha vida como a conheço.* — Isso é incrível, Cole. Que oportunidade. Estou tão... — *Triste. Devastada. De coração partido.* — Orgulhosa de você. — Eu envolvi meus braços em volta do seu tronco e o abracei. Como teria feito dois dias atrás. Como sabia que ele precisava de mim. Como sua melhor amiga. Era hora de focar em ser sua melhor amiga e isso significava deixar todos os meus desejos egoístas de lado.

— Estou tão orgulhosa de você. — Eu o apertei mais uma vez e então gesticulei por cima do meu ombro. — Você tem muitas ligações para fazer. Vou deixar você...

— Não. Não vá. Sinto muito por estar lidando com tudo isso tão mal. Eu não estou tentando ser um idiota. Está vindo muito naturalmente para mim esta semana. — Os olhos dele estavam vermelhos e tensos, e eu não queria nada mais do que fazer tudo ficar melhor para ele, não importava o quão miserável isso me deixasse. — Fique. Por favor?

— Claro.

Nós vamos ficar bem.

CAPÍTULO TRINTA E DOIS

COLE

— Oi, doutor. Desculpe. Meu telefone estava... Bem, enfim. Desculpe. Então, como vão as coisas?

— Não, eu que peço desculpas, garoto. Desculpe interromper sua viagem. Espero que esteja gostando.

Cole podia ouvir papéis sendo embaralhados do outro lado da ligação e Nova York de repente parecia muito barulhenta de uma forma que ele quase não notou ao longo da semana. Cobriu o outro ouvido com o dedo e fechou os olhos para tentar se livrar de tudo o que o puxava e lutava por sua atenção.

— Sim, obrigado. Então, falando sério, o que há com essa oferta?

— Tem um comprador que vai pagar à vista fazendo uma oferta de vinte por cento acima da avaliação.

Os olhos dele se arregalaram e ele viu Laila observando-o cuidadosamente. Cole cobriu o celular e sussurrou:

— Pagamento à vista. Acima do valor.

Ele sentiu um aperto no coração quando viu os olhos dela ficarem marejados, mesmo enquanto ela sorria, assentia e até batia palmas suavemente em apoio.

— Quem é, doutor? Quer dizer, eu nem tinha decidido oficialmente vender ainda.

— Bem, é aí que fica interessante. A oferta vem da mesma empresa que comprou o Cassidy's.

— Ótimo — murmurou ele. Nada como ter um estranho intervindo e fazendo da sua vida a vida dele.

— Olha, garoto, eu sei que isso é rápido e não é nem um pouco como você imaginou que aconteceria. Certamente é uma decisão muito grande para ser tomada sob pressão. Eu precisava avisar você, mas agora sugiro que aproveite o resto da sua viagem. Quando voltar na semana que vem, podemos resolver...

— Sebastian mencionou algo sobre alguns papéis que você encontrou?

— Ah. — O doutor suspirou. — Sim, isso também foi interessante. Honestamente, eu não entendi completamente o que estamos vendo ainda. Alguns documentos que não foram assinados, eu acho. A Alpine Ventures está se reunindo com o advogado de Bill hoje, e então devo receber uma ligação depois disso. Mais uma vez, você precisa estar ciente, mas não acho que seja algo com que precise se preocupar até voltar. Cassidy deve estar aqui esta tarde...

O dedo que tinha no ouvido para bloquear o ruído de fundo caiu como um peso morto e Laila, encostada em uma parede de tijolos com seu sorriso de "amiga solidária" estampado no rosto, percebeu. Ela se endireitou e deu um passo em direção a ele.

— Minha mãe? Ela vai estar *aí*? Em Adelaide Springs?

Os olhos de Laila se arregalaram quando o doutor suspirou novamente.

— Presumi que ela tinha comentado com você.

Quando foi a última vez que ele viu a mãe? Eles faziam uma chamada via FaceTime de vez em quando, sempre que ela estava em algum lugar que tivesse algum tipo de sinal de internet ou telefone, mas ele tinha certeza de que fazia quatro ou cinco anos desde que a viu pessoalmente.

— Não. Eu não falei com ela.

— Bem, é uma longa história. Basicamente, quando estávamos limpando as coisas na Spruce House, Jo e eu encontramos algumas anotações que Bill tinha feito em um caderno. Isso nos levou a ligar para Cassidy com algumas perguntas que tínhamos, e isso a levou a entrar em contato com a Alpine Ventures, que imediatamente começou a entrar em pânico porque isso, aquilo ou aquilo não tinha sido assinado nem autorizado ou o que quer que seja. Não sei. Como eu disse, devo saber mais sobre isso ainda hoje. E se houver coisas que o afetem, você pode lidar com elas mais tarde na semana. Falta de planejamento ou preparação ou o que quer que seja da parte deles ou de Bill não pode constituir uma emergência da sua parte.

Cole não queria nada mais do que aceitar isso. Poucas foram as vezes em sua vida em que o conselho do dr. Atwater o levou ao erro. Verdade seja dita, não conseguia pensar em uma única vez. E se ele o ouvisse agora, poderia passar mais alguns dias com Laila antes que tudo mudasse ainda mais do que já tinha mudado.

Mas estava claro que as coisas ficariam difíceis. Ele aceitaria esse emprego no Brooklyn, porque seria um tolo se não aceitasse. Ele provavelmente venderia sua casa em Adelaide Springs, porque precisava do dinheiro para não ter que viver como residente permanente nos aposentos da empregada dos Sudworth. E se havia coisas que ele precisava assinar e negócios dos quais precisava cuidar, tinha que ser agora. Sua nova vida estava subitamente programada para começar na terça-feira.

— Obrigado, doutor, mas sei o que preciso fazer. — Cole mordeu o interior da bochecha e estudou Laila por um momento antes de estender a mão e agarrar a dela. — Vejo o senhor hoje à noite.

CAPÍTULO TRINTA E TRÊS

LAILA

Minha mão caiu da dele enquanto ele colocava o celular de volta no bolso.

— Você vai para casa? Hoje?

Cole suspirou e esfregou os olhos e então passou um momento tamborilando nas têmporas antes de focar os olhos em mim.

— Sim.

— Por quê?

Ele deu de ombros.

— Porque não poderei ir na quarta-feira. Aparentemente meu avô deixou algumas bagunças nos negócios para nós limparmos. E preciso juntar algumas coisas, já que isso não é mais apenas férias. E, eu acho, isso vai nos dar uma chance de ver minha mãe. Quem sabe quando todos os planetas se alinharão para que isso aconteça de novo.

Eu amava Cassidy. Dra. Cassidy Dolan-Kimball. Ela certamente não era a mais maternal das mães enquanto crescíamos, mas ela era gentil com todos nós e nos amava muito. Perguntei uma vez, anos depois de eu me tornar adulta, por que ela havia hifenizado e mantido o nome do pai depois que o Velho Kimball a adotou oficialmente, já que todas as histórias que eu já tinha ouvido sobre o primeiro marido de Eleanor o acusavam de ser um pai horrível, um marido ainda pior e apenas um ser humano desprezível em geral. Um com quem ela nunca tinha falado desde que ela e sua mãe se libertaram. Ela me explicou que, para o bem ou para o mal, todo o seu caminho na vida — desde deixar Indiana com sua mãe quando era uma garotinha até querer adotar uma criança e obter seu doutorado em alguma coisa chique de discurso social da qual eu nunca conseguia me lembrar, mas que basicamente significava que

COLE E LAILA SÃO APENAS AMIGOS 289

Cassidy estava qualificada para salvar o mundo — tinha começado no lar desfeito de seu pai biológico. Ela me disse que toda a dor e toda a mágoa tinham tanto impacto em quem nos tornamos quanto o amor, a alegria e a felicidade.

— Eu não vou — sussurrei, e então plantei meus pés e forcei as palavras a saírem novamente com toda a determinação que pude reunir. — Eu não vou. Fico feliz em ajudar você a fazer as malas e reservar voos ou algo assim, mas não vou embora até quarta-feira. Como planejamos.

Os lábios dele se apertaram em direção às bochechas.

— Isso é engraçado.

— O quê?

Uma rajada de ar escapou dele e seus ombros caíram.

— Eu não estava imaginando estar no voo para casa sem você. Eu não estava imaginando fazer nada disso sem você.

Acho que isso foi meio engraçado. Não engraçado "ha-ha", é claro. Mais para engraçado do tipo "eu acho que realmente posso sentir meu coração se partindo dentro de mim".

Eu estava cometendo um grande erro? Era apenas minha teimosia me fazendo ser egoísta e imprudente? Se ele precisava de mim lá, eu precisava ir. Certo?

— Você consegue que eu faça qualquer coisa que queira que eu faça. — Engoli o nó na garganta. — Mas, por favor, não me peça para dizer adeus a Cole e Laila de Nova York e depois dar meia-volta e dizer adeus a Cole e Laila de Adelaide Springs. Não tenho certeza se sobreviveria.

Ele limpou a garganta e olhou para as rachaduras na calçada.

— Não. Claro.

— Então você só se concentra no que precisa fazer pela sua família…

— Você sabe que *você é* minha família, certo? — Cole deu um passo na minha direção e agarrou minhas duas mãos nas dele, então dobrou os joelhos para ficar no nível dos meus olhos. — E você está certa. Eu estava sendo um idiota. — Ele prendeu o lábio inferior entre os dentes e fechou os olhos. — Sinto muito. Eu só… — Os olhos dele se abriram novamente. — Essa semana inteira simplesmente surgiu do nada, sabe? Para mim, na verdade. Sei que você já tinha pensado em tudo e examinado as possibilidades, pesado os prós e os contras... tudo isso. Mas, como eu disse, até esta semana, eu nunca tinha ido lá. — Ele deu de ombros. — Sou lento. Não vou negar. Ou melhor, você já tinha descartado a possibilidade de haver um futuro para nós, dessa forma, antes... não sei... antes mesmo de eu perceber que você tem pernas melhores que Seb...

— Do que você está falando?

Ele riu.

— Tenho certeza de que Sebastian tem pernas muito bonitas, claro, mas de todos os meus amigos...

— Não, espera, por que você disse que eu já tinha descartado a possibilidade de existir um futuro para nós?

— Porque foi isso que *você* disse.

— Não, eu não disse.

— Sim, você disse. No Shake Shack. Você disse... bem... — Ele inclinou a cabeça para o lado e franziu as sobrancelhas. — Eu perguntei se o pensamento sobre nós tinha passado rápido ou se tinha pousado e você disse...

— Eu disse sim para ambos.

Ele assentiu.

— Exatamente. Você disse que tinha pesado todos os prós e contras e... — A voz dele, tão forte e confiante apenas algumas palavras antes, falhou. — Mas se você não tivesse... Por que você nunca... Então o que isso significa, Laila? Você pesou os prós e os contras, e depois o quê?

E depois o quê?

Como eu poderia explicar? Como poderia sequer começar a explicar o que viria a seguir na minha mente? Não era sobre nossa amizade ser arruinada se fizéssemos a escolha errada e não era sobre esperar que ele se apaixonasse por mim. Não era sobre eu ansiar por ele ou nós dois termos algum tipo de pacto de "se não estivermos casados aos quarenta".

— Você sabe como todo mundo sempre nos perguntou por que não estamos juntos? Ou insinuou que deveríamos estar?

— Por toda a nossa vida.

Eu ri e olhei para nossas mãos — apenas uma grande confusão de dedos.

— Sim. Alguns anos atrás, Sebastian me perguntou por que você e eu nunca namoramos. Perguntou se era porque nos amávamos demais.

COLE E LAILA SÃO APENAS AMIGOS 291

— Essa é uma maneira legal de dizer — murmurou Cole.

— Você está certo. É. Mas eu disse que não era isso. Eu disse que... — Funguei e levantei meu braço para enxugar os olhos, puxando as mãos de Cole comigo. — Disse que você e eu nos amamos na medida certa, Cole Kimball. E essa é a melhor maneira que conheço de responder à sua pergunta também. Eu pesei os prós e os contras, e adivinha? Não importa como você olhe, você e eu *funcionamos*. Como amigos, como colegas de trabalho, como família... E, sim, provavelmente como, bem, o que quer que queiramos ser um para o outro. Você e eu sempre daremos certo. Quando você e eu estamos juntos, simplesmente não há muitos contras. Não com a gente. É só... você sabe.

— Todo o resto.

— Sim.

Ele soltou minhas mãos e colocou os braços em volta dos meus ombros, me puxando para ele.

— Eu simplesmente não suporto a ideia — sussurrou ele contra meu cabelo — de não estarmos bem.

— Você e eu sempre vamos ficar bem. — Coloquei meus braços em volta da cintura dele. — Cole e Laila de Adelaide Springs não vão a lugar nenhum. Eles não estão realmente se despedindo. Apenas entrando em uma nova temporada. — Uma nova temporada com 3 mil km e um fuso horário de distância. — Ou seja, você pode se sentir à vontade para me ligar. Podemos fazer chamadas pelo FaceTime dez vezes por dia, se quiser. Não que eu queira que se sinta pressionado a fazer isso. Sei que você estará ocupado com o novo emprego e...

— Ah, pare com isso. Provavelmente não vou conseguir chegar ao aeroporto sem mandar uma mensagem para você.

Eu ri.

— Literalmente. Mas lembre-se, você não terá sinal no subsolo, então se você se perder... — Hum, não. Ele nunca conseguiria chegar sem se perder. — Pensando bem, você provavelmente deveria pegar uma carona via aplicativo.

— Sim. Boa ideia. — Ele beijou minha têmpora antes de se afastar de mim e um milhão de memórias queridas lutaram para ofuscar a melancolia que passava entre nós enquanto nossos olhos permaneciam travados. — Tenho que admitir, estou triste por me despedir de Cole e Laila de Nova York.

Sorri para ele com tristeza.

— Eu também.

— E é por isso que estou com medo, Lai. Tipo, agora mesmo, preciso ir e não sei se devo abraçar, beijar ou cumprimentar você com um "toca aqui". Sempre foi tão fácil. *Você* sempre esteve no centro dos momentos mais naturais e sem esforço da minha vida. E agora não sei o que devo fazer.

Dei um passo na direção dele e passei minhas mãos pelos seus braços, até seus ombros.

— Bem, com certeza não vamos nos despedir do Cole e Laila de Nova York com um "toca aqui" afetuoso.

Ele sorriu para mim e passou o polegar pelo meu queixo.

— Ah, graças a Deus. — E então seus lábios estavam nos meus e seus braços estavam em volta da minha cintura, me levantando para ele e me segurando como se não tivesse certeza se algum dia me deixaria ir.

— O que está acontecendo aqui? — Brynn praticamente gritou, nos assustando no meio de um beijo de despedida memorável. Cole e eu nos viramos para encarar uma Brynn ofegante, um Sebastian risonho e um já muito esquecido Milo Ventimiglia (pelo menos por mim). Brynn cobriu a boca antes de se virar para Seb. — Você sabia disso? — Antes que ele pudesse responder, seus olhos prestes a explodir estavam em nós novamente. — Há quanto tempo isso está acontecendo? — Outro suspiro. — Enquanto estávamos na Alemanha? E vocês não nos contaram? Ah, quem se importa? Estou tão animada. Já estava na hora!

Eu me afastei de Cole, não preocupada em ter sido pega, mas não querendo que ele se assustasse com discussões e especulações sobre o que tudo isso significava.

— Calma, Brynn. Só… relaxa. Conversamos sobre isso mais tarde. Mas, hum, agora mesmo… Cole precisa ir para casa. — Fiz tudo o que pude para engolir a tristeza mais uma vez. — Para Adelaide Springs.

Brynn olhou de mim para Sebastian e então seus olhos pousaram em Cole.

— Por quê? Está tudo bem?

COLE E LAILA SÃO APENAS AMIGOS   293

— Sim. Só algumas coisas de papelada relacionadas à propriedade do meu avô. Eu acho. — Cole deu de ombros. — E minha mãe está indo para lá também. E preciso, hum... Bem, eu volto...

— Cole vai ser o subchefe de um novo restaurante no Brooklyn! — Eu soltei. Ele entrelaçou seus dedos nos meus e apertei sua mão quase com força suficiente para impedir que a minha tremesse. — Não é incrível?

— Uau. Parabéns, cara. — Sebastian quebrou o silêncio doloroso que havia permanecido por vários segundos. — É no restaurante da Sylvia?

— Sim. Obrigado. Começo na terça, então... — Ele não soltou meu aperto, mas com a outra mão tirou o telefone do bolso e começou a enviar mensagens.

— Acabou de lembrar que você não aceitou o emprego? — perguntei suavemente.

Ele sorriu quando seu celular fez o som de uma mensagem sendo enviada.

— Sim.

Sebastian estava falando com Milo sobre Sylvia ser Sylvia Garos, e Milo estava dizendo a Seb que ele tinha uma reserva lá em janeiro, que era o mais cedo que ele conseguiu entrar na lista. E Brynn estava... Bem, Brynn estava conectando todos os pontos dolorosos do que não estava sendo dito por seus amigos de longa data.

— Então acho que nos veremos em breve — disse ela, com os olhos cheios de lágrimas enquanto abraçava Cole.

Ele a abraçou.

— Cuide bem da nossa garota pelos próximos dias. Ela está acostumada a um certo estilo de vida de Nova York agora, sabe. Isso inclui Black & White Cookies pelo menos duas vezes por dia. — Ele se afastou dela e deu um soco no ombro de Sebastian. — A gente se fala.

— Precisamos chamar uma carona para você até o aeroporto?

— Sim! — Eu respondi por ele. Eu meio que tinha esquecido, depois dos nossos infinitos quilômetros caminhando e pegando o trem sem eles, que nossos amigos eram pessoas do Escalade.

— Vou fazer isso. — Sebastian pegou seu telefone e apertou alguns botões. — Boa viagem, amigo. — Ele retribuiu o soco amigável e então se virou para falar, provavelmente com Malik.

Foi enquanto Brynn estava olhando tristemente para mim e Cole, e Cole e eu tentávamos desviar nossos olhos um do outro para seguir em frente, mas não encontramos forças para isso, que meu par abandonado quebrou o silêncio pesado.

— Oi, eu sou Milo. — Ele estendeu a mão para mim e Cole, e seus olhos dispararam entre nós. — Parabéns pelo trabalho e… algo sobre papelada e Alemanha, eu acho? Não tenho certeza se entendi alguma coisa que aconteceu nos últimos minutos, mas, hum… desculpe pela sua perda. Talvez?

Cole estendeu a mão para Milo.

— Oi, sou Cole. Desculpe por tudo isso.

— Laila. — Eu estendi minha mão e sorri, fabricando um pouco de civilidade. Um pouco de *qualquer* coisa além do meu desejo de nunca tirar os olhos de Cole. De nunca o deixar ir. O que eu não daria para poder voltar no tempo e dizer a Laila Olivet de 2002 que chegaria o dia em que Jess Mariano não seria nada mais do que um lindo, charmoso e rebelde que seguraria vela para ela.

— Eu sou Milo. Prazer em conhecê-la.

Milo disse algo depois disso. Algo sobre como ele desejava poder dizer que era a primeira vez que ele encontrava sua companheira de encontro às cegas beijando outro ou algo assim. E então outra coisa que fez Cole e Brynn rirem. E ele era totalmente lindo, é claro. Quer dizer, ele era Milo Ventimiglia. Em carne e osso. Eu o ouvi dizer algo sobre como lamentava não ter mais tempo. Ou ele disse que lamentava não ter bebido mais vinho? Não, não era isso. Lembro-me de ler uma entrevista em que ele disse que não bebia, então deve ter sido a questão do tempo.

Ele também era vegetariano. Admirável e tudo, e, sim, ele provavelmente viveria mais do que eu. Mas falando sério. Não poderia haver futuro para mim com um homem que não come bacon.

Logo, depois de mais um abraço e insistência minha de que se ele quisesse chegar em Adelaide Springs ainda hoje, tinha que estar andando, Cole estava entrando no prédio de Brynn e Seb, se virando e acenando para mim mais uma vez, e então ele estava fora de vista. E alguns minutos depois Milo estava subindo em sua motocicleta, muito gentil e perdoando ter sido deixado pela garçonete do Colorado que uma vez teve seu rosto como papel de parede em seu computador Compaq Presario, e eu poderia ter seguido atrás dele. Cole, não Milo. Isso teria sido apenas perseguição. Mas eu poderia ter seguido Cole. Poderia ter passado mais alguns minutos com ele. Poderia ter ajudado a fazer as malas e reservar seu voo, e ajudá-lo a processar suas emoções sobre tudo o que estava acontecendo. Mas esse não era o trabalho de Laila de Nova York. Ele disse adeus a Laila de Nova York e pronto. Então agora meu trabalho era descobrir onde a Laila de Nova York terminava e a Laila de Adelaide Springs começava, para que na próxima vez que eu falasse com meu melhor amigo, eu estivesse em uma posição melhor para lidar com aquele detalhe pequeno, incômodo e crítico de estar loucamente, completamente, irremediavelmente apaixonada por ele.

CAPÍTULO TRINTA E QUATRO

COLE

— Ah, lá está ele. — O doutor foi o primeiro a notar e se virar quando Cole entrou pela porta de tela que rangia.

Jo afastou a cadeira da mesa e correu até ele, os braços estendidos.

— Tadinho. Você deve estar exausto. Precisa de um café ou algo assim? Comeu alguma coisa?

— Estou bem. Obrigado. — Cole deu-lhe um abraço de um braço. Na verdade, ele não estava se sentindo muito caloroso e afetuoso com nenhum deles no momento.

Sair de Nova York tinha sido fácil. Sabe, se não levasse em conta que a cada segundo ele estava se afastando mais e mais de Laila, ele estava obcecado pelos seus erros. Tinha certeza de que tinha tomado as decisões certas sobre as coisas importantes. Teve que encurtar sua viagem e voltar para Adelaide Springs e ainda não via nenhuma opção realista, a longo prazo, que pudesse impedi-lo de se mudar. Mesmo que pudesse superar a dor de ter Cassidy's tirado dele, fatos eram fatos. Cozinhar era sua única habilidade empregável e sua única paixão (novamente… *empregável*). Eram todas as pequenas coisas de curto prazo que tinha certeza de que ele estava estragando.

Ele deveria ter pedido para Laila ir para casa com ele. Certo? Ele não poderia ter encontrado uma maneira de garantir que a despedida deles em Adelaide Springs não parecesse realmente uma despedida? Porque não era uma despedida. Certo? De qualquer forma, por que ele não fez a despedida deles em Nova York melhor do que isso? Como ele a deixou lá, virando-se apenas o suficiente para sorrir e acenar mais uma vez, ele estava indo para o lado descolado e casual. *Viu? Nada demais. Provavelmente nos vemos no Natal.* Mas o que isso a fez pensar? Será que descolado e casual se traduziu em indiferença quando exposto ao ar livre?

Se ela não tinha captado uma vibração de indiferença disso, quase certamente tinha captado de "Oi, Milo Ventimiglia, prazer em conhecê--lo. Vocês dois, crianças, divirtam-se agora", ou o que quer que ele tenha dito ao companheiro de encontro às cegas dela. O encontro de verdade. Seu verdadeiro encontro com celebridades, que Cole não tinha vergonha de admitir, era o homem mais atraente que já tinha visto pessoalmente (e ele e Laila tinham noventa e seis por cento de certeza de que estavam sentados do outro lado do corredor de Dermot Mulroney no Australian Bee Gees Show em Las Vegas, então ele sabia uma coisa ou duas sobre homens famosos bonitos). Mas o que ele poderia ter feito? Ele deveria puxar Milo de lado e explicar a situação? Pedir para ele *não* ficar tão encantado e seduzido por ela como obviamente ficaria, porque como ele poderia não ficar? E, ei, enquanto ele estava nisso, poderia ser um pouco menos bonito? *Isso seria ótimo. Muito obrigado.* Ele deveria ter dado uma nota de cem para Sebastian e implorado para ele acabar com as coisas se visse alguma faísca acendendo?

Tinha sido um dia muito longo e Cole estava legitimamente perturbado que pensamentos sobre subornar secretamente seu amigo extremamente rico para cometer sabotagem no relacionamento se tornaram comuns antes mesmo de ele cruzar de volta o rio Mississippi.

Ele chegou a Denver às 14h30, horário das montanhas, mas problemas mecânicos com a aeronave resultaram no cancelamento do último voo do dia para Telluride. E, claro, se ele conseguisse chegar a Telluride, não conseguiria chegar a Adelaide Springs. Pelo menos não da maneira relativamente fácil. Em vez de esperar até de manhã, ele alugou um carro e dirigiu 400 km para casa. Os 400 km das *montanhas* para casa. Então ele teve quase cinco horas para pensar em mais um monte de coisas que deveria ter feito diferente. Isso foi divertido.

Mas ainda assim, nada disso foi o que o fez cumprimentar todos com uma disposição tão pouco acolhedora. Foi a mensagem mais recente que recebeu de sua mãe, quando ele estava chegando na cidade, que fez essa mágica.

Estamos no bar. Mal posso esperar para ver você! bjs

De quem foi a ideia genial de nos encontrarmos no Cassidy's?

— Tem certeza de que não quer um café? — perguntou Jo novamente, conduzindo-o para um assento na grande mesa de seis lugares no centro do salão. — Owen deixou esquentando para você.

— Quem é Owen?

— Ah, meu Deus, vocês viram o meu garotinho? Quando você se tornou um homem adulto?

Cole pegou o doutor olhando para ele enquanto Cassidy voltava do banheiro, então ele controlou o revirar de olhos que estava desesperado para se libertar, mas um pouco de bom e velho atrevimento de sua mãe era inevitável.

— Já faz uns vinte anos, mãe.

Ela riu.

— Você sabe o que quero dizer. Venha aqui.

Ele se levantou do assento em que não queria se sentar de forma alguma e abraçou sua mãe como um bom menino. Se não estivesse tão cansado e se cada gatilho emocional não tivesse sido acionado, provavelmente teria ficado feliz de verdade em vê-la. Do jeito que estava, não era que ele estava *infeliz* em vê-la. Era apenas que tinha coisas mais importantes para fazer e pouca disposição sobrando.

— Certo, doutor. Me atualize.

Cassidy olhou para trás em direção à porta enquanto se sentava ao lado de Cole.

— Não deveríamos esperar por Laila?

Os olhos de Cole brilharam para o doutor.

— Laila deveria vir? Você não mencionou que ela precisava estar aqui.

O doutor balançou a cabeça lentamente.

— Não. Não necessariamente.

— Ah. Desculpe — disse Cassidy. — Eu apenas presumi, acho. Eu adoraria vê-la antes de voar de manhã...

Cole se afastou da mesa, fazendo com que a cadeira — aquelas cadeiras idiotas de madeira nas quais seu avô passava horas e horas esculpindo desenhos de abetos e chifres nas costas, embora Cole quisesse algo mais

COLE E LAILA SÃO APENAS AMIGOS 299

simples e tivesse ficado preso a elas por quinze anos — caísse para trás no chão enquanto ele se levantava.

— Ela não está aqui. Ficou em Nova York. Agora, podemos todos, por favor, parar de agir como se Laila e eu não pudéssemos ir a lugar nenhum separados? Consigo funcionar sem ela, sabia? Sou um homem adulto perfeitamente capaz de…

Ele mesmo se interrompeu com um gemido abrupto e raivoso. Nem ele estava acreditando. Bufou até o balcão do bar e apertou a sua borda entre as mãos, empurrando-se para fora dele e então abaixando-se de volta quase como se estivesse fazendo flexões.

— Este é o meu bar. — Ele disse suavemente. Para si mesmo. E então ele se virou para encarar os seis olhos cautelosos olhando para ele como se fosse o cachorro raivoso que eles realmente esperavam não ter que sacrificar. — Este é o meu bar! — Foi um grito, acompanhado por um chute rápido no banco do bar ao lado dele, fazendo-o chacoalhar e rolar até que sua jornada foi interrompida pelas pernas de uma mesa de quatro lugares. — Este é o meu bar. Meu restaurante. E ele simplesmente o tirou de mim. E sim, sim, eu sei que nunca foi realmente meu. Mas você começa a pensar nas coisas dessa forma. Sabe? E isso é tão ruim? Não é uma coisa boa amar algo tanto que você sente que é seu, mesmo que nunca tenha sido realmente? É bom para o restaurante, certo? Bom para os negócios. Alguém mais vai amar este lugar tanto quanto eu?

Ele continuou olhando para eles, mas apontou para trás para a cozinha.

— Quem mais vai passar horas e horas toda semana certificando-se de que está impecável lá atrás? O que, *Owen* vai fazer isso?

Até Cole soube instantaneamente que estava se apegando a um argumento fraco. Claro que *alguém* iria limpar a cozinha. Até mesmo empresários sem um pingo de amor em seus corações não querem violações do código de saúde.

— E o café? — *Sim. Lá vamos nós. Uma acusação muito melhor.* — Ele deixou o café esquentando? Sem funcionários aqui? Quem está se responsabilizando por *isso*? O seguro já está no nome dele?

Ele foi para trás do bar, desligou os queimadores e levou a panela para a pia. Enquanto observava o rico líquido marrom circular pelo ralo e o aroma atingir seu nariz, ele meio que se arrependeu disso. Mas ele superou o arrependimento bem rápido quando seus olhos avistaram a lixeira de achados e perdidos sob o bar.

— E isso! — Ele pegou a caixa depois de colocar a garrafa quente sobre o queimador resfriado por hábito e brevemente desejou tê-la colocado no queimador quente para que outra pessoa tivesse que lidar com o vidro escaldado pelo menos uma vez. — Do jeito que as pessoas deixam as coisas aqui. — Cole vasculhou os objetos perdidos com a mão enquanto olhava enfaticamente para o doutor, Jo e sua mãe. — Não é porque são descuidados. Normalmente não. É porque estão tão confortáveis aqui que não pensam em verificar seus bolsos para ter certeza de que têm tudo antes de ir, assim como não pensariam em verificar se seus livros ainda estão na prateleira em casa todos os dias. Se eles deixarem algo, vão buscá-lo amanhã.

Ele olhou para os objetos e começou a alinhá-los no balcão, um por um.

— É por isso que Lucinda sempre tem um par de óculos de sol na caixa. Ela apenas os troca e os pega na próxima vez. É por isso que as chaves de Fenton estão aqui. — Sempre. E isso era um acréscimo ao conjunto que Cole mantinha em um gancho atrás da máquina de refrigerante. — *Owen* sabe como parar de servir as pessoas? *Owen* reconhece quando Fenton bebeu demais ou quando o açúcar no sangue de Roland está caindo e ele precisa de um pouco de suco de laranja? *Owen* vai garantir que todas as vinte ou vinte e cinco senhoras da Associação de Pais e Mestres cheguem em casa em segurança nas noites de terça-feira?

Verdade seja dita, ele vinha lutando contra isso desde que Sebastian estava menos por perto. *Owen* poderia querer colocar alguém na folha de pagamento, só para lidar com a noite da Associação de Pais e Mestres.

Ele viu o enorme telefone flip de Maxine com os números grandes e em negrito no teclado. O telefone projetado apenas para idosos. O que Cole tinha comprado para ela para que pudesse pedir ajuda se escorregasse e caísse novamente quando estivesse passeando com o Príncipe Carlos Magno, mas que sempre parecia estar na caixa de achados e perdidos, não importava quantas vezes ele o devolvesse. Ele riu enquanto o tirava, mas o humor desapareceu quando olhou para um pedaço de plástico amarelo embaixo dele. Colocou o telefone de lado e inclinou a caixa, e rolando para baixo vieram três — não, espere, quatro — tubos de protetor labial de romã da Burt's Bees. Ele puxou um e o colocou de lado ao lado dos óculos de sol de Lucinda. Então o segundo. O terceiro. O quarto ele manteve em suas mãos um pouco mais, virando-o várias vezes entre os dedos antes de remover a tampa e levantá-lo até o nariz para ver se o cheiro era tão bom quanto o gosto.

— Tudo bem, filho. — O doutor se levantou e lentamente foi até o bar, devolvendo a cadeira e o banco às suas posições corretas ao passar. Então soltou um suspiro pesado no momento em que uma mão compassiva pousou no ombro de Cole. — Por que você não vem aqui e nos conta o que aconteceu com você e Laila?

CAPÍTULO TRINTA E CINCO

LAILA

— E foi isso. Vocês chegaram em casa, todos foram dormir e nós acordamos hoje cedo sem ter ideia de como deveríamos nos comportar na presença um do outro. Acho que terminamos tudo bem. Ele me mandou uma mensagem quando pousou e depois outra para me dizer que tinha decidido alugar um carro e dirigir para casa, então estamos bem. — Era como se eu sentisse uma necessidade compulsiva de tentar falar que estávamos bem.

Estávamos sentados no sofá de vime, as luzes ainda estavam acesas, as chamas do aquecedor a propano estavam dançando novamente, a lua estava refletindo na cidade e eu tinha acabado de experimentar *pho* pela primeira vez, mas o terraço de Brynn e Seb — e Nova York em geral, na verdade — tinha perdido sua magia. Eu tinha contado tudo a eles. E era estranho. Eu conhecia Brynn desde que nasci e Seb há quase uma década. Já tinha conversado com os dois sobre muitas coisas. Coisas pessoais. Coisas constrangedoras. Coisas confidenciais. Coisas idiotas e inconsequentes. E nunca durante essas conversas pensei neles como algo diferente dos meus queridos amigos que eu amava e confiava. Mas enquanto eu desabafava sobre o dia que Cole e eu tivemos, os desafios que eu estava enfrentando com ele e a maneira como tudo isso me fez sentir, de repente, senti todo o peso deles como uma poderosa dupla jornalística. Eles estavam me estudando com tanta seriedade e ouvindo tudo o que eu dizia com tanta atenção que eu meio que esperava que a próxima pergunta fosse uma acusação velada de que minhas falhas de liderança levaram à corrupção generalizada e a uma crise nacional de confiança (ou o equivalente de Brynn para isso: um confronto sobre como eu tinha dublado durante o show de intervalo do Super Bowl ou algo do tipo).

— Então... é isso — reiterei quando nenhum deles tirou os olhos de mim ou abriu a boca para falar alguma coisa.

— Sinto muito, querida.

Vamos ser realistas, essa não era a reação que esperava de Brynn. De Seb, com certeza. Uma resistência à reação exagerada era praticamente uma garantia com Sebastian Sudworth. Mas eu esperava que Brynn gritasse, desmaiasse e fizesse planos para que as coisas dessem certo. Eu teria apostado pelo menos chances iguais de que ela pularia, jogaria minhas coisas numa mala, ligaria para Malik e iniciaria uma sequência de *Um Lugar Chamado Notting Hill* no final da qual eu faria uma pergunta para Cole em uma coletiva de imprensa. Talvez algo como "Se você está determinado a se mudar em vez de ficar comigo para sempre, pode pelo menos prometer nunca se apaixonar por uma mulher que, mesmo que nos deixe continuar amigos, eu sempre vou saber que você gosta mais do que de mim?" Porque isso era algo sobre o qual eu e os leitores da *Horse & Hound* estávamos muito curiosos.

Meu cenário de pesadelo mais recente envolveu ele se apaixonando por uma linda gênia da gastronomia (provavelmente chamada Charly com *y* ou Rian com *i*), se casando e se mudando para a Itália, onde eles cozinhariam, comeriam e fariam amor debaixo de ciprestes e, na próxima vez que eu o visse, ele teria filhos chamados Giuseppe e Carlotta e eu teria que fingir gostar das crianças, especialmente da Carlotta, cujo nome do meio seria Laila, é claro — mas com um circunflexo no primeiro *a*, porque o que mais se esperaria de uma harpia pretensiosa, ladra de homens e destruidora de vidas como Charly Kimball?

— Só isso? Você não vai pular e tentar dar um jeito nas coisas? — A pergunta para Brynn ficou no ar, mas surpreendentemente não fui eu quem a fez. — O que acontece depois?

Nós duas encaramos Sebastian com os olhos arregalados.

— Perdão? — Brynn perguntou a ele.

Ele se arrastou para a frente no sofá, a cabeça inclinada em direção a ela.

— Olha, você está assistindo o desenrolar disso desde que vocês brincavam juntos no parquinho. Eles são seus amigos mais próximos e você shippava eles mais do que... sei lá, Mulder e Scully.

Brynn caiu na gargalhada.

— Uau. Obrigada por me lembrar disso.

— Tanto faz. Só estou tentando falar sua língua.

— Fez isso com maestria, querido. — Ela me olhou de espreita e ergueu as sobrancelhas. — E claro, ninguém quer que isso aconteça mais do que eu. Mas acho que Cole só precisa de um tempo para processar tudo. Ele sabe como ela se sente agora e...

— Mas ele sabe? — Sebastian foi até a geladeira para pegar uma garrafa de água. Ele a levantou de maneira interrogativa e eu assenti, em seguida, ele a jogou para trás das costas e eu a peguei sem esforço, um pequeno truque que dominamos quando eu servia mesas e ele trabalhava atrás do bar no Cassidy's. Pegou outra garrafa para si, abriu a tampa e deu um longo e vagaroso gole antes de falar mais uma vez. — Acho que vocês estáo esquecendo a única característica comum que todos os homens compartilham. *Todos* nós. Incluindo o grande Cole Kimball.

Mordi a isca.

— E que seria?

Ele se sentou ao lado de Brynn de novo e deu de ombros.

— Homens são burros.

Brynn riu enquanto apoiava a cabeça no ombro de Seb e descansava a mão no joelho dele, mas eu não estava rindo. De repente, eu estava no modo estudiosa.

Inclinei-me para a frente, na mesa do pátio, e apoiei os cotovelos nas pernas.

— Como assim?

Seb esticou o braço em volta dos ombros de Brynn e os dois se inclinaram para trás.

— Ele está confuso, Laila. Tudo o que está acontecendo entre vocês dois agora... Você já moveu todas as peças. Se o relacionamento de vocês fosse um jogo de xadrez, você seria Magnus Carlsen.

Olhei para Brynn, que também parecia não fazer ideia do que ele estava falando.

— Quem?

Seb soltou um suspiro e tentou novamente.

— Ou aquela garota que não sei o nome de *O Gambito da Rainha*. Aquela que viu todos os movimentos de xadrez no teto.

— Ah! Beth Harmon?

Ele sorriu para mim e assentiu.

— Sim. Você é Beth Harmon. E Cole é um garoto que acha que sabe jogar xadrez porque já sabe jogar damas. Você sabe que se Cole fizer *esse* movimento, você vai precisar fazer *aquele* movimento. E você tem feito isso há anos. Acho que pela maior parte da sua vida.

— Não acho que faço isso. — Mesmo enquanto eu dizia as palavras, pensei em como eu tinha nos colocado de volta na nossa zona de conforto no Shake Shack. Como tinha neutralizado o pânico dele depois que ele quase me beijou na cozinha. Como criei um tubo de ensaio para nossas emoções ao sugerir o experimento do encontro às cegas. — Eu nunca *quis* fazer isso. — Emendei, um tanto horrorizada comigo mesma.

— Não, não é uma coisa ruim. — Ele tirou o braço de Brynn e se inclinou para a frente para me imitar. — Não quis dizer que você está criando estratégias, fazendo manipulações nem algo assim. É inteligência emocional. E obviamente os homens como um todo não são burros. Cole com certeza não é. Mas a maioria de nós funciona em um sistema operacional mais simples do que a maioria das mulheres. É como o velho estereótipo de homens se recusando a pedir informações. Na maioria das vezes, não é porque somos teimosos. É porque não sabemos que estamos perdidos.

O silêncio encheu o ar, além dos sons de buzinas, pessoas gritando e sirenes ecoando cada vez mais perto. A trilha sonora de uma semana transformadora e de um dia perfeito. Sons que eu tinha achado charmosos e atmosféricos na presença de Cole, mas que sem ele eram grosseiros e agressivos.

Estendi a mão sobre a mesa para agarrar a mão de Sebastian. Ele estendeu a outra mão para envolver a minha.

— Obrigada.

— Claro. — Ele abaixou os olhos, obrigando os meus a se fixarem neles. — Então, o que acha? O que acontece depois?

— O que acontece depois — comecei — é que vou para casa amanhã.

— Amanhã?! — Brynn empurrou Seb para fora do caminho e agarrou minha mão com as duas dela. — Não! Você não pode! Temos você até quarta-feira. Pensei que você poderia ir ao *Sunup* comigo na terça-feira. George Clooney vai estar no ar. George Clooney! E tem tanta coisa que ainda não tivemos a chance de fazer e ver. Eu ia te levar para ver *Hamilton*, você precisa tomar *frozen* de chocolate no Serendipity e...

— Obrigada. — Apertei a mão dela, precisando desesperadamente que ela parasse de falar antes que mencionasse qualquer outra coisa que eu gostaria de ter pensado em fazer com Cole. — Mas não quero mais ficar aqui. — O dia todo estive lutando contra a vontade de ceder à tristeza e ao sofrimento, lembrando a mim mesma que eu não estava realmente perdendo nada. Seria difícil o suficiente me convencer disso em Adelaide Springs, sem ele lá. Em Nova York, eu não tinha a mínima chance. — A verdade é que, sem ele, eu meio que odeio isso aqui.

E por que eu não odiaria? Nova York sempre representaria o que poderia ter sido. Pelo menos em Adelaide Springs, eu poderia começar a me concentrar no futuro. Lá eu poderia me concentrar no que sempre seria. Isso era real. Era isso que importava.

CAPÍTULO TRINTA E SEIS

COLE

— Sinto muito. — Jo foi a primeira a falar vários minutos depois, após o café ser reposto, os ânimos se acalmaram e Cole compartilhou uma breve sinopse de seu tormento com sua mãe, sua antiga professora e o prefeito. — Qual é o problema aqui?

— Hum... tudo isso — respondeu Cole, um tanto consternado. Ele sempre soube que ela era uma ouvinte atenta e tinha certeza de que não poderia ter sido mais claro. — Não faço ideia do que fazer agora. Não posso perdê-la. Entende?

Cassidy e Jo se entreolharam, Jo deu de ombros e então se virou para o outro lado e olhou para o doutor — em busca de respostas, ao que parecia —, e o doutor apenas sorriu e balançou a cabeça.

Jo se virou para Cole.

— E por que você a perderia?

Por que todos estavam olhando para ele como se estivesse sussurrando sonetos de Shakespeare em Klingon? O que era difícil para eles entenderem?

— Porque não sei como podemos continuar com nossas vidas como se Nova York nunca tivesse acontecido.

— Mas... eu... Então por que...

O doutor interveio no meio da gagueira de Jo.

— Vou tentar uma abordagem diferente, já que acho que Jo está se enrolando aqui. Você está dizendo que antes de ontem, nada tinha acontecido entre vocês dois? Nenhuma conversa sobre se deveriam ser um casal? Nenhuma atribuição de coisas a um momento ruim? Nenhuma explosão de ciúme quando estavam namorando outras pessoas?

A mãe dele decidiu participar desse joguinho divertido que eles aparentemente estavam desenvolvendo para a Hasbro.

— E quando você trouxe aquela garota de Boulder para casa com você?

— E quando Laila e Seb flertaram quando ele se mudou para cá? — Jo prosseguiu, se inclinando. — Eu ainda acho que isso teria acontecido em algum momento se Brynn não tivesse voltado.

— O quê?! — Cole zombou e então se tornou uma risada. *Ridículo.* — Laila e Seb não estavam "flertando".

Jo revirou os olhos.

— Você não pode estar falando sério, Cole.

O doutor continuou:

— *Nada* quando você bebeu um pouco de vinho a mais em um casamento?

— Não! Claro que não.

Cassidy se inclinou e bateu os nós dos dedos no braço dele.

— Vocês iam a bailes juntos. Na época da escola.

— Bom, sim. Nós meio que íamos juntos...

— E em excursões escolares. Acampamentos. Vegas! — Cassidy bateu o punho na mesa com um nível de animação que só deveria acompanhar a descoberta de um novo planeta. — Você quer me convencer de que nada aconteceu quando vocês dois foram para Vegas? Nada que vocês concordaram que ficaria lá...

Beleza, isso é loucura.

— Leiam os meus lábios, pessoal. Nada. Nunca. Aconteceu. Não até ontem. — Ele olhou para o relógio, ainda no horário do leste. — Anteontem. Por que é tão difícil de acreditar?

O doutor e Jo compartilharam alguns segundos de comunicação silenciosa — principalmente o doutor sorrindo e Jo revirando os olhos várias vezes — e depois se viraram em sincronia para Cassidy.

— Você quer contar para ele ou eu conto? — perguntou o doutor.

Cassidy suspirou.

— Sou a mãe dele. Eu deveria ser a única a fazer isso. — Ela empurrou sua cadeira ruidosamente em direção a ele e bateu na lateral da sua perna até que ele se virou para encará-la. Uma vez que eles estavam joelho com

COLE E LAILA SÃO APENAS AMIGOS 309

joelho e, além de olhares confusos para Jo e o doutor, ele estava atento, ela disse — Você está apaixonado por Laila. Você sempre esteve. E eu poderia apostar o último dólar que tenho que ela também está apaixonada por você.

— Certo. — O canto dos lábios do doutor se curvou. Ele abaixou sua bota no chão e abriu o arquivo de papéis na frente dele. — Agora que tudo está esclarecido, o que você acha de irmos direto ao assunto?

⇢· ·⇠

Cole não tinha muito tempo para tentar entender o que eles estavam dizendo a respeito de Laila. Não quando as bombas continuavam chegando.

— Não entendo — disse, por fim, pela centésima vez naquele dia. — Você está falando sério que o vovô estava apenas comprando prédios abandonados em Adelaide Springs pela maior parte dos últimos trinta anos?

— Parece que sim. — O doutor entregou as escrituras para Cole, uma de cada vez. — O espaço de escritório que a Spruce House alugou para dar espaço para mais moradores no prédio principal. A agência de seguros de Ken Lindell no centro, ao lado do Bean Franklin. Uma faixa inteira de lojas vazias no extremo sul da Main Street. — Mais três escrituras seguidas. — Todas de propriedade de Bill, fazendo negócios como WECC Management Group, LLC.

Cole suspirou e folheou a pilha de papéis, não que algum deles fizesse o mínimo sentido para ele.

— Desculpa, mãe, mas eu simplesmente não entendo como você não sabia de nada disso. Você é membro da LLC, certo? Não foi isso que você disse, doutor?

Cassidy deu de ombros e empurrou a cadeira para longe da mesa.

— Você sabe... Papai cuidou de tudo. Não sabia que ele tinha comprado todas aquelas propriedades...

— Não tinha reuniões do conselho ou coisas que você tinha que assinar...

— Eu confiava nele, Cole. Nunca me preocupei se ele estava me enganando ou quanto dinheiro eu iria ganhar. Não era assim. Ele começou esta pequena LLC, ele e mamãe eram os donos, e quando eu fiz

18 anos, ele me deixou assinar alguma coisa, aí eu também virei dona. Imaginei que estava apenas tentando me ajudar a me sentir adulta. Quando mamãe morreu, lembro que ele me fez assinar algum documento para remover o nome dela. Não é como se ficássemos acordados para olhar as demonstrações de resultado depois que você ia para a cama. Sinceramente, eu não pensava nisso há anos.

— E Bill não era exatamente um cara de comunicação aberta e transparente, como todos sabemos — disse Jo enquanto colocava a mão no ombro de Cole e enchia a xícara dele com café novamente. Café que ela gentilmente preparou sem iniciar nem fazer nenhum comentário merecido sobre a xícara perfeitamente boa que ele despejou no ralo. — Parece que Owen era o único que realmente sabia de alguma coisa.

Cole olhou para ela.

— Espera aí. Owen? O novo dono do Cassidy's?

— Bem, sim e não. — O doutor ergueu sua xícara para Jo encher novamente e depois sorriu para ela enquanto agradecia. — É aqui que as coisas ficam interessantes.

➔ ⬅

Alguma coisa estava cheirando bem. Comida. Tinha comida que cheirava bem. E Cole não tinha nada a ver com isso.

— Isso não pode estar certo.

Ele se sentou na cama *king size* que ele comprou para si mesmo quando voltou a morar com o avô. A atualização da cama tinha sido ideia de Laila, para ajudá-lo a combater a sensação de que ele nunca realmente alcançaria a vida adulta independente. Como ela disse na época: "Só meninos crescidos dormem em camas de meninos crescidos". Não havia espaço para mais nada no quarto, mas ele gostava assim. Menos espaço era igual a menos bagunça.

— Você está acordado? — Sua mãe abriu a porta um pouco, mas não colocou a cabeça para dentro, felizmente. Não que ele estivesse particularmente indecente, com sua colcha de camiseta puxada até a metade sobre o peito nu, mas meninos crescidos não gostavam que as mamães invadissem seus quartos.

— Sim. Mais ou menos. — Ele bocejou e olhou pela janela para avaliar o posicionamento do sol. — Que horas são?

— Quase 8h30. Pensei que poderíamos tomar café da manhã e conversar antes que eu tenha que ir embora.

Ah, sim. Isso mesmo. Foi apenas uma escala glorificada em que ela fez uma breve aparição na vida do filho, trouxe clareza e confusão para crises financeiras e românticas e, aparentemente, fez uma omelete ou algo assim. Tudo em um dia de trabalho da dra. Dolan-Kimball.

— Claro. Já vou.

⇢ ⋅⇠

No fim das contas, ela fez um pouco mais do que preparar uma omelete. Ovos à fiorentina. A mãe dele fez ovos à fiorentina. Ovos *poché* perfeitos, molho holandês caseiro e tudo mais.

— Estava uma delícia — ele a elogiou. — Sem ofensa, mas não sabia que você sabia cozinhar assim.

— Está brincando? Onde você acha que aprendeu?

— Hum… escola de gastronomia? E a vovó, claro.

— Bem, tudo bem. Isso é verdade. Mas eu melhorei.

— Claramente.

Ela se levantou para pegar os pratos, mas Cole se antecipou.

— Sente-se. Eu cuido disso. — Ele levou os pratos e utensílios para a pia e jogou um pouco de água morna sobre o resíduo pegajoso da gema e os deixou de molho. — E você pensou mais sobre… tudo? O que você vai fazer?

— Sobre a propriedade?

— Sim.

Ela deu de ombros.

— Vender, eu acho.

Ele pegou o bule de café do balcão e se serviu. Ofereceu mais café a ela, mas ela recusou colocando a mão sobre a xícara e ele devolveu o bule ao fogão.

— Não sei se você entendeu, mãe. Isso é um grande negócio. — Ele se virou para encará-la. — Esta não é a Adelaide Springs que você lembra.

Está crescendo. Muito rápido. Toda essas propriedades que o vovô comprou valem muito. E as pessoas vão estar dispostas a pagar. Mas acho que é importante vender para as pessoas certas. Sinto que as decisões tomadas hoje vão determinar o futuro desta cidade por um longo tempo.

— Concordo. — Ela assentiu. — Então o que você diz? Você as quer? Eu vou fazer um acordo chocante com você.

Os lábios dele se agitaram quando uma explosão de ar, carregando uma risada com ela, escapou. Mas sua mãe permaneceu sentada lá, observando-o por cima de sua xícara de café enquanto o bebia, ela não pareceu entender a piada.

— Você está falando sério?

— Claro que estou. Parece a solução perfeita para mim. — Ela pousou sua xícara na mesa. — Não seria ótimo abrir seu próprio restaurante? E eu estava pensando que poderíamos dar a opção de comprar a agência de seguros a Ken, vender algumas das outras propriedades para os moradores locais se eles quiserem... Tanto faz. Tenho certeza de que poderíamos ganhar dinheiro suficiente vendendo algumas outras propriedades para você reformar o prédio que você quer. Então você e Laila poderiam se estabelecer e...

— Isso é um pouco prematuro, não acha?

— Bem, tanto faz. Mas você não quer deixar este lugar, Cole. Eu sei que não quer.

— Poderia parar, por favor?! — Ele levantou a voz mais do que pretendia, mas pelo menos uma noite de sono decente o colocou em uma posição melhor para lidar com sua frustração do que na noite anterior, quando ele estava derrubando todas as cadeiras e bancos de bar que ousavam ficar em seu caminho. — Olha, não quero ser desrespeitoso, mas você tem que parar de agir como se soubesse o que eu quero. Tem que parar de agir como se *me* conhecesse, mãe. Você só sabe sobre a viagem para Vegas porque eu disse que eu e Laila iríamos. Tipo, três meses antes de irmos. Você nunca perguntou como foi a viagem, nos últimos sete anos. Pelo que você sabe, nós cancelamos e nem fomos. E ainda assim você falou sobre isso ontem à noite como se fosse algo que realmente soubesse. Você tem que parar de agir como se realmente soubesse alguma coisa sobre mim e sobre a minha vida.

COLE E LAILA SÃO APENAS AMIGOS **313**

Cole fechou os olhos e respirou fundo algumas vezes. Ele não queria brigar com ela, mas tentou ouvir a voz de Laila. Se ela estivesse lá, provavelmente diria o que vinha dizendo há anos:

— *Você tem que contar a ela como ela te machucou. Você sabe que ela gostaria de saber. Só não se esqueça de também ter certeza de que ela saiba o quanto você a ama.*

— Olha, mãe, me desculpe. Eu só… — Ele abriu os olhos e ela tinha ido embora. — Mãe? — Ele saiu da cozinha e foi pelo corredor em direção ao quarto dela depois de se certificar de que ela não tinha saído. — Mãe? Onde você está? Eu não queria…

— Você precisa ver uma coisa. — Ela se sentou aos pés da cama no quarto que o avô dele não havia feito nenhuma alteração desde que ela se mudou. Ela estava com o notebook no colo e deu um tapinha na cama para ele se juntar a ela.

— Eu não deveria ter dito essas coisas. Desculpe se eu…

— Silêncio. Agora é a minha vez de falar. — Ela clicou no *trackpad* e virou a tela para ele ver. — E-mails. Do seu avô.

Ela rolou e rolou e continuou rolando. Havia centenas deles. Talvez mais.

Cole pegou o notebook das mãos dela.

— O vovô não sabia enviar e-mails.

Ela riu.

— Não sabia muito bem. Mas nem sempre tenho telefones onde estou, sabe? Então, no começo, tentei ensinar o básico para que pudéssemos manter contato dessa forma.

— Tentou? — Cole ainda estava rolando a tela. — Parece que você conseguiu.

— Não de verdade. Por muito tempo, ele ia à biblioteca e Helen Souza digitava para ele. Quando a visão dela piorou, ele ia até Laila.

Ele ergueu os olhos da tela.

— Laila digitava e-mails para enviar para você?

Cassidy assentiu.

— Sim. E o ajudou a acessar os que eu enviei. Provavelmente algumas vezes por semana, em média. Nos últimos… ah, não sei. Oito anos ou mais, acho. — Ela levantou o queixo e estudou Cole. — Estou um pouco surpresa que ela nunca tenha contado.

Ele olhou para a tela de novo e voltou a rolar por ela, principalmente para evitar que sua mãe visse a emoção brotando em seus olhos. Ele não ficou surpreso que Laila não tivesse contado a ele. Fazia todo o sentido. Primeiro, ela não acharia que era ela quem deveria contar. Mas ele imaginou que ela também sabia que se Cole soubesse que seu avô tinha ido até ela para pedir ajuda, isso o faria fazer todas as perguntas que ele instantaneamente começou a se fazer naquele momento.

— Eu poderia ter digitado para ele, mãe. Por que ele… — Ele piscou com ardor até que pudesse ver claramente mais uma vez. — Por que ele não me pediu? Por que ele não queria que eu o ajudasse?

— Cole Harrison Kimball, por mais inteligente que seja, você é bem lento às vezes. Sabia disso? Claro que ele não podia deixar você digitá-los. Eram todos *sobre* você. Se você criasse uma nova receita, ele me contava. Você viajava para algum lugar, ele me contava. Às vezes, a única coisa em um e-mail seria algo engraçado, brilhante ou gentil que você tivesse dito ou feito. Nossa, Cole… Tenho certeza de que eu sabia toda vez que você trocava o óleo do carro. Você era o orgulho e a alegria dele. Não sabia disso?

— Hum… — Ele pigarreou e apertou a ponta do nariz. — Não. Eu… acho que eu…

Cassidy pegou o notebook e o colocou na cama atrás dele, então o abraçou, com sua bochecha apoiada no ombro dele.

— Você é meu orgulho e alegria também. Só… para constar. Sinto muito se não sou melhor em comunicar isso do que meu pai. — Ele sentiu o sorriso dela contra ele. — Mas não eram só coisas triviais, sabia?

— O que não era?

— Quando eu ia embora e dizia o quanto estava feliz por poder sair pelo mundo e mostrar um pouco de amor para pessoas que não têm o que temos. Isso partiu meu coração. Toda vez que me afastei de você, isso partiu meu coração. Mas eu sempre soube que você era tão amado e tão cuidado. Sinto muito se não estava lá o tempo todo, mas espero que saiba que ser sua mãe é o melhor trabalho que já tive. Você é a coisa mais

COLE E LAILA SÃO APENAS AMIGOS   315

importante do mundo inteiro para mim e eu nunca poderia ter feito as coisas que fiz se não soubesse que não era a única que se sentia assim. E, sinceramente, se esse *ainda* não fosse o caso. — Ela inclinou a cabeça para cima e sussurrou: — Estou falando de Laila.

Ele se virou e abriu os braços para abraçá-la enquanto anos de ressentimento reprimido se rendiam ao poder do amor e da gratidão.

— Sim. Entendi. Obrigado.

Ele pode ter sido lento, mas finalmente estava começando a recuperar o tempo perdido.

CAPÍTULO TRINTA E SETE

LAILA

Eu não estava exatamente consciente quando voamos de Nova York, mas não queria perder as primeiras vistas das minhas montanhas quando nos aproximamos de Adelaide Springs por nada no mundo. Por isso, provavelmente foi uma coisa boa que novos medos e preocupações fizeram meu medo de voar parecer bem mínimo (provavelmente também foi uma coisa boa que Cole tenha fugido com meus analgésicos e nunca os tenha devolvido).

Era o lugar mais lindo do mundo. Não importava que eu tivesse visto uma quantidade tão pequena de tudo o mais que havia lá fora. Eu sabia. A maneira como as montanhas de certos ângulos pareciam exatamente como as crianças desenham montanhas, com picos triangulares afiados e ziguezagues de neve iguais aos da camiseta do Charlie Brown marcando uma clara quebra na elevação da precipitação. A maneira como nem precisava se referir aos campos de flores silvestres *como* flores silvestres, porque era uma coisa óbvia. Tudo era silvestre. Até a maneira como tinha que manter seus animais de estimação dentro de casa em certas épocas do ano ou do dia para que eles não fossem arrebatados por um falcão ou devorados por uma onça-parda.

Ah, meu Deus, isso é horrível. Não era assim que eu deveria ter dito isso. *De jeito nenhum.* Mas não era legal que os animais nos quais tínhamos que ficar de olho fossem predadores genuínos do topo da cadeia alimentar e não ratos ou gambás ou outras coisas nojentas e irritantes que, claro, todo mundo temia, mas que ninguém exatamente se *gabava* de ter medo ou ter problemas? As pragas do Colorado faziam você querer subir no topo do Pikes Peak e cantar "America the Beautiful".

COLE E LAILA SÃO APENAS AMIGOS   317

E por outro lado, é claro, havia as pessoas. Eu amava as pessoas de Adelaide Springs. Agora que todos os meus avós tinham morrido e minha mãe se mudado, eu só tinha meu pai e Melinda, é claro. Mas também tinha uma população inteira de pessoas que buzinavam quando passavam de carro se eu estivesse na minha varanda e que me traziam material interessante que encontravam em alguma loja em Grand Junction, só para o caso de eu querer fazer roupas ou cortinas novas com ele. Houve gerações de pessoas que me viram crescer e que eu sabia que ainda me viam como uma criança, mas que nunca deixaram de me tratar como uma adulta.

Sempre que sentia falta dos meus avós, podia dar uma passada no The Inn Between. Fazia anos que Jo não transformava a casa deles em uma pousada, mas ela nem piscava quando eu entrava, subia para o clube no último andar e sentava na janela saliente para ver o pôr do sol.

É claro que havia coisas que me incomodavam. A quantidade de neve em alguns invernos. A maneira como o pólen de ambrosia enchia o ar de agosto a outubro, me deixando basicamente alérgica ao ato de respirar. E era uma dor generalizada sempre ter que me certificar de que meus gatos estavam distraídos quando eu abria a porta.

Às vezes, o papai simplesmente aparecia nos piores momentos com total urgência porque queria consertar uma dobradiça na porta do meu quarto ou desentupir o ralo da banheira, embora a porta estivesse fora da dobradiça há nove meses e eu nunca a fechasse de qualquer maneira, e a banheira estivesse drenando perfeitamente bem.

Mas ainda assim... fiquei muito grata por estar perto o suficiente para ficar de olho nele e saber que havia um monte de gente que considerava seu dever ficar de olho em mim.

— Você colocou o cinto de segurança, Laila? — Steve, o piloto, gritou para mim na segunda fileira. Eu era a única passageira naquele voo em particular.

— Sim! — gritei para ser ouvida acima do barulho do avião e me preparei cravando as pontas dos dedos no encosto do assento à minha frente e fechando os olhos. — Pronta!

Então... sim. Ainda não sou fã de voar em geral e definitivamente não sou fã de voar em pequenas máquinas mortais que parecem feitas de papel alumínio e são aproximadamente do tamanho de um caminhão-plataforma.

Mas eu também não era fã de dirigir algumas horas em um carro alugado sobre passagens nas montanhas quando eu não tinha dormido muito, não tinha certeza de que horas eram (não importa o que meu relógio dissesse) e não conseguia me concentrar por mais de sete segundos em nada além de como Adelaide Springs não seria mais um lar sem Cole. Mesmo que eu não conseguisse imaginar estar em outro lugar.

Finalmente, alguns dos minutos mais longos da minha vida se passaram e estávamos quicando e derrapando na pista. Abri meus olhos novamente pela primeira vez desde que começamos nossa descida final. Eu adorava olhar para minhas montanhas, mas sabia que elas eram muito mais bonitas quando você não temia sua morte iminente ao bater nelas.

— Obrigada, Steve. — Passei por ele com minha mochila e bolsa e ele me seguiu para pegar minha mala. — Sinto muito que você tenha feito essa viagem só por minha causa.

— Não se preocupe. Eu também estava de saída. Deu tudo certo.

Minha respiração ficou presa na garganta e implorei a mim mesma para não criar muitas esperanças. Provavelmente eram apenas os Markson indo visitar os netos em Seattle. Ou talvez alguns dos pássaros da neve estivessem indo para o Arizona um pouco atrasados este ano. Peguei voos cedo e ganhei duas horas cruzando fusos horários, mas ainda assim. Nunca me ocorreu que eu poderia chegar aqui antes que ele partisse.

— Obrigada mais uma vez, Steve. Diga oi para Kathy e as crianças por mim.

Olhei para o estacionamento para ver se avistava o Wrangler de Cole e foi aí que a realidade me pegou. Ele havia alugado um carro em Denver, o que significava que ele provavelmente tinha dirigido de volta para Denver e voaria para Nova York de lá.

Ah, bem. O que é um pouco mais de decepção?

Em poucos dias, eu estaria dirigindo até Denver. Como seria fácil pedir para o papai e a Melinda me deixarem no aeroporto depois da consulta dela com o neurologista. Então eles poderiam dirigir meu carro para casa, e eu poderia estar de volta a Nova York — de volta para o Cole — em menos de quatro horas, e então…

E então papai e Melinda seriam deixados para entender e aplicar qualquer instrução inevitavelmente transformadora que receberam do neurologista. Papai reprimiria tudo o que estava sentindo. Melinda colocaria tanta ênfase em cuidar dele que não cuidaria bem de si mesma. E eu teria acrescentado: "Por favor, não se esqueça de alimentar meus gatos" aos fardos que eles estavam carregando.

Suspirei e puxei a alça da minha mala para poder levá-la para… Ugh. Não para o meu carro. Eu não tinha pensado no fato de que não tinha dirigido até o aeroporto uma semana atrás e, portanto, não tinha um carro me esperando. Tirei meu celular do bolso e o tirei do modo avião para ligar para o meu pai para ele me buscar.

— Olá. Alguém ligou pedindo uma carona?

Meus olhos dispararam do meu celular. Vinte e quatro horas. Eu só tinha passado cerca de vinte e quatro horas sem vê-lo, e ainda assim eu podia praticamente ouvir meu coração suspirando de alívio.

— O que você está fazendo aqui?

Não importa por que ele está aqui, Laila. Ele está aqui. O mais importante primeiro.

— O que estou fazendo aqui? — perguntou Cole com uma risada. — O que você está…

Ele soltou um som parecido com "oof" quando corri para ele. Fiquei na ponta dos pés com meus Converse e envolvi meus braços em volta dos ombros dele, precisando desesperadamente de um abraço adequado. Um abraço que me ajudou a saber que com o Cole e a Laila de Nova York para trás, ainda estávamos bem. Eu precisava saber que, mesmo que eu nunca fosse ter permissão para amá-lo completamente de todas as maneiras que eu queria, estávamos juntos. *Vida.* Estávamos juntos na vida, enquanto ela durasse.

Eu claramente o peguei de surpresa, mas ele se adaptou rapidamente e se inclinou para mim, seus braços em volta da minha cintura.

— Você está bem? — perguntou ele no meu ouvido.

— Sim. — Meu queixo bateu no ombro dele quando eu assenti. — Estou tão feliz por ver você. Desculpa por não ter voado para casa com você. Odeio que perdemos esse tempo.

— Laila? — A voz feminina atrás de Cole parecia familiar, mas só quando abri os olhos é que soube quem era.

— Cassidy? — Cole me soltou e eu e sua mãe corremos uma para a outra. — É mesmo! Eu esqueci que você estava... Quer dizer, eu não estava pensando em...

Foi mal... não estava pensando em nada que não fosse seu filho e o quanto eu o amo, e um pouco (tá bom, muito) sobre como meu cérebro simplesmente derreteu e parecia que ia escorrer pelos meus ouvidos quando ele estava me beijando. Então, me diga... Como você está?

— Pronto quando estiver, Cassidy — Steve gritou antes de subir os degraus de volta para a cabine.

— Eu queria que tivéssemos mais tempo — disse ela enquanto se afastava do nosso abraço e então estendeu a mão e agarrou a mão de Cole. Ele a apertou, depois se inclinou e a beijou na bochecha. — Mantenha contato.

Ele assentiu.

— Eu vou.

Ela deu um último aperto na mão dele e olhou para mim.

— Vocês dois. Está bem?

Eu disse:

— Claro — ao mesmo tempo em que Cole disse:

— Tenho quase certeza de que Laila tem seu endereço de e-mail.

Meus olhos se arregalaram um pouco e Cassidy piscou para mim, depois olhei para Cole e vi que ele estava sorrindo. Algumas coisas aconteceram naquelas 24 horas e algo lá no fundo me garantiu que não tinham sido tão ruins. Aquele sorriso — caloroso e cheio de humor e afeição — me garantiu que as coisas não eram tão ruins. Mesmo assim...

— Você não vai pegar o avião?

— Eu tenho algum tempo.

— Bem, se você vai dirigir para Denver, precisa ir. Você sabe que começa a trabalhar no Brooklyn *amanhã*.

— Eu já resolvi isso, não se preocupe. — Ele sorriu e deu de ombros. — Como eu disse, tenho algum tempo.

Eu balancei a cabeça e gemi.

— Estou tão feliz em ver você, mas se acabar perdendo este emprego porque eu mantive você aqui por muito tempo, sabe o quanto vou me sentir culpada?

— Meu Deus, Lai. Você pode relaxar? Eu me dou bem no Colorado, sabia? Não preciso que você seja minha planejadora de viagens aqui, tá bom? — Ele colocou a mão sobre os olhos para olhar para o sol até o avião desaparecer nas nuvens, e, em seguida, estendeu a mão e pegou a alça da minha mala. — Agora, falando sério, você tem uma carona?

Balancei a cabeça.

— Acho que estou sem esperanças sozinha. Quero que você saiba que *ninguém*, nem uma única pessoa, se ofereceu para me levar pelo JFK em uma mala dessa vez.

Ele estalou a língua.

— Os nova-iorquinos são tão rudes. — Ficamos ali sorrindo um para o outro por um momento até que ele gesticulou por cima do ombro em direção ao estacionamento. — Vamos.

Saboreei alguns minutos de silêncio com ele enquanto dirigíamos para a cidade. Eu e ele sempre tendemos a ser bem quietos juntos quando dirigimos. Sempre tínhamos coisas a dizer um ao outro. Nunca, em toda a nossa vida, ficamos sem coisas para dizer. Mas quando éramos só nós dois em um carro, sempre parecia que apenas *estar* lá — observar o mundo enquanto ele passava, organizar nossos pensamentos, às vezes ouvir música, mas geralmente não, cada um de nós aproveitando o tempo sozinho *juntos* — era a coisa mais importante que precisávamos comunicar.

Por isso, quando chegamos aos prédios antigos, abandonados e de pedra na Main Street que abrigavam uma cooperativa de crédito e, eu acho, uma lavanderia por um tempo, e cerca de um milhão de outras coisas antes dos últimos inquilinos se mudarem há cerca de uma década, eu não fazia ideia do que estávamos fazendo lá.

— Tem alguns minutos para eu te mostrar uma coisa? — perguntou Cole, sua mão na maçaneta da porta.

— Tenho tempo de sobra.

Eu o encontrei na calçada e o estudei enquanto ele tirava uma chave do bolso e destrancava a porta. Deve ter havido um milhão de perguntas dançando nos meus olhos, mas ele apenas segurou a porta aberta para mim e me conduziu para dentro.

— Depois de você.

Eu não conseguia me lembrar da última vez que estive em qualquer um dos conjuntos, mas uma familiaridade tomou conta de mim do mesmo jeito. Eu sabia exatamente onde ficava o interruptor de luz e o alcancei, mas fiquei ainda mais surpresa quando as luzes realmente acenderam.

— Ainda tem eletricidade?

— Aquecimento elétrico.

Isso explicava tudo. Não demoraria muito para que um prédio abandonado se tornasse um prédio condenado se tudo fosse deixado para congelar durante o inverno.

Eu o segui e olhei ao redor para os cantos empoeirados, as cadeiras quebradas empilhadas contra a parede e o horrível papel de parede verde-limão com flores laranja e amarelas. No final das contas, foi o papel de parede que mexeu com a minha memória.

— Meu Deus, aqui era o salão de beleza! — Eu ri enquanto me virava, olhando para tudo com um novo interesse através das lentes da nostalgia. — Sério que não tem nada desde... Quando Fern se mudou para a Flórida?

— Sim, 1995. Foi a última vez que teve um negócio aqui.

— *Uau.* — Continuei andando pelo pequeno espaço, espiando os armários e soprando a poeira dos peitoris das janelas. — Lembra quando vimos este mesmo papel de parede em um episódio antigo de *Brady Bunch*?

— Lembro. — Ele ainda estava parado perto da porta, me observando. — Estou pensando em comprá-lo.

Meus olhos se arregalaram e instantaneamente dei mais uma volta rápida pelo espaço para olhar de outra perspectiva.

— Esta unidade? Tipo, como um investimento ou algo assim?

— Acho que você poderia dizer isso. — Ele respirou fundo e então soltou o ar lentamente enquanto coçava o maxilar onde seus pelos faciais estavam crescendo de novo. — Eu meio que gostaria de investir em *você*, Laila Olivet.

Inclinei minha cabeça e tentei entender o que ele estava dizendo.

— Do que você está falando?

— Venha aqui. — Ele deu alguns passos e agarrou minha mão, depois me puxou para fora com ele. Nós andamos até a próxima porta trancada na praça, que eu estava lembrando agora que tinha abrigado uma creche no início dos anos 2000, ele a abriu e me conduziu para dentro. Ele acendeu a luz e nós entramos um pouco mais.

— Eu não sabia que tinha tanto espaço aqui.

— Sim, eu também não. — Ele apertou outro interruptor, iluminando outra sala nos fundos.

Este conjunto era muito maior. Três ou quatro vezes o tamanho do antigo salão de beleza, pelo menos.

— Não sei se você se lembra, mas essa era a creche...

— Sim, eu lembro disso.

Ele acendeu outro interruptor de luz.

— E era onde Juanita Marquez preparava as refeições para os figurões e paraquedistas durante o incêndio de West Fork em, o quê... 2013 ou algo assim? Depois ela falou sobre abrir um restaurante, mas isso nunca aconteceu.

— Cole! — Plantei meus pés e agarrei o braço dele enquanto ele começava a se dirigir para outra porta. Ele parou e se virou para mim. — Você tem que me dizer do que se trata.

Ele olhou para as luzes fluorescentes piscantes acima das nossas cabeças.

— Acho que meu avô estava secretamente construindo alguma segurança para o futuro de Adelaide Springs há muito tempo. E acho que ele estava construindo alguma segurança para o meu futuro também. — Ele apertou minha mão antes de soltá-la e então voltou para a porta e se encostou nela. — Ele era dono de todo esse complexo. E de muitas outras propriedades também. — Ele olhou para mim e deu de ombros. — Bem, ele e minha mãe, fazendo negócios como WECC Management Group, LLC.

Dei uma olhada nele.

— WECC? — Pensei por um momento e tentei entender as letras.

— Sim. William, Eleanor, Cassidy e Cole. As letras não estavam em maiúsculas nos primeiros documentos que o doutor tinha, então ele pronunciou *Weck*.

— Espere aí. Isso não faz sentido. Ele vendeu o Cassidy's... para si mesmo?

Cole balançou a cabeça.

— Ele não vendeu para ninguém. Ele vinha transferindo metodicamente todos os seus investimentos pessoais para a LLC por anos, eu acho, para que tudo fosse separado e protegido de despesas médicas e custos de vida assistida e tudo mais. O advogado pessoal do vovô nem sabia. Era como se ele fosse duas entidades completamente separadas. E ele quase resolveu tudo antes de morrer. A única coisa que se perdeu na confusão foi um novo acordo operacional para a LLC. Estava datado de 1º de outubro, a mesma data em que a escritura do Cassidy's está definida para ser transferida para a WECC.

— E o que deveria acontecer com o novo acordo operacional?

Ele cruzou os braços sobre o peito enquanto seus ombros subiam até as orelhas.

— Eu deveria me tornar o sócio administrativo, se você consegue acreditar nisso.

Claro que eu conseguia acreditar nisso. Eu não entendia, mas acreditava. Não precisei me convencer de nada para acreditar que Bill Kimball tinha sido teimosamente não comunicativo em vez de intencionalmente cruel com seu único neto.

— Então você teria sido dono do Cassidy's. — Eu disse as palavras suavemente, não na forma de uma pergunta, mas como uma declaração. E mesmo que a declaração carregasse consigo camadas e mais camadas de tristeza e pesar pela perda de um velho obstinado e frustrante, eu me senti principalmente grata. Tão grata que Cole não podia mais questionar a magnitude do amor e respeito de Bill por ele.

— Sim. — Ele suspirou. — Mas já que a papelada não foi assinada...

— Sinto muito, Cole.

— Não, está tudo bem. Pelo menos ainda está na família.

Meus olhos se arregalaram.

— Sua mãe é a dona.

— Loucura, não é? — Ele olhou para cima e passou o dedo ao longo do batente da porta, então soprou a poeira acumulada no ar. — De qualquer forma, ela não sabia muito mais do que eu. Esse cara, Owen, parece ser o único com o roteiro completo. O resto de nós só tem rotas cênicas aleatórias para problemas de abandono e confusão. — Ele riu. Riu de verdade. Havia uma leveza nele que eu presumi que nunca mais estaria presente em conversas sobre seu avô. — Mas Owen era o gerenciador de imóveis do vovô. Bem, não só dele. É isso que Owen faz, acho. Então, enquanto eu tinha a procuração para cuidados de saúde, Owen era procurador do lado comercial, agindo por meio de sua própria empresa, a Alpine Ventures.

— E foi ele quem fez uma oferta pela sua casa?

— Foi minha mãe. Quando o doutor ligou para ela depois de ver o nome dela na papelada da LLC que ele e Jo encontraram, ela se lembrou que, ah sim, ela realmente *tinha* assinado todos os tipos de papelada juridicamente vinculativa. — Cole revirou os olhos com indulgência. — O doutor também mencionou que eu estava pensando em vender a casa e acho que em minutos, ela entrou em contato com o Owen, soube que ela era dona de metade da propriedade abandonada em Adelaide Springs e fez Owen fazer uma oferta para expandir a carteira.

— Ela está planejando se mudar de volta para cá?

Ele balançou a cabeça.

— Acho que não. Acho que ela só queria manter a casa na família também. — Ele apoiou o calcanhar contra a parede e apoiou seu peso contra ela. — Ou talvez ela não estivesse muito convencida de que eu não mudaria de ideia no futuro e não ia querer voltar.

Tudo parecia tão positivo. Tudo parecia estar indo na direção certa. Mas, às vezes, os sentimentos nos desviam.

— Então você poderia voltar para lá, não poderia? Quer dizer, para o Cassidy's. Sua mãe é dona de tudo. Até os equipamentos e tudo o que você vendeu. Certo? E agora que você sabe que Bill nunca vendeu sem você...

— Eu poderia, sim. — Ele se levantou com o pé e começou a examinar a poeira sobre sua cabeça novamente. — Nunca teve nenhum plano, exceto que o Cassidy's fosse meu.

— Mas espere aí. Por que eles *compraram* os equipamentos de você? Por que Owen não contou nada disso quando você ligou na noite do funeral do seu avô?

— Porque eu não falei com Owen — respondeu ele com uma risada. — Falei com um vice-presidente da Alpine Ventures que não tinha a mínima ideia dos desejos de meu avô para o Cassidy's. Ele só achou que estava fazendo um ótimo negócio e poupando a empresa de muita dor de cabeça e trabalho no futuro. — Ele olhou para mim e sorriu. — Owen não ficou muito feliz.

— Aposto que não.

Eu o encarei, esperando que dissesse a última parte. Dizer que ele ficaria. Dizer que ele já tinha ligado para Sylvia Garos e dito a ela que estava grato pela oportunidade, mas esta era sua casa. O Cassidy's era seu restaurante. Mas ele não disse nada. Ele apenas olhou para mim, sorrindo gentilmente, mas não revelando nada.

— Você está me matando de curiosidade! — Finalmente explodi, depois dei risada, apenas para não chorar. — O que você vai fazer, Cole? Você está... — Engoli o gosto amargo da adrenalina e medo e talvez mais do que um pouco de esperança no fundo da minha garganta. Naquele momento, eu tinha certeza de que era a esperança que estava queimando mais. — Você vai ficar com o Cassidy's?

Os olhos dele se moveram para meus lábios, tremendo entre meus dentes, e permaneceram lá antes de retornar aos meus olhos.

— Não. Acho que não. Owen tentou me convencer, mas no final, acho que esta é uma ótima oportunidade para Adelaide Springs. Acho que está na hora de alguns novos começos. — Ele deu um passo lento em minha direção, abaixando a cabeça para tentar encontrar meus olhos antes que eles se afastassem completamente. — Lai? Você pode olhar para mim?

Ele deu mais alguns passos e, em seguida, estendeu a mão para segurar minha bochecha. Uma lágrima caiu em seu polegar e ele gentilmente roçou minha bochecha para juntar outras que estavam se acumulando em vez de cair.

— Ei, me desculpe. Não chore. Eu sinto muito. Venha aqui. — A mão dele deslizou no meu cabelo e ele me puxou contra seu peito. Senti seu suspiro pesado enquanto ele desinflava contra mim. — Desculpe. Eu estava tentando criar um momento. Não percebi que você...

Ele beijou o topo da minha cabeça e então se afastou e levantou meu queixo para que meus olhos cheios de lágrimas não tivessem escolha a não ser olhar para ele.

— Achei que talvez você quisesse abrir uma lojinha ou algo assim. No antigo salão de beleza.

O choro parou abruptamente. Até meus canais lacrimais estavam confusos.

— Desculpe, o quê?

— Ou você poderia fazer ajustes, talvez? Coisas de costureira? — A confiança e entusiasmo dele começaram a vacilar quando ele abaixou os braços e se afastou de mim. — Ou não. Obviamente, não estou tentando dizer o que fazer com a sua vida. Se for uma ideia idiota, esqueça. Só sei que você sempre recebe elogios por tudo que faz e as pessoas sempre pedem para você consertar as coisas para elas. E juro, Laila, você poderia ganhar uma fortuna só com essas calças cargo. Elas são, tipo, à prova de assaltantes. Mas, falando sério, sem pressão. Eu só pensei...

— Você só pensou em me oferecer um prêmio de consolação?

Ele balançou a cabeça com os olhos arregalados.

— Não! Claro que não.

— Quantas vezes eu tenho que dizer? Eu realmente amo ser garçonete. — Eu odiava estar brigando com ele. Eu estava profundamente *ciente* de que estava brigando com ele. Esse não era o nosso jeito. Mas todas as minhas emoções desgastadas precisavam ser canalizadas para alguma coisa e a raiva era o receptáculo mais próximo. — Sou uma garçonete muito boa.

— Eu sei que você é.

— Por que Owen não iria querer me contratar?

— Tenho certeza que ele vai. Quer dizer, ele provavelmente precisa de um chef antes disso, mas...

— Então eu vou esperar.

Só que eu não queria trabalhar no Cassidy's sem ele. Não que eu não pudesse continuar o dia a dia sem ele. Eu poderia. Eu não queria, mas poderia. Mas no Cassidy's? Nem pensar. Não quando alguns dos melhores momentos da minha vida foram ajudar Cole a transformar o Cassidy's no que ele deveria ser. Sem ele, talvez ainda pudesse ser ótimo. Mas não seria o Cassidy's.

E nunca pensei em vender as roupas que fazia, mas ele estava certo. Talvez eu devesse. Sim, sempre recebi elogios dos moradores locais, mas minhas calças cargo também chamaram a atenção de uma mãe no Central Park, que procurava desesperadamente seu celular no carrinho de bebê, na bolsa de fraldas e até mesmo em um pouco de areia do parquinho. Se ela estivesse passando por Adelaide Springs, aposto que compraria uma.

Mas uma ideia generosa, fortalecedora e potencialmente genial do meu melhor amigo era, claro, impotente contra uma pequena teimosia de coração partido.

— Vou continuar trabalhando no Cassidy's. — Cerrei os punhos e os coloquei nos quadris. — Mas obrigada.

Ele assentiu e olhou para os pés no momento em que um sorriso malicioso se tornou evidente em seus lábios.

— Que pena. — Ele enfiou a mão no bolso e tirou quatro tubos de protetor labial. — Acredito que estes sejam seus, a propósito.

Abri as mãos para recebê-los em total confusão.

— Obrigada?

— O prazer é meu. — Ele voltou para a porta e socou a parede de pedra com o lado do punho. — Sabe, eu meio que esperava que você viesse trabalhar comigo aqui.

Meus pulmões ficaram imobilizados e, apesar disso, tentei parecer normal. Apesar da esperança e da felicidade (e do medo da esperança e da felicidade) que estavam começando a se acumular como blocos de Tetris quando tudo começa a acontecer rápido demais e você sabe que não consegue mais acompanhar, então simplesmente deixa que eles caiam.

— Aqui? — Minha voz soou tão tensa. Eu teria que fazer melhor do que isso. — O que você quer dizer com trabalhar com você *aqui?*

Bem, isso não foi bom. Minha voz aguda de alguma forma piorou.

Ele se virou para mim, com um sorriso enorme no rosto e agarrou minha mão para me puxar pela porta para a sala dos fundos.

— Certo, então eu sei que não é nem de longe tão grande quanto a do Cassidy's, mas tem o começo sólido de uma cozinha aqui. Já tem todos os acessórios no lugar. Eles precisam de uma renovação, é claro, mas acho que pode funcionar. — Ele me puxou de volta para a sala principal. — E então acho que poderíamos acomodar cerca de quarenta. Talvez quarenta e cinco pessoas. Mais uma vez, não tanto quanto no Cassidy's, mas talvez seja melhor. Faz com que seja meio exclusivo. Não em termos de preço, é claro, mas talvez depois que decolar e se as pessoas

COLE E LAILA SÃO APENAS AMIGOS **329**

continuarem se mudando para cá, e especialmente durante o Festival da Cidade, talvez façamos reservas. E então, olha...

Ele soltou minha mão e correu para uma sala separada para acender uma luz.

— Achei que esta poderia ser uma sala privada para festas ou reuniões ou o que quer que seja. Provavelmente poderíamos colocar mais quinze a vinte pessoas aqui.

Ele apagou a luz, me deixando no escuro em mais de uma maneira. E a imobilização tinha chegado aos meus pés. Eu o ouvi ainda falando enquanto voltava para a sala principal e começava a expor sua visão para refeições ao ar livre em um pátio que ele poderia construir nos fundos, com vista para o cânion, mas, em algum momento, a voz dele sumiu.

— Lai? — Passos voltaram até mim e então ele enfiou a cabeça de volta na sala lateral. — Ei, desculpe. Você está bem?

— O que está acontecendo?

— Eu só pensei...

— Não, na verdade, *o que está acontecendo*? Preciso que você diga as palavras. Você não vai se mudar para Nova York? Cole, se não vai se mudar para Nova York, tem que me dizer. Precisa dizer as palavras. Preciso ouvir você dizer as palavras, Cole Kimball. Chega de brincadeiras. Chega de construir um momento. Você está dizendo... Você está me dizendo... Preciso que esclareça isso para mim. Agora mesmo. — Meus pulmões estremeceram de volta à vida e tudo em mim começou a tremer quando uma palavra final se formou na minha língua. — Por favor.

Os olhos dele brilharam na sala escura.

— Estou comprando este prédio da minha mãe. Vou abrir um novo restaurante. Aqui. Em Adelaide Springs. Nunca mais quero estar em nenhum lugar onde você não esteja, Laila. Nunca mais. Estou apaixonado por você e aparentemente sempre fui. — Ele estendeu a mão para trás, sem tirar os olhos de mim, e acendeu a luz novamente. Bem a tempo de eu ver a agitação no canto da boca dele. — Está claro o suficiente para você?

Alívio e alegria — talvez tanta alegria quanto eu já havia experimentado — me inundaram, me fazendo sentir como se tivesse adrenalina para levantar um carro e exaustão para dormir por uma semana, antes de se liberar na forma de soluços sufocados. Em seguida, os braços dele estavam em volta de mim e eu estava chorando contra seu peito e respirando em rajadas irregulares e felizes. Ele acariciou meu cabelo, beijou o topo da minha cabeça e sussurrou palavras calmantes e me segurou cada vez mais forte até que minha respiração se regulou sob a influência da dele.

— O que você quer dizer com *aparentemente*?

Ele inclinou a cabeça para trás para olhar para mim.

— Hum?

— *Aparentemente* você sempre foi apaixonado por mim.

Ele riu e apertou seu abraço novamente.

— Alguns amigos nossos se encarregaram de me educar ontem à noite. *Aparentemente*, minha obsessão de longa data por você não é apenas uma coisa normal de amizade. Quem diria?

Tracei os músculos das costas dele com as pontas dos dedos, algo que eu tinha certeza de que nunca tinha feito antes. Algo que minhas mãos começaram a fazer sem consultar meu cérebro dessa vez.

— E isso não assusta você?

— Está brincando? — Ele riu. — É bom que tudo finalmente faça sentido para variar. Ou pelo menos está começando a fazer. — Ele empurrou meus ombros gentilmente para trás e então correu as pontas dos dedos pelos meus braços.

— A única coisa que está me assustando agora, para ser honesto, é que estou meio que vulnerável sozinho. Quer dizer, sem pressão, obviamente, mas se você *quisesse* retribuir o favor e, sabe, esclarecer a situação, eu não recusaria.

— É justo. — Pigarreei e tentei engolir meu coração de volta ao lugar enquanto ele estendia a mão e delicadamente colocava uma mecha solta de cabelo atrás da minha orelha. — Vou considerar seriamente sua oferta generosa de me ajudar a abrir uma loja ou algo assim. E sim, vou trabalhar no seu novo restaurante.

Ele assentiu e me estudou. Cerca de 90% confiante de que eu estava brincando com ele, imaginei, mas hesitante em fechar prematuramente a lacuna nos últimos 10%.

— Bom. Sim, isso é bom. Isso vai ajudar.

— Bem, você sabe. — Dei de ombros. — Nós formamos uma boa equipe.

COLE E LAILA SÃO APENAS AMIGOS 331

Os olhos dele foram para os meus lábios mais uma vez enquanto ele roçava os dentes nos dele.

— Isso é verdade. Nós formamos.

— Mas sim... — Eu me afastei dele e comecei a andar em direção à porta, olhando para as luminárias desatualizadas. — Algumas coisas precisam mudar.

— Eu deveria anotar?

— É bem simples por enquanto. — Eu o encarei novamente com o nariz franzido. — Eu não acho que ser apenas amigos esteja funcionando mais para nós. É tão... qual é a palavra?

— Grosseiro?

— Sim! Exatamente.

— Mas... — Ele deu um passo em minha direção e me afastei dele. — Achei que não podíamos usar o termo "Apenas amigos".

— Ainda mantenho o que disse. Nada é mais importante do que a amizade. Mas se a gente vai entrar nessa de tudo ou nada...

— Então está na hora de perceber que não tem problema adicionar coisas *à* amizade. Certo?

— Certo. — O jeito como ele estava olhando para mim, com ternura e intensidade, estava incendiando meu coração. Ele deu outro passo em minha direção e, dessa vez, meus pés permaneceram colados no lugar. — É como adicionar todas as peças extras quando você compra um carro novo e deixá-lo inteiramente completo.

Outro passo.

— Sim. Agora você entendeu.

Ele assentiu lentamente e eu podia sentir a respiração dele contra mim enquanto ele dobrava os joelhos levemente e envolvia meus braços em volta da minha cintura. Ele me puxou novamente e eu o senti, o cheiro dele e todo o oxigênio que meus pulmões conseguiam segurar.

— Você já terminou? — sussurrou ele as palavras no meu ouvido antes de plantar beijos suaves no meu pescoço, o começo de uma trilha pelo meu maxilar, em direção aos meus lábios.

No último momento antes de ele chegar ao seu destino — um dos últimos momentos antes de o meu cérebro esquecer como formar palavras — enquanto minha cabeça rolava para o lado, meu pescoço incapaz de sustentá-la enquanto Cole deixava seu rastro de beijos, eu sussurrei:

— Eu te amo. Sempre amei, provavelmente. Definitivamente sempre vou amar.

Eu senti seu sorriso.

— Já estava na hora de você descobrir isso.

— Desculpe... eu só estava construindo um momento.

Os lábios dele estavam nos meus e o desespero que eu sentia para mantê-lo ali para sempre se misturou com a paz e a certeza de saber que isso não era algo pelo qual teria que lutar. Enrolei meus braços em volta do pescoço dele enquanto ele me apertava mais forte e me levantava. Então, ele separou abruptamente os lábios dos meus, me deixando desorientada.

— São três.

— Do que está falando? — Franzi os lábios e tentei alcançá-lo novamente, mas ele estava me abaixando de volta à minha altura normal e caminhando em direção à porta.

— Você sabe... a regra de três da sua avó Hazel. Três grandes coisas que mudam a vida, tudo de uma vez. Eu vou ficar, vamos abrir um restaurante e agora *isso*. Nós. São três.

Ele apagou a luz e voltou para a futura sala de jantar do restaurante. *Nosso* restaurante.

— Mas e a minha loja? — Eu o segui. — Isso deve contar como algo que muda a vida.

— Você não disse oficialmente que topa.

Dei de ombros.

— Tá bom, eu topo. Pronto. É oficial.

Cole suspirou.

— Bem, então isso joga tudo fora.

— Cheguei em casa mais cedo. Isso provavelmente contaria.

Ele balançou a cabeça enquanto voltava para apagar uma luz que tinha esquecido acesa.

— Não. Então teríamos feito isso na quarta-feira.

Eu ri de sua indiferença sobre toda a mudança de vida que ocorreu em um período tão curto de tempo.

— Então precisamos de mais um?

Ele revirou os olhos e pareceu estar fazendo as contas.

— Ou um a menos. Não tenho mais certeza. — Ele jogou o braço sobre meu ombro e me levou até a porta, depois me soltou para trancá--la. — Acho que poderíamos ir a um encontro ou algo assim.

— Só a gente? Sem personas alternativas? Sem pretensão? Sem regras de apenas um dia?

— Só a gente.

— E você acha que um encontro se qualificará como uma mudança de vida?

Ele se abaixou, bem ali, na Main Street, em Adelaide Springs, e me beijou com ternura.

— Sim — sussurrou contra os meus lábios. — Acho que pode.

Ele piscou e agarrou minha mão, entrelaçando seus dedos nos meus.

— E aí, você já comeu?

— Vou responder sua pergunta com outra pergunta: você já cozinhou alguma coisa para mim?

— Justo. — Ele abriu a porta do seu Wrangler para mim e me deu um empurrãozinho gentil enquanto eu subia. — Você está com vontade de panquecas com gotas de chocolate?

Estendi minha mão para ele.

— Já nos conhecemos? Laila Olivet.

— É um prazer conhecê-la, srta. Olivet. — Ele sorriu e pegou minha mão, a levou aos lábios e beijou meus dedos. — Algo me diz que você e eu seremos bons amigos.

AGRADECIMENTOS

Obrigada a Kelly, Ethan e Noah por me aturarem quando fico presa em qualquer trauma emocional que meus personagens estejam vivenciando no momento. Obrigada a minha mãe, meu pai e minha irmã por darem cópias de livros para todos os profissionais médicos do norte do Kentucky. Um pequeno agradecimento adicional a minha mãe, que me ensinou a quebrar ovos com uma mão, como em *Sabrina*. E obrigada as pessoas não familiares (mas ainda familiares) com quem convivo — LeeAnn, David, Jenny, Tonya, Robert, Anne, Caitlyn, Sharon, Laura e provavelmente pelo menos outra pessoa que estou esquecendo de nomear, a quem vou me referir como Mildred. Obrigada por tudo, Millie!

Obrigada a incrível equipe de publicação — Amanda, Becky, Leslie, Kerri, Taylor, Savannah e tantos outros — que de alguma forma dão sentido às minhas divagações (e as tornam melhores) o suficiente para criar um livro. Um livro de verdade.

Agradecimentos especiais à minha editora, Laura Wheeler, que (por algum motivo) continua acreditando em mim quando eu luto para acreditar em mim mesma e que, dessa vez, milagrosamente, me ajudou a acreditar em mim mesma mais uma vez.

Sabe o que mais ajudou nisso? Terapia. E muita. Essa é minha maneira não tão sutil de agradecer à minha terapeuta. Sério... uma das melhores decisões que já tomei na vida. Se há algum estigma ou argumento na sua cabeça impedindo que você trabalhe em si mesma (estou falando de aconselhamento, não de lifting facial), eu a encorajo fortemente a fazer o que precisa para ficar saudável. Eu prometo que você vale o esforço, amiga.

Obrigada, Nova York, por ser minha musa.

E, ei... Oscar Isaac? Idem.

Obrigada aos escritores que me inspiraram, me entretiveram, me desafiaram e me distraíram enquanto passava um tempo com Cole e Laila. Escritores como Thao Thai, Delia Ephron, Janine Rosche, Annabel Monaghan, Martin Short, Gillian McAllister, Gabrielle Zevin, Elle Cosimano e muitos outros.

E obrigada, Jesus. Qualquer medida de talento ou criatividade que eu possa ter como contadora de histórias no meu melhor dia começa e termina com o Senhor. E ao escrever este livro, o Senhor me ajudou a redescobrir a alegria de tudo isso. Obrigada por este presente.

⇒· ·⇐

Este livro foi impresso em 2025 pela gráfica Vozes para
a Thomas Nelson Brasil. A fonte usada no miolo é a
Garamond Pro e o papel é avena 80g/m². Enquanto
enviávamos o arquivo para gráfica, nos perguntávamos
quais seriam os dois grandes acontecimentos que
ainda estavam por vir — afinal, aprendemos com
vovó Hazel que eles sempre chegam em trios.

⇒· ·⇐